아저씨의 꿈

아저씨의 꿈
Дядюшкин сон

표도르 도스또예프스끼 장편소설

박종소 옮김

DIADIUSHKIN SON
by FEDOR DOSTOEVSKII (1859)

일러두기

1. 번역 대본은 F. M. Dostoevskii, *Sobranie sochinenii v dvenadtsati tomakh* (Moskva: Pravda, 1982)와 F. M. Dostoevskii, *Polnoe sobranie sochinenii v tridtsati tomakh*(Leningrad: Nauka, 1972~1990)를 주로 사용하였습니다. 다만 판본에 차이가 없는 한 옮긴이가 번역 대본을 임의로 선택하였습니다.
2. 러시아어의 로마자 표기와 우리말 표기는 〈열린책들〉에서 정한 표기안을 따르되, 관행적으로 굳어진 일부 용어만 예외로 하였습니다

이 책은 실로 꿰매는 정통적인 사철 방식으로 만들어졌습니다.
사철 방식으로 만든 책은 오랫동안 보관해도 손상되지 않습니다.

아저씨의 꿈

7

역자 해설

도스또예프스끼 창작사에서의 위치와
드라마적 특징에 관한 몇 가지 관찰

257

작품 평론

〈아저씨의 꿈〉 들여다보기

H. H. 솔로민나, H. M. 뻬를린나/박종소 옮김

271

도스또예프스끼 연보

285

제1장

 마리야 알렉산드로브나 모스깔료바는 모르다소프 시에서 물론 첫손에 꼽히는 귀부인이고, 이에 대해서는 그 어떤 의문도 있을 수 없다. 그녀는, 마치 자신은 누구의 도움도 필요로 하지 않지만, 반대로 모든 사람들은 그녀의 도움을 필요로 한다는 듯한 태도를 취한다. 그러나 사실은 어느 한 사람도 그녀를 좋아하지 않을 뿐더러, 오히려 매우 많은 사람들이 진심으로 그녀를 미워하기까지 하고, 또 모든 이들이 그녀를 두려워하는데, 이는 그녀가 바라는 바이기도 하다. 이러한 요구는 이미 그녀가 높은 단수의 정치력을 지녔음을 보여 주는 표시이다. 예를 들어, 마리야 알렉산드로브나는 남의 험담을 무지하게 좋아해서 잠자리에 들기 전에 무엇이든 색다른 소문을 듣지 않으면 눈을 붙이지 못할 지경이면서도, 도대체 어떻게 이 품위 있는 귀부인이 세상에서 그렇지 않다면 최소한 모르다소프에서, 제일가는 수다쟁이라는 사실을 아무도 그녀를 쳐다보고는 도무지 생각조차 할 수 없게 처신할 수 있는 것일까? 오히려 정반대로, 그녀가 있는 곳에서는 험담이 사라져야만 할 것 같고, 세상없는 험구가들도 선생님 앞의 어린 학생들처럼 얼굴을 붉히며 몸을 떨고, 대화는 별안간 그지없이 고상한 화제에 대한 것으로 변하기 일쑤인 것이다. 그녀는 실제로 모르다소프의 주민 하나하나에 대한 중요하고도 깜짝 놀랄 만한 추문을 속속들이 알고 있어서, 만약 그녀가 갑자기 적당한 시점에서 이를 들추어내어 타고난 재주로 그 이야기를 증명해 보인다면, 지진이 일어난 리스본[1]처럼 모르다소프에 큰 소동이 벌어질 것임에 틀림없다. 그러나 그런 비밀들에 대해서는 워낙 그녀의 입이 무겁고, 말을 하더라도 정말 매우 드문 경우에 한해서만 입을 떼는데, 그런 경우라 해도 아주 절친한 사이가 아니면 좀처럼 입을 열지 않는다. 이런 때, 그녀는 알고 있는 바를 단지 살짝 귀띔하여 선남선녀가 가볍게 놀라서 끊임없이 두려움에 떨도록 만들었는데, 그녀는 오히려 이것을 대경실색하도록 만드는 것보다 훨씬 더 좋아했다. 그야말로 정말 똑똑한 짓이라고 하지 않을 수 없고, 또한 전략이라 아니할 수 없다! 마리야 알렉산드로브나는 언제나 우리 사이에 예의범절Comme il faut에 있어 나무랄 데 없는 뛰어난 존재로 알려져 있어서, 누구나 그녀의 그런 점을 모범으로 여길 정도이다. 이 예의범절에 관한 한 모르다소프에서는 어느 누구도 그녀의 경쟁자가 될 수 없다. 그녀에겐, 그다지 대수롭지 않은 한마디를 가지고도 경쟁 상대를 때려 눕히고, 갈기갈기 찢어 버리고, 말살시켜 버리는 수완이 있어서, 우리들도 그런 일을 여러 번 목격했다. 그러면서도 본인은 그런 말을 자신이 내뱉었다는 사실을 짐짓 깨닫지도 못하는 체하는 것이었다. 그런데 이런 제스처는 아시다시피 최상류 사회의 것이다. 전반적으로 보아 그녀는, 이런 식의 잔재주에 있

---

[1] 1755년에 일어났던 지진으로 도시의 3분의 2가량이 파괴되었고 많은 시민들이 사망했다.

어서 이름 높은 피네치[2]의 뺨을 칠 정도이다. 그녀는 교제의 폭도 넓다. 모르다소프를 찾는 대다수의 사람들은 그녀의 환대를 받고는 너무나 고마워하면서 돌아가고, 심지어는 훗날에도 그녀와 편지를 계속 주거니받거니 하는 것이었다. 그 중에는 시까지 헌정한 사람이 있어 우쭐해진 마리야 알렉산드로브나가 여기저기 보여 주고 다닌 일이 있다. 여행 중이던 어느 문학가는 그녀에게 자기가 쓴 소설을 헌정하고, 그녀의 파티에서 이를 낭독함으로써 매우 흐뭇한 결과를 가져오기도 했다. 독일의 어떤 학자는 이 지방에 살고 있는 뿔 돋친 벌레를 연구하러 카를스루에서 일부러 찾아와 그 벌레에 관한, 사절판 inquarto의 책을 네 권이나 저술했지만, 이 사람은 마리야 알렉산드로브나의 상냥함과 환대에 홀딱 빠져 지금까지 카를스루에서 정중하면서도 도덕적인 편지를 계속해 보내고 있을 정도이다. 마리야 알렉산드로브나는 몇 가지 점에서 심지어 나폴레옹과 비교되고 있었다. 이는 물론, 정말 그렇다기보다는 그녀를 미워하는 사람들이 그녀를 웃음거리로 만들려는 생각에서 비꼬아 하는 말에 지나지 않는다. 그러나 이러한 비교가 얼토당토않음을 시인하면서도 나는 감히 순진한 질문 하나를 던질 생각이다. 그 질문이란, 나폴레옹은 무엇 때문에 그렇게 높은 지위에까지 올랐을 때 마침내 현기증을 일으켰느냐는 것이다. 구왕조를 옹호하는 사람들은 이것의 원인을, 나폴레옹은 왕실 출신이 아니었을 뿐더러 명문의 귀족 gentilhomme도 아니었기 때문에, 결국 스스로 높은 지위에 놀라서 자연스레 원래 자기의 지위를 회상하게 된 것이라

---

2 18세기 유명한 이탈리아의 마술사.

고 설명하고 있다. 이러한 추측이야말로 정말 위트에 차 있으며, 옛날 프랑스 왕조의 가장 현란했던 시대를 생각나게 하는 데 충분함에도 불구하고, 나는 나대로 다시 이렇게 덧붙이겠다. 그러면 마리야 알렉산드로브나는 무슨 까닭으로, 언제 어떤 경우에서도 현기증을 일으키는 일 없이 모르다소프에서 최상급의 귀부인으로 줄곧 통하고 있는가라고. 가령 모두가 입을 모아 〈이번에는 제아무리 마리야 알렉산드로브나인들 저런 어려움을 뚫고 나갈 수 있을까?〉라고 말할 만한 경우도 여러 번 있었다. 그렇지만 그럴 때마다 어려움은 순식간에 해결되고, 그러고 나면 아무렇지도 않으니 말이다! 모든 것이 이전처럼 무사태평할 뿐 아니라, 오히려 이전보다 한결 형편이 나아질 지경이었다. 그런 예로 그녀의 남편 아파나시 마뜨베이치의 일을 누구든지 기억하고 있다. 그는 무능하고 우둔하기 때문에 수도에서 온 검찰관의 화를 돋워 목이 잘리고 말았다. 그때 모든 사람들은 제아무리 마리야 알렉산드로브나일지라도 이번에는 이성을 잃고 기가 죽어 애걸복걸하면서 사정하고, 한마디로 코가 납작해져서 다닐 것으로 예상했지만, 천만의 말씀이다. 마리야 알렉산드로브나는 이제 이쯤 되면 아무리 부탁하고 다녀 봐야 헛수고라는 것을 깨달아 요령껏 일을 정리하고 말았기 때문에 사교계에선 그녀의 영향력이 전혀 손상을 입지 않았고, 그녀의 집은 여전히 모르다소프에서 제일이라는 평가를 받으며 지낼 수 있었던 것이다. 겉으로는 다정한 체하지만 실은 마리야 알렉산드로브나와 불구대천의 원수인 검사 부인 안나 니꼴라예브나 안찌뽀바가 첫 승리를 거둔 셈이었다. 그러나 사람들은 그때 마리야 알렉산드로브나의 코를 납작하게 만드는 것이 결코 쉽지 않다는 것을 깨닫게 되었고, 그래서 여태까지 생각했던 것 이상으로 그녀의 세력이 깊게 뿌리내리고 있음을 알게 되었을 정도이다.

그런데 방금 마리야 알렉산드로브나의 남편 아파나시 마뜨베이치의 이름이 나왔으니 이 인물에 관해서도 한마디해 두기로 하자. 우선 그는 외모가 매우 번듯한 사나이로 지극히 근엄하고 엄격한 사람이라고까지 알려져 있다. 그러나 정작 그래야 할 경우에 이르러서는 어찌 된 영문인지 제대로 정신을 차리지 못해, 남의 집 문간에서 어슬렁거리는 암양 모양으로 어리벙벙한 표정을 한 채 쳐다보곤 했다. 그는 아주 당당하고 기품이 있었는데, 특히 명명일(命名日)의 만찬회 같은 데 하얀 넥타이라도 매고 나타나면 더욱 그러했다. 그러나 이러한 풍채나 기품도 그가 입을 열기 전까지만 수명을 누릴 따름이며, 일단 지껄이기 시작하면 좀 거북한 얘기이기는 하지만 듣는 쪽에서 귀의 뚜껑을 닫아 버리고 싶을 지경이다. 그는 어느 모로 보나 마리야 알렉산드로브나의 남편이라 불릴 자격이 없다는 게 일반의 공통된 평이다. 그가 오랫동안 그러한 위치를 그럭저럭 유지해 온 것은 정말 오직 마누라가 똑똑한 덕택이었다. 그러나 나의 의견으로는, 극단적인지 모르지만, 그런 위인 정도는 벌써 오래전에 텃밭에 가서 참새나 쫓고 있는 편이 나을 뻔했다. 그곳에서만, 아니 오직 그런 곳에 있어야만 의심할 나위 없는 진정한 이익을 조국의 동포들에게 가져다 줄 것이다. 이런 형편이기 때문에 마리야 알렉산드로브나가 자기 남편을 모르다소프에서 3베르스따[3] 떨어진 교외로 보낸 것은 아주 타당한 조치였다고

---

3 러시아의 거리 표기 단위로 1베르스따는 1.067킬로미터이다.

하지 않을 수 없다. 그녀는 그곳에 1백20명의 농노를 갖고 있었다. 그런데 여기서 지나가는 말로 한마디하자면, 이것이 자기 집의 품위를 훌륭히 유지하고 있는 그녀의 전 재산, 전 자본이다. 누구나 눈치 채고 있었던 일이지만, 그녀가 아파나시 마뜨베이치를 자신의 곁에 두어 온 까닭은 다만 그가 직장을 갖고 봉급을 받으며…… 그 밖의 벌이를 했기 때문이다. 그런데 그가 봉급을 받지 못하게 되고 그 밖의 수입이 없어지게 되자마자 즉시 완전한 무용지물이 되어 추방 처분을 내릴 수밖에 다른 도리가 없어진 것이었다. 그래서 세상 사람들은 마리야 알렉산드로브나의 명쾌한 판단력과 과단성을 칭찬해 마지않았다. 아파나시 마뜨베이치는 시골에서 편안히 살고 있었다. 나도 그를 찾아가서 꼬박 한 시간 동안 유쾌하게 보낸 일이 있다. 그는 때때로 흰 넥타이를 고쳐 매고 손수 구두를 닦기도 했다. 그것은 꼭 그래야 할 필요성이 있어서가 아니라 오직 예술에 대한 사랑 때문이었는데, 그는 그의 구두가 번쩍번쩍 빛나는 것을 좋아했다. 그는 하루에 세 차례 차를 마시고, 목욕탕에 들어가기를 무척 좋아했는데, 그는 이것에 대해 꽤 만족을 느끼고 있었다. 그런데 지금으로부터 약 1년 반 전, 이 거리에 마리야 알렉산드로브나와 아파나시 마뜨베이치의 외동딸인 지나이다 아파나시예브나에 관해 얼마나 추악한 소문이 나돌았는지 여러분은 모두 기억하고 있으리라 생각한다. 지나이다는 누구나 인정하는 미인이며 훌륭한 교육도 받았지만, 스물세 살이나 되었는데도 아직까지 결혼하지 않고 있다. 왜 아직까지 결혼하지 않고 있느냐는 의문에 대한 갖가지 이유 가운데 가장 주된 것으로 생각되는 이유 하나는, 그녀가 1년 전에 이 지방 초등학교 선생과 묘한 관계를 맺었기 때문이라는 별로 좋지 못한 소문을 들 수가 있다. 이 소문은 지금까지도 사람들 입에 오르내리고 있다. 지금도 항간에선 지나가 썼다는 러브레터 따위를 즐겨 입에 올리면서, 마치 그것이 모르다소프에 사는 많은 사람들의 손에서 회람된 것처럼 말하고 있다. 그러나 과연 그 러브레터라는 것을 정말로 본 사람이 있을까? 또 만약 정말 이것이 여러 사람에게 회람되었다면 대관절 지금 그것이 어디에 있단 말인가? 누구나 그런 이야기를 듣기는 했지만 누구도 그것을 보지는 못한 것이다. 적어도 나는 자기의 두 눈으로 그 편지를 정말 봤다는 사람을 여태껏 만나 본 일이 없다. 만약에 여러분이 마리야 알렉산드로브나에게 이에 관해 귀띔을 해준다고 해도 그녀는 대뜸 무슨 소린지 모르겠다는 듯한 표정을 지을 것이다. 그럼 여기서 사실 무엇인가 있었다 치고, 지나가 쓴 러브레터를 가정해 보기로 하자(나는 오히려 이러한 가정이 틀림없다고 생각한다). 가령 그렇다고 한다면 마리야 알렉산드로브나의 재치는 놀랄 만한 것이 아닌가! 추악하고 불쾌한 일을 재빠르게 유야무야 흘려 버리고 잠재운 날쌘 수완! 흔적도 없을 뿐 아니라 아무런 낌새도 알아챌 수 없으니! 마리야 알렉산드로브나가 이제는 이런 시시한 중상 따위를 아예 상대도 하지 않고 있지만, 외동딸의 명예를 상하지 않게 하려고 얼마나 애를 썼는지, 이는 아마 하느님만이 알고 계실 것이다. 그런데 지나가 결혼을 하지 않는 사실은 이해할 수 있는 일이다. 이곳에 어디 괜찮은 신랑감이 있단 말인가? 지나의 신랑감으로 손색이 없으려면 막대한 영지를 가지고 있는 공작 정도가 아니면 안 된다. 그야말로 미인 중에 미인이라고 할 만큼 아름다운 여성을 여러분은 어디에서 본 일이 있는가? 더구나 그녀는 교만하다. 너무 지나치리만큼 교만하다. 소문에 의하면 모즈글랴꼬프가 혼담을 끄집어냈다고는 하지만 결혼은 어림없는 이야기이다. 그럼 이 모즈글랴꼬프란 어떤 사람인가? 그는 젊고, 얼굴도 흉하지 않고, 멋쟁이인 데다가 저당 잡히지 않은 농노를 1백50명이나 거느리고 있으며, 더구나 뻬쩨르부르그 출신이다. 그러나 우선 그는 머리가 좀 모자란다. 그리고 경솔하고 말이 많고 어떤 진보적인 사상 따위를 운운한다! 걸핏하면 그 진보적인 사상이란 것을 내세우는 주제에 1백50명의 농노가 도대체 무엇이란 말인가! 이 따위 혼담은 있을 수 없다!

고마운 독자들이 여태까지 읽어 준 모든 것은 내가 5개월쯤 전에 다만 감격에 들떠 흥분 속에 써버린 것이다. 미리 고백하자면, 나는 마리야 알렉산드로브나에게 다소 호감을 갖고 있다. 나는 이 훌륭한 부인에 대해서 찬사로 가득 찬 글을 쓰고, 옛 황금 시절, 고맙게도 두 번 다시는 돌아오지 않을 시절의 잡지 『북방의 꿀벌』[4]과 그 밖의 정기 간행물에 발표된 서한문들을 본떠 친구에게 보내는 익살 섞인 편지 형식으로 사건의 경위를 모두 밝혀 보고 싶었다. 그러나 나에게는 친구라고 할 만한 사람이 한 명도 없을 뿐 아니라, 게다가 선천적으로 문학적인 소질을 타고나지 못한 까닭에, 이 글을 단지 문학적 습작의 형태로, 또 한가하고 즐거운 시간에 되돌아보며 심심풀이나 할 요량으로 책상 속에 보관해 두고 있었

---

4 F. V. 불가린과 N. I. 그레치가 창간한 신문으로 1825~1864년까지 발간되었다. 반동적인 성격을 띤 정치·문학 신문으로, 특히 1830년대를 전후해서 러시아 사회에 많은 영향력을 행사했으며 광범위하게 읽혔다..

다. 그로부터 5개월이 지났을 때 뜻밖에도 모르다소프의 거리에는 세상이 깜짝 놀랄 만한 큰 사건이 벌어졌다. 아침 일찍 K공작이 도시로 들어와서 마리야 알렉산드로브나의 집에 머물게 된 사건이다. 이 K공작의 도착은 헤아릴 수 없는 파문을 가져왔다. 공작은 모르다소프에 단 사흘 동안 머물렀을 뿐인데도, 이 사흘이란 기간은 영원히 지워지지 않는 숙명적인 기억을 남기게 되었던 것이다. 아니 한 걸음 더 나아가 어떤 의미에서는 공작이 이 거리에 혁명을 일으켰다고 해도 지나치지 않을 정도이다. 이 혁명에 관한 이야기는 물론 모르다소프의 역사 가운데 가장 뜻깊은 한 페이지를 차지한다. 그래서 필자는 이 한 페이지를 얼마간의 주저 끝에 마침내 문학적인 형식으로 고친 후, 비판은 친애하는 독자 여러분께 맡기기로 결심하기에 이른 것이다. 나의 이 작품은 마리야 알렉산드로브나와 그 가족이 겪는 모르다소프에서의 흥성과 영화, 그리고 비장한 몰락의 전말에 관한 완전하고 주목할 만한 이야기이다. 이 테마는 작가에게 있어서 수고할 만한 가치가 있는, 유혹적인 테마라고 하지 않을 수 없다. 이는 물론 무엇보다도, K공작이 이 도시에 들어와서 마리야 알렉산드로브나 집에 묵게 된 일이 어째서 그토록 놀라운 일인가 하는 점을 설명하는 것인데, 이를 위해서는 물론 K공작에 대해서도 한두 마디 해둘 필요가 있다고 생각한다. 그래서 나는 이것을 실행에 옮기고자 한다. 더욱이 이 인물의 전기는 이야기를 진행하는 데 있어서 반드시 필요하기도 하다. 그럼 이제부터 그 이야기에 들어가기로 하자.

제2장

　먼저, K공작은 그리 대단스레 나이가 많은 노인이 결코 아 님에도, 그의 모습을 보고 있노라면 누구의 머리에나, 지금 당장 부슬부슬 몸이 부스러질 것만 같다는 생각이 어쩔 수 없 이 떠오른다는 사실부터 얘기해야겠다. 그만큼 그는 늙어 빠 졌고, 아니 오히려 녹슬어 버렸다고 하는 편이 낫겠다. 그런 데 이 공작에 관해 모르다소프의 거리에서는 언제나 도무지 더 이상 환상적일 수 없는, 정말 이상야릇한 소문이 떠돌곤 했다. 심지어 이 노인이 머리가 돌았다고까지 이야기하고 있 었다. 4천 명의 농노를 거느린 지주이고, 좋은 가문의 일가 친 척을 많이 가지고 있어서, 그가 원하기만 하면 이 지방 도시 에서 상당한 영향력을 행사할 수 있는 형편이면서도, 그 부유 한 영지에서 마치 은둔자처럼 고독한 나날을 보내고 있다는 사실이 누구에게나 이상하게 생각되었던 것이다. 6, 7년 전, 공작이 모르다소프에 살고 있던 때를 기억하는 사람들도 적 지 않지만, 그들이 단언하는 것을 들어 보면, 당시의 공작은 외로운 생활을 할 수 없었고, 그래서 은자와 같은 그런 면은 조금도 없었다고 한다. 그러나 내가 그에 관해서 확실히 알아 낸 사실은 다음과 같다. 언젠가 그가 젊었을 시절, 그 시절이 란 게 꽤 오랜 옛날이지만, 그때 공작은 호화스러운 사회에서 재미있고 멋진 나날을 보냈다. 여자들 꽁무니를 쫓아다니면 서 외국에서 산 일도 여러 번 있고 로맨스를 일으키기도 하고 말장난도 하고 다녔지만, 재치를 보인 적은 한번도 없었다. 물론 그는 자기의 전 재산을 거의 탕진하게 되었고, 노년에 이르렀을 때에야 자신이 빈털터리가 되어 있다는 사실을 깨닫게 되었다. 그때 누군가가 그에게 거의 경매에 부쳐질 지경에 이른 그의 시골 영지로 가서 틀어박히라고 권고했다. 그는 그렇게 생각하고 출발했으나 모르다소프에 이르자 꼬박 6개월 동안을 거기에 주저앉아 버리고 말았다. 지방 도시에서의 생활이 무척 그의 마음에 들었고, 그는 이 6개월 동안 여전히 향락의 나날을 보내면서 지방의 부인들과 다양한 친분을 맺으며 어울리는 동안에, 그나마 몇푼 가지고 있던 돈마저 싹 날려 버리고 말았다. 더욱이 그는 매우 선량한 인간이었던 데다가, 물론 공작다운 특별한 행세를 하지 않은 것도 아니었다. 이러한 행세가 모르다소프에서는 최고의 상류 사회에서라면 반드시 지녀야 할 자질로 되어 있었기 때문에 사람들이 이를 짜증스럽게 여기기는커녕 오히려 어떤 효과조차 얻을 수 있었다. 그런 가운데서도 특히 부인들이 이 사랑스러운 나그네에게 흠뻑 빠져 있었다. 이에 관해선 갖가지 흥미로운 이야기가 남겨져 있는데, 그 중에서도 공작이 하루의 반나절 이상을 자신의 화장실에서 몸치장하는 데 보내고, 그의 온몸은 여러 종류의 조각들로 조립된 것처럼 보인다는 소문이 있었다. 그가 언제 어디서 그렇게도 몸을 버려 놨는지 아무도 아는 사람은 없었다. 어쨌든 그는 가발을 썼고 콧수염에 턱수염, 구레나룻까지 기르고 있지만, 이것들은 머리카락 한 올에 이르기까지 모두 가짜로, 기름기가 잘잘 흐르는 검은 털이었다. 매일 분을 바르고, 연지까지 바르는 것은 물론이었다. 어떤 설에 따르면, 그는 용수철 장치로 얼굴의 주름살을 펴고 있는데 그 용수철은 무슨 특별한 방법으로 머리털 속에 숨겨 둔다는 이야기였다. 또 어떤 설에는 그가 몸에 코르셋을 하고 있다고도 했다. 그것은 그가 이탈리아에서 특이하고 모험적인 연애를 하고 있었을 때 창문에서 뛰어내리다가 잘못하여 어딘가의 갈비뼈를 하나 부러뜨렸기 때문이라고 했다. 그는 왼쪽 발을 약간 절고 있었는데, 사람들은 이를 의족이라 단정하고 있었다. 원래 타고난 다리는 파리에 살고 있을 때 또 다른 연애 모험을 하는 가운데 부러지고 새로운 것을 대신 끼웠는데, 그것은 무엇인가 특별한 코르크로 만든 물건이라는 이야기였다. 그러나 세상 사람들이 무슨 이야기인들 지어내지 못하랴? 다만 한 가지 틀림없는 사실은, 매우 교묘하게 만들어지기는 했지만 그의 오른쪽 눈이 유리로 만든 의안이라는 것이다. 게다가 치아도 마찬가지로 의치였다. 그는 온종일 갖은 전매 특허품의 화장수로 얼굴을 씻고 향수를 뿌리고 포마드를 분주히 바르곤 했다. 그러나 이미 그 무렵부터 공작이 눈에 띄게 늙어 빠지고 엄청나게 수다스러워졌다는 사실은 여러 사람들이 모두 기억하고 있는 바이다. 그의 인생 활동도 거의 끝을 향해 달리고 있는 듯 보였다. 그에게는 이제 동전 하나 남아 있지 않다는 것을 모든 사람들이 알고 있었다. 그런데 이때 갑자기 전혀 생각지도 않았던 일이 일어났다. 그의 아주 가까운 친척 가운데 한 사람으로, 줄곧 파리에서 살아온 아주 늙은 할멈이 자신의 법률상의 상속인을 먼저 장례 지내고는 꼭 한 달 후에 죽어 버리고 만 것이다. 이 노파에게서 유산을 받으리라고는 꿈에도 생각지 않았던 공작이 너무나 뜻밖에도 그녀의 정당한 상속인이 되어 버렸다. 정확히 모르다소프로부터 60베르스따 떨어진 곳에 있는 4천 명의 농노가 딸린 훌륭한 영지를 고스란히 독차지하게 되었다. 그는 자신의 일을 마무리하기 위해 곧장 뻬쩨르부르그로 떠날 준비를 하였다. 이 고장의 부인들은 이 손님의 송별회를 위해 예약된

순서에 따라 호화스런 파티를 열어 주었다. 사람들은 공작이 마지막 파티 석상에서 겉으로 보기에도 기분이 좋아져서 즐겁게 말장난을 하기도 하고 사람들을 웃기기도 하고 좀처럼 들을 수 없는 일화를 소개하기도 한 다음, 되도록 빨리 새로이 얻은 자기의 영지인 두하노보로 옮겨 오겠다고 말하고는, 그때야말로 명절의 행사라든가 피크닉이나 무도회나 불꽃놀이를 1년 내내 그치는 일이 없게 하겠다고 약속했던 것을 기억한다. 그가 떠나고 난 후 꼬박 1년 동안 부인들은 그가 약속한 파티의 이야기로 꽃을 피우며 일각이 여삼추로 이 사랑스러운 노인이 돌아오기를 기다려 마지않았다. 기다림에 지친 사람들은 어울려 두하노보에 가기까지 했다. 그곳에는 구식 영주 저택이 있었고 정원에는 아카시아 나무로 조각해 만든 사자상들과 흙을 쌓아 올려서 만들어 놓은 언덕, 갈대 피리를 불고 있는 모양의 목제 터키 인 상들을 실은 작은 보트들이 떠다니는 연못들, 정자, 누각, 몽플레지르[5] 따위와 여러 가지 취미를 엿볼 수 있는 것들이 널려 있었다.

이윽고 공작이 돌아오기는 했지만, 그는 모르다소프에 들르지도 않고 곧장 두하노보로 가서 은자처럼 그곳에서 두문불출하여 모든 사람들을 놀라게 하고 적잖은 실망을 안겨 주었다. 가지가지 묘한 소문이 파다하게 퍼졌다. 공작에 관한 풍문이 모호하고 환상적인 성격을 띠게 된 것은 대개 이때부터 시작된다. 첫째로 뻬쩨르부르그에서 있었던 일의 결말이 뜻대로 되지 않았다는 이야기였다. 장차 그의 상속인이 될 친

---

5 mon plaisir. 정원에 꾸며 놓은 프랑스 취향의 정자와 오두막을 말한다. 몽플레지르(프랑스 어로 만족, 쾌락이라는 뜻)는 뻬쩨르고프에 있는 황제의 여름 궁전의 이름이다.

척 가운데 몇몇 사람이 공작의 정신력이 정상이 아니라는 이유를 들어 그의 후견인으로 나서려고까지 했는데, 이는 아마도 그가 다시 돈을 모두 탕진할 것을 두려워했기 때문이라는 것이다. 게다가 그 가운데는 이런 덤까지 붙이려는 사람이 있었다. 그를 정신 병원에 감금시키려고 하는 사람도 있었지만, 누군가 공작의 친척쯤 되는 주요 인사가 그의 편을 들어, 이 가엾은 늙은이는 이제 반쯤 죽은 산송장이나 다름없이 온통 장식물로 유지되고 있으니 머지않아 나머지 반의 목숨도 떨어지게 될 거고 그렇게 되면 정신 병원 신세를 지지 않아도 영지는 모두 여러분의 손에 들어가게 될 것이라고 분명하게 이해가 되도록 설명해 줌으로써 간신히 모면했다는 것이다. 거듭 말해 두지만 세상 사람들, 특히 우리 모르다소프의 사람들이 무슨 이야기인들 지어내지 못하랴? 어쨌든 사람들의 이야기로는, 이러한 모든 사정이 공작을 몹시 놀라게 했고, 이때부터 그의 성격은 일변해서 은자처럼 되어 버렸다고 한다. 모르다소프의 사람들 가운데 몇몇은 호기심에 이끌려 그를 축하해 주기 위해 찾아갔다. 그러나 찾아간 사람들은 쫓겨나고 말거나 그렇지 않고 응대를 받더라도 아주 괴상한 모양의 응대를 받기가 일쑤였다. 공작은 그의 옛 친구들을 아예 알아보지도 못하는 형편이었다. 아니 일부러 기억이 없는 척하는 것이라고 이곳 사람들은 단정해 버리고 말았다. 심지어 시장까지 그를 만나기 위해 찾아갈 지경이었다.

그가 돌아와서 보고한 바에 의하면 공작의 정신 상태에 약간 이상이 있는 듯하다는 것이다. 그 후부터 시장은 두하노보에 갔던 당시를 돌이켜 생각할 때마다 언제나 얼굴을 찡그리곤 했다. 부인들도 왁자지껄 불만을 털어놓았다. 그러는 동안에 중대한 사실이 하나 드러났다. 그것은 공작이 스쩨빠니다 마뜨베예브나라는 정체 모를 여자에게 꼭 쥐어 산다는 사실이었다. 공작과 함께 뻬쩨르부르그에서 온 이 여자는 살이 찌고, 어지간히 나이도 들었으며, 늘 사라사[6] 옷감으로 몸을 감싼 채 손에 열쇠를 들고 다니는 버릇이 있었다. 공작은 어린애처럼 하나에서 열까지 무엇이든 이 여자의 말을 듣고 처신하며 그녀의 허락이 없으면 한 발자국도 앞으로 나가지 못하는 형편인 데다가, 여자 쪽에서도 그를 갓난아기 다루듯이 그의 몸을 손수 씻겨 주기도 하고 어르기도 하고 업어 주기도 하고 애무해 주기도 한다는 이야기였다. 게다가 모든 방문자를 그에게서 멀리 떼어 놓기까지 하는데, 특히 그 중에서도 정탐을 목적으로 가끔 두하노보에 들르는 친척들을 공작의 주변에서 쫓아내도록 만든 사람도 다름 아닌 그녀라는 이야기마저 전해졌다. 모르다소프에선 이 수수께끼 같은 이야기를 누구나 입에 올렸지만 특히 부인들이 더욱 떠들썩했다. 게다가 한술 더 떠서 스쩨빠니다 마뜨베예브나는 공작의 영지 전체를 관리하는 무한한 권력을 휘두르고 있으며, 지배인이나 관리인 또는 머슴과 하녀를 파면시키기도 하고, 수입을 거두어 가기도 하지만, 관리하는 솜씨가 어찌나 시원스러운지 농노들은 오히려 자신들의 처지를 감사하게 여기고 있다는 소문도 들려왔다. 한편 공작 그 사람에 대해서 여러 사람이 수소문해 본 결과, 그는 날이면 날마다 화장을 하거나 구레나룻이나 연미복을 몸에 붙였다 뗐다 하는 것으로 시간을 보내고, 그 밖의 시간은 스쩨빠니다 마뜨베예브나와

---

6 사람이나 새, 짐승, 꽃 따위 무늬를 여러 가지 빛깔로 날염한 피륙.

카드 놀이를 하거나 카드 점 치는 일로 하루 해를 보낸다는 이야기였다. 때로는 온순한 영국산 암말을 타고 산책에 나서기도 하지만, 그럴 때는 스쩨빠니다 마뜨베예브나가 반드시 마차를 타고 만약의 경우에 대비해서 그를 따라다닌다고 한다. 사실 말 안장에 몸을 붙이기도 수월치 않은 공작이 말을 타려는 것은 변덕이 나서이지 별다른 목적이 있어서는 아니었다. 때로는 외투를 입고 커다란 차양 달린 밀짚모자를 쓰고, 장밋빛 숙녀용 스카프를 목에 걸고 한쪽 눈에 안경을 끼고, 왼쪽 손에는 등나무로 짠 바구니를 든 그가 걸어 다니는 모습이 눈에 띌 때도 있다. 이는 버섯이나 들꽃이나 그 밖에 과꽃 따위를 채집하기 위해서이다. 이때에도 스쩨빠니다 마뜨베예브나란 여자는 그림자처럼 붙어 다니고, 그 뒤로는 덩치 큰 머슴 둘이 걸어가고, 만일에 대비해서 마차까지 따라다닌다고 한다. 만일 한 농노가 그와 마주쳐 길 한 모퉁이로 비켜나면서 모자를 벗고 허리를 깊이 숙여 〈무고하십니까, 공작 어르신! 그 은혜 망극하신 어버이 어르신네!〉라고 인사하면, 공작은 곧 그쪽으로 외눈 안경을 돌려 대고는 〈안녕한가, 자네 안녕해Bonjour, mon ami, bonjour!〉라고 상냥하게 인사를 받아 준다. 이와 같은 무수한 소문이 여러 가지로 모르다소프 거리에 전해져 오는 것이었다. 거리의 사람들은 아무리 해도 공작을 잊어버릴 수가 없었다. 엎드리면 코 닿을 곳에 그가 있으니 그럴 수밖에 없는 노릇이 아니겠는가! 그런데 어느 맑은 날 아침 난데없이 그 은자이며 괴짜인 공작이 스스로 모르다소프로 찾아와 마리야 알렉산드로브나의 집에 묵게 되었다는 소문이 퍼졌을 때 모두들 얼마나 놀랐는지 모른다! 온 거리 사람들이 수군거리고 흥분하기 시작했다. 너도나도 그 진상이 밝혀질 때를 목을 빼고 기다리게 되고, 이게 대관절 어찌 된 영문이냐고 서로들 물었다. 어떤 이들은 마리야 알렉산드로브나에게로 가서 좀 물어봐야겠다고 나서는 무리도 있었다. 공작이 왔다는 사실은 모두에게 진기한 사건이었다. 부인들은 서로 편지들을 주고받기도 하고, 각기 마을 사람들을 방문하기도 하고, 하인이나 남편을 보내 염탐을 시키기도 했다. 무엇보다도 이상하게 생각된 것은, 공작이 하필이면 다른 사람도 아닌 마리야 알렉산드로브나의 집에 묵게 되었느냐는 것이었다. 누구보다도 이런 사실에 화가 난 것은 안나 니꼴라예브나 안찌뽀바였다. 왜냐하면 비록 좀 멀긴 하지만 공작은 그녀의 일가붙이가 되었기 때문이다. 그러나 이러한 의문을 모두 해결하기 위해서는 별수 없이 당사자인 마리야 알렉산드로브나의 집을 들러 보아야만 하고, 또한 친애하는 독자 여러분도 같이 방문해 보도록 권하고 싶다. 지금 시간이 사실 아침 열 시밖에 되지 않았지만, 나는 그녀가 가까운 친구의 방문을 거절하지는 않으리라고 확신해 마지않는다. 적어도 우리들이라면 틀림없이 맞아들일 것이다.

제3장

아침 열 시. 우리는 큰길 가에 있는 마리야 알렉산드로브나 집의 한 방에 와 있다. 우리가 안내를 받은 이 방은 무슨 파티라도 있을 때면 안주인이 살롱이라 부르는 방이다. 또한 마리야 알렉산드로브나는 자기의 부드아르[7]도 갖고 있다. 이 살롱은 마루도 제법 깨끗이 칠해져 있고, 무늬를 넣은 도배지도 나쁘지 않다. 그러나 아무렇게나 만든 가구는 붉은빛이 도드라져 보인다. 그곳엔 벽난로가 있고, 그 위엔 거울이 놓여 있으며, 거울 앞에는 큐피드인지 뭔지 모를 장식을 붙인 매우 몰취미한 청동 시계가 놓여 있다. 창문과 창문 사이의 비좁은 벽에는 두 개의 거울이 있는데, 그 칠이 벌써 벗겨져 있다. 그 거울 앞으로 작은 탁자가 놓여 있고, 거기에는 또 시계가 있다. 뒷벽에는 지나를 위해 갖다 놓은 훌륭한 피아노가 있다. 지나는 음악가이다. 불을 지핀 벽난로 주위에는 가능한 한 예술적인 미를 잃지 않기 위해 안락의자들을 여기저기 늘어놓았고, 그 사이에는 작은 탁자가 놓여 있다. 방의 반대편 끝에는 눈부시게 새하얀 탁보를 씌운 테이블이 있고, 그 위에는 은제 사모바르[8]가 끓고 있으며, 매우 훌륭한 차 세트가 갖추어져 있다. 사모바르와 차를 책임진 사람은 먼 일가붙이라고 해서 마리야 알렉산드로브나의 집에 머물러 살고 있는, 나스따시야 뻬뜨로브나 쟈블로바라고 하는 부인이다. 이왕이면 이 부인에 대해서도 두어 마디 덧붙여 두기로 하자. 그녀는 서른 고개를 넘은 과부로서, 얼굴에는 윤기가 흐르고 검정빛이 서린 갈색 눈에 생기가 감도는 갈색 머리의 여인이었다. 대체적으로 말해서 곧 싫증이 나버리는 그런 타입의 여자는 아니다. 성격이 명랑하고 아무 때나 크게 웃기를 잘하는 여자지만 무척 교활한 편이고, 물론 남의 말을 좋아하는 그런 여자이면서도 정작 자기 일은 요령껏 잘 처리해

---

7 부인의 규방.
8 러시아 전래의 특유한 주전자. 구리나 은으로 만든 둥근 그릇 중앙에 세로로 관을 장치하고 그 속에 숯불을 넣어서 물을 끓인다.

남의 입에 오르내리지 않게 할 줄도 알았다. 그녀에게는 어린애가 둘 있는데, 어딘가에서 공부를 하고 있다. 그녀는 한 번 더 결혼을 하고 싶어 못 견딜 지경이다. 그러나 그녀는 잘 처신할 줄 알기 때문에 아무렇지도 않은 듯 자립적으로 보였다. 그녀의 전남편은 육군 장교였다.

마리야 알렉산드로브나는 그녀에게 잘 어울리는 밝은 초록색 외투를 입고, 매우 기분이 좋은 상태로 벽난로 곁에 걸터앉아 있다. 그녀는 지금 2층의 화장실에서 치장 중인 공작의 방문으로 인해 마냥 즐겁기만 한 것이다. 그녀는 너무 기뻐서, 그 기쁨을 애써 감추려는 노력조차도 하지 않는다. 그녀 앞에는 청년 한 사람이 우뚝 서서 무엇인가에 대해 열을 올리며 이야기하고 있는 모습이 보인다. 자신의 말을 듣고 있는 여자들에게 호감을 주기 위해 안달하고 있다는 것을 그의 눈을 보아 짐작할 수가 있다. 그는 올해 스물다섯이다. 그의 태도나 몸짓은 특별히 흠잡을 데가 없지만, 그는 까닭 없이 자주 흥분하는 버릇이 있고, 게다가 자기야말로 유머나 경구의 명수라면서 스스로 도취해 버리곤 한다. 옷을 잘 입고, 금발이며, 풍채도 누구에게 빠지지 않는다. 그런데 우리는 이미 그에 관해 이야기를 한 적이 있다. 그가 바로 장래가 촉망되는 모즈글랴꼬프란 청년이다. 마리야 알렉산드로브나도 그의 머리는 조금 비었다고 생각하고 있지만, 외모는 괜찮다고 인정하고 있다. 그는 딸 지나의 구혼자로서, 그 자신의 말을 빈다면 미칠 지경으로 그녀를 사랑하고 있다고 한다. 그는 끊임없이 지나에게 말을 걸고 자기 나름의 경구와 익살로써 그녀의 입술에 미소를 머금게 하려고 애를 바득바득 쓰고 있다. 그러나 상대방은 그에 대해 싸늘하고 별다른 관심이 없는 듯 보인다. 지금 이 순간에도 그녀는 한쪽 구석에 있는 피아노 곁에 서서 소담스러운 손끝으로 캘린더를 들추고 있다. 그녀가 사교계에 모습을 나타내면, 좌중이 깜짝 놀랄 정도의 감탄을 불러일으키는 그런 여성들 가운데 하나이다. 그녀의 아름다움이란 필설로 형언하기 어려울 지경이다. 키는 늘씬하게 큰 데다, 암갈색의 머리, 칠흑같이 새까만 눈, 균형이 잡혀 있고 팽팽하게 봉곳 솟은 앞가슴. 어깨와 팔은 고전적인 조각을 보는 듯하고, 발은 매혹이란 단어가 가장 알맞고, 걸음걸이는 여왕의 것을 연상시키기에 족하다. 그녀는 오늘 안색이 그리 좋지는 않지만, 그 대신 놀랄 정도로 고운 선을 그리는 통통하고 불그스레한 입술, 그리고 그 사이로 진주를 꿰어 놓은 듯 가지런하고 조그만 치아들이 빛난다. 이런 모습을 잠시라도 본 사람이라면 한 사흘 동안 꿈 속에 아른거리지 않을 도리가 없다. 그녀의 표정은 심각하게 근엄하다. 므슈 모즈글랴꼬프는 그녀의 눈초리를 바로 받는 게 어딘가 두려운 듯한 눈치였다. 그는 모처럼 용기를 내어 그녀를 쳐다볼 때에도 이상스레 몸을 움츠린다. 그녀의 몸짓은 높은 데서 사람을 내려다보듯이 태연스럽다. 그녀는 단순한 흰 메린스[9] 옷을 입고 있다. 그녀에게는 흰 빛깔이 매우 잘 어울렸다. 하긴 무슨 빛깔이든 그녀에게 어울리지 않는 것은 없을 게다. 그 손가락에는 누구인가의 머리털로 짠 반지를 끼고 있는데, 그 빛깔로 보아 처녀의 어머니 것은 아닐 성싶다. 모즈글랴꼬프는 한번도 그것이 누구의 머리털인지 물어볼 용기가 나질 않았다. 지나는 무슨 영문인지 오늘 아

---

9 얇고 보드랍게 짠 모직.

침 유별나게 말수가 적고, 무엇인가가 걱정스러운 듯 심지어 우울해 보이기까지 하는 표정이다. 그 대신 마리야 알렉산드로브나는 잠시도 입을 다물지 않을 작정인가 보다. 비록 가끔씩 야릇하게 의심스런 눈초리로 딸을 쳐다보았으나, 이것 또한 훔쳐보듯이 슬쩍 쳐다보는 것으로, 아마 그녀조차도 딸을 두려워하는 듯하다.

「빠벨 알렉산드로비치, 얼마나 즐거운지 모르겠어요.」 그녀는 이렇게 재잘거리는 것이다. 「글쎄, 창문에서 커다랗게 고함을 질러 이 일을 모든 사람들에게 알리고 싶을 지경이에요. 약속보다도 2주일이나 일찍 저와 지나를 느닷없이 찾아주신 그 친절에 대해 새삼스레 뭐라 말하고 있는 것이 아니랍니다. 그것은 말할 필요도 없이 당연한 것이지요! 제가 정말로 기쁜 것은 말이죠, 당신이 저 그리운 공작님을 이곳에 데려오신 것 때문이랍니다. 제가 그 매혹적인 노인을 얼마나 사랑하고 있는지 알고나 계실까요! 아니죠, 알 리가 없죠, 없다마다요! 당신은 내 마음을 잘 모르실 거예요! 당신처럼 젊은 사람은 아무리 설명을 드려도 아마 제 기분을 이해하지 못하실 거예요! 그분이 지금으로부터 6년 전 우리들에게 있어서 어떠한 존재였는지 아세요? 지나야, 너는 알겠니? 아, 참! 깜빡 잊어버리고 있었군, 그때 너는 숙모님 댁에 가 있었으니까……. 빠벨 알렉산드로비치, 당신은 그대로 믿지 않으실지 모르겠지만, 그때 저는 그이의 지도자이자, 누이요, 어머니의 구실까지 했다니까요! 그이는 마치 어린애인 양 제가 시키는 대로 순순히 따라 하셨단 말입니다! 우리 두 사람 사이에는 뭔가 순수하고 아름답고 고상한 그 무엇이 있었어요. 뭔가 목가적인 것 같은 그런 것 말씀이에요……. 저도 그것을 어떻게 형용해야 할지 모르겠어요! 그런 사정 때문에 그분은, 그 가엾은 공작님Ce pauvre prince은 우리 집의 일만을 줄곧 생각하시게 되었고, 고맙게 여기게 되신 거지요! 빠벨 알렉산드로비치, 당신이 그이를 저희 집에까지 데려다 주신 것은 그이를 구출하게 된 것일지도 모른다는 것을 아세요! 저는 지난 6년 동안 언제나 가슴이 무너지는 듯한 기다림으로 그이를 생각해 왔거든요. 당신은 그대로 믿으실지 모르지만 저는 그이를 꿈속에서까지 볼 정도였어요. 그런데 그 야수 같은 여자가 그이를 홀려서 한평생을 망치고 말았다고들 하더군요. 그런데 마침내 당신께서 그이를 그 무시무시한 데서 구출해 주신 거예요. 아니, 이번 기회를 이용해서 그이를 완전히 구출해 드리지 않으면 안 되겠어요! 그런데, 저 이 일을 어떻게 그토록 멋지게 해치울 수 있었는지 다시 한번 말씀해 주시지 않으시겠어요? 어떻게 만나게 되신 것인지 자세히 설명해 주세요. 지난번에 저는 너무 당황해서 이야기의 커다란 줄거리밖에 주의하지 않았지만, 실은 곁가지에 해당하는 자질구레한 것들이 말하자면 참맛을 내는 것이지요! 저는 잘디잔 조그마한 일들을 무척 좋아한답니다. 아무리 중요한 경우에라도 자잘한 곁가지에 더욱 더 정신을 쏟는 그런 여자예요……. 그러니…… 그이가 화장을 하시는 동안…….」

「뭐, 먼저 말씀드린 그대롭니다만, 마리야 알렉산드로브나!」 앞으로 열 번이라도 더 이야기를 할 수 있다는 듯이 모즈글랴꼬프는 이렇게 말머리를 꺼냈다. 그에게 있어서는 이것이 하나의 즐거움이었던 것이다. 「저는 밤새 꼬박 마차를 타고 여행하고 있었습니다. 물론, 밤새 눈을 붙여 보지도 못했지요. 제가 얼마나 서둘러 길을 갔는지 아무도 상상하지 못하실 거예요!」 그는 지나를 돌아보면서 이렇게 말을 덧붙여 나갔다. 「말하자면, 저는 역에 닿을 때마다 욕지거리를 하고 고함도 쳐서 바꿔 탈 말을 얻었던 거죠. 역에 말이 없으면 야단법석이 일어나곤 했답니다. 만약에 이것을 글로 옮겨 쓴다면 아주 새로운 양식의 소설이 될 것입니다! 얘기가 줄거리에서 벗어났군요! 저는 여섯 시 정각이 되어 마지막 역인 이기셰보란 곳에 당도했습니다. 몸이 꽁꽁 얼어붙을 지경이었지만, 몸을 좀 녹여 볼 생각도 하지 않고 〈말을 내놔!〉 하고 고함을 질러서, 젖먹이를 가슴에 안은 역장의 아내가 기겁을 하도록 놀래 주었지요. 지금쯤 아마 그녀는 젖이 나오지 않아 애를 쓰고 있을 거예요……. 마침내 아침 해가 솟았는데 어찌나 아름다웠는지 모르겠습니다. 나무에 내려앉은 서리가 빨갛게 물들기도 하고 은빛을 내며 빛나기도 했습니다![10] 그래도 이런 것에 잠시도 눈을 돌릴 사이가 없었습니다. 아무 생각 없이 급히 서둘렀죠! 말은 싸움을 하다시피 해서 간신히 손에 넣었습니다. 어느 관청의 6등관이 잡아 놓은 말을 가로챘으니 하마터면 그와 결투라도 벌이게 될 지경이었죠. 그때 15분쯤 전에 이 역에서 어떤 공작 한 분이 떠나갔다는 말을 들었습니다. 말을 타고 와서 전날 밤 그곳에 묵었다는 이야기였습니다. 저는 그런 이야기도 듣는 둥 마는 둥 하고 마차에 오르자마자 쇠사슬을 떨치고 빠져나가듯 말을 달렸습니다. 그 비슷한 이야기가 왜 페뜨[11]의 시 어느 구절엔가 있었지요, 저 엘레지엔가 들어 있지요. 이 거리에서 꼭 9베르

---

10 A. C. 뿌쉬낀의 『예브게니 오네긴』의 1장 16연에 나오는 〈비바털 옷깃에 은빛 눈발이 서리서리 부서진다〉를 부분 인용한 것.

11 A. A. 페뜨(1820~1892). 러시아의 서정 시인.

스따 떨어진 곳, 그러니까 저 스베또제르스까야 수도원으로 가는 갈림길까지 와서 보니 놀랄 만한 사건이 벌어지고 있더군요. 커다란 여행 마차가 나동그라져 있고, 그 앞에는 마부와 두 명의 하인이 어떻게 손쓸 바를 모르고 장승처럼 우뚝 서 있는 겁니다. 그리고 나동그라진 마차의 밑바닥에서 창자를 끊는 듯한 애처로운 비명소리와 울음소리가 들려왔습니다. 제기랄, 저는 그냥 놔두고 마차 곁을 지나치려고 생각했어요! 그러나 하이네[12]의 시구대로 어디에나 얼굴을 내밀고 싶은 인류애가 저를 이기고 말았습니다. 저는 마차를 멈추고, 하인 세묜과 마부, 이 녀석도 러시아 혼을 가진 놈입니다만, 그놈을 거느리고 구조 작업에 착수했습니다. 이렇게 여섯 사람이 들러붙어 간신히 마차를 들어 바퀴가 땅에 닿게 해놓았습니다. 하기야 그 마차에는 바퀴 같은 게 없었고 밑이 썰매처럼 미끄러지게 되어 있었어요. 그러고 있노라니 장작을 싣고 도시로 들어가던 농부들이 지나다가 도와주었고, 저는 그들에게 보드까 값을 줘어 주었습니다. 전 마음속으로 이 사람이 바로 조금 전에 언뜻 들은 그 공작이란 사람이로구나 생각하고 흘긋 쳐다봤어요. 그랬더니 이게 웬일이겠어요! 그 공작이 바로 가브릴라 공작이 아니겠습니까! 참 묘한 인연이지요! 저는 〈공작님! 아저씨!〉하고 부르짖었습니다. 그는 물론 첫눈에 저를 알아보지 못했습니다. 그래도 금방 알아차린 셈입니다만……. 한 두어 번 눈을 껌벅거린 뒤엔 알아보았으니까요. 그런데 사실은 여태껏 공작님이 제가 누구인지를 분명히는 모르고 계시다는 것을 말씀드려야 하겠군

---

12 H. 하이네(1797~1856). 독일의 서정 시인. 비평가.

요. 아무래도 저를 친척이라고 생각지 않고 어디에선가 만난 일이 있는 다른 어떤 사람으로 여기고 있는 모양입니다. 저는 7년쯤 전에 뻬쩨르부르그에서 그를 만난 적이 있습니다. 물론 그때는 저도 코를 흘리고 다니는 장난꾸러기였지만, 그때 공작으로부터 받은 인상이 강해서 저는 그분을 똑똑히 기억하고 있습니다. 그러나 그분이 저를 도대체 어떻게 기억하겠습니까! 어쨌든 제가 누군지 말씀드리니까 공작님은 매우 반갑게 저를 껴안아 주셨습니다만, 그래도 워낙 놀라셨는지 몸을 부르르 떨며 우시는 겁니다. 글쎄 끝없이 울고만 계시는 거예요. 제가 바로 이 눈으로 똑똑히 보았다니까요! 그러고서는 이런저런 말을 늘어놓아 마침내 공작님을 설득했어요. 제 마차에 옮겨 타시고 단 하루라도 좋으니 모르다소프에서 쉬신 다음에 기운을 차려서 가시라고 말씀드렸던 거죠. 공작님께서는 이를 쾌히 승낙하셨습니다……. 그의 말씀을 들으니, 공작님께서는 당신이 의지하고 계신 스베또제르스까야 수도원의 미사일 신부한테 가는 길이었다는 겁니다. 그건 스쩨빠니다 마뜨베예브나, 그 스쩨빠니다 마뜨베예브나라고 하면 저의 일가붙이 가운데는 모르는 사람이 없을 만큼 극성스러운데 말씀이죠, 저도 전에 두하노보에서 그녀에게 빗자루로 맞고 쫓겨난 일이 있습니다. 그 스쩨빠니다 마뜨베예브나란 여자가 요즘 편지 한 통을 받았는데요, 그 내용은 모스끄바에 있는 그녀의 가족, 부친이었는지 딸이었는지 저는 잘 모르고 또 알고 싶지도 않지만, 어쩌면 부친과 딸이 모두 그런지도 모르죠. 아니 어쩌면 술 전매청에 다니는 어떤 사촌까지 포함돼 있는지도 모르지만, 어쨌든 그 가운데 누군가 지금 당장 숨이 넘어가려고 한다는 겁니다……. 한마디로 말씀드린다면, 그녀는 그 소식을 듣자 혼비백산하여 공작과는 한 열흘쯤 떨어져 있기로 결정하고, 곧장 그곳으로 달려갔다는 겁니다. 공작님께서는 하루나 이틀쯤 얌전히 댁에 계시면서, 가발을 머리에 맞추어 보기도 하고 포마드를 바르고 구레나룻에 물을 들이기도 하고 카드로 점을 쳐보기도 하셨다지만(어쩌면 콩알을 가지고 그런 걸 했는지도 모르죠), 아무래도 스쩨빠니다 마뜨베예브나가 없이는 도무지 견딜 수 없어서, 마차를 준비시켜 스베또제르스까야 수도원으로 떠나시게 되었던 거랍니다. 어떤 하인 녀석중 하나가, 지금은 없지만 나중에 스쩨빠니다 마뜨베예브나가 돌아오면 자신들이 혼이 날 것이 두려워 떠나지 마시도록 만류했습니다만, 공작님께서는 계속해서 고집을 버리지 않으셨습니다. 그래서 어제 점심 식사를 마치신 후 집을 출발하셔서, 이기셰보에서 하룻밤을 묵고 날이 샐 무렵 역을 나서서, 미사일 신부님이 계신 수도원 쪽으로 돌아가려는 바로 그 갈림길에서 하마터면 마차가 골짜기로 굴러 떨어질 뻔한 소동이 일어난 거예요. 그런 때 제가 그를 구출하여, 우리 두 사람이 다 잘 알고 있고 존경해 마지않는 마리야 알렉산드로브나 집에 같이 가지 않겠느냐고 설득했던 겁니다. 공작님께서는 부인에 관해서 말씀하시기를, 여태까지 자기가 만났던 여성 가운데서 가장 멋있는 분이라고 하셨습니다. 결국 이렇게 해서 우리 두 사람이 여기로 오게 된 겁니다. 공작님께서는 지금 2층에서 하인의 시중을 받으며 몸치장을 하는 중이십니다. 공작님께서는 이번에도 저 하인을 잊어버리지 않고 데리고 오셨습니다만, 어디서나 그를 데리고 다니는 걸 잊으시는 일은 없을 것입니다. 부인들 앞에 나서는 데 아무런 준비, 사실 치장이라고 부르는 편이 옳겠지만, 아무튼 그런 게 없을 바엔 차라리 당장 죽어 버리는 편이 낫다고 생각하는 분이니까요……. 이상이 공작님을 여기에 모시고 오기까지의 자초지종입니다! 아주 재미있는 이야기지요 Eine allerliebste Geschichte!」

「이분 아주 유머리스트이신데 그렇지, 지나야!」마리야 알렉산드로브나는 끝까지 다 듣고 나서 이렇게 소리쳤다.「말씀을 참 잘하시는군요! 그런데 뽈, 한 가지 질문이 있어요. 당신이 공작님과 어떻게 친척 관계가 되는지 좀 알아들을 수 있도록 말씀해 주시겠어요! 당신은 그분을 아저씨라고 말씀하셨지요?」

「그런데 사실은 말씀입니다, 마리야 알렉산드로브나. 제가 그분과 어떻게 친척 관계가 되는지 저 자신도 잘 모르겠어요. 아마 수박과 호박의 사이보다도 먼 친척뻘이 되겠지요. 하긴 그것도 절대 제 탓이 아니고 책임은 전적으로 아주머니 아글라야 미하일로브나에게 있습니다. 아글라야 아주머니께선 사돈의 팔촌까지 일가붙이란 일가붙이를 모두 손가락으로 꼽아 보는 것 이외엔 할 일이 없는 분이시니까요. 그분은 또 지난해 여름, 절더러 두하노보에 있는 공작님 댁에 가보라고 쫓아내기까지 하셨답니다. 가고 싶으면 직접 가보시면 좋았을 텐데 말입니다! 이런 인연으로 저는 그분을 아저씨라고 부르게 된 건데, 그분께서도 그렇게 응해 주십니다. 저희들의 친척 관계란 이것뿐입니다. 적어도 지금까지는 말입니다…….」

「다시 한번 말씀드리지만, 당신이 그분을 곧장 저희 집으로 모시고 올 생각을 한 것은 오직 하느님께서 하신 일이랄 수밖에는 없군요! 만약에 그분이, 그 가엾은 공작님이 저희 집이 아니라 다른 집에라도 이끌려 가셨더라면 어떻게 되었을까 하고 생각만 해도 소름이 쭉 끼칠 정도예요. 만약 그렇게 되었다면 그분은 여기저기서 마구 쥐어 뜯겨 아마 뼈조차 남지 않았을 테니까요! 마치 광산이나 사금광이라도 발견한 듯이 너도나도 그분에게 달려들어 껍데기까지 홀랑 벗겨 낼 것이 분명해요! 이 거리 사람들이 얼마나 욕심꾸러기이고 비열하고 교활한지, 당신은 아마 꿈에도 모르실 거예요. 빠벨 알렉산드로비치……!」

여기에서 차를 따르고 있던 과부 나스따시야 뻬뜨로브나가 말을 거들었다. 「원, 별 말씀을 다 하시는군요. 그분을 여기 안 모셔 오고 어디 모셔 갈 데가 있겠어요. 무슨 말씀을 그렇게 하세요, 마리야 알렉산드로브나! 그렇다고 안나 니꼴라예브나에게로 데려갈 수도 없는 노릇 아니겠어요, 안 그래요?」

「그런데, 왜 이렇게 오랫동안 나오지 않으실까? 이상한데요.」 마리야 알렉산드로브나는 더 이상 못 견디겠다는 듯 자리를 차고 일어나면서 말했다.

「아저씨 말씀이십니까? 아직도 옷을 갈아입으시려면 아마 다섯 시간은 더 걸릴 텐데요! 전 그렇게 생각해요. 게다가 그분은 건망증이 아주 심하셔서 어쩌면 이 댁에 손님으로 왔다는 사실조차 까맣게 잊어버리고 있을지도 모릅니다. 참 괴상한 분입니다. 마리야 알렉산드로브나!」

「어머나, 그게 무슨 말씀이세요. 제발 그런 말씀은 말아 주세요.」

「조금도 심한 말이 아닙니다. 마리야 알렉산드로브나! 사실인 걸요. 그분은 반쯤 인공으로 만들어진 사람이지 온전한 사람이 아니에요! 당신은 6년 전에 보셔서 모르시겠지만, 저는 불과 한 시간 전에 봤으니까 틀림없습니다. 그분은 반은 죽은 사람이란 말입니다! 그분은 인간의 기념물에 지나지 않고, 다만 땅에 묻히는 것을 잊어버렸을 뿐이에요! 눈은 의안이고, 다리는 코르크로 되어 있고, 온몸은 용수철로 지탱되고 있으니까요. 모두가 그렇게들 말해요, 용수철 장치가 되어 있다고!」

「어머나, 어쩌면 그런 말씀을 하세요! 가만 듣고 있자니까 함부로 말씀하시는군요.」 마리야 알렉산드로브나는 엄격한 표정을 지으면서 소리 높여 말했다. 「당신과 같은 젊은 사람이, 더구나 그렇게 지체가 높으신 어른에게 그런 무례한 말씀을 하시는 것이 부끄럽지도 않으신가요! 저분이 한없이 착하시다는 점은 제쳐놓는다 하더라도……」 이렇게 말하는 그녀의 목소리는 떨리고 있었다. 「그분이 우리 귀족 계급의 잔영이란 것, 이를테면 귀중한 파편이라는 것을 생각하셔야지요, 여보세요, 벗이여 mon ami! 당신이 그렇게 경솔하게 말씀하시는 건 당신네들이 어디서나 주워섬기는 그 신사상(新思想) 때문이라는 걸 저도 이해하고 있습니다. 그렇다고 오해는 마세요! 제 자신도 이를테면 신사상을 두둔하는 사람이니까요! 저도 당신네들이 하고 있는 주장의 바탕이 고상하고 깨끗하다는 사실은 알고 있어요. 그뿐 아니라 그러한 신사상 가운데는 숭고한 면까지 있다는 걸 느끼기도 합니다. 하지만 그렇다고 해서 그런 사실들이, 직접 생활과 관계가 있는 이른바 사물의 실제적인 면을 보는 데 있어서 나한테 방해가 되지는 않아요. 저는 산전수전 다 겪었으니까, 당신보다는 많은 경험을 했어요. 그리고 저는 어머니이지만 당신은 아직 어리지 않습니까! 그이는 연세가 많은 노인이어서 우리의 눈에 우습게 보이는 거랍니다! 그뿐 아니라 당신은 이전에, 가지고 계신 농노를 해방할 생각이다, 현대 사조를 따라가기 위해 무엇인가 일을 해야겠다고 말씀하셨지요! 이런 것들은 모두 셰익스피어인가 뭔가를 마구 읽었기 때문이에요. 사실은 말이지요, 빠벨 알렉산드로비치, 당신네들이 그렇게 신주 모시듯 하는 셰익스피어도 벌써 구닥다리가 되어 버렸습니다. 그가 다시 살아 나와서 제아무리 머리를 쥐어짠다 해도 지금 세상의 일은 이해할 수 없어요! 만약 현대 사회에 어떤 기사적인 것 또는 훌륭한 어떤 것이 있다고 하면, 그건 다름 아닌 상류 계급에나 있는 거랍니다. 공작은 포대를 걸치고 있어도 공작임에 틀림없고, 오두막에 살아도 궁전에 있듯이 품위가 있잖아요! 이를테면 나딸리야 드미뜨리예브나의 남편이 마치 궁전 같은 집을 지었다고 해도 역시 나딸리야 드미뜨리예브나의 남편이라는 것에는 변함이 없단 말씀입니다! 또 나딸리야 드미뜨리예브나 그 자신도 역시 크리놀린[13]을 50벌 입었다고 해도 역시 나딸리야 드미뜨리예브나이지 별로 더 돋보이거나 할 까닭이 없습니다. 마찬가지로 당신도 상류 계급 출신이니까 어느 정도 상류 계급을 대표하는 사람이에요. 그리고 제 자신도 상류 계급과 전혀 낯선 사람은 아니라고 생각합니다. 그러니까 자기가 태어난 둥지를 허무는 아이를 어떻게 착한 아이라고 할 수 있겠어요! 하지만 곧 당신도 스스로 그런 것들보다는 훌륭하다고 이것들을 이해하게 될 거예요, 친애하는 폴mon cher Paul. 그리고 셰익스피어 따위는 잊어버리실 겁니다. 전 예언할 수 있어요. 그뿐 아

---

13 옛날 서양 여성들이 치마를 부풀리기 위해 입었던 딱딱한 페티코트 또는 버팀살을 넣은 스커트로 1840년대부터 1860년대까지 유행하였다.

니라 저는 당신이 진정으로 그런 말씀을 하시는 게 아니라, 다만 유행이니까 그렇게 말씀해 본 것이라는 정도로 믿고 있어요. 어머나, 제가 말을 너무 많이 했군요. 친애하는 폴mon cher Paul, 여기서 좀 기다리세요, 제가 2층에 올라가서 공작님께서 뭘 하시는지 살피고 오겠어요. 어쩌면 무언가 필요한 것도 있으실 텐데, 우리 집 하인 녀석들은 원……」

마리야 알렉산드로브나는 자기 집 하인들의 일이 생각나자 허둥지둥 방을 나섰다.

「마리야 알렉산드로브나께서는 공작님이 그 주책바가지 안나 니꼴라예브나한테 가지 않으신 게 좋아서 어쩔 줄 모르시겠나 보군요. 그녀는 언제나 공작님의 친척이 된다고 떠벌리고 다녔으니까 지금쯤 분해서 펄쩍펄쩍 뛰고 있겠지요!」 나스따시야 쟈블로바가 불쑥 말했다. 그러나 이 말에 아무도 대꾸를 하지 않자 지나와 모즈글랴꼬프의 얼굴을 흘끗 쳐다보더니, 쟈블로바 여사는 잠깐 사이에 별안간 무슨 일이라도 생긴 것처럼 총총걸음으로 방을 나섰다. 그러나 그녀는 분한 마음을 가라앉히고는, 곧 문간에 멈춰 서서 엿듣기 시작했다.

빠벨 알렉산드로비치는 곧 지나에게 말을 걸었다. 그는 매우 흥분해 있었다. 그의 목소리가 떨렸다.

「지나이다 아파나시예브나, 당신 내게 화가 나 있지 않나요?」 그는 수줍고 애원하는 듯이 말했다.

「선생님한테요? 그럴 까닭이 어디 있어요?」 지나는 약간 홍조를 띠고 아름다운 눈을 상대방에게 던지면서 이렇게 되물었다.

「내가 약속보다 빨리 왔으니까 그런가 보군요……. 지나이다 아파나시예브나! 난 더 참을 수 없었어요. 2주일을 더 기다릴 수가 없었습니다……. 나는 당신을 꿈속에서도 봤어요. 나는 자신의 운명을 알고 싶어서 단숨에 달려온 것입니다……. 그런데도 당신은 얼굴을 찡그리며 화를 내고 계시는군요! 그래, 이번에도 내가 확실한 대답을 들을 수 없단 말씀이신가요?」

지나는 정말로 얼굴을 찡그렸다.

「저도 그 말씀이 나오실 줄 알고 있었어요.」 그녀는 다시 눈을 지그시 감았는데, 이때의 목소리는 다부지고 날카로웠으며, 혐오감이 담겨 있었다. 「저도 기다리는 게 무척 괴로웠기 때문에 어서 이야기할 수 있었으면 좋겠어요. 선생님께서는 거듭 대답을 요구하면서, 제 대답을 조르시는군요. 그럼 죄송하더라도 말씀드려야겠네요. 제 대답은 이전과 다름이 없어요. 좀 기다려 주시라는 거예요! 거듭 말씀드리지만 전 아직 결심이 서지 않아서, 지금으로서는 선생님의 아내가 되겠다는 약속을 드릴 수가 없어요. 이런 약속은 억지로 되는 게 아니에요. 빠벨 알렉산드로비치. 그러나 선생님을 진정시켜 드리기 위해서 한마디 덧붙이겠는데요, 그렇다고 저는 선생님의 청을 딱 잘라 거절하는 것은 아니에요. 그리고 한마디 희망의 여지를 남겨 두는 것은 다만 선생님이 참지 못하고 불안해 하시는 그 기분을 동정한다는 그 이유 때문입니다. 거듭 말씀드리겠지만, 이 문제를 결정하는 데 있어서 저는 절대로 자유로운 입장에 서고 싶습니다. 그러니까 혹시 제가 선생님의 청을 받아들일 수 없다는 회답을 한다 해도 헛되이 기다리게 했다고 저를 원망하지는 마세요. 괜찮지요? 그걸 다짐해 둬야겠어요!」

「아니, 그럴 수가 있습니까!」 모즈글랴꼬프는 원망 어린 목소리로 크게 투덜거렸다.「그런 걸 어떻게 희망이라 말할 수 있단 말입니까! 당신의 말씀 가운데 그 어디서 희망이라는 것을 찾으란 말입니까, 지나이다 아파나시예브나?」

「제가 말씀드린 것을 모두 기억해 두셨다가 무엇이든 좋으실 대로 찾아내면 좋겠어요. 그건 선생님 뜻에 달린 거니까요! 그러나 전 더 이상 드릴 말씀이 없군요. 그리고 아직 전 선생님의 청을 완고히 거절하고 있지는 않습니다. 그저 좀 더 기다려 달라고 했을 따름이죠. 허나 거듭 말씀드리지만, 만약 제가 그렇게 하고 싶은 생각이 드는 순간 선생님의 청을 거절할 수 있는 완전한 권리를 그대로 남겨 놓겠어요. 그리고 하나만 더 덧붙여 둘 게 있어요, 빠벨 알렉산드로비치. 선생님께서 약속한 날짜보다 일찍 나타나신 것이 우회적인 방법을 써서, 말하자면 어머님의 힘을 빌어서 측면에서 절 공격하시겠다는 그런 속셈에서였다면 그건 커다란 잘못이었습니다. 그렇다면 전 그 자리에서 딱 손을 끊고 말겠어요. 아시겠어요? 그럼 오늘은 충분히 이야기가 됐으니까 제발 그날이 올 때까지 이 이야기를 다시는 꺼내지 말아 주세요.」

이 모든 연설조의 말은 딱딱하고 엄격한 형식이었으나, 미리 연습이라도 해둔 듯 청산유수로 거침이 없었다. 뽤은 완전히 실패했다는 것을 깨달았다. 바로 이때 마리야 알렉산드로브나가 돌아왔다. 거의 그녀와 앞서거니뒤서거니하며 쟈블로바 여사가 나타났다.

「그분은 곧 내려오실 거야, 지나야! 그리고 나스따시야 뻬뜨로브나, 어서 차를 넣어다 주세요!」마리야 알렉산드로브나는 약간 흥분까지 한 것처럼 보였다.

「안나 니꼴라예브나가 벌써 형편을 살피러 염탐꾼을 보냈어요. 하녀인 아뉴뜨까가 부엌으로 달려와 이것저것 캐물었거든요. 그녀는 아마 지금쯤 몹시 화가 났을 거예요!」 나스따시야 뻬뜨로브나는 사모바르 쪽으로 달려가면서 이렇게 보고했다.

「그런 건 나와 아무 상관도 없어!」 마리야 알렉산드로브나는 어깨 너머로 쟈블로바 여사에게 무덤덤한 어조로 대꾸했다. 「안나 니꼴라예브나가 어떻게 생각하든 그건 알아서 뭣하겠소? 그녀의 부엌에 염탐꾼을 보내는 짓 따위는 난 절대 하지 않을 테니까. 그런데 어째서 당신은, 아니 당신뿐만 아니라 이 거리의 사람들 모두가 나를 그 가련한 안나 니꼴라예브나의 원수라 생각할까요? 모를 일이에요, 정말 모를 일이에요. 빠벨 알렉산드로비치, 전 당신에게 증인이 되어 주십사고 부탁하겠어요! 당신은 우리 두 사람을 모두 아시지요. 대관절 제가 뭣 때문에 그녀의 원수가 되겠어요? 사교계의 수석을 다투는 경쟁자란 말인가요? 전 그런 경쟁엔 관심이 없답니다. 그럼 그녀에게 수석의 영광을 주도록 하세요! 전 누구보다도 먼저 그녀에게로 달려가서 수석을 축복해 줄 아량을 갖고 있어요. 결국 모두 틀린 이야기예요. 전 그녀의 편이 되려고 해요. 그렇게 하는 것이 제 의무예요! 모두들 그녀에 대해서 좋지 않게 이야기하고 있으니까요. 무엇 때문에 당신들은 그녀를 나쁘게 이야기하시는 겁니까? 그녀가 젊고 멋 부리기를 좋아하기 때문인가요? 그러나 제 생각 같아서는 그것과 아주 다른 것, 이를테면 나딸리야 드미뜨리예브나처럼 차마 입에 담지 못할 그런 따위를 즐기는 데 비하면 멋 부릴 줄 안다는 점이 훨씬 더 좋은 거라고 생각합니다. 그렇지 않다면 안나 니꼴라예브나가 자기 집구석에 가만 박혀 있지 못하고 마을을 돌아다니기 좋아하는 그 이유 때문인가요? 하지만 그건 당치도 않아요! 그녀는 교육이라고는 전혀 받아 보지 않았기 때문에, 이를테면 책이라도 펼쳐 본다거나 무슨 일이라도 하면서는 단 2분도 견디지 못할 게 당연하단 말이에요. 그녀는 교태를 부리면서 거리를 지나가는 사람에게 일일이 시선을 보내고 있으니까요. 그리고 그녀의 인물이 좋다는 게 대관절 어떻게 된 이야기인지 모르겠어요. 그녀는 얼굴이 하얗다 뿐이지, 어디 특별한 데가 있단 말인가요? 사실 그녀는 무도회 때 사람들을 곧잘 웃기지요. 거기엔 이의가 없습니다! 그렇지만 그녀의 폴카가 멋지다는 이야기도 정말 모를 일이로군요? 그녀는 차마 눈뜨곤 볼 수 없는 나꼴까[14]를 한 채 모자를 쓰고 다녀요. 하지만 하느님께서 그녀에게 취미라는 것을 주시지 않고, 그 대신 경박한 성품만을 주셨다고 해서 덮어놓고 그녀의 허물이라고만 말할 순 없지요. 그녀에게 과자의 포장지가 머리에 잘 어울린다고 누군가 말씀해 보세요, 그럼 틀림없이 그걸 쓰고 다닐 여자라니까요. 그리고 그녀더러 수다쟁이라고는 하지만, 그건 이 지방의 습관이니까요. 이 지방의 사람치고 수다스럽지 않은 사람이 어디 있겠어요? 또 그녀의 집에는 수실로프라고 하는 구레나룻을 기른 사나이가 드나들고 있어요. 그는 아침이나 저녁이나 심지어 밤에도 드나든단 말입니다. 정말 해괴망측해요! 글쎄 그녀의 남편이 새벽 다섯 시까지 카드 놀이에 넋을 잃고 있다니까요! 그뿐 아니라 이 거리엔 다른 여러 가지 좋지 못한 일이 얼마든지 있어요! 그러나 이런 것들은 어쩌면 중상일

---

14 부인용 머리 장식.

수도 있어요. 어쨌든 전 언제나 그녀의 편을 들겠어요……. 어머 이를 어쩌나! 공작님이 내려오시는군요! 공작님이에요, 공작님! 전 사람들 1천 명이 모인 데서라도 공작님이라면 금방 알아볼 수 있을 거예요! 마침내 당신을 뵙게 되었군요, 공작님 mon prince!」 마리야 알렉산드로브나는 방으로 들어오는 공작을 맞으러 달려갔다.

제4장

공작은 언뜻 보아서는 노인이라 생각할 수 없을 정도이지만, 가까이 가서 자세히 들여다보면 그가 태엽을 장치한 산송장에 지나지 않는다는 것을 알 수 있다. 이 미라 같은 존재를 젊은이처럼 분장시키기 위하여 갖가지의 예술적 기법들이 동원되고 있다. 깜짝 놀랄 만한 가발, 새까맣게 반들거리는 콧수염, 구레나룻, 턱수염 따위가 얼굴의 반을 가리고 있다. 그 얼굴에는 아주 교묘하게 지분(脂粉)이 칠해져 있고, 거의 주름살이 보이지 않아 감쪽같이 어디다 감추었는지 알 길이 없다. 그는 최신 유행의 옷을 입고 있어서, 마치 최신 유행 잡지에서 막 빠져나온 사람 같다. 모닝 코트인지 뭔지 그런 옷을 입고 있지만, 사실 나로서는 그것이 무슨 옷인지 알 도리가 없다. 뭔지는 모르지만 어쨌든 그것이 참신한 유행을 따른 옷이라는 점과 아침에 남의 집을 방문할 때 입는 현대적인 복장이라는 것만은 확실하다. 장갑, 넥타이, 조끼, 와이셔츠, 그 밖의 모든 것이 눈부시도록 깨끗한 최신품이고 매우 고상한 품위를 풍긴다. 공작은 약간 다리를 절고 있는데,

그러나 아주 교묘하게 걸어서 그렇게 하는 것이 유행상 필요할 것처럼 생각될 정도이다. 한쪽 눈에는 모노클[15]을 걸치고 있는데, 그 눈은 안경이 아니더라도 이미 유리로 되어 있는 의안이다. 공작의 몸에는 향수 냄새가 배어 있다. 그는 말을 하면서 특히 엉뚱한 단어들을 질질 끌어 발음하곤 하는데, 그것은 늙어서 힘이 없기 때문인지도 모르고, 혹은 어쩌면 치아란 치아가 모두 의치이기 때문인지도 모르고, 그렇지 않으면 우쭐대기 위해서 짐짓 그렇게 하는 것인지도 모른다. 어떤 특정한 음절은 터무니없이 달콤하게 발음했는데, 특히 〈에〉자엔 힘을 잔뜩 들인다. 〈다〉[16]란 말이 그의 입에서 나올 때는 〈떼〉처럼 들리고, 그러면 그것은 한층 달콤하게 들린다. 그의 행동거지엔 오랜 바람둥이 생활을 하는 동안 자연스럽게 몸에 밴 어딘가 어수룩한 면이 있다. 그러나 대체로 보면, 이전 그의 바람둥이 생활이 지금까지 어떤 흔적을 남기고 있다고는 해도, 그것은 일종의 몽롱한 추억이거나, 그렇지 않으면 이미 흘러서 멀리 저편으로 사라져 버린 옛 꿈과 같은 형태로, 스스로도 의식하지 못할 정도로 남아 있는 데 지나지 않는다. 아아, 슬픈 일이다! 어떤 화장품을 쓰거나 코르셋이나 향수나 가발의 힘을 가지고도 이를 돌이킬 수는 없게 되어 버렸으니. 그러므로 이 노인이 아직 완전한 폐물이 되지는 않았다 하더라도, 벌써 까마득한 옛날에 기억력을 잃어 걸핏하면 일을 그르치기가 일쑤이고 같은 일을 되풀이하고 엉뚱한 일을 벌이곤 한다는 것을 애당초 밝혀 두고 들어가는 편이 현명할 것이다. 그와 이야기를 하려면 특별한 기술이 필요하다.

---

15 monocle. 외눈 안경.
16 〈그렇소〉라는 뜻의 러시아 어.

그런데도 마리야 알렉산드로브나는 자신만만했으므로, 공작을 보자 말로 표현하지 못할 만큼 반가워했다.

「그런데 공작님께서는 조금도 변함이 없으시군요!」 그녀는 손님의 두 손을 붙들고 안락의자에 앉히면서 이렇게 말했다. 「앉으세요, 앉으십시오, 공작님! 6년 동안이나 뵙지 못했는데도 편지 한 통, 글 한 줄 보내 주지 않으시니 너무하시잖아요! 아이고, 공작님께서는 저희에게 미안하다는 생각도 없으신가요! 제가 얼마나 원망했는지 몰라요, 친애하는 공작님 mon cher prince! 그런데 차, 차를 가져와야지! 어머나, 이를 어쩌나! 나스따시야 뻬뜨로브나, 차를 가져와요!」

「고맙습니다, 감사해요, 정말 미안스럽습니다!」 공작은 혀를 돌돌 굴리면서 이렇게 말했다. (이 말은 앞에서 빠뜨렸지만, 공작은 때로 혀를 굴리면서 말했고 이것도 유행하는 말투처럼 들렸다.) 「미안스럽습니다! 실은 작년에도 틈을 내서 이곳에 꼭 오려고 했습니다만……」 그는 로르네트[17]로 방 안을 휘 둘러보면서 이렇게 덧붙였다. 「주위 사람들이 겁을 주었답니다. 이 지방에 콜 — 레 — 라가 만연되었다고 말입니다.」

「아니에요, 공작님. 이곳에는 콜레라가 유행한 일이 없었어요.」 마리야 알렉산드로브나는 말했다.

「이곳에 가축병은 번진 일이 있었습니다. 아저씨!」 모즈글랴꼬프가 잘난 체하려는 듯 자리에서 일어나면서 거들었다. 마리야 알렉산드로브나는 눈에 쌍심지를 세우고 그를 노려보았다.

「음, 그렇지 가축병인가 뭐 그런 거였지…… 그래서 나도

---

17 손잡이가 달린 오페라 용 안경.

꼼짝 않고 있었지. 그런데 안나 니꼴라예브나, 주인께선 어떻게 지내시죠? 아직 검사직을 맡아 보고 계신가요?」

「아, 아닙니다. 공작님.」 마리야 알렉산드로브나는 우물우물하며 입 속으로 이렇게 대답했다. 「저의 주인은 검 ─ 사 ─ 가 아니랍니다……」

「말씀드리기 거북하지만, 아저씨께서는 기억이 좀 헷갈려서 당신을 안나 니꼴라예브나 안찌쁘바와 혼동하고 계십니다!」 눈치 빠른 모즈글랴꼬프가 외쳤지만, 그러한 설명에도 불구하고 마리야 알렉산드로브나가 인상을 잔뜩 찌뿌리고 있는 모습을 보자 정신이 번쩍 들었다.

「음, 그렇지요, 그렇지. 안나 니꼴라예브나, 그리고……(참, 뭐라 그랬는지 잊어버렸는걸!) 아, 그렇지, 안찌쁘브나지. 틀림없어. 안찌쁘나였어.」 공작은 이렇게 확신하듯 말했다.

쓸쓸한 미소를 지으며 마리야 알렉산드로브나가 말했다.

「아, 아니에요, 공작님. 공작님께선 잘못 아셨어요. 저는 안나 니꼴라예브나와는 전혀 다른 사람이에요. 실상 저는 공작님을 모시게 되리라곤 전혀 기대하지 않았어요! 공작님께서는 저를 놀라게 해주셨어요! 저는 공작님의 옛 친구인 마리야 알렉산드로브나 모스깔료바예요. 공작님께서는 마리야 알렉산드로브나를 기억하시죠?」

「마리야 알렉산드로브나라! 그래요! 나는 당신이 바로 그, 뭐라……. 그랬더라…… 참, 그렇지! 안나 바씰리예브나인 줄 알고 있었구려……. 유쾌한데 C'est délicieux! 그러고 보니 내가 이 집에 잘못 들렀군. 나는 자네가 그 안나 마뜨베예브나의 집에다 데려다 주는 줄 알고 있었다네. 재미있는걸 C'est charmant! 어쨌든 나는 가끔 이런 실수를 저지른다네……. 때때로 엉뚱한 집엘 들르곤 하지. 그러나 그런 대로 만족스러우이. 어떤 일이 있든지 나는 언제나 만족한단 말이야. 그렇다면 당신은 나스따시야 바실리예브나가 아니로군? 이건 참 재미있는 일인데…….」

「마리야 알렉산드로브나예요, 공작님. 전 마리야 알렉산드로브나라니까요! 아이 참, 공작님께서는 제게 무척 실례를 하시는군요! 둘도 없는 좋은 친구를 잊어버리시다니 무슨 말씀이세요!」

「음, 그렇지. 둘도 없는 친구라…… 실례했소, 용서하시오 pardon, pardon!」 공작은 지나 쪽을 흘긋흘긋 쳐다보면서 그의 독특한 발음으로 말했다.

「이 애는 제 딸 지나예요. 공작님께서는 아직 모르실 거예요. 공작님께서 이곳에 계셨을 때 이 애는 마침 여기 살고 있지 않았거든요. 공작님께서는 그때의 일을 기억하시나요?」

「당신 따님이라고요! 매력적이군, 매력적이야 charmante, charmante!」 공작은 로르네트를 통해 지나를 탐욕스럽게 훑어보면서 중얼거렸다. 「정말 아름답구먼 Mais quelle beauté!」 그는 매우 감탄한 듯이 낮은 목소리로 말했다.

「차를 드십시오, 공작님.」 마리야 알렉산드로브나는 쟁반을 들고 그 앞에 서 있는 까자끄[18] 복장을 한 시종 쪽으로 공작의 주의를 끌면서 이렇게 말했다. 공작은 찻잔을 들고 서 있는, 볼이 장밋빛으로 부푼 시종을 흘긋흘긋 쳐다보면서 말했다.

「아아, 이 애가 댁의 아드님이신가요?」 그러고는 덧붙였

---

18 15세기부터 17세기에 과중한 세금과 압제를 피해 변경 지방(자뽀로지에, 돈, 시베리아)으로 도망친 농노들과 그 자손.

다.「아주 자 — 알 생긴 녀석이로군요……! 으음 게다가 꽤 얌전하겠지요?」

「그런데 공작님.」마리야 알렉산드로브나는 황급히 말을 가로챘다.「이야기를 듣자니 아주 큰일날 뻔했더군요? 정말이지 얼마나 놀랐는지 몰라요……. 크게 다치신 데는 없으세요? 앞으로 조심하세요! 하마터면 큰일났겠어요…….」

「굴러 떨어졌어요! 굴러 떨어졌어요! 마부 녀석이 떠밀었어요!」공작은 의외로 원기 왕성하게 소리쳤다.「이제 말세가 왔는가, 그렇지 않으면 그 비슷한 무슨 천재지변이 생겼는가 그렇게 생각했어요. 정말이지 속된말로 표현하면 간이 덜컹 내려앉았어요! 뜻밖에, 정말 뜻밖에 당한 일이었으니까요! 정말 예상하지 못한 일이었어요! 그것도 다 내 마부인 페 — 오 — 필 녀석이 잘못했기 때문이지요! 여보게, 나는 이제 모든 일에 자네 한 사람만을 믿으니까 잘 조사해서 적절한 조치를 취해 주게. 그 녀석이 내 목숨을 노린 것이 분명하단 말이야.」

「알겠습니다, 잘 알겠습니다, 아저씨!」빠벨 알렉산드로비치가 이렇게 대답했다.「모두 조사하겠습니다! 그런데 아저씨 한 말씀만 드리죠! 그 녀석을 이번만 용서해 주시지 않으시렵니까, 네? 어떻게 생각하십니까?」

「절대로 용서할 수가 없어! 녀석은 내 목숨을 노렸던 게 틀림없으니까! 그 녀석과 집에다 남겨 두고 온 라브렌찌란 녀석이 그랬단 말이야. 녀석은 아무래도 신사상인지 뭔지에 홀려 부정한 생각을 가지게 된 거야…… 요컨대 완전히 빨갱이란 말이야! 난 이제 그런 놈은 얼굴도 보기가 겁난다네!」

「아, 공작님의 말씀은 천 번 만 번 타당하십니다.」마리야 알렉산드로브나는 이렇게 외쳤다.「저도 그 불한당 놈들 때문에 얼마나 괴로움을 당하고 있는지 공작님께선 감히 상상이나 하실까요! 글쎄 전 이번에 하인 가운데 두 녀석을 갈아치웠지만, 놈들이 어떻게나 아둔하던지 속깨나 썩였어요. 눈만 뜨면 아침부터 밤늦게까지 그것들과 싸우다 긴긴 해를 전부 보냈다니까요. 녀석들이 얼마나 밥통들인지 공작님께서는 상상도 못하실 겁니다!」

「그렇겠지요, 암, 그렇고말고요! 하지만 사실 나는 하인들이 좀 아둔한 편을 좋아합니다.」공작은 이렇게 말을 꺼냈다. 그는 다른 모든 늙은이가 그렇듯이 남이 자기가 하는 말을 기꺼이 들어 주면 좋아서 어쩔 줄을 모르는 것이다.「하인들에겐 아무래도 그러는 편이 어울립니다. 본성이 정직하고 좀 어리석은 듯한 쪽이 오히려 하인으로서 값어치가 있단 말입니다. 물론 때와 경우에 따라서 평가야 달라지겠지만요. 바보인 편이 도리어 믿음직스럽고 얼굴도 어딘지 엄숙하게 보인답니다. 다시 말해서 나는 예절 바른 놈이 좋습니다. 나는 언제나 인간이 예절 발라야 한다고 생각합니다. 지금 우리 집에는 쩨렌찌라고 하는 놈이 있습니다. 자네 왜 쩨렌찌를 기억하겠지? 나는 그 녀석을 첫눈에 보자마자 단번에 현관지기를 시켜야 되겠다고 생각했습니다! 보기 드문 바보니까요! 마치 양이 물 속을 들여다보는 것 같은 표정을 늘 하고 있어요. 그러면서도 아주 믿음직스럽게 생겼고 굉장히 엄숙한 표정을 짓고 있단 말입니다. 목이 엷은 장밋빛이랍니다! 그래서 거기에 흰 넥타이를 매고 정장을 하면 아주 효과가 만점이에요! 나는 그놈에게 홀딱 반해 버리고 말았어요. 어떤 때는 보고 있으면 눈을 뗄 수 없을 지경이지요. 그야말로 학위 논문이라도 쓰는 듯한 의젓한 모양을 하고 있으니까요! 말하자면 진짜배기 독일 철학자 칸트나, 아니면 오히려 너무 먹여서 살이 오른 칠면조 같답니다. 하인으로서는 완전 무결한 전형comme il faut이랍니다!」

마리야 알렉산드로브나는 기뻐서 어쩔 줄을 몰라 깔깔웃고, 심지어 손뼉까지 치면서 좋아했다. 빠벨 알렉산드로비치도 아저씨의 얘기가 재미있다며 진심으로 그녀에게 맞장구를 쳤다. 나스따시야 뻬뜨로브나도 소리 내어 웃었다. 지나조차 미소를 머금었다.

「정말 공작님께서는 가벼운 유머와 위트가 풍부하시군요!」 마리야 알렉산드로브나가 소리쳤다. 「공작님께서는 매우 섬세하고, 유머러스한 일들을 포착해 낼 수 있는 매우 값진 재능을 가지고 계시군요! 게다가 공작님께서는 꼬박 5년 동안이나 사교계에서 자취를 감추시고 시골에 틀어박혀 계시지 않았어요! 그런 재능을 가지고 계시면서도 말이에요! 공작님께서는 창작도 하실 수 있어요! 공작님께서는 폰비진[19]이나 그리보예도프[20]나 고골[21]의 뒤를 이을 수도 있을 거예요!」

「음, 그렇지. 그렇고말고!」 공작은 무척 만족스럽게 말했다. 「뒤를 이을 수가 있고말고……. 사실 나는 옛날엔 기지 발랄했거든. 무대에서 상연하기 위해 보드빌[22]을 쓴 일도 있는데…… 그 가운데는 아주 매혹적인 구절도 여러 개 있었단 말이야! 그러나 그게 한번도 상연되지는 않았어.」

「어머나, 그 작품을 읽을 기회가 있으면 얼마나 재미있었

---

19 D. I. 폰비진(1745~1792). 러시아의 극작가.
20 A. S. 그리보예도프(1795~1829). 러시아의 극작가이자 외교관.
21 N. V. 고골(1809~1852). 러시아의 작가.
22 Vaudeville. 음악과 무용을 곁들인 풍자적인 통속 희극.

겠어요. 정말 잘됐지 않니, 지나야! 마침 저희들은 연극을 한 번 해보자는 의논을 한 일이 있었어요. 그건 공작님, 부상자에게 의연금을 보내기 위한 애국적인 운동입니다……[23] 그때 공작님의 보드빌을 상연하면 어떨까 생각하는데요!」

「물론, 좋겠지요! 다시 한번 그걸 쓸 수도 있지……. 그런데 난 이제 깡그리 잊어버리고 말았어. 그러나 지금도 어렴풋이 떠오르지만, 그 안에는(공작은 이렇게 말하면서 자기 손에 키스했다) 말장난을 한 대목이 두서너 대목 있었지요. 그리고 내가 외국에 가 있을 때는 정말 굉장한 센세이션fu-ro-re을 일으켰단 말입니다. 바이런[24] 경도 기억하고 있습니다. 우리는 서로 친한 사이였거든요. 빈 회의 때 폴란드 춤을 정말 굉장히 잘 추었어.」

「바이런이라고요, 아저씨! 그게 정말이세요?」

「그렇고말고, 바이런 경 말이야. 그러나 어쩌면 바이런 경이 아니라, 어떤 다른 사람인지도 모르지. 그렇지 틀림없이 바이런 경이 아니라 어느 폴란드 사람이었어! 이제야 분명히 기억이 나는군. 정말 괴상한 사나이였단 말이야. 처음에는 백작이라 자칭하고 나섰지만, 나중에 알고 보니 어딘가의 요리사였거든. 그런데 정말 그의 폴란드 춤은 대단한 것이었어. 그러다가 나중엔 다리를 분지르고 말았단 말이야. 그때 나는 다음과 같은 시를 지었단 말이오. 〈나의 사랑하는 뽈랴그[25]는 춤을 추었다네 끄라꼬뱌크[26]를…….〉 그리고 그

23 1853~1856년 동안 있었던 크림 전쟁의 부상자들에 대한 이야기이다.
24 G. G. 바이런(1788~1824). 영국의 시인.
25 폴란드 사람.
26 폴란드의 템포가 빠른 춤 또는 그 음악.

다음에는 너무 오래되어서 통 기억이 나지 않는걸……」

「〈그러나 다리를 분지르고는 춤이고 뭐고 집어치웠노라〉. 이렇지 않았어요, 아저씨?」 모즈글랴꼬프는 점점 더 신바람이 나서 이렇게 소리 질렀다.

「아마 그랬나 보군 그래.」 아저씨가 대답했다. 「어쨌든 그와 비슷한 내용이었어. 아니 역시 그런 게 아니었던 것 같기도 하군. 어쨌든 그 시는 대단한 성공이었지……. 그런데 이제는 일어났던 일 가운데 몇 가지 일들은 완전히 잊어버렸어. 이건 내가 너무 바쁘기 때문이야.」

「그런데 공작님께서는 시골에서 무슨 일을 하고 계셨어요?」 마리야 알렉산드로브나는 물었다. 「저는 늘 공작님에 관해서 생각했답니다, 친애하는 공작님 mon cher prince. 정말이지 저는 공작님께서 그동안 무엇을 하고 계셨는지 물어보고 싶어 얼마나 눈이 빠지게 기다렸는지 모를 지경이에요…….」

「무슨 일을 했느냐고요? 그야 대체로 여러 가지 일이 있지요. 때로는 한숨을 돌릴 때도 있지만요. 그러나 어떤 때는 길을 가면서 여러 일을 상상해 보곤 하지요…….」

「그러고 보니 아저씨께서는 상상력이 특히 풍부하시겠습니다, 그렇죠?」

「상상력이 무척 왕성하지, 그렇고말고. 나는 가끔 나 자신도 놀랄 만한 것을 상상해 내곤 한단 말이야. 그래, 내가 언젠가 까두예프[27]에 있었을 때였지. 그런데 실은 자네가 까두예프의 부시장이었던 것 같은데, 아닌가?」

「제가요, 아저씨? 무슨 말씀이세요, 제가요!」 빠벨 알렉산

---

27 러시아의 지방 도시.

드로비치는 소리쳤다.

「이런 어처구니없는 일이 있나! 나는 지금까지 자네를 부시장인 줄 알고 있었는데, 어쩐지 얼굴 모습이 딴사람처럼 달라졌을까 속으로 생각하고 있던 참이라네……. 그 사람은 아주 훌륭하고 똑똑하게 생겼거든. 남달리 똑똑한 사람으로 여러 가지에 관해서 줄곧 시를 짓고 있었거든. 어느 면에선 옆모습이 다이아몬드의 킹과 같은 모양을 하고 있었어……」

「안 되겠습니다, 공작님.」 마리야 알렉산드로브나가 말을 가로챘다. 「그런 생활을 하시면 몸을 망쳐 버리고 마실 거예요! 5년 동안이나 시골 구석에 틀어박혀서, 남의 얼굴을 보지 못하고 남의 말도 듣지 못하시다니! 공작님, 당신은 돌아가신 분이나 다름이 없어요! 공작님을 진정으로 생각하는 사람들 가운데 누구한테 물으셔도 공작님을 죽은 사람이라고 말할 거예요!」

「설마, 그럴 리가?」 공작은 소리쳤다.

「저의 말을 믿으세요. 저는 공작님의 친구로서, 또 누이동생으로서 충고하는 겁니다. 이런 말씀을 드리는 것도 공작님이 제게 있어서 중요한 사람이기 때문이에요. 그리고 지난날 저희들의 기억이 소중하기 때문입니다. 입에 발린 소리를 한다고 해서 제게 무슨 이익이 돌아오겠어요? 정말이지 공작님께서는 지금의 생활을 근본부터 고치지 않으시면 안 돼요. 그렇지 않으면 공작님께서는 더욱 병이 깊어질 거고, 비쩍비쩍 쇠약해지신 끝에 돌아가시고 말 겁니다……」

「아, 무슨 말씀인지! 설마 그렇게 일찍 죽겠습니까!」 공작은 놀라서 말했다. 「그런데 정말이지 당신은 신통하게도 알아맞히는군요. 나는 여태껏 치질에 시달리고 있는데, 이것이

요즈음에는…… 글쎄 이게 도지면 괴 — 상한 징후가 나타난답니다. (가능한 한 상세히 그걸 말씀드리겠습니다.) 첫째로는……」

「아저씨, 그런 말씀은 다음 기회에 하시기로 하고,」 빠벨 알렉산드로비치가 말을 가로막았다. 「지금은…… 떠나셔야 할 때가 아닙니까?」

「음, 그렇지! 다음 기회에 해도 괜찮아. 아마 듣기에 별로 재미있지도 않을 거야. 내가 지금 생각컨대…… 그러나 이놈은 꽤 재미있는 병이란 말이야. 이 병에 관해서는 여러 가지 에피소드가 있다네……. 오늘 저녁에 아주 재미있는 얘기를 하나하나 상세히 해줄 테니까, 혹시 내가 잊어버리고 있거든 가르쳐 주게나……」

「그런데 백작님, 그 병을 외국에서 치료해 보시면 어떻겠어요?」 마리야 알렉산드로브나는 거듭 말을 가로챘다.

「외국에서 고친다고! 응, 그렇지. 그렇답니다! 나는 반드시 외국으로 갈 거예요. 1820년대에 외국에 갔던 일이 있는데, 그때 그곳에서 무척이나 유 — 쾌 — 했답니다. 난 그때 하마터면 프랑스의 자작 부인과 결혼할 뻔했어요. 그때는 정신없이 사랑에 빠져 그 여자를 위해서라면 그냥 목숨을 바쳐도 괜찮을 정도였소. 그러나 결혼한 사람은 내가 아니라 다른 사나이였지. 정말 이상스러운 일도 다 있지. 잠시 두 시간 동안 떨어져 있던 사이에 다른 녀석이 승리를 차지하고 말았거든. 그 녀석은 독일의 남작이었는데 얼마 안 있어 정신 병원에 끌려가고 말았소.」

「글쎄, 친애하는 공작님cher prince, 제가 이렇게 말씀드리는 것은 당신 자신의 건강을 신중히 돌보지 않으면 안 되겠다는 뜻이랍니다. 외국 같으면 용한 의사도 있을 터이니까요……. 게다가 생활이 달라진다는 것만으로도 어느 정도의 효과가 있을 수 있지 않겠어요! 잠시 동안이라도 좋으니 공작님께서는 두하노보를 떠나실 결단이 필요할 거예요.」

「반 ― 드 ― 시 그렇게 하겠소! 나는 그렇지 않아도 이전부터 그럴 결심이었고, 수 ― 치 ― 료법을 해볼 생각이었지요.」

「수(水)치료법이라고요?」

「수치료법이지. 난 이 수 ― 치 ― 료법을 한번 해본 일이 있었소. 그때 나는 어떤 온천장에 있었는데, 그곳에는 모스끄바의 한 귀부인이 와 있었어요. 이름은 지금 잊어버렸지만, 어쨌든 상당히 시적인 여자로 나이는 일흔 살 정도였지요. 그녀에겐 딸이 늘 따라다니고 있었는데, 그 여자는 나이가 쉰 살 정도이고 눈에 흰 점이 박힌 과부였습니다. 그런데 그녀 역시 언제나 시에 관한 이야기만 하고 있었어요. 그 후 가엾게도 그 여자는 홧김에 하녀 계집애를 때려 죽여 그 때문에 재판을 받고 말았지만, 그때 그 여자들이 날더러 자꾸 광천 요양을 하라고 권했어요. 하지만 사실 그 때 나는 아무데도 이상이 없었거든요. 그런데도 〈치료하세요, 치료하세요!〉하고 자꾸 권하는 바람에 나도 묘하게 마음이 움직여 광천을 마시기 시작했습니다. 정말로 기분이 얼마쯤 나아 ― 질지 모른다고 생각해서 말입니다. 그래서 마시고 또 마 ― 시고 폭포수가 마르도록 마셨더니 글쎄 이 수치료법이라는 게 상당한 효험이 있는 덕택에 나는 큰 이득을 봤습니다. 그래서 결국 내가 병을 앓지만 않았다면, 정말 건강할 수 있었을 텐데…….」

「참으로 온당하신 결론입니다, 아저씨! 그런데 아저씨께서는 논리학을 공부해 본 적이 있으십니까?」

「어머나! 무슨 버릇없는 질문입니까!」 마리야 알렉산드로브나는 화를 버럭 내면서 매섭게 쏘아붙였다.

「배운 일이 있고말고. 하지만 아주 오래전에 배웠지. 나는 독일에서 철학도 배웠어. 모든 과정을 몽땅 이수했지만 졸업하자마자 깡그리 잊게 되더군. 그러나…… 정말이지…… 당신이 그 병 이야기로 나를 놀래켜서……, 정신이 하나도 없군. 그럼, 나 곧 다녀올 테니까…….」

「어디 가십니까, 공작님?」 마리야 알렉산드로브나는 깜짝 놀라서 이렇게 소리쳤다.

「곧 오겠습니다……. 새로운 감상이 퍼뜩 떠올랐기 때문에 그걸 좀 글로 옮기려고…… 안녕au revoir…….」

「괴상한 분이지요?」 빠벨 알렉산드로비치는 소리치고 나서 털털거리고 웃었다.

마리야 알렉산드로브나는 도저히 견딜 수가 없었다.

「알 수 없군요. 무엇이 그렇게 우스운지 도무지 모를 일이로군요!」 그녀는 화가 치밀어 이렇게 핀잔을 주었다. 「저렇게 세상으로부터 존경을 받으시는 노인이고 게다가 친척이 되는 어른이라면서, 저분이 천사처럼 착하시다고 해서 한 마디 한 마디를 웃음거리로 여길 수가 있나요! 당신 때문에 부끄러워서 저까지 얼굴이 빨개질 지경이에요, 빠벨 알렉산드로비치! 그래, 그분의 어디가 그렇게 우스운지 어디 말씀 좀 해보시겠어요? 저는 그분한테서 우스운 데라곤 한 군데도 찾을 수 없는데 말이죠.」

「사람을 분간하지도 못하고, 또 때때로 뚱딴지 같은 말을 하지 않습니까?」

「하지만 그건 그분의 무서운 생활의 결과란 말입니다. 그 악마 같은 여자의 감시를 받으면서 5년이란 세월을 꼼짝없이 갇혀서 산 그 무시무시한 생활의 결과란 말이에요. 그분에 대해 비웃을 것이 아니라, 동정을 해야 마땅한 거예요. 그이가 심지어 저까지도 알아보지 못하시는 걸 당신 스스로 똑똑히 보셨을 겁니다. 이쯤 되면 뭐라고 하겠어요! 그것은 움직일 수 없는 증거예요! 어떻게 하든 그이를 구출해야 합니다! 내가 그이를 외국으로 가시라고 권한 건 어쩌면 공작님께서…… 그 더러운 년을 버릴지도 모르겠다는, 다만 그 하나의 이유 때문이었어요!」

「어떻게 생각하십니까? 마리야 알렉산드로브나, 그분을 결혼시키면 어떻겠어요!」 빠벨 알렉산드로비치가 소리쳤다.

「또 그런 이야기를! 그렇다면 므슈 모즈글랴꼬프, 당신은 구제 불능이로군요!」

「그렇지 않습니다, 마리야 알렉산드로브나. 그렇지 않아요! 이번만은 아주 진실한 마음으로 말씀드리는 겁니다! 결혼을 해서 안 될 까닭이 있습니까? 이것 역시 좋은 아이디어입니다! 다른 아이디어에 못잖습니다 C'est une idée comme une autre! 어째서 이 제안이 그에게 해가 된다는 말씀이신지 이유를 말씀해 보시지요. 뿐만 아니라 그분은 그러한 수단을 쓰지 않고는 구출할 수 없는 상태에 놓여 있지 않습니까! 법률적으로 그는 아직 결혼할 수 있습니다. 그렇게 하면 무엇보다도 우선 그 비뚤어진 여자로부터(속된 표현을 용서하십시오) 빠져나올 수는 있을 거예요. 그리고 둘째로는 이게 중요한 점입니다만, 이런 경우를 한번 상상해 보십시오. 그분이 아름답고 마음씨 착하고 똑똑하고 사랑이 충만한 그런 처녀, 과부면 더 좋겠지만, 어쨌든 가난한 집의 여자를 골랐다고 해봅시다. 그러면 그녀는 공작님이 자기를 아내라고 불러주는 것을 감지덕지해서 친딸처럼 늙은이를 모시게 될 겁니다. 그렇게 정답고 결백한 여성이 나타나서 그…… 여편네 대신 언제나 그분 곁에 있어 준다면 그 얼마나 좋은 일이겠습니까? 물론 그 여자가 미인이 아니면 안 되겠지요. 아저씨께서는 아직 예쁜 여자를 좋아하실 테니까. 그분이 지나이다 아파나시예브나를 보고 황홀해 하시는 모습을 보셨지요?」

「하지만 그런 신부를 어디서 구하겠어요?」 유심히 듣고 있던 나스따시야 뻬뜨로브나가 이렇게 물었다.

「그런 질문을 하시리라 예측했습니다. 그야 생각만 있으시다면 아주머님이라도 상관없지 않겠습니까! 이런 말씀을 드려서 괜찮을지 모르겠습니다만, 아주머님이라고 공작님의 신부가 되지 말란 법이 어디 있습니까? 첫째로 아주머님은 아름다우시고, 둘째로 홀몸이시고, 셋째로 지체가 높으시고, 넷째로는 가난하시고(실상 부자는 아니니까요), 다섯째로는 매우 분별이 있는 분이니까, 틀림없이 그분을 귀엽게 여기고 사랑하셔서 언제나 차분히 돌봐 드릴 수 있을 겁니다. 그리고 그 여자를 쫓아 버린 후 공작님을 외국으로 모시고가서 맛난 죽과 과자를 대접하실 수 있을 겁니다. 그러나 이런 일도 공작님께서 이 세상을 떠나실 그때까지이지 그리 오래 할 수도 없을 겁니다. 기껏해야 1년, 그렇지 않으면 혹시 두 달 반 정도일지도 모릅니다. 그때가 되면 아주머님은 공작 미망인이고, 부자이고, 결단을 내리신 것에 대한 대가로 후작이라든가 지사와 재혼하실 수도 있지 않겠어요! 좋은 일이에요

C'est joli, 그렇지 않습니까?」

「어머나 그런 말씀을! 그래도 말씀이죠, 만약 그이가 제게 구혼을 해주신다면 고맙게 생각하는 마음 하나만으로도 그이를 사랑하게 될 거예요!」 쟈블로바 여사는 이렇게 소리쳤지만, 그 변화 무쌍한 표정이 깃들인 검은 눈은 반짝반짝 빛나고 있었다. 「하지만 그런 건 모두 헛소리예요!」

「헛소리라뇨? 하지만 헛소리가 아니면 좋겠다고 생각하고는 계시겠지요? 그렇다면 내게 잘 좀 부탁을 해보세요. 그리고 만약 오늘이라도 당장 아주머님이 그분의 신부가 되지 않는다면 내 손가락을 잘라 버리셔도 두말하지 않겠어요! 아저씨를 설득시키거나 녹여 놓는 일보다 더 쉬운 일은 없어요! 그저 〈음 그래, 그렇고말고!〉 이런 말씀만 늘 되풀이하신다니까요. 아주머님도 들으셨을 거예요. 난 그분이 아시지도 못하는 사이에 결혼하시게 할 수도 있습니다. 경우에 따라서는 속여서 결혼시켜도 상관없어요. 생각해 보세요, 그분 자신을 위해서 좋은 일인데 그렇게 한들 어떻겠어요……! 그런데 나스따시야 뻬뜨로브나. 만일에 대비해서 옷을 좀 갈아입고 계시면 어떻겠습니까!」

므슈 모즈글랴꼬프는 들뜨다 못해 흥분하고 있었다. 쟈블로바 여사도 제법 분별력 있는 여자였지만, 거의 침을 흘리는 판국이었다.

「정말이지 선생님께서 지적해 주시지 않아도, 제가 오늘 옷차림이 너무 초라한 줄 알고 있어요.」 그녀가 대답했다. 「벌써 오랫동안 여자다운 공상도 하지 않았기 때문에 옷차림 같은 것에 통 관심이 없어졌어요. 그래서 이처럼 그리부스 마담[28] 모양이 되어 버렸어요……. 어때요, 저 정말이지 식모

티가 나죠?」

 이때까지도 마리야 알렉산드로브나는 얼굴에 묘한 표정을 짓고 앉아 있었다. 그녀는 깜짝 놀라 마치 넋을 잃은 사람처럼 멍청히 앉아서 빠벨 알렉산드로비치의 기묘한 제의를 듣고 있었다고 해도 조금도 잘못된 것이 아니다……. 이윽고 그녀는 제정신을 차렸다.

「그런 말씀이 뜻은 좋을지 모르겠습니다만, 모두 헛소리이고 불합리한 짓이에요. 무엇보다도 적절치가 못합니다.」 그녀는 모즈글랴꼬프의 말을 매섭게 잘라 버렸다.

「그런데, 마리야 알렉산드로브나, 어째서 제 이야기가 헛소리이고, 적절치가 못하다는 겁니까?」

「거기에는 여러 가지 까닭이 있지만, 우선 당신이 저희 집에 와 계시다는 사실 때문에 그렇습니다. 그리고 공작님은 저희 집 손님이고, 저는 상대가 누구이든 저희 집에 대한 존경심을 잊어버리는 그러한 일은 용납할 수가 없습니다. 빠벨 알렉산드로비치, 저는 당신의 이야기를 농담 이상으로는 받아들일 수가 없군요. 어머나, 다행이군요! 공작님께서 나오시네!」

「늦었습니다!」 공작은 방 안으로 들어서면서 소리쳤다. 「이보게Cher ami, 오늘은 머릿속에 갖가지 상념이 정말 이상스럽게도 많이 떠오르는군. 그런가 하면 어떤 때는 자네도 믿기 어려울 만큼 머릿속이 텅 빈 듯 아무런 생각도 떠오르지 않을 때가 있단 말이야. 그러면 온종일 멍청하게 앉아서 시간을 보낸단 말일세.」

28 〈서투르게 써서 오히려 더럽히다〉라는 의미의 프랑스 어 〈gribouiller〉에서 만들어진 이름.

「아저씨, 그건 오늘 마차에서 떨어지셨기 때문일 겁니다. 그 일로 신경이 예민해져서 아마 그 때문에……」

「그래, 나도 그렇게 생각하고 있다네. 그리고 그 사건을 오히려 다 — 행으로 여기고 있어. 그래서 나는 저 페 — 오 — 필을 용서해 주기로 마음먹었어. 왜 그런지 알겠나? 지금 와서 생각해 보면, 녀석은 내 목숨을 노리고 그런 짓을 한 것 같지는 않아. 그렇지 않은가? 게다가 녀석은 그 일이 아니라도 저번에 턱수염을 깎였으니까. 그로써 벌은 충분하지.」

「턱수염을 깎였다고요. 아저씨! 하지만 턱수염이라면 지금도 독일제국만큼이나 잔뜩 가지고 있지 않습니까?」

「음, 그렇지, 독일제국만큼이나 있지. 어쨌든 자네는 결 — 론에 관한 한 바로 맞힌 셈이네. 그렇지만 그의 턱수염은 가짜란 말이야. 그 일의 자초지종을 이야기하자면 이렇단 말일세. 언젠가 우편으로 카탈로그를 받은 일이 있었어. 외국에서 새로 도착한 것인데, 품질이 최상품인 마부용 턱수염, 주인의 턱수염, 그리고 구 — 레 — 나 — 룻, 에스파뇰[29]과 콧수염, 그 밖에 모두 다 최 — 고의 품질이면서도 값은 여간 싸지 않았거든. 그래서 어디 턱수염을 한번 주문해 보자, 우선 구경만 해도 재미있으리라 생각하지 않았겠나? 그래 시험삼아 마부 것을 주문했더니, 과연 물건이 쓸 만하더군! 그런데 그걸 받아 들고 보니, 페오필은 그보다도 두 갑절이나 더 자란 진짜배기 턱수염을 기르고 있더란 말이야. 그래서 당연히 이게 문젯거리가 되어 진짜배기 턱수염을 자르게 하는 게 옳으냐, 그렇지 않으면 주문한 물건을 돌려보내고 자연적으로 난 턱

---

29 입술 밑의 끝이 뾰족한 작은 삼각 수염.

수염을 그냥 지니고 다니게 하느냐, 망설이게 된 거지. 나는 오랫동안 이리저리 궁리한 끝에 가짜를 달고 다니도록 결정을 내려 버렸어.」

「아마 아저씨께서는 예술이 자연보다 뛰어나다는 점에서 그런 결정을 내리셨겠지요!」

「바로 그거지. 하지만 녀석은 턱수염을 잘릴 때 얼마나 괴로웠겠나! 마치 자기의 턱수염과 헤어짐으로써 평생 신세를 망치기라도 하듯 슬펐을 걸세……. 그런데 여보게, 이제 천천히 떠나 볼 때가 되지 않았나?」

「네, 저는 준비되었습니다. 아저씨.」

「하지만 공작님, 공작님께서는 시장님만 뵙고, 그냥 돌아오세요, 네, 제발!」 마리야 알렉산드로브나는 가슴을 두근거리면서 소리 질렀다. 「공작님께서는 지금 〈저희 집 손님〉이십니다. 그러니, 공작님께서는 오늘 하루 종일 저희 집 식구나 다름없어요. 물론 저는 이곳 사교계에 관한 이야기 따위는 해드릴 생각이 없어요. 어쩌면, 공작님께서는 안나 니꼴라예브나 댁에 들르고 싶어하시는지도 모르겠어요. 그렇다고 제가 공작님께 실망할 권리는 없습니다. 게다가 저는 굳게 믿어 의심치 않습니다만, 시간이 모든 것을 증명하게 될 거예요. 그렇지만 단 한 가지 기억해 주셔야 할 것은, 오늘 하루에 한해서만은, 제가 공작님의 아내가 되기도 하고, 누이동생일 수도 있고, 유모이기도 하고, 보모가 되기도 한다는 점이에요. 그리고, 사실 저는 공작님이 걱정스러워 죽겠습니다. 공작님께서는 아마 모르실 테지요. 이곳 사람들이 어떻다는 것을 알고 계실 리가 없어요. 적어도 어떤 시기가 오기 전에는 아실 리가 없고말고요!」

「저에게 맡겨 주십시오, 마리야 알렉산드로브나. 무슨 일이든 약속드린 대로 할 테니까요.」 모즈글랴꼬프가 이렇게 말한다.

「무슨 경솔한 짓이에요! 당신 같은 사람한테 일을 맡겼다가 무슨 꼴을 당할려고요! 그럼, 공작님, 저녁때까지는 돌아오세요. 저희 집에선 저녁 식사가 이르니까요. 정말 이런 때는 저의 바깥주인이 시골에 가신 게 한스러워 못 견디겠어요! 공작님을 보면 그이가 얼마나 좋아하실까요! 그이는 공작님을 무척 존경하고 마음속으로 깊이 사랑하고 계셔요.」

「당신 바깥주인이라? 그래, 당신한테 바깥주인이 계셨던가?」 공작이 물었다.

「어머나! 공작님께서는 건망증이 아주 심하시군요! 공작님께서는 옛일을 새까맣게 잊어버리고 계신 것 아니에요! 저의 바깥주인은 아파나시 마뜨베이치라고 하는데, 정말 그이를 기억하지 못하시겠어요? 그이는 지금 시골에 가 계시지만, 이전엔 수천 번이나 뵙던 사이인걸요. 공작님, 아파나시 마뜨베이치를 기억 못하시겠어요?」

「아파나시 마뜨베이치라! 시골에 가 있다, 음 그래, 이것 참 묘한걸mais c'est delicieux! 어쨌든 당신에게는 바깥주인이 계시군. 그래? 어쨌든 이건 참 괴상한 노릇인데, 이건 마치 보드빌에 나오는 이야기와 똑같은걸. 남편은 문으로, 여편네는…… 뭐더라, 깜박 잊어버렸군! 여편네도 어디론가 떠났지, 뚤라든가 야로슬라블이든가, 기억에는 없지만, 어쨌든 꽤 익살맞은 이야기인데.」

「〈남편은 드베르로, 아내는 뜨베르로〉[30]로 갔지요, 아저씨.」 모즈글랴꼬프가 곁에서 한마디 보탠다.

「음, 그렇지 그래! 자네 고맙네, 정말 뜨베르였어. 샤르망 샤르망, 그게 그렇게 운이 맞아떨어졌지. 여보게, 자넨 언제나 각운이 잘 들어맞도록 한단 말이야! 그래 기억이 나는군. 야로슬라블이든가 꼬스뜨마로 떠났지. 하지만 여편네도 어디론가 떠났어! 샤르망 샤르망! 그것은 그렇다 치고, 그래 무슨 이야기를 시작했는지 기억이 나지 않는걸…… 그렇지! 길을 나서야 하겠구먼, 여보게. 안녕히 계십시오, 부인, 안녕, 귀여운 아가씨Au revoir, madame, adieu, ma charmante demoiselle.」 공작은 지나 쪽을 돌아보고 자기 손가락을 쪽 빨면서 덧붙였다.

「저녁때 식사하러 오세요, 공작님! 잊지 마시고 되도록 속히 돌아오세요!」 마리야 알렉산드로브나는 따라 나서면서 소리쳤다.

제5장

「나스따시야 뻬뜨로브나, 어디 부엌을 좀 들여다봐 주세요.」 그녀는 공작을 보내고 나서 이렇게 말했다. 「그 건달꾼 니끼뜨까가 틀림없이 요리를 모두 망쳐 놨을 테니! 녀석은 벌써 한잔 얼근해져 있을 거야…….」

나스따시야 뻬뜨로브나는 그 말에 따랐다. 그러나 그녀는 자리를 뜨면서 마리야 알렉산드로브나를 의심스러운 듯이 훔쳐보았는데, 그 얼굴에서 몹시 흥분하고 있다는 것을 눈치 챌

---

30 1840년대에 인기 있었던 보드빌의 제목.

수 있었다. 그녀는 부엌으로 가서 건달꾼 니끼뜨까를 감독하는 대신, 홀을 빠져나가 복도를 거쳐 자기 방으로 들어가서는, 그곳에서 또 골방처럼 된 캄캄한 작은 벽장 속으로 기어 들었다. 그곳에는 트렁크가 놓여 있고 여러 가지 옷가지들이 걸려 있기도 하며, 집 안의 더럽혀진 속옷이나 셔츠 같은 물건들이 보자기에 싸여 있기도 했다. 그녀는 발끝으로 살금살금 걸어 자물쇠가 잠긴 문으로 다가가선, 숨을 죽이고 몸을 구부려 열쇠 구멍을 통해 옆방의 동정을 살폈다. 그것은 지금 지나와 그녀의 어머니가 남아 있는 방에 달린 세 개의 문 가운데 하나로, 언제나 자물쇠로 꼭 잠가 두는 문이었다.

마리야 알렉산드로브나는 나스따시야 뻬뜨로브나를 교활하면서도 매우 경망스런 여자로 보고 있다. 따라서 나스따시야 뻬뜨로브나가 아무 거리낌없이 자기네들의 대화를 엿듣는 행동도 능히 하리라고 짐작하고 있었음은 물론이다. 그러나 이번만은 모스깔료바 자신이 어떤 생각에 골몰한 나머지 흥분한 상태에 있었으므로 경계를 게을리하지 말아야겠다는 생각을 까마득하게 잊고 있었다. 그녀는 안락의자에 걸터앉아서 의미심장하게 지나를 쳐다보았다. 지나는 그러한 시선을 느끼고는 어쩐지 불쾌한 괴로움에 심장이 죄어드는 것 같았다.

「지나야!」

지나는 창백해진 얼굴을 천천히 어머니에게로 돌리며 생각에 잠긴 까만 눈을 치켜 뜬다.

「지나야, 나는 오늘 너한테 아주 중요한 얘기를 할 생각이다.」

지나는 어머니 쪽으로 몸을 완전히 돌리고는 팔짱을 낀 채 무엇인가 기다리는 듯한 태도이다. 그 얼굴에는 증오와 비웃음의 빛이 어려 있으나, 그녀는 애써 이를 감추려 하고 있다.

「지나야, 나는 너한테 묻고 싶은 게 있는데 말이다. 오늘 너는 그 모즈글랴꼬프에 대해 어떤 생각을 했니?」

「어머님께서는 제가 그를 어떻게 생각하고 있는지 이전부터 알고 계시잖아요.」 지나는 내키지 않는 듯한 투로 대답한다.

「그렇지, 아가야mon enfant, 하지만 내가 보기에 그 사람은 그것에 대해 끈질기게 매달리고 있단 말이다.」

「그 사람은 저를 사랑한다고 이야기를 하고 있어요. 그러니까 추근대는 점은 용서해야 할 것 같아요.」

「이상한걸! 너 전에는 그 사람을 그리 쉽사리 용서하지 않았잖니……. 그뿐 아니라 내가 그 사람에 대한 이야기를 끄집어내기만 하면 언제나 그 사람 욕을 했는데…….」

「언제나 그 사람을 두둔하고 나를 꼭 그 사람한테 시집보내려던 어머니가, 이번에는 어쩐 일로 그를 욕하시니 오히려 더 이상스러운데요.」

「하긴 그렇다. 나도 고집을 부리진 않겠다. 지나야, 나는 네가 모즈글랴꼬프의 부인이 되는 걸 보고 싶었다. 네가 늘 슬퍼하고 혼자 괴로워하는 모습을 보면 안타까웠기 때문이야. 하긴 나도 그만한 건 알고 있지. 네가 내게 무어라 하든 말이다! 그래서 밤엔 잠자리도 편하지 않았거든. 그래서 여러 가지로 궁리한 끝에 네 생활의 근본적인 변화만이 너를 구원할 수 있다고 생각하기에 이르렀단 말이야! 그런데 이 생활의 변화란 건 바로 결혼을 뜻하는 거지. 우리는 부자가 아니기 때문에, 이를테면 외국에 가는 호강같은 것은 할 수 없었으니까. 이곳의 당나귀 새끼들은 네가 스물세 살이나 되도록 시집을 가지 않는 게 이상스러워 그걸 가지고 터무니없는 소문을 퍼뜨리고 다니는 형편이란다. 그러나 그렇다고 해서 너를 이곳 대의원이나 우리 집 대리인인 이반 이바노비치 따위한테 줄 수도 없는 노릇이 아니겠니? 네 신랑감으로서 빠지지 않는 사내가 여기에야 어디 한 사람이라도 있어? 모즈글랴꼬프는 물론 속이 텅 빈 인간이지만, 그 중에선 그래도 제일 나은 편이야. 집안도 꽤 좋고, 친척 관계도 그렇고, 농노를 1백50명이나 가지고 있으니까. 어쨌든 이리저리 재주를 부리거나 뇌물을 먹거나 그 밖에 뚱딴지 같은 모험을 하면서 사는 것보다는 나을 것 같거든. 그래서 그 사람에게 눈독을 들이고 있었지. 그러나 정말이지 그 사람에 대해서 정말 좋다고 생각해 본 일은 한번도 없단 말이다. 내가 이렇게 생각하게 된 것은 하느님이 내게 경고를 준 탓인 것 같아. 그러니까 지금 당장이라도 하느님께서 좀 더 나은 어떤 것을 내려 주신다면, 아, 그런다면 얼마나 좋겠니! 네가 그 사람에 대해서 확실한 언질을 이때까지 주지 않은 것이 얼마나 다행한 일인지 모르겠구나! 너 오늘날까지도 어떤 약속을 한 일은 없겠지, 지나야?」

「어머니는 뭣 때문에 말씀을 그렇게 비비 꼬아서 하세요? 한마디로 할 수 있는 걸 가지고서요?」 지나는 발끈 성을 내면서 말했다.

「비비 꼬았다고, 지나야? 비비 꼬았다고 그랬니! 너 어미한테 한다는 말버릇이 고작 그거냐? 어미를 뭘로 알아! 너는 이미 오래전부터 이 어미를 믿지 않더구나! 너는 훨씬 전부터 네 어미를 어미가 아니라 원수로 알고 있었어!」

「그만 하세요, 어머니! 이제 우리가 말꼬리 잡고 싸울 그런 사이는 아니잖아요! 그래, 우리 두 사람이 서로를 이해하지 못한다는 말씀인가요? 그만한 시간은 충분히 있지 않았어요!」

「그렇지만 너는 나를 바보로 취급하지 않았니, 아가야! 나로서는 네 운명을 열어 주기 위해서라면 무슨 짓이든, 정말이지 무슨 짓이든 해낼 각오인데 너는 그걸 안 믿는단 말이야!」

지나는 조롱하는 듯이, 또는 화가 난 표정으로 어머니를 쳐다보았다.

「설마 어머니는 내 운명을 〈열어 주기〉 위해서 공작님한테 시집보낼 생각은 아니시겠지요?」 그녀는 묘한 웃음을 띠며 이렇게 물었다.

「나는 지금까지 너를 공작님한테 시집보내겠다고 말한 적이 한 번도 없다. 그러나 마침 이야기가 나와서 말이지만, 네가 만약에 공작님한테 시집간다면 어리석은 일이기는커녕 행운을 얻는 길이 될 거야……」

「하지만 전 그건 완전히 난센스라고 생각해요!」 지나는 내뱉듯 쏘아붙였다. 「난센스예요! 난센스란 말이에요! 그리고 어머니 전 이렇게도 생각해요. 어머니는 너무나 시적 감흥이 많아요. 어머니가 나무랄 데 없는 시인이라고 남들도 모두 이야기하고 있단 말이에요. 어머니는 끊임없이 계략을 짜고 있어요. 설령 그것이 실현 불가능한 일이건 어리석기 짝이 없는 일이건 상관 않고 일단 짜여진 대로 밀어붙이는 후퇴하지 않는 그런 여자예요. 공작님께서 저희 집에 오셨을 때부터 어머니가 그렇게 할 셈이었다는 걸 저도 눈치 채고 있었어요. 모즈글랴꼬프가 눈치 없이 그를 결혼시켜야 한다는 말을 꺼냈을 때, 전 어머니의 얼굴 표정을 보고 무슨 생각을 하고 있는지 모두 알아챌 수가 있었어요. 지금만 해도 어머니가 그런 생각을 가지고 그 이야기를 하려고 저를 불렀다는 것도 확실한 일이고요. 그렇지만 어머니, 어머니가 저를 위해서 끊임없이 짜주시는 그 계획에 저는 이제 지긋지긋할 만큼 질리고 괴로워서 도저히 참을 수가 없게 되었어요. 그러니 거기에 관해선 제발 다시는 저한테 말씀을 말아 주세요. 아시겠어요, 어머니. 다시는 입 밖에 내지 마세요. 제발 좀 명심해 주세요!」그녀는 화가 치밀어 숨도 제대로 쉬지 못했다.

「지나야, 너는 아직 어리다. 너는 신경이 예민한 병든 어린애야! 너는 나한테 버릇없이 대거리하면서 나를 모욕하고 있구나. 그것도 나니까 이렇게 매일같이 참지, 세상에 어떤 어미가 그렇게 참아 주겠니! 하지만 너는 신경이 예민해져 있고, 몸이 편치 않고, 스스로도 괴로워하고, 게다가 나는 네 어미이고, 그런 게 아니더라도 나는 크리스천이니까 이렇게 참고 용서하지 않을 수 없는 일이다. 그렇지만 꼭 한마디만 해두겠는데 말이다, 지나야, 가령 내가 정말 그런 시집 자리를 마음속으로 바라고 있었다 치더라도 어떻게 네가 나한테 난센스라고 쏘아붙일 수가 있니? 내 생각으로는 아까 모즈글랴꼬프가 공작님을 꼭 결혼시켜야겠다고 말한 것은 여태까지 볼 수 없었던 대단한 식견을 보인 것이라고 생각한다. 물론 그 상대가 될 여자는 지저분한 나스따시야 따위가 아니지만 말이다. 그런 소리는 그가 주책을 떤 거야.」마리야 알렉산드로브나는 감정이 복받친다는 듯이 울먹이면서 대답했다.

「그런데, 어머니! 솔직히 말해 주세요. 어머니는 이런 걸 단지 호기심 때문에 묻는 건가요, 그렇지 않으면 정말로 무슨 생각이 있어서 묻는 건가요?」

「나는 말이다. 내 말이 어째서 그렇게 난센스로만 들리는지 그걸 묻고 있는 거야.」

「아이, 답답해! 만약 제게 그런 운명이 닥친다면!」 지나는 참을 수 없다는 듯 땅에 발을 쾅 구르면서 말했다. 「어머니가 여태 그걸 모르신다면, 그럼 이야기하겠어요. 이런 이야기들도 모두가 쓸데없는 것들이니까 일일이 들춰 말하지 않겠어요. 그러나 우선 무엇보다도 저 노인께서 제대로 판단할 능력이 없다는 것을 핑계로 그의 돈을 말아 먹으려고 그와, 그 불구자와 결혼시키고, 그러고 나서는 매일같이 그가 죽기를 기다리는 일은 제 생각으론 난센스일 뿐만 아니라 비열한 짓이기도 한 것 같아요. 너무나 비열하기 때문에 아무리 어머니이지만 좋은 생각이라고 축하할 수는 없어요!」

두 사람 사이에는 잠시 침묵이 흘렀다.

「지나야! 너는 2년 전의 일을 기억하고 있니?」 마리야 알렉산드로브나는 느닷없이 이렇게 물었다.

「어머니!」 그녀는 몸을 떨며 굳어진 목소리로 말했다. 「그 일은 다시 입 밖에 내지 않겠다고 엄숙히 약속하지 않으셨나요!」

「그러나, 아가야. 이번에는 내 편에서 엄숙히 부탁을 해야겠다. 여태 한번도 약속을 지키지 않은 일이 없었지만, 이번 한번만 약속을 지키지 못해도 이해해 다오, 지나야! 우리는 어떤 일이든 깨끗이 이야기를 해버리지 않으면 안 될 때가 왔다. 말없이 지낸 그 2년이란 세월이 너무 괴롭지 않았니! 그렇게 계속되도록 해서는 안 되겠다……! 나는 그 이야기를 하게 해달라고 네게 무릎 꿇고 빌기라도 할 심정이다. 듣거라, 지나야. 너를 낳은 이 어미가 네게 무릎을 꿇고 빌고 있다! 그 대신 나는 네게 엄숙히 약속하겠다. 딸이 사랑스러워 어쩔 줄 모르는 가련한 이 어미가 거듭 엄숙히 약속하지만, 앞으로 어떠한 경우에 이르건, 가령 내 생명과 관계되는 일이 벌어지는 경우에라도 이 이야기를 다시는 꺼내지 않겠다. 이것이 마지막이야. 그리고 이번에는 이것이 꼭 필요하기도 하단다!」

마리야 알렉산드로브나는 자기의 말이 충분한 효과를 거두게 되리라 기대하고 있었다.

「그럼 말씀하세요.」 지나는 눈에 띄게 창백해지면서 말했다.

「고맙다, 지나야. 2년 전, 죽은 네 남동생 미쨔한테 가정교사 한 사람이 왔었지…….」

「그런데 어머니는 무엇 때문에 그 이야기를 그토록 엄숙한 투로 시작하시는 건가요! 무엇 때문에 이야기를 그렇게 다듬고, 필요 없는 사소한 내용까지 모두 들춰내려는 건가요? 우리 두 사람 모두 너무나 잘 아는 그런 얘기는 다시 듣고 싶지 않아요.」 지나는 일종의 독살스러운 증오의 감정으로 그녀의 말을 가로막았다.

「그건 지나야, 다름 아니라 지금부터 이 어미가 모든 것을 탁 털어놓기 위해서 그러는 거다! 게다가 모든 사건을 전혀 새로운 관점에서 네게 납득시키려는 생각에서야. 지금까지 오랫동안 너는 잘못된 관점에서 일을 바라보는 습관을 들여 왔으니 말이다. 그리고 마지막으로 하나 더 이야기해 둘 것은, 그 사건에서 내가 내리려고 하는 결론을 될수록 분명히 네게 이해시키고 싶었기 때문이야. 아가야, 너는 어미가 네 마음을 가지고 장난치려 한다고는 제발 생각지 말아 다오! 오히려 지나야, 넌 내가 참다운 어머니임을 깨닫고 눈물을 흘리면서 내 발부리에, 지금 방금 네가 말한 대로 비열한 여자인 내 발부리에 엎드려, 지금까지 오랫동안 거만한 태도로 내게 거절해 온 화해를 네 편에서 청해 올 때가 되었다고 본단다. 말하자면 이런 생각에서 나는 처음부터 모든 것을 탁 털어놓고 이야기하고 싶은 거다. 지나야. 그게 안 된다면 나는 아예 말을 하지도 않겠다!」

「말씀하세요.」 지나는 마음속으로, 번지르르하게 웅변 조의 말들을 주워섬기기 좋아하는 어머니를 저주하면서 되뇌었다.

「그럼 내 이야기를 계속하겠다. 지나야. 시골 초등학교의 선생인 그 가정교사는 아직 어린애라고 할 만큼 애송이였는데도 어떻게 된 영문인지, 너는 그의 인상이 퍽 좋았나 보더구나. 나는 네가 분별 있는 아이인 데다가, 양가의 자녀라는 긍지를 가지고 있고, 무엇보다도 상대방이 보잘것없는 인간이었기 때문에, 일이 이쯤 되면 숨김없이 모두 이야기를 할 수밖에 없다만, 설마 너희들 사이에 무슨 일이 있으리라고는 생각해 본 일도 없었다. 그런데 갑자기 네가 나한테 와서 그 사람과 결혼할 생각이라고 거침없이 선언해 버리지 않았겠니! 지나야! 이때 나는 마치 네가 비수를 내 심장에 꽂는 것 같은 느낌이었다! 그래서 나는 외마디 소리를 지르고 기절해 버렸지. 그래……, 너도 이런 일들은 모두 잘 기억하고 있을 거야! 그래서 나는 지체 없이 어머니로서의 권리를 행사하지 않으면 안 되겠다는 판단을 내리게 되었다. 너는 그걸 독재란 말로 표현했지만 나로선 어쩔 수 없었지. 그래, 너도 좀 생각해 보아라. 수도승의 자식으로 월급이라곤 고작 12루블을 받는 숙맥이, 되지도 않는 시 나부랭이나 써서 이리저리 졸라 간신히 『독서를 위한 도서관』[31]에나 실리는 돌팔이 시인인 주제에, 그 저주스런 셰익스피어에 관해서밖에 할 이야기가 없는 그런 철부지가, 네 남편, 그래, 지나이다 모스깔료바의 남편이 되다니, 어디 될 법이나 한 소리냐! 이런 게 플로리안[32]의 우의시에 나오는 목동과 같은 이야기가 아니면 뭐겠니! 미안하다, 지나야. 하지만 난 생각만 해도 정신을 차릴 수가 없었다! 나는 그 사내의 출입을 중지시켰지만 너를 꼼짝없이 묶어 둘 그런 힘은 없었단다. 너의 아버지란 사람은 그야 두말할 것 없이 눈만 껌뻑일 뿐이지, 심지어 내가 설명을 소상히 해도 뭐가 뭔지 도무지 모르는 형편이거든. 너는 그 뒤에도 그 숙맥과 연락을 취하고 밀회까지도 했지만, 뭣보다 기가 막힐 일은 편지질까지 하게 되었다는 사실이었지. 이윽고 거리에 소문이 퍼지고 모두들 나를 이상스런 눈으로 보게끔 되었어. 온 거리의 사람들이 신바람이 나서, 있는 일 없는 일들을 보태서 수군거리고 다닌 결과, 내가 예언했던 일이 그대로 적중하고 말았거든. 너희들 둘은 뭣 때문인지 다투기 시작했고…… 그 숙맥이(웬일인지 난 그 사람을 보통 다른 사람처럼 그렇게 부를 수 없단다) 정말이지 하잘것없는 인간이라는 사실을 너마저 알게 되었지. 그러자 그는 네가 쓴 편지를 온 거리에 퍼뜨리겠다고 말하면서 너를 협박했지. 이 협박을 들었을 때 나는 너무도 기가 막히고 분해서 네 따귀를 때렸지. 그래 지나야, 나는 이런 것까지 모두 알고 있단 말이다! 나는 무슨 일이든 속속들이 알고 있단 말이야!

31 O. I. 센꼬프스끼에 의해 1834~1865년 동안 발행된 문학 잡지.
32 플로리안 장 피에르(1755~1794). 프랑스 작가, 우화, 전원시, 소설 등을 썼다.

그런데 불행히도 녀석은 너한테서 받은 편지를 건달인 자우신에게 보였으니, 그게 결국 한 시간도 채 되기 전에 내 철천지원수인 나딸리야 드미뜨리예브나 손에 들어가 버리고 말았지. 그날 저녁 그 미친 녀석은 괴로워하다, 독약을 먹고 스스로 목숨을 끊으려는 엉뚱한 짓을 했다는 거야. 한마디로 하면 기어이 망신살이 뻗치고 말았단 말이다! 그러자 그 지저분한 나스따시야가 놀라서는 그 무시무시한 소식을 갖고 나한테 달려오지 않았겠니! 글쎄 지나의 편지는 이리저리해서 한 시간 전부터 나딸리야 드미뜨리예브나의 손에 들어갔고, 채 두 시간도 되기 전에 이 거리의 사람들이 누구나 그 창피한 소문을 알게 될 것이라는 거야. 나는 그때 마음을 단단히 먹은 탓에 기절까지 하지는 않았지만, 너 때문에 나는 청천벽력 같은 타격을 받았다, 지나야. 그런데 그 뻔뻔스런 짐승 나스따시야가 은화로 2백 루블만 내면 그 편지를 틀림없이 도로 찾을 수 있다고 하더구나. 그래서 나는 퍼붓는 눈 속을 덧신도 신지 않고 유대 인 붐쉬쩨인[33]한테 달려가 정직한 어머님의 유물로 고이 간직하고 있던 목걸이를 저당 잡혀 버렸던 거란 말이다! 그리하여 두 시간 후엔 편지가 내 손에 들어왔다. 나스따시야가 그것을 훔쳐냈던 거야. 그녀는 상자를 부수고 이를 빼내 왔으므로 네 명예는 간신히 건져졌지. 증거가 없어졌으니 말이다! 하지만 그날 하루 네가 내게 얼마나 심한 불안을 안겨 주었는지 모른다! 이튿날 나는 생전 처음으로 내 머리에서 하얗게 센 머리털을 몇 가닥 발견했을 정도니까 말이다. 지나야, 지나야! 지금에 와선 너도 그 숙맥

---

33 『죽음의 집의 기록』에 나오는 옴스끄 감옥의 죄수 중의 한 사람인 포미치 붐쉬쩨인과 이름이 같다.

이 한 일을 냉정히 판단할 수 있게 되었을 거다. 그런 사내에게 자기의 운명을 맡기려고 했던 것이 얼마나 철없는 짓이었는지 씁쓸한 웃음을 띠며 스스로 인정하게 되었을 거야. 그러나 이때부터 너는 혼자서 괴로워하고 우울해 하더구나, 아가야. 너는 아무래도 그 사람을 잊을 수가 없는 모양이야. 아니 그 사내가 아니지, 그 사람은 애당초 네 사랑을 받을 만한 그런 위인도 아니었으니까. 너는 말하자면 이미 스쳐가 버린 행복의 환상을 잊을 수가 없는 거야. 그 불행한 인간이 위독하다는구나. 그는 지금 폐병에 걸려 있다니까. 그러니까 너는 천사처럼 착한 마음을 가지고, 그 사람이 세상 어디에 살아 있는 한 시집을 가지 않을 생각으로 있겠지. 아마 그 사내는 아직도 질투심에 가슴을 태우고 있을 테니까, 그의 가슴을 더 이상 쓰라리게 하는 짓은 하지 말아야겠다는 생각에서 이겠지. 내가, 그 사람은 단 한번이라도 너에게 진정으로 고상한 사랑을 품어 본 적이 없을 거라고 장담하는데도 말이야! 나는 모즈글랴꼬프가 네게 청혼한다는 소식을 들은 후, 그가 우리 집에 스파이를 보내기도 하고 몰래 염탐시키기도 하고 너에 관해 수소문하기도 한다는 걸 훤히 알고 있었다. 너는 그 사나이를 용서하려는 거지, 지나야. 그런 눈치더라. 너 때문에 내가 얼마나 눈물을 흘리면서 베개를 적시고 있는지는 하느님만 알고 계실 거야……」

「그런 말씀은 모두 집어치우세요, 어머니!」 지나는 말로써는 표현할 길 없는 번민을 얼굴에 드러내며 말을 가로막았다. 「이런 이야기에 어머니 베개까지 끄집어낼 필요가 어디 있어요.」 그녀는 비꼬는 듯한 말투로 한마디 덧붙였다. 「어머니는 그 설교와 궤변을 끝까지 버리지 못하시는군요!」

「너는 나를 믿지 않는구나, 지나야! 나를 그렇게 원수 보듯 노려보지 마라, 아가야! 지난 2년 동안 내 눈에는 눈물이 마를 새가 없었는데도, 나는 그 눈물을 너한테 숨겨 왔단 말이다. 정말이지 그동안 나도 많이 변했다! 나는 벌써부터 네 기분을 잘 알고 있었지만, 정말이지 네 슬픔이 그토록 심각하다는 것을 지금에서야 처음으로 알게 되어 미안하구나. 하지만 그건 내가 네 집착을 낭만적인 감상 때문인 줄 알아서 그렇게 됐지, 내가 나빠서 그렇게 된 건 아니다. 그건 모두가 저 주스러운 셰익스피어의 영향을 받은 탓이지만, 이것을 일부러 노리기라도 한 듯이, 청하지도 않았는데 아무 데나 코빼기를 내놓는단 말이야. 그렇지만 내가 그때 얼마나 놀랐는지를 안다면, 세상의 어떤 어머니가 내가 취한 방법들과 내가 말한 질책들이 호되다고 나를 벌할 수 있겠니? 하지만 지금에 와서는 2년이 지나도록 네가 괴로워하는 것을 보고는 네 감정을 이해하고 그걸 존중하게 됐다. 정말 나는 너를 이해했어. 어쩌면 네가 너 자신을 이해한 것보다도 더 잘 이해했는지 모른다. 네가 사랑한 것은 그 사나이, 그 서먹서먹한 숙맥이 아니라 자신의 존엄하고 아름다운 꿈, 잃어버린 자신의 행복, 자신의 고상한 이상이란 말이다. 나는 그게 틀림없다고 봐. 나 자신도 옛날에 사랑을 해본 경험이 있다. 어쩌면 너보다도 더 열렬하게 했는지 몰라. 나는 괴로움을 맛보았어. 내게도 역시 고상한 이상이란 게 있었으니까. 그렇기 때문에 나는 지금처럼 너와 같은 경우에 있는 아이에게는 공작님과 연분을 맺는 것이 무엇보다도 큰 구원의 길이 되고, 반드시 그렇게 하지 않으면 안 될 일이라고 생각해서 그러는 건데 누가 그걸 가지고 나를 욕하겠느냐? 더구나 그 일로 인해 네가 어떻게 날 욕할 수 있단 말이냐?」

지나는 깜짝 놀라서 이 기다란 설교를 잠자코 듣고 있었다. 아무런 까닭 없이 어머니가 이런 어조로 나오지 않으리란 걸 잘 알고 있었기 때문이다. 그러나 뜻하지 않은 마지막 결론은 그녀를 깜짝 놀라게 했다.

「그렇다면 어머니는 저를 정말로 공작님과 결혼시킬 생각으로 계셨군요?」 그녀는 깜짝 놀라, 거의 사색이 되다시피 하여 어머니를 쳐다보면서 고함을 질렀다. 「그렇다면 그게 단지 공상이나 계획이 아니라 이미 굳어 버린 결심이군요? 그렇다면 역시 제가 추측했던 거 그대로란 말이죠? 네…… 네…… 어째서 이 결혼이 저를 구하는 길이고, 현재의 나로서는 그렇게 하지 않으면 안 된다는 거죠? 네…… 네…… 그리고 어머니가 지금까지 장황하게 늘어놓으신 것이 이 얘기와 무슨 관련이 있다는 거예요……? 전 도무지 이해할 수가 없어요, 어머니!」

「그러나 예쁜아mon ange, 어째서 그걸 이해하지 못하겠다는 건지 오히려 내가 답답하구나!」 마리야 알렉산드로브나도 지지 않겠다는 듯 열을 올리며 소리쳤다. 「그렇게 되면 첫째로 너는 색다른 사회, 색다른 세계에서 살게 되지 않겠니! 너의 아름다움을 시기해서 항상 너를 헐뜯으려는 험담가 이외에는 친구가 없을 뿐 아니라, 다정스런 인사말 하나 걸어 줄 사람 없는, 지긋지긋한 기억만이 가득한 이 시골을 영원히 벗어날 수도 있단 말이다. 너는 다가오는 봄에라도 당장에 외국을 여행할 수 있게 된다, 지나야. 이탈리아나 스위스 그리고 이름도 아무렇게나 붙인 이곳 강과는 도저히 비교도 되지 않는 그 바키비르 강이라든가 알함브라 궁[34]이 있는 스페인에도 갈 수 있고……」

「그런데 어머니, 어머니는 마치 제가 시집을 가기라도 한 것처럼 말씀하시는군요. 아니면 적어도 공작님께서 제게 청혼을 하기라도 한 것처럼 말씀하시는군요.」

「거기에 관해서는 불안해 할 필요가 없다, 아가. 나는 내가 하는 말에 대해서 책임을 지니까 말이야. 하지만 내 얘기를 좀 더 들거라. 이미 나는 한 가지는 이야기했으니까, 다음에는 두 번째 이점을 이야기하겠다. 나는 그 모즈글랴꼬프란 작자와 혼인하는 것을 네가 얼마나 싫어하는지 잘 알고 있기 때문에…….」

「어머니가 그런 말씀을 하지 않더라도, 전 결코 그 사람의 아내는 되지 않을 거예요!」 지나는 얼굴이 벌겋게 상기되어 대답했으며 두 눈도 반짝이고 있었다.

「네가 그를 얼마나 미워하는지 나도 알고 있으니까, 그 점은 인정해 다오! 사랑할 수 없는 사람에 대해서 신성한 교회의 제단 앞에서 사랑을 맹세한다는 건 벌받을 일이 아니겠니! 또 존경할 가치가 없는 사람에게 몸을 맡긴다는 것이 얼마나 끔찍한 일이니! 그런데 그는 네 사랑을 요구하고 있고 그 때문에 결혼할 생각이거든. 그건 네가 다른 곳에 시선을 두고 있을 때 그가 너를 쳐다보는 눈길만 봐도 알 수 있는 일이야. 사랑하지 않으면서 마지못해 그렇게 해야 하는 괴로움이 얼마나 쓰라리겠니! 벌써 나는 25년이란 세월 동안 그런 경험을 하고 있단다. 너의 아버지란 사람이 내 한평생을 망쳐 버리고 말았다. 말하자면 그는 내 젊음을 송두리째 빨아

---

34 스페인 남동쪽에 있는 도시 그라나다 근처에 있는 모리타니아 식 궁전.

먹었어. 실제로도 너는 내가 네 아버지 때문에 얼마나 많은 눈물을 흘렸는지 보지 않았니!」

「아버지는 시골에 계시니까 제발 아버지는 들먹이지 마세요.」 지나가 대답했다.

「알겠다. 너는 언제나 아버지를 두둔한다는 것을 안다. 하지만, 지나야? 이해 타산적으로 너를 모즈글랴꼬프에게 주려고 생각했을 때 나는 가슴이 미어지는 느낌이었다. 하지만 공작님에 대해서라면 너는 전혀 마음에도 없는 부담을 가질 필요가 없어. 네가 그이를 마음속으로 사랑할 수 없다는 건 지극히 당연한 노릇이고…… 그이만 하더라도 너에게 사랑을 요구할 기력이 없거든.」

「어머나, 그게 무슨 말씀이세요! 어쨌든 어머니는 당초부터, 첫 시작부터 아주 중요한 것을 잘못 생각하고 계셔요! 저에게는 제가 뭔지 모르는 일을 위해서 희생할 생각이 조금도 없다는 사실을 어머니는 아셔야 해요! 그리고 전 누구한테도 시집갈 생각이 없고 처녀로 그냥 지낼 생각이라는 걸 알아주세요! 어머니는 제가 결혼하지 않는다고 2년 동안이나 저를 못살게 구셨지만, 그건 어쩔 수 없는 일이에요. 그것만은 양해해 주세요. 글쎄, 싫다면 싫어요! 그 생각이 변하지는 않을 거예요!」

「근데, 지나야, 제발 이야기를 끝까지 듣지도 않고 대뜸 성미부터 부리지는 말아 다오! 넌 왜 그렇게 성미가 급하니, 글쎄! 어디 내 입장에서 그 일을 한번 생각해 보렴. 그럼 너도 나를 좀 이해하게 될 거야. 공작님께서는 지금부터 고작 1년이나, 기껏해야 2년 정도 사실 거야. 그리고 내 생각 같아서는 과년한 규수가 되어 썩기보다는 젊은 과부가 되는 편이 한결 낫겠다. 그분이 돌아가신 뒤에 너는 공작 부인에다 자유로운 몸이 되며 돈도 많아져 세상에 아무것도 부럽지 않으리란 건 새삼스럽게 덧붙일 필요도 없는 사실이 아니겠니. 애야, 아마도 너는 사람이 죽기를 기다리는 그런 타산에 대해 경멸을 느끼겠지! 그러나, 나는 네 어미이다. 세상의 누구라도 어미가 딸의 장래를 멀리 내다본다고 해서 욕할 사람은 없을 게다. 그리고 마지막으로 한마디해 두겠지만, 네가 아직도 착한 마음만으로 그 젊은이를 불쌍하게 여겨서 그가 살아 있는 동안엔 결혼하지 않겠다고 생각하고 있다면, 나는 그렇다고 추측하고 있지만 말이다, 이런 점을 염두에 두지 않을 수 없다. 네가 공작님과 결혼하게 되면 결국 그를 기쁘게 해서 그에게 새로운 활력을 북돋아 줄 수 있으리라는 거야! 만약 그에게 눈곱만큼이라도 양식이란 것이 있다고 하면, 공작님 같은 사람을 질투한다는 일이 얼마나 어리석고 우스운 일인지 이해하게 될 거야. 말하자면 네가 이해 타산 때문에 필요에 의해서 결혼했다는 걸 알게 될 거란 말이야……. 한마디로 나는, 다만 이렇게 이야기하고 싶다. 다른 게 아니라, 공작님이 돌아가시는 대로 너는 누구든지 원하는 사람과 재혼할 수 있다는 이야기지…….」

「그럼 간단하게 말하면, 공작님과 결혼해서 그분의 재산을 받아먹은 뒤에 죽기를 기다려 사랑하는 사람과 다시 결혼하라는 거로군요. 이제야 어머니의 그 교활한 속셈을 드러냈군요! 어머니는, 그래요, 저를 유혹하고 저를 앞장세워 이용하려는 거로군요……. 어머니의 마음을 알았어요! 아주 똑똑히 알았습니다. 어머니는 더러운 일을 꾸밀 때조차도 감정이란 고상한 물건을 내세우고 싶어 못 견디시는군요. 차라리 솔직하게 직접적으로 〈지나야, 더러운 일이지만 수지가 맞는 일이니까 승낙을 해다오!〉라고 말씀하세요. 그렇게 하는 편이 최소한 정직해서 좋아요.」

「그런데, 아가야, 너는 뭣 때문에 일을 그렇게 악의적으로만 해석하려 드는 거냐? 어째서 남을 속인다거나 계략을 꾸민다거나 욕심을 채우려는 그런 관점으로만 보는지 모르겠다. 그래 너는 , 내가 이해를 따지는 일을 비열하다거나 남을 속인다고만 얘기하지? 그러나 하느님에게 대고 맹세하지만 대체 어디에 비열하거나 남을 속이려는 생각이 있단 말이냐? 거울을 앞에 두고 네 얼굴을 한번 보아라. 너는 왕국을 하나 주어도 아깝지 않을 만큼 아름다운 모습을 가졌다! 그렇게 예쁜 네가 난데없이 그 좋은 시절을 늙은이 때문에 희생한단 말이냐! 너는 아름다운 별과 같이 그이의 만년을 비추어야 한다. 너는 파릇파릇하게 시들 줄 모르는 등나무처럼 그이의 노년을 장식해 줘야 하는 거다. 너는 쐐기풀 모양으로, 공작을 속이고 염치없이 달콤한 물을 빨아먹는 그런 더러운 여자가 아니라 희생할 줄 아는 착한 여자가 아니겠니! 대관절 그이의 재산이나 작위가 어떻게 네 자신보다 값어치가 있겠니! 자 어때, 이러한 내 생각이 어디가 사기성이 있고 어디가 비열하다는 거냐? 지나야, 너는 스스로도 책임지지 못할 말을 하고 있는 거야!」

「틀림없이 제 자신보다는 값어치가 있겠지요! 그런 불구자에게 시집가야 한다면 말이지요. 그건 사기예요! 동기가 어떻다는 것과는 상관없이 그건 사기임에 틀림없어요, 어머니.」

「그와 반대야, 아가. 전혀 딴판이야! 이걸 오히려 기독교적인 관점에서 고상하게 생각할 수도 있지 않겠니, 지나야! 너는 언젠가 잔뜩 흥분했을 때 간호사가 되겠다고 말한 일이 있었다. 네 마음은 그동안 너무 괴로움을 겪었기 때문에 거칠어진 거다. 나는 똑똑히 기억하고 있어. 너는 너 스스로 남을 사랑할 수 없게 되었다고 했거든. 만약에 사랑이란 걸 믿을 수 없게 되었다면, 너 자신의 감정을 더 고상한 다른 방면으로 향하게 할 수도 있다. 어린애처럼 순진한 믿음과 거룩함을 가지고 그 방면으로 향하면 하느님께서도 틀림없이 축복해 주실 거란 말이야. 그 노인 역시 괴로운 일을 당해 온 불행한 어른으로, 지금까지도 괄시를 받고 있거든. 나는 벌써 몇 해 전부터 공작님을 알고 지내지만 웬일인지 언제나 그이가 좋아서 말이다. 애정 비슷한 것까지도 느껴 왔단 말이야. 그러니 네가 그이의 친구가 되어 주고 딸이 되어 주고 때로 그럴 필요가 생기면, 이제 이렇게 되었으니 모두 털어놓겠다만, 노리개가 되어 준들 어떠냔 말이냐! 그렇게 해서 그이의 마음을 따뜻하게 해주면 그것은 하느님을 위한 일이 되고 선행인 셈이 되지 않겠니! 과연 그는 우스꽝스런 인간이지. 그러나 그런 건 마음에 두지 않도록 해라. 또 그는 산송장이니까, 그냥 불쌍히 여기도록 해라! 스스로의 감정을 무리하게나마 그렇게 이끌어 가지 않으면 안 된다. 우리들의 눈으로 보면, 병원 같은 데서 붕대 따위를 감아 주는 일은 괴롭겠지. 또 세균투성이의 공기를 마시는 일이 할 짓이 못 되는 것처럼 생각되겠지. 하지만 세상에는 천사 같은 사람이 있어서, 그러한 일들을 해나가면서 자기에게 주어진 천직에 대해서 하느님께 감사히 생각하고 있거든. 이 일, 이 선행이야말로 상처받은 네 마음을 치료하는 데 좋은 약이 된단 말이다. 이렇게 함으로써 너는 네 상처를 치료할 수 있단다. 그래, 내 생각의 어디에 에고이즘이 있고 비열한 데가 있단 말이냐? 그러나 너는 나를 믿지 못하지! 내가 의무라느니 선행이라느니 하는 데 대해서 너는 위선적이라고 생각하고 있을 거다. 너는 나처럼 허영심 덩어리인 사교계의 부인이, 진실이라느니 인간적인 감정이라느니 무슨 주의 따위를 가지고 있을 까닭이 없다고 생각할지 모른다. 그럼 하는 수 없다! 믿지 않아도 괜찮고 네 어미를 모욕해도 괜찮다. 하지만 내가 하는 소리가 분별 있는 거고 너를 구해 낼 힘이 있다는 점만은 인정해야 한다. 아니면 이 이야기를 내가 하고 있는 것이 아니라 다른 어떤 사람이 하고 있는 것이라고 생각해 봐라. 눈을 감고 구석 쪽을 향하여 모습이 보이지 않는 어떤 목소리가 말하는 것이라고 가상해 보아라! 무엇보다도 이것이 돈을 목적으로 한 상거래 같다는 점이 너를 화나게 하겠지. 그렇다면 용단을 내려 돈을 거절하면 되지 않겠니! 그렇게도 돈이 싫다면 말이다. 아무래도 없으면 안 될 만큼만 네게 남겨 놓고 몽땅 가난한 사람들에게 나누어 주렴. 예를 들면 그 사나이, 지금 죽음에 직면해 있는 그 불행한 사나이 같은 이를 도와주면 되지 않겠니.」

「그분은 누구의 도움도 받으려고 하지 않아요.」 지나는 혼잣말처럼 낮은 목소리로 말했다.

「그 사람은 도움을 받지 않을는지 모르지만 그의 어머니는 받을 거야.」 마리야 알렉산드로브나는 의기양양하게 대답했다. 「그의 어머니가 몰래 그걸 받는 거야. 네가 반년 전에 백모님에게서 받은 귀걸이를 팔아서 그 어머니를 도와주었던 걸 나는 기억하고 있다. 나이 든 어머니가 남의 집 빨래를 해서 불행한 아들을 돌보고 있다는 것까지 나는 알고 있거든.」

「그이는 머지않아 도움이 필요 없게 될 거예요!」

「그것도 알고 있다. 네가 무슨 소리를 하려는지도 말이다.」 마리야 알렉산드로브나는 말을 받았다. 그 순간 영감이, 그야말로 참다운 영감이 그녀의 머릿속에 떠올랐다. 「네가 하려는 이야기를 나도 알고 있단 말이다. 남들 이야기로는 그 사람이 폐병을 앓고 있고, 곧 죽게 될 거라고 하더라. 하지만 그런 소리를 하고 다니는 사람이 누구겠니? 나는 며칠 전에 깔리스트 스따니슬라비치에게 그 사람의 용태를 물어보았다. 나는 그의 일이 마음에 걸렸던 거야. 내게도 역시 인정이란 게 있었으니까 말이다. 지나야. 깔리스트 스따니슬라비치의 대답으로는, 병이 물론 위독한 상태이지만 자기는 그게 폐병이 아니라 다만 늑막염을 좀 심하게 앓고 있다고 지금까지 확신하고 있다더구나. 거짓말이라고 생각하면 네가 가서 물어보려무나. 그러고는 만약 환경을 좀 다르게 해준다면, 그러니까 전지 요양이라도 시키거나 새로운 환경을 마련해 주기만 하면 병이 완쾌될지도 모른다는 거야. 그 선생님의 말씀으로는 스페인에, 나도 전에 얘기를 들은 일이 있고 어디에선가 읽은 기억도 나지만, 스페인에 가면 아주 훌륭한 섬이 있는데 말이다. 그 섬 이름이 말라가[35]라든가, 어쨌든 무슨 포도주 이름과 비슷한 그런 섬이 있는데, 그곳에 가면 늑막염 따위는 말할 것도 없고 심한 폐병에 걸린 사람이라도 기후의 힘으로 깨끗이 나아 버린다는 거야. 그래서 그곳까지 요양하러 오는 사람이 많은데, 물론 부유한 귀족들뿐이라는구나. 아니 그 사람들 가운데는 장사하는 사람도 있을는지

---

35 스페인 남부, 지중해 연안에 위치한 항구 도시.

모르지만 아무튼 돈이 무척 많아야 한다는 거야. 어쨌든 그 마술의 나라를 생각나게 하는 알함브라의 궁전, 도금양나무, 레몬, 노새 마차를 탄 스페인 사람, 이중에 어느 하나만으로도 그의 시적인 기질에 특별한 인상을 불러일으킬 수 있을 텐데 말이다! 너는 그 사람이 이런 여행을 하기 위해서 네 도움, 말하자면 네 돈을 받지 않으리라고 생각하니? 만약 받지 않는다면, 그리고 그가 불쌍하다고 생각되면 그를 속이면 되지 않겠니? 사람의 목숨을 건지기 위해 하는 거짓말은 용서가 되는 법이다. 그에게 희망도 안겨 주고 필요하다면 애정을 약속해 주어라. 말하자면 과부가 되거든 결혼하겠다는 약속을 하란 말이다. 좋은 일을 위해서라면 이 세상에 못할 말이 있을 까닭이 없다. 이 어미는 너한테 더러운 짓은 가르치지 않는다. 지나야, 너는 그의 목숨을 건지기 위해서 그렇게 하는 것이니까 모든 것을 용서받을 수가 있어! 이렇게 함으로써 너는 희망이란 위력으로 그를 소생시키는 거다. 그렇게 되면 그 사람도 스스로 건강에 조심하게 되어 치료해야겠다는 생각이 들고 의사의 말도 잘 듣게 될 거다. 그러니까 행복을 얻기 위해서 살아야겠다는 마음을 먹게 된단 말이다. 그렇게 해서 만약 건강한 몸이 되면, 혹시 네가 그와 결혼하지 않을 수도 있지만, 어쨌든 그의 목숨을 건지고 그를 소생시킨 셈이 아니겠니! 그리고 이게 정말 마지막 말이 되지만, 나로서도 그를 동정의 눈으로 바라볼 수 있게 될 거야! 그 사람 자신만 하더라도 고생한 보람이 있어 인간이 좀 똑똑해지고 딴사람처럼 변해 있을지 모르니까, 네 배우자로서 부끄럽지 않을 정도라고 생각되면 네가 과부가 된 뒤에 그 사람과 결혼할 수도 있을 게다. 그때가 되면 너도 돈이 많고 아무의 속박도 받지 않게 되니까 말이다. 그럼 너는 그 사람의 몸을 건강하게 만들어 준 다음에 사회적인 지위도 높여 주고 영화를 누릴 길도 열어 줄 수 있거든. 그렇게 되면 너희들의 결혼도, 지금은 도무지 할 수가 없지만, 그때는 과히 말썽이 없게 될 거야. 그러나 만약에 철없이 지금 이런 일을 함부로 결정해 버리면 너희들의 장래가 어떻게 되겠니? 세상으로부터 온갖 비웃음을 받으면서 구차한 살림을 꾸리고, 그 사람은 어린애들의 귀를 잡아당기며 살겠지. 하기는 그렇게 하는 것이 그 사람 직업에는 어울릴지도 모르지만 말이다. 그러고는 둘이서 같이 셰익스피어를 읽으며 이 모르다소프에서 썩고 말 거야. 그러다가 그 사람은 피할 수 없는 죽음을 곧 맞이할 수밖에 없게 되겠지. 하지만 네가 그 사람을 소생시킨다면 유익한 일을 하고 착한 일을 하도록 그를 부활시키는 결과가 되거든. 네가 그 사람을 용서해 주면 그 사람은 너를 존경하게 될 거야. 지금은 자기가 저지른 비겁한 행동 때문에 번민하고 있지만, 네가 그 사람에게 새로운 생활을 열어 주고 죄를 용서해 준다면 그도 희망이 생겨서 스스로 양심과 화해하게 될 거야. 그 사람도 어떤 관직에 기용되어서 관등까지 받게 될지도 몰라. 마지막으로, 설령 그의 몸이 낫지 않는다고 하더라도 마음의 평화를 얻고 행복감에 젖어 네 품에 안겨서 죽어 가지 않겠니. 왜냐면 그때 아마도 너는 그의 곁에 있어 줄 수 있을 테니까. 도금양나무나 레몬 나무 밑 그늘에서, 또 이국적인 짙푸른 하늘 아래서, 그는 네게 용서를 받고 너의 사랑을 받았다고 믿으며 편히 마지막 숨을 거둘 거야! 오, 지나야! 이러한 일은 네 마음 하나에 달려 있다! 너는 갖가지 이익을 너 자신의 손아귀에 쥐고 있는 거다 — 그리고 이 모든 것은 공작님과 결혼만 하면 얻을 수 있단 말이다.」

마리야 알렉산드로브나는 말을 그쳤다. 꽤 오랜 침묵이 흘렀다. 지나는 뭐라 표현하기 힘든 흥분에 사로잡혔다.

우리는 여기서 지나의 감정을 서술하지 않겠다. 우리가 그것을 짐작할 수는 없는 노릇이다. 그러나 마리야 알렉산드로브나는 아마도 그녀의 가슴으로 통하는 올바른 길을 알아맞힌 모양이다. 그녀는 딸이 어떠한 기분인지 잘 알지는 못하지만, 아마도 그러하리라고 생각되는 여러 가지의 경우를 빠짐없이 상상해 보고, 이윽고 이것이야말로 확실하다고 여겨지는 지름길을 더듬어 찾게 되었던 것이다. 그녀는 예리하게 지나의 마음속 가장 아픈 곳을 건드리면서 그녀의 버릇대로 고상한 감정이란 것을 들먹거리지 않을 수가 없었다. 그러나 물론 지나는 그런 것 따위에 현혹되지 않았다. 〈뭐, 이 애가 내가 하는 소리를 믿지 않아도 상관은 없다.〉 마리야 알렉산드로브나는 이렇게 생각해 보았다. 〈다만 한번 깊이 생각만 해주면 그만이다! 나한테 대놓고 이야기를 하면 못쓴다는 걸 그럭저럭 알아챘으면 그만이다!〉 그녀는 이렇게 생각했지만 마침내 목적은 달성한 셈이다. 영향은 조만간에 나타났다. 지나는 착실히 어머니 말에 귀를 기울였다. 그녀의 뺨은 빨갛게 타올랐고, 그 가슴은 울렁거리고 있었다.

「들어 보세요, 어머니.」 마침내 그녀는 결심한 듯이 말했다. 더구나 그 얼굴이 창백하게 변한 것은 그녀의 결심이 예사로운 것이 아님을 이야기해 주고 있었다. 「들어 보세요, 어머니…….」

그러나 이때 별안간 현관 쪽에서 와자지껄하는 소리와 함께 마리야 알렉산드로브나를 찾는 소리가 들려, 지나의 말은 거기서 끊길 수 밖에 없었다. 마리야 알렉산드로브나는 자리에서 벌떡 일어났다.

「어머나, 무슨 일일까!」 그녀는 소리쳤다. 「대령 부인, 그 수다쟁이 까치가 찾아왔구나! 2주일 전에도 쫓아내듯이 보냈는데!」 그녀는 거의 절망적인 목소리로 이렇게 덧붙였다. 「하지만…… 하지만 만나지 않을 순 없지! 그럴 순 없어! 그녀는 아마 무슨 뉴스를 가지고 왔음에 틀림없어. 그렇지 않고는 저렇게 감히 나타날 수 없었을 거야. 이건 아주 중요한 일이다, 지나야! 너 꼭 명심해 두지 않으면 안 된다! 정말 잘 오셨습니다!」 그녀는 집에 들어온 손님을 맞으러 달려나가면서 소리쳤다. 「귀한 소피야 뻬뜨로브나, 저를 다 기억해 주시다니요. 어떻게나 반 — 가 — 운지 모르겠군요!」

지나는 방에서 빠져나갔다.

제6장

대령 부인인 소피야 뻬뜨로브나 파르뿌히나가 까치를 닮았다는 비유는 정신적으로 볼 때의 이야기이지 몸의 생김새로 볼 때 오히려 참새 모습에 가까웠다. 그녀는 몸집이 작은 쉰 살 가량의 여자로, 눈은 작고 날카로우며 얼굴에는 온통 주근깨와 노란 점이 깔려 있었다. 또한 참새의 다리처럼 가늘고 꼿꼿한 다리로 받쳐진 조그맣고 말라비틀어진 몸뚱이에는 어두운 색깔의 비단옷을 걸치고 있었으며, 잠시도 얌전하게 있지 못하는 성질 때문에 언제나 떠들썩하게 소리를 지르고 있었다. 그녀는 악독하고 복수심이 강한 험담가였다.

그녀는 자신이 대령의 부인이라는 것을 항상 염두에 두고 있었다. 그러나 남편인 퇴역 대령과는 늘 싸움만 하여 남편 얼굴을 상처투성이로 만들었다. 그리고 매일 아침과 저녁엔 반드시 보드까를 넉 잔이나 들이키는 것이었다. 지난 주에는 안나 니꼴라예브나 안찌뽀바가 그녀를 집에서 쫓아냈기 때문에 이 검사 부인과 그 일을 도운 나딸리야 드미뜨리예브나 빠스꾸지나를 미칠 듯이 미워하고 있다.

「댁에 잠깐만 들러 볼 생각으로 왔어요. 나의 천사여 mon ange.」그녀는 재잘거리기 시작했다.「그래서 자리에 앉을 여유가 없군요. 실은 우리 마을에 떠도는 아주 이상한 이야기를 당신한테 해주러 왔다니까요. 글쎄, 그 공작님 때문에 온 거리가 발칵 뒤집히고 있어요! 이 거리의 치사한 사람들이, 아시죠 vous comprenez! 그이를 서로 붙들려고 정신없이 찾아 다니고, 찾아내기만 하면 서로 모셔 가려고 샴페인을 터뜨리고 야단법석이라오. 당신이 믿기도 어려울 정도예요! 정말 믿지 못할 걸요! 아니, 어쩌자고 그분을 밖에 나가시도록 내버려 뒀죠? 그분이 지금 나딸리야 드미뜨리예브나의 집에 가 계시다는 것을 아세요?」

「나딸리야 드미뜨리예브나의 집에요!」마리야 알렉산드로브나는 버럭 소리를 지르면서 자기도 모르게 자리에서 벌떡 일어났다.「그분은 지사님한테 가신다고 나가셨는데요! 그 뒤에 안나 니꼴라예브나에게는 들르실지 모르지만 잠시 들여다보는 정도일 테고, 곧 오실 거예요.」

「잠시라니요, 어서 가서 붙잡으세요! 지사님 댁에 들렀을 때 지사님께서 계시지 않아 공작님은 곧장 안나 니꼴라예브나한테 가셔서 식사 약속까지 해버리셨어요. 그런데 때마침 그 집에 와 있던 나스따쉬까란 년이 식사 때까지 잠시 할 이야기가 있다면서 자기 집으로 끌고 갔어요. 글쎄 공작님이 그런 분이셔요.」

「그런데 어떻게 됐어요? 그 모즈글랴꼬프는요? 그가 꼭 모셔 온다고 약속했는데요……」

「모즈글랴꼬프가 당신에게 약속을 했군요! 당신이 그렇게 믿고 있는 모즈글랴꼬프는…… 역시 여러 사람들과 어울려서 그리로 갔단 말입니다! 두고 보면 아실 테지만, 그 사람들이 그리로 끌고 가서 카드 놀이를 시작하게 되면 아마 지난해처럼 몽땅 잃게 될 거예요! 그뿐 아니라 그들은 공작님까지 거기 끌어들여서 보리수처럼 껍데기를 홀랑 벗겨 버릴 거예요. 게다가 그년은, 그 나스따쉬까는 뭐라고 말을 퍼뜨리고 다니는지 아세요! 글쎄 당신이 공작님을 붙들어 두려는 것은 어떤 목적이 있기 때문이라는 거예요. 무슨 말인지 이해하시죠 vous comprenez? 공작님한테도 그런 소리를 마구 한단 말이에요. 물론 공작님께서는 영문도 모르시고 물독에 빠졌던 고양이 모양 무슨 말을 해도 그저 〈음 그래! 그래요!〉라고 말할 따름이지요. 그런데 그렇게 말하고 있는 사람 자신은 어떻겠어요! 딸 손까를 거기 끌어들이지 않았겠어요! 글쎄 손까는 이제 겨우 열다섯이고 아직 짧은 치마를 입고 다니는 어린애거든요. 간신히 무릎까지 내려오는 치마를 입는 형편이니까 얼마나 어린지 알 수 있는 일이죠……. 그리고 고아인 마쉬까까지 데리러 사람을 보냈지만 이 애도 짧은 치마를 입고 다니는데 그나마 무릎까지도 닿지 않는 치맛자락을 걸치고 있어요! 전 로르네트로 똑똑히 봐서 잘 알고 있어요……. 두 애가 다 깃털이 달린 괴상한 빨간 모자를 쓰고 있었는데, 전 도대체 이게 무엇을 표현하려는 것인지 도무지 알 수가 없었거든요! 그리고 그 두 댕기물떼새는 피아노에 맞추어 공작님에게 까자끄 춤을 추어 드렸다더라구요. 당신도 공작님의 약점을 아시잖아요? 그는 춤에 아주 취해 버려 〈저 어여쁜 모습을 보게, 아주 기막힌걸!〉 하고 감탄을 연이어 터뜨리더라는군요. 공작님께서는 로르네트로 열심히 들여다보시고 두 까치들도 무척 흥미를 품더라는 거예요! 그래서 얼굴을 빨갛게 하고 다리를 번쩍번쩍 들면서 홀랑 녹여 버린 모양이에요! 한편 사람들도 입에 침이 마르도록 칭찬했답니다. 망측한 일이지! 그런 걸 춤이라고 추었다니! 나도 춤이라면 마담 쟈르니의 기숙 학교를 졸업할 때 숄을 두르고 춰서 아주 고상하다는 칭찬을 들은 일이 있거든요! 원로원 의원들까지도 박수를 쳐주었어요! 그 학교에서는 공작이나 백작 딸들도 공부하고 있었는데 말이에요! 그런데 그 애들의 춤은 고작 캉캉 따위였어요! 그래서 나로선 얼굴이 화끈거리도록 창피스러웠지요! 글쎄 얼굴이 다 화끈거렸지 뭐예요. 결국 다 보지도 않고 빠져나왔다니까……!」

「아니…… 그럼 당신 자신이 나딸리야 드미뜨리예브나의 집에 가셨단 말인가요? 설마 당신이…….」

「그래요, 하긴 그녀가 지난 주 제게 무례한 짓을 했던 게 사실이지요. 거기 관해서는 솔직히 모두 털어놓겠어요. 하지만, 정다우신 분 Mais, ma chère, 전 그 공작님을 문틈으로라도 좋으니 한번 뵙고 싶어서 갔던 거예요. 그렇게라도 하지 않으면 어디 가서 그분을 뵙겠어요? 정말이지 그 지저분한 공작님이 오시지 않았던들 무엇 때문에 제가 그 집엘 가겠어요! 글쎄 누구한테나 초콜릿을 내놓으면서 제게는 먹으란 말도 없고, 끝까지 저한테는 말 한마디 건네지 않으니 그런 경우가 어디 있단 말입니까? 일부러 그러는 거예요……. 그 맥주통 같은 년이 말이죠! 언젠가 꼭 분풀이를 할 테니까 두고 보세요! 그럼 이만 실례하겠어요, 나의 천사mon ange, 전 지금 바빠요, 바삐 서둘러야 한답니다……. 아꿀리나 빤 필로브나가 어디 나가기 전에 어서 가서 이야기를 해주어야겠어요……. 그런데 당신은 이제 공작님과 헤어지게 되겠군요! 그이가 이 집에는 다시 오게 되지 않을 테니까요. 아시는 바와 같이 그분은 기억력이라곤 전혀 없으니까, 안나 니꼴라예브나가 틀림없이 그분을 자기 집으로 다시 데려가고 말 거예요! 그런 사람들은 모두가 혹시 당신이 어떤 수를 쓰지 않을까 해서 두려워하고 있어요……. 아시겠지요? 지나의 일로 말이에요…….」

「어머나Quelle horreur!」

「그건 제가 말씀드린 대로예요! 거리의 모든 사람들이 그 이야기로 떠들썩해 있어요. 안나 니꼴라예브나는 어떤 수를 써서라도 그분에게 식사를 대접하고 그 후에도 쭉 붙들어 둘 심산이에요. 그건 당신에게 골탕을 먹이려는 생각에서이지요, 나의 천사여mon ange. 저는 그 집 뜰을 살짝 엿보고 왔어요. 요리를 준비하느라 도마질소리가 요란하고 샴페인을 들여오고, 야단법석이더군요. 어서 손을 쓰세요, 얼른요. 공작님께서 그 집으로 가시는 길에 붙드셔야 해요. 누구보다 먼저 이 댁에 식사 약속을 하지 않으셨겠어요! 그분은 당신의 손님이지, 그 여자의 손님이 아니라고요. 그리고 마음보가 비뚤어진 갈고리코가 당신을 비웃고 있다니 그게 어디 될 일이에요! 제까짓 게 검사 부인이라고 해도 내 발바닥만큼이나 알아줄 줄 아나! 이래 뵈도 난 어엿한 대령의 사모님인걸! 명성이 자자한 마담 쟈르니의 기숙 학교에서 교육받은 몸이란 말이야……. 제까짓 게! 그럼 안녕, 나의 천사여Mais adieu, mon ange! 전 집의 썰매를 타고 왔으니, 같이 가셔도 좋아요…….」

걸어다니는 신문은 그 말과 함께 가버렸고 마리야 알렉산드로브나는 흥분 때문에 온몸이 떨려 왔다. 그러나 어쨌든 대령 부인의 충고는 명료하고 실제적인 것이었다. 지금은 우물쭈물하고 있을 때도 아니려니와 그러고 있을 시간이 없었다. 그러나 가장 어려운 문제 하나가 그대로 남아 있었다. 마리야 알렉산드로브나는 지나의 방으로 뛰어들었다.

지나는 절망스러운 듯 얼굴이 새파래져서 팔짱을 낀 채 상심에 젖어 고개를 숙이고는 방 안을 왔다 갔다 하고 있었다. 그녀의 눈에는 눈물이 괴어 있었다. 그래도 어머니를 쳐다보는 그 눈길에는 결심의 빛이 반짝이고 있었다. 그녀가 급히 눈물을 거두자 비꼬는 듯한 미소가 그 입술에 번졌다.

「어머니,」 그녀가 마리야 알렉산드로브나보다 앞질러 입을 열었다. 「지금 저한테 좀 지나치리만큼 연설을 하셨어요. 하지만 어머니는 제가 홀릴 만큼 훌륭히 연설하지는 못하시더군요. 전 어린애가 아니니까요. 마땅히 해야할 직분을 전혀 마음속에 새기고 있지도 않으면서 간호사의 고행을 떠맡겠다고 자기 자신을 설득한다거나, 단지 에고이즘을 충족시키기 위해 하는 비열한 행동을 마치 고상한 목적에서 하는 것처럼 정당화하는 것은 위선이라고 할 수밖에 없어요. 그 위선이 저를 속일 순 없죠. 그런 수법으로 저를 속일 수는 없다는 걸 알아 두세요. 전 어머니가 반드시 이 점을 알아 두셨으면 해요!」

「그러나, 내 천사야mon ange……!」 마리야 알렉산드로브나는 머뭇거리면서 이렇게 소리쳤다.

「잠자코 들어 보세요, 어머니! 참을성 있게 제 이야기를 끝까지 들어 주세요. 그런 것들이 모두 위선이란 걸 똑똑히 알고 있고, 그러한 행동이 비열하다는 걸 너무나 잘 알고 있지만, 전 어머니의 제의를 완전히 받아들이겠어요. 완전히 받아들이는 겁니다. 말하자면 전 공작님한테 시집가기로 마음을 먹었을 뿐 아니라, 공작님이 저와 결혼하도록 힘쓸 어머니를 돕기도 하겠어요. 제가 왜 그렇게 하기로 했느냐고요? 그건 말씀드릴 수가 없어요. 제가 그렇게 작정했다면 그걸로 그만입니다. 저는 무슨 짓이라도 할 생각이에요. 비열한 짓을 저지른 죄를 씻기 위해서 저는 그이의 구두를 신겨 드리겠고, 하녀가 하는 구질구질한 일도 마다하지 않겠고, 그이를 즐겁게 하기 위해 춤이라도 출 생각이에요. 저는 그이가 저와 결혼한 것에 대해서 후회를 느끼지 않도록 어떠한 일이라도 하겠어요! 하지만 제가 그러한 결심을 한 대신에, 어머니께서는 그러한 계획을 어떻게 이루시려는지 털어놓고 말씀해 주시지 않으면 안 되겠어요. 전 그게 알고 싶어요. 어머니가 그 일을 제게 매우 적극적으로 권하시는 걸 보면, 무엇인가 구체적인 계획을 갖고 계신 모양이에요. 제가 아는 어머니의 성품으로는, 그렇지 않고선 이야기를 끄집어내실 분이 아니세요. 평생에 단 한번이라도 좋으니 솔직히 털어놔 주세요. 솔직함이 필수 조건입니다. 어머니가 이 일을 어떻게 처리할지 분명히 알지도 못하면서 긍정적으로 결정을 내릴 수는 없는 일 아니겠어요?」

마리야 알렉산드로브나는 뚱딴지 같은 지나의 결론에 당황해서 얼마 동안, 놀라 벌어진 입을 닫지 못한 채 우뚝 서서 딸을 뚫어지게 쳐다보고 있었다. 언제나 두려움을 느끼고 있는 딸의 꼿꼿한 성품과 완고한 로맨티시즘을 향해 한바탕 겨뤄 볼 채비를 하고 있던 차에 너무나 뜻밖에도 무슨 말이든 듣겠다, 자기의 신념을 어기고라도 무엇이든 할 준비가 되었다고 말하니 어안이 벙벙해질 수밖에 없었다. 이렇게 되면 일의 성공은 이제 매우 확실해진 셈이었다. 그녀의 눈은 기쁨에 겨운 듯 반짝거렸다.

 「지노치까!」 그녀는 과장된 목소리로 이렇게 소리쳤다. 「지노치까! 너야말로 내 혈육이다!」

 그녀는 더 이상 말을 이을 수가 없어 딸을 와락 껴안았다.

 「어머니! 전 껴안아 달라고는 말하지 않았어요. 어머니.」 지나는 혐오의 감정을 숨기려 들지 않고 소리쳤다. 「전 어머니가 기쁜 것과는 아무 관계도 없어요! 제가 질문한 것에 대해서 답변해 주시면 그만이에요.」

 「그래도 지나야, 나는 너를 사랑하고 있다! 나는 네가 귀여워 죽겠는데도 너는 나를 떨쳐 버리는구나……. 나는 오직 네 행복만을 생각하면서 그저 이렇게 열심히 애쓰고 있는데…….」

 거짓이 아닌 눈물이 그녀의 눈에서 반짝거렸다. 마리야 알렉산드로브나는 자신의 방식으로 지나를 너무나 사랑했지만, 이번에는 의외의 성공과 흥분 때문에 지나치게 감상적인 기분이 되어 버렸다. 지나도 사물에 대한 올바른 견해를 갖는 데 약간 제한적이기는 하였지만 어머니가 자기를 사랑하고 있는 줄은 알고 있었다. 그래서 이 사랑이 오히려 그녀에게는 부담이 된 것이다. 차라리 어머니가 그녀를 미워했다면 속이 훨씬 편했을 텐데…….

「어머니, 화내지 마세요. 저는 너무 흥분하고 있으니까요.」
그녀는 어머니를 진정시키기 위해서 이렇게 말했다.

「화를 내다니, 화를 낼 리가 있니, 예쁜아!」 마리야 알렉산드로브나는 금방 생기를 되찾고 속삭였다. 「네가 흥분하고 있는 줄은 나도 안다. 그래, 너는 솔직히 모든 걸 털어놓으라고 했지. 좋아, 털어놓겠다. 무엇이든지 털어놓고 거짓말은 하지 않겠다! 다만 나는 네가 날 믿어 주면 그 이상 더 바랄 게 없다! 맨 먼저 이야기해 두지만, 정말 분명한 계획, 아주 치밀한 계획은 아직 가지고 있지 않다. 지노치카, 벌써 그런 계획이 서 있을 까닭이 없지 않겠니? 너는 똑똑한 아이니까 어째서 그런지 알고 있을 거야. 그뿐 아니라 나는 앞으로 온갖 어려움들이 있을 것으로 예상한다……. 조금 전에도 그 까치가 우리 집에 와서 이러쿵저러쿵 조잘대고 갔단 말이다……. 어머나! 어서 서둘러야겠는데! 어때, 정말 솔직하지! 그렇지만, 난 맹세컨대 목적을 이룰 거야!」 그녀는 기뻐 어쩔 줄 몰라 하며 덧붙였다. 「내 이 확신은 아까 네가 말했듯이 절대로 시적인 공상이 아니라 현실적인 거야, 예쁜아. 그건 공작님의 정신력 박약을 근거로 하고 있는데 말이야, 그 사람 같으면 무엇이든 원하는 대로, 무늬를 넣을 수 있는 헝겊과 같단 말이다. 다만 옆에서 누가 방해나 하지 않을까 걱정이다! 하지만 그까짓 바보 같은 년들이 놀릴 수 있을 것 같애!」 그녀는 주먹으로 책상을 쾅 치고는 눈을 번쩍거리면서 소리쳤다. 「이제 내가 일을 할 차례다! 우물쭈물하지 말고 곧장 일을 시작해야겠다. 될 수만 있으면, 오늘 안으로 큰일을 대충 꾸려

놓아야겠어.」

「좋아요, 어머니. 그럼 제가 〈솔직히〉 이야기할 테니……. 한마디만 더 들어 주세요. 제가 어째서 어머니의 계획에 관심을 가지고 있으면서도 정말로 믿을 수 없는지 아시겠어요? 실은 나 자신에게 아무런 기대를 가질 수 없기 때문이에요. 제가 이 비열한 짓을 하기로 마음을 먹었다는 건 아까 말씀드린 대로이지만, 만약 어머니 계획의 상세한 내용이 너무 추잡스럽고 구역질 날 만큼 치사한 것이라면, 미리 말씀드리지만 전 도저히 참지 못하고 모두 그만두고 말겠어요. 더러운 짓을 하려고 마음을 먹은 주제에 그 일을 둘러싸고 있는 흙탕물을 두려워한다는 것이 또 하나의 새로운 비열한 짓일 뿐이라는 것은 알고 있어요. 하지만 전들 어떻게 하겠어요? 결국 일은 그렇게 되어 버릴 운명인걸요!」

「그런데, 지노치까야, 이 일의 어디에 그렇게도 더러운 데가 있단 말이냐, 내 천사mon ange?」 알렉산드로브나는 머뭇머뭇 이렇게 반박하려 했다. 「다만 이 결혼이 너에게 이득이 된다는 게 문제가 되고 있지만, 그건 누구나 하는 일 아니겠니! 그냥 이러한 관점에서 바라볼 필요가 있는 거다. 일단 그렇게만 되면 모든 것이 매우 고상하게 보이게 될 거야…….」

「아, 어머니. 제발 저한테는 약삭빠른 수를 쓰지 마세요! 전 보시는 바와 같이 그 일에 동의했잖아요! 그런데 뭐가 부족하단 말이에요? 내가 더러운 것을 더럽다고 말한다 해서 두려움을 느끼실 필요는 없어요. 지금에 와서는 그게 저한테 남겨진 오직 하나의 위안인지도 몰라요!」

이런 말을 하는 그녀의 입술에서 쓰디쓴 웃음이 흘러 나왔다.

「그래, 그래, 좋다 얘야. 생각은 반드시 같지 않더라도 서로 존중할 수는 있는 일이야. 그런데 네가 아주 세부적인 것이 걱정되고, 너무 더러운 짓이 될까 봐 두려워서 걱정하고 있다면 그런 일은 모두 내게 맡겨 둬라. 맹세컨대, 그런 흙탕물이 한 방울도 네게 튀지 않도록 하겠다. 내가 네 위신을 땅에 떨어뜨리고 다닐 리가 있겠니? 모든 일을 내게 맡기기만 하면 만사가 순조롭게 되고 더없이 고상하게 처리될 거야. 가장 중요한 것은 고상하게 일을 처리하는 것이지! 앞으로는 추문 따위가 있을 까닭이 없고 만약 조그만 것이 혹 있다고 해도…… 금세 해결되고 말 거야! 그때쯤 우리는 갈 데까지 가고 말 테니까! 이런 고장에서 우물우물 살지는 않을 거야! 이곳 사람들이 제아무리 목이 터져라 떠들어 대도 이쪽에서 침이나 탁 뱉어 주면 그만이야! 그것들이야 부러워하라지, 뭐. 게다가 그런 사람들에 대해서 신경 쓸 필요가 어디 있겠니! 나는 말이다, 지노치까야, 화내지 말아라. 너처럼 자존심이 강한 처녀가 뭣 때문에 그까짓 소문을 두려워하는지 모를 일이로구나?」

「어머, 전 그까짓 것 두려워하지 않아요, 어머니! 어머니는 제 기분을 통 이해하지 못하시는군요!」 지나는 발끈하며 말했다.

「그래, 그래, 아가, 화내지 마라! 다만 난, 그 사람들은 매일같이 더러운 짓을 하고 지내지만 넌 평생에 단 한 번만 그…… 아니다. 내가 왜 이리 주책일까! 조금도 더러운 짓이 아니지! 그게 어째서 더러운 짓이란 말이냐? 오히려 그건 아주 훌륭한 일이야. 나는 곧 네게 그걸 증명해 보이겠다 지노치까야. 거듭 말하지만 첫째로 그 일을 어떠한 관점에 서서 보느냐에 따라서……」

「그만하세요, 어머니. 어머니의 논거라는 건!」 지나는 화가 나서 소리를 지르다 못해 발을 땅에 쾅 굴렀다.

「그래, 아가야, 말하지 않으마! 또 헛소리를 했구나……」

잠시 침묵이 흘렀다. 마리야 알렉산드로브나는 얌전히 지나의 뒤를 따라가면서 마치 실수를 저지른 강아지가 여주인의 눈을 빤히 들여다보듯 매우 불안하게 딸의 얼굴을 살피고 있었다.

「저는 어머니가 어떤 식으로 이 일을 시작하려는지 상상조차 못하겠어요.」 지나는 역겨운 듯이 말을 계속했다. 「틀림없이 창피나 당하고 말 것 같아요. 저는 그 사람들이 하는 소리쯤이야 경멸스럽게 받아들이지만, 어머니로서는 수치스럽게 여기기 쉬워요.」

「지나야, 너는 그런 것들이 마음에 걸리니! 그렇다면 예쁜아, 걱정하지 않아도 좋다. 제발 빌 테니까 그런 문제에는 아예 신경을 쓰지 말아 다오! 우리 두 사람의 의견이 일치되면 그만이지, 아예 내 걱정은 말아라. 얘야, 너는 지금까지 내가 얼마나 시끄러운 일을 헤치고 나왔는지 모르는 모양이로구나? 그까짓 일쯤 난 아무렇지도 않게 처리할 거다! 한번 내가 하는 대로 맡겨 보렴! 아무튼 무엇보다도 먼저 공작님과 직접 부딪쳐 보는 게 좋겠다. 일의 순서로 봐서 그게 제일 중요한 일이니까! 그 밖의 일이 모두 거기에 달려 있다! 그 뒤의 일도 대개 어떻게 될지 짐작이 간다. 이곳 사람들이 왁자지껄 떠들어 댈 테지만…… 그까짓 게 뭐 문제가 되나! 그건 내가 적당히 처리할 테니까! 모즈글랴꼬프란 녀석이 좀 마음에 걸리지만……」

「모즈글랴꼬프요?」지나는 경멸하듯이 말했다.

「그래, 모즈글랴꼬프 말이다. 그렇지만 지노치까야, 넌 걱정할 것 없다! 나는 그를 잘 타일러서 그쪽에서 우리의 일을 자진해서 도와주도록 해보겠어. 반드시 그렇게 할 자신이 있다! 너는 아직 나란 사람을 잘 모르는구나, 지노치까야! 너는 내가 일을 처리하는 실력을 아직 모르는 모양이로구나! 아, 아가, 지노치까야! 아까도 공작님이 오셨단 소식을 들었을 때, 내 머릿속에는 금세 그런 생각이 떠올랐다! 별안간 무엇인가 마음속을 훤히 비춰 주는 것 같은 기분이었어. 게다가 그 사람이 우리 집에 오게 되리라고 누가 생각이나 했겠니? 1천 년을 기다린들 이런 기회가 다시 오지는 않을 거야! 지노치까, 내 천사야! 네가 늙은 불구자한테 시집간다고 해서 불명예스러운 일은 아니야. 그보다도 참을 수 없는 사람과 결혼해서, 진짜로 그 사람의 아내가 되는 편이 한결 명예스럽지 못한 일이다. 네가 공작님한테 간다고 해서 정말 그의 아내가 되는 건 아니거든. 그런 건 사실 결혼이라고 할 수도 없는 일이야! 그건 단지 가정과 관련한 계약이라고 해야 마땅한 거지! 오히려 그 멍청한 늙은이 쪽이 이득을 보는 셈이야! 대단한 행복을 받게 될 거니까 말이다. 아, 지노치까, 너 오늘 유별나게 예쁘구나! 예쁘단 말도 적합치 않다, 절세의 미인이로구나! 정말이지, 내가 사나이였다면 너 같은 애의 환심을 사기 위해 왕국의 반이라도 내놓았겠다. 남자들이란 누구나 얼이 빠졌다니까! 아무렴, 이 손에 키스하지 않고 어떻게 견딘단 말이냐?」마리야 알렉산드로브나는 이렇게 말하고는 딸의 손에다 열렬한 키스를 퍼부었다. 「진정한 내 몸, 내 혈육이로다! 이제 이쯤 되면 그 바보 늙은이를 억지로라도 너와 결혼시키겠다! 그렇게 되면 우리가 어떻게 살게 될지, 너 알겠니, 지노치까! 설마 나와 헤어지지 않겠지, 지노치까! 그때 너 혼자의 행복에 겨워 네 어미를 쫓아내는 일은 없겠지? 우리가 때로 다투기는 했지만, 그래도 너한테는 나만한 친구가 없었을 게야. 뭐니뭐니 해도 말이다……」

「어머니, 그렇게 하기로 일단 결심을 한 이상, 이제 어머니 쪽에서 손을 써야 할 때예요……. 무엇인가 해야죠. 이런 데서 이렇게 시간을 보내선 일이 되겠어요!」 지나는 답답하다는 듯이 어머니를 재촉했다.

「그래, 그래, 지노치까야, 뭔가 손을 써야 할 때다! 아! 말이 너무 길어졌구나!」 마리야 알렉산드로브나는 정신이 번쩍 들었다. 「그것들이 그곳에서 공작님을 구슬러 볼 생각이겠지. 지금 곧장 마차를 타고 떠나겠다! 그곳에 살짝 가서 모즈글랴꼬프를 불러내어서…… 형편을 봐서 억지로 끌고 오겠다! 안녕, 지노치까, 잘 있거라. 내 비둘기야, 앞날에 불안을 느껴 우울해 한다든지 쓸쓸한 생각을 하면 못쓴다. 중요한 것은 우울해 하지 말라는 거야! 모든 일을 교묘하고 고상한 수법으로 처리해 놓을 테니까! 무엇보다도 어떤 관점에서 일을 바라보느냐가 중요하단 말이야……. 그럼 잘 있거라, 다녀오마!」

마리야 알렉산드로브나는 지나에게 성호를 긋곤 방에서 뛰어나갔다. 그리곤 잠시 동안 거울 앞에서 옷매무새를 고치더니 2분쯤 지났을 때는 자기의 썰매 마차를 타고 모르다소프의 거리를 달리고 있었다. 이 마차는 매일 이 시각에 외출할 때면 말을 매도록 되어 있었다. 마리야 알렉산드로브나는 호화스럽게 en grand 생활을 하고 있었던 것이다.

〈너희들 따위한테 넘어갈 내가 아니다!〉 자기의 마차 위에서 그녀는 이렇게 생각했다. 〈지나가 응낙한 것만으로도 일이 반쯤은 이루어진 셈인데, 그래 이제 와서 일을 그르친단 말이야! 천만의 말씀이다! 그런데 지나는 참 착하지! 마침내 내 말을 순순히 듣게 되었군! 그러고 보면 지나도 때론 이득이란 데 솔깃하는 수가 있나 보구나! 장래에 대해 달콤한 소릴 잔뜩 늘어놓았더니 결국 거기에 빠져 들고 말았구나! 결국 마음이 움직여서 말이다! 그건 그렇고, 오늘 그 애는 어쩌면 그렇게도 예쁠까! 내가 그 애만큼 예뻤더라면 유럽을 반쯤 내 맘대로 휘둘러 놓을 수 있었을 텐데. 어쨌든 이제 두고 보자……. 공작 부인이 되면 셰익스피어 따위는 어디론가 종적을 감추고 조금씩 세상 물정을 알게 될 거야. 지금 그 애는 너무 세상을 모르고 있잖아? 고작 안다는 게 모르다소프와 그곳 학교 선생뿐이니까! 음…… 그 애가 공작 부인이 되면 얼마나 훌륭해 보일까! 나는 그 높은 기품과 사람이 감히 접근하기 어려운 교만함과 대담한 점이 좋더라! 들여다보고 있으면 꼭 여왕이라도 보는 기분이라니까. 하지만 자기에게 이득이 되는 일을 어떻게 마다할 수 있었겠어? 마침내 그걸 깨닫게 되었던 거지! 그 밖의 일도 언젠가 모두 알게 될 날이 올 거야……. 내가 언제나 곁에 있어 줄 테니까! 무슨 일에든지 내가 시키는 대로 따르게 될걸! 내가 없고서는 한 발자국도 앞으로 나갈 순 없어! 나 자신도 공작 부인의 어머니란 신분으로 뻬쩨르부르그에서 형편이 좋아질 수 있을 거야. 그럼 이 따위 조그만 도시에서는 살지 않는다! 그리고 곧 공작이 죽고 그 풋내기도 죽어 버리면, 그때에 가서 훌륭한 영주에게 시집을 보내겠다! 다만 한 가지 내가 그 애를 너무 믿고 있다는 게 좀 걱정스러운걸? 내가 너무 속마음을 털어

놓은 건 아니었을까? 내가 너무 감상에 젖었던 것 같은데. 아무래도 그 애는 마음을 놓을 수 없어, 경계를 늦추어서는 안 되겠다!〉

마리야 알렉산드로브나는 깊은 생각에 잠겼다. 모두가 어려운 일이었음은 물론이다. 그러나 스스로 청한 수고는 덜 괴롭다는 이야기도 있으니까.

홀로 남게 되자 지나는 팔짱을 끼고 깊은 생각에 잠겨 오랫동안 방 안을 이리저리 거닐었다. 그녀는 여러 가지 일들을 생각해 보았다. 그녀는 거의 의식도 하지 않고 몇 번이나 〈때가 되었다, 때가 되었어, 벌써 오래전에 그런 기회가 온 걸!〉 하고 되뇌었다. 이 외마디 소리는 무엇을 뜻하는 것일까? 그 기다란 비단 같은 속눈썹에서 여러 번 눈물이 빛났다. 그러나 그녀는 멈춰 서서 그걸 닦으려고도 하지 않았다. 어머니가 그녀를 걱정해서 딸의 마음속을 헤아려 보려고 한 것은 사실 부질없는 일이었다. 지나는 이제 깨끗한 결심을 하고 앞으로 있을 어떠한 결과에 대해서도 마음의 준비가 되어 있는 상태였다…….

〈두고 보자!〉 나스따시야 뻬뜨로브나는 대령 부인이 돌아간 뒤 자기 방에서 나오며 이렇게 생각했다. 〈내가 그 공작인가 뭔가 때문에 장밋빛 리본까지 꺼내 맬 뻔했잖아! 정말 바보처럼. 글쎄 공작이 나를 신부로 맞아들이리라 믿어 버리다니! 이 나이에 리본이라니 가당치도 않은 일이지! 체, 마리야 알렉산드로브나, 제까짓 게 뭔데! 내가 지저분하고, 가난하기야 하겠지. 2백 루블의 뇌물을 받아먹고 사는 몸이니까. 하긴 너와 같이 허세 부리는 여자한테서 그걸 받지 않고 놓치는 사람이 어디 있겠어! 그래도 나는 아주 정당한 방법으로 돈을 받았어. 일과 관련된 보수로써 받은 거야……. 오히려 저쪽에서 나한테 뇌물을 주겠다고 매달렸는지도 모르는 거야! 그래 내가 마다하지 않고 상자의 자물쇠를 부수었다고 해서 너와 무슨 상관이 있단 말이야, 그래? 너를 위해서 해준 일인데, 저는 가만있다가 고작 한다는 소리가 그거야! 그래, 너는 천에다 수를 놓을 테면 놓으렴! 그러나 두고 보자. 내가 그 천을 결딴내 놓을 테니까. 내가 얼마나 지저분한 여잔지 너희들 둘에게 보여 줄 테니까! 이 나스따시야 뻬뜨로브나가 어떤 여자인지 곧 알게 될 거야. 온순하다고 해서 언제까지 그렇게 가만히 있기만 할 줄 알아!〉

제7장

그러나 마리야 알렉산드로브나는 자신이 천재라는 것에 대해 너무도 취해 있었다. 그녀는 거창하고 대담한 계획을 세웠던 것이다. 자기 딸을 부유한 공작의 신분을 가진 불구자에게 시집보내는데, 상대방의 정신 상태가 온전치 못해 스스로를 지킬 능력이 없음을 핑계로 삼아, 마리야 알렉산드로브나의 적들이 말하게 될 것처럼, 자기 집 손님에게 도둑질 같은 방법으로 딸을 안겨 줄 그런 계획을 세웠던 것이다. 이 계획은 대담할 뿐만 아니라 불손한 짓이기도 했다. 이 계획이 이득이 많을 것은 당연하지만, 만약 실패하는 경우에는 계획을 짠 사람에게 그보다 더한 망신이란 있을 수가 없다. 마리야 알렉산드로브나는 그 점을 잘 알고 있었지만 그렇다고 단념할 생각도 없었다. 〈이 정도는 문제도 아니다. 이보다 더 어려운 일도 뚫고 나갔던 나니까!〉 그녀는 지나에게 이렇게 말했지만, 이건 결코 허풍을 떤 것은 아니었다. 그렇지 않다면 어떻게 그녀가 여걸일 수 있겠는가?

이러한 계략이 도둑의 소행과 별로 다르지 않다는 점은 의문의 여지가 없다. 그러나 마리야 알렉산드로브나는 그런 것도 별로 상관치 않았다. 여기에 관해서 그녀는 놀라우리만큼 정확한 이론을 갖고 있었다. 〈일단 결혼만 하면, 이혼하게 되지는 않는다〉는 것, 이것은 아주 단순하게 보이지만 갖가지의 굉장한 이득이 그녀의 상상을 유혹하기 때문에, 마리야 알렉산드로브나는 다만 그러한 이익 가운데 한 가지만 생각해도 몸이 떨려 오고 안절부절못할 지경이었다. 요컨대 그녀는 몹시 흥분해서 마차를 타고 있는 것이 바늘방석에 앉아 있는 것 같았다. 의심할 나위 없이 창조적 재능을 타고난 영감이 가득 찬 여인인 그녀는 이미 자기의 행동 계획을 만들어 놓고 있었다. 그러나 이 계획은 아직은 초고 상태로, 거창하게en grand만 되어 있었지, 현재로선 그녀에게 희미한 빛을 비추고 있을 뿐이었다. 아직은 상세한 부분이나 지금으로서는 뭐라 장담하기 어려운 갖가지 경우가 수없이 남아 있는 셈이다. 그러나 마리야 알렉산드로브나는 확신을 가지고 있었다. 그녀가 흥분하는 것은 실패를 두려워해서가 아니었다. 아니고말고! 그녀는 가능한 한 빨리 일에 착수하고, 가능한 한 빨리 싸움을 벌이고 싶었던 것이다. 이 일이 조금이라도 늦어지거나 주춤해지는 경우를 생각만 해도, 초조하면서도 고상함을 유지하는 것, 그러니까 고상한 초조감이 그녀의 가슴을 바작바작 타게 만드는 것이었다. 늦어지거나 지체된다는 말이 나와서 말이지만, 여기서 독자 여러분의 허락을 얻어 우리의 생각을 좀 밝히기로 하자. 마리야 알렉산드로브나가 가장 큰 골칫거리라고 생각한 대상은 이 속을 알 수 없는 모르다소프 사람들, 특히 상류 사회의 부인들이었다. 그들이 마리야 알렉산드로브나를 마음속으로 미워한다는 것은 오랜 경험으로 인해 그녀 자신도 잘 알고 있었다. 가령 아직은 어느 누구도 누구에게 대놓고 그것에 관해 이야기하는 사람이 없다고 하더라도, 지금 시중에서는 자기의 의도를 너무 잘 알고 있으리라는 것을 그녀는 알고 있었다. 여태까지 몇 차례나 거듭해 온 슬픈 경험에 의해서 그녀는 자기 집에서 일어난 일은 아무리 비밀에 부치려고 해도 저녁때가 되기 무섭게 거리의 장사치 여자들이나 구멍가게를 보는 사람에 이르기까지 누구한테나 알려진다는 사실을 알고 있었다. 물론 마리야 알렉산드로브나는 지금 이러한 곤란을 짐작으로 아는 데 지나지 않지만, 그러한 짐작은 여태까지 빗나간 일이 한 번도 없었다. 그리고 이번에도 이러한 그녀의 짐작이 틀리지는 않았다. 그녀가 아직은 알지 못하고 있는 그런 일이 실제로 일어나고 있었으니까. 열두 시쯤 그러니까 공작이 모르다소프에 도착하고부터 꼭 세 시간이 지났을 때 이상한 소문이 거리에 퍼졌다. 근원지가 어딘지는 알 길이 없으나 눈 깜짝할 사이에 이 소문은 번져 나갔다. 모두들 별안간, 마리야 알렉산드로브나가 지참금도 갖지 않은 스물세 살의 딸 지나를 벌써 공작과 짝지어 주어서 모즈글랴꼬프는 바람을 맞았으며 혼담은 이제 확정되었다는 이야기들을 수군거리기 시작하고 있었다. 이러한 소문은 어디에 근거를 두고 있는가? 그들은 마리야 알렉산드로브나란 사람을 정말로 속속들이 알고 있기에 그녀의 마음속 깊이 숨겨져 있는 사상이나 희망을 단번에 알아맞히게 된 것일까? 이러한 소문은 한 시간 정도를 가지고는 도저히 만들어 낼 수 있는 성질의 것이 아니었으므로 세상의 일반적인 소식들과는 성격도 다른 데다가 이 정보가 누구한테서 나왔는지 아무도 모르는 것으로 보아 분명히 근거가 박약한데도 불구하고, 모르다소프의 사람들은 자기네의 확신을 굽히려 하지 않았다. 소문은 점점 퍼져서 어처구니없게도 확실한 것으로 뿌리를 내려 버렸다. 무엇보다도 놀라운 일은, 얼마 전까지도 마리야 알렉산드로브나가 지나와 이 문제에 대해서 솔직한 의견 교환을 하고 있었는데, 그때부터 벌써 소문은 퍼지기 시작했다는 사실이었다. 지방 사람들은 소문에 이다지도 민감하다니까! 지방의 수다쟁이들이 가진 본능은 때론 기적이나 다름없을 때가 있지만 거기엔 물론 까닭이 있다. 이들은 서로가 오랜 세월 동안 같이 흥미를 나누어 왔고 가까운 거리에서 상대방을 서로 연구해 왔기 때문이다. 지방에서는 모든 사람들이 누구나 유리 뚜껑 밑에 놓인 것이나 마찬가지의 상태에서 산다. 존경할 만큼 예민한 이웃 사람들의 눈으로부터 무엇인가를 숨기려 해도 이건 도무지 불가능한 노릇이다. 누구나가 당신에 대해서는 속속들이 알고 있으며, 심지어 본인조차도 모르는 일까지 꿰뚫고 있는 것이다. 지방 사람들은 천성이 원래 심리학자이고 인간 영혼의 통찰가임이 당연한 것 같다. 어쨌든 이러한 형편 때문에 필자는 때로 심리학자나 영혼의 통찰자가 아닌 바보와 같은 시골 사람들을 만나면 마음속으로부터 우러나오는 놀라움을 억제하지 못했다. 이야기가 빗나가고 말았다. 이건 쓸데없는 군더더기 같은 소리이다. 어쨌든 그 소식은 청천벽력과 같았다. 누구의 눈으로 보든 공작과의 결혼은 이익이 있는 일이고 너무나 멋진 것이었기 때문에, 누구든지 이 결혼이 이상하다고 생각한 사람은 하나도 없었을 정도이다. 한 가지 사실을 더 밝혀 두기로 하자. 지나 역시 마리야 알렉산드로브나보다 남의 미움을 더 받고 있었다는 것이다. 그게 무엇 때문인지는 분명하지가 않았다. 어쩌면 지나가 너무 아름다운 것이 그 이유 중의 하나인지도 모른다. 또 마리야 알렉산드로브나라면 이러니저러니 해도 모르다소프 사람에게는 동료 간이고 같은 밭에서 자란 딸기이며, 늘 돌아다니면서 온갖 끊임없는 이야기로 세상을 떠들썩하게 해 온 장본인이었던 만큼, 만약에 갑자기 그녀가 이 거리에서 사라진다면 시원하긴 하지만 좀 섭섭하기도 할 인물이라는 데 하나의 원인이 있는지도 모른다. 그녀가 없어진다면 이 고장은 정말이지 못 견딜 정도로 지루해질 것이다. 이에 반해서 지나는 마치 모르다소프에 살고 있는 게 아니라 구름 위에서 살기라도 하듯 행동하고 있었다. 그런 관계로 그녀는 본인을 의식하지도 않고 이 거리의 사람들이 자신의 상대가 되지 않으며, 대등한 존재도 아니라는 듯 행동하고 있는지 모르지만, 어쨌든 사람들이 참을 수 없을 정도로 곤란하게 행동했다. 그런데 이 지나가, 나쁜 소문의 주인공이던 불손하고 자존심 강한 이 지나가, 난데없이 백만장자인 공작의 부인이 되어 세상에 얼굴을 내놓으려 하고 있는 것이다. 앞으로 2년쯤 지나 과부가 되면 어딘가의 공작이나 장군과 재혼하게 될지도 모른다. 그렇지 않다면 지사 부인이 될 가능성도 있다. 모르다소프의 시장은 일부러 그런 것처럼 홀아비 신세이고 여자들에 대해서는 무척 다정하게 구는 사람이다. 그렇게 된다면 그녀가 이 작은 도시에서 첫째가는 귀부인이 되는 셈이다. 이렇게 생각하는 것만으로도 모르다소프의 사람들로서는 도저히 참을 수 없는 일이었다. 따라서 지나가 공작과 결혼한다는 뉴스만큼 모르다소프 사람들의 분을 돋우어 놓은 소식은 없었을 것이다. 눈 깜짝할 사이에 여기저기에서 맹렬한 부르짖음이 일어났다. 이 외침 소리는 그 따위 결혼은 죄악이다. 오히려 비열하기도 하다. 늙은이가 지금 정신이 빈약한 상태라고 해서 속이고 얼러서 바가지를 씌운 것이라는 내용이었다. 이 소리는 또한 탐욕스런 야수의 발톱으로부터 늙은이를 구해야겠다. 그러한 방법은 결국 강도나 다름없고 극악무도한 짓이며 다른 여자들이라고 해서 지나만 못하다는 법이 어디 있느냐. 다른 여자들도 마찬가지로 공작님과 결혼할 수 있다는 내용이었다. 마리야 알렉산드로브나는 이러한 풍문과 외침소리를 지금까지 그저 막연하게 상상한 데 지나지 않지만 그녀로서는 그것으로 충분했다. 한 사람도 빠짐없이 어느, 누구나 그녀의 계획을 방해하기 위해서 동원할 수 있는 모든 수단, 아니 동원할 수도 없는 모든 수단까지도 동원하려고 혈안이 되어 있음을 그녀는 똑똑히 알고 있었다. 지금 당장에라도 그것들은 공작을 뺏으려 하고 있으니까, 한바탕 싸움을 하고서라도 도로 빼앗아야 한다. 그리고 가령 공작을 도로 빼내 오는 데 성공한다고 해도 언제까지나 비끄러매 둘 수는 없는 노릇이다. 또한 마지막으로 오늘, 아니 앞으로 두 시간 정도 지나서 모르다소프 부인들의 축하의 합창 소리가 그녀의 살롱에서 들리지 않으리라고, 또 거절할 수 없는 어떤 이유를 대고 그들이 몰려들지 않으리라고 누가 보장하겠는가? 들어오지 못하게 문을 막으면 창문으로라도 기어들 것이다. 그런 일이 전혀 일어날 것 같지 않지만 이곳 모르다소프에선 흔히 있어 온 일이다. 요컨대 잠시도 우물쭈물하고 있을 여유가 없고 1분이라도 헛되이 써서는 안 되겠는데, 아직 일을 시작하지도 않았으니 큰일이다. 이때 문득 마리야 알렉산드로브나의 머릿속에 기발한 아이디어가 하나 떠올랐다. 이 새로운 아이디어에 대해서는 그럴 만한 때가 오면 잊지 않고 알려 드리기로 하겠다. 다만 지금은 우리 여주인공이 공작을 도로 뺏는 데 필요하다면 정말로 싸움이라도 한바탕 벌이기로 마음을 먹고, 영감이 떠오르는 듯한 야단스러운 모양으로 모르다소프 거리에서 마차를 달리고 있다는 사실만을 기술하는 데서 그치겠다. 그녀는 이때까지 앞으로 어떻게 될지, 또 어떻게 하면 공작을 만나게 될지도 모르고 있었지만, 그 대신 그녀는 모르다소프의 거리가 온통 흙 속에 파묻히는 일이 있더라도 자기의 계획은 조금도 빗나가지 않으리라는 점에 대해서만은 자신을 가지고 있었다.

첫걸음은 더할 나위 없이 멋지게 들어맞았다. 그녀는 공작을 거리에서 잡아다가 자기 집 식탁에 앉히는 데 성공했던 것이다. 적들이 가지가지 간사한 계획으로 농간을 부리고 있는데도 도대체 어떻게 해서 그녀가 멋들어지게 목적을 달성하고 상당히 통쾌하게 안나 니꼴라예브나에게 타격을 줄 수 있었는지 묻는 사람이 있다면, 나는 그 사람에게 그런 질문은 마리야 알렉산드로브나를 모욕하는 것이라고 설명해야만 한다. 안나 니꼴라예브나 안찌뽀바를 꼼짝못하게 하는 것쯤은 그녀의 실력으로 너무나 당연한 일이 아니겠는가? 그녀는 이미 경쟁자의 집까지 다다른 공작을 아무런 어려움 없이 붙들어 온 데 지나지 않는다. 그리고 무슨 일이 일어나든지 전혀 상관하지 않고, 말썽이 일어날 것이 두려운 모즈글랴꼬프의 주장도 묵살해 버리고는, 노인을 자기의 마차에다 태웠다. 마리야 알렉산드로브나가 그녀의 적대자와 다른 점이 있다면, 그것은 일단 결정적인 순간이 닥치면 비록 말썽이 눈앞에 보이더라도 성공은 모든 것을 정당화한다는 원리를 적용시켜 거기엔 전혀 신경을 쓰지 않다는 것이었다. 물론 공작은 별로 저항도 하지 않았고 언제나 그렇지만 모든 일을 금방 잊어버리고 말므로 곧 만족스러운 기분이 되었다. 식사를 할 때 그는 매우 기분이 좋아져서, 잠시도 입을 다물지 않고 익살을 부리고 경구를 읊고, 자기도 모르는 사이에 이야기를 다 끝내지도 않고 다른 데로 말머리를 돌리기도 했다. 나딸리야 드미뜨리예브나의 집에서 그는 샴페인을 석 잔이나 마시고 왔다. 전작이 있는 데다 저녁을 먹는 동안에도 술을 마셨기 때문에 이젠 얼근해져 버렸다. 마리야 알렉산드로브나가 자꾸 술을 따르는 데는 막을 도리가 없었다. 저녁은 진수성찬이었다. 니끼뜨까란 악당조차 할 말이 없었다. 안주인은 있는 애교, 없는 애교를 다 부려서 좌중의 흥을 돋우려 애쓰고 있었다. 그러나 식탁을 둘러싼 다른 사람들은 일부러 그러기나 하듯 매우 울적한 표정이었다. 지나는 왠지 엄숙한 침묵에 잠겨 있었고, 모즈글랴꼬프는 어쩐지 마음이 뒤숭숭한 듯 식사를 제대로 들지도 않았다. 좀처럼 그런 일이 없는 그지만 이때만은 무슨 생각에 잠겨 있었으므로 마리야 알렉산드로브나는 매우 불안스러웠다. 나스따시야 뻬뜨로브나는 어두운 얼굴로 식탁에 앉아 남의 눈에 띄지 않게 무슨 신호 같은 걸 모즈글랴꼬프에게 보냈지만 그는 전혀 눈치를 채지 못하고 있는 것이다. 그나마 애교가 철철 넘치는 안주인이 아니었던들 식사는 마치 장례식이나 다름없을 뻔했다.

그런데도 마리야 알렉산드로브나는 무엇이라 표현하기 어려울 만큼 흥분하고 있었다. 우울한 표정을 짓고 눈물을 글썽이는 지나의 얼굴만 보아도 그녀가 두려움에 떨기엔 족했다. 게다가 한 가지 어려운 일이 더 있었다. 이것은 다른 것이 아니라, 후딱 해치우지 않으면 안 되는 일로 그 〈저주스러운 모즈글랴꼬프〉가 하릴없이 멍청히 앉아서 일을 방해하고 있다는 것이다. 정말이지 그런 사나이가 있는 데서 이런 일을 시작할 게 아니었다! 마리야 알렉산드로브나는 몹시 불안을 느끼면서 자리에서 일어났다. 그러나 뜻밖에도 모두들 같이 자리에서 일어남과 동시에 모즈글랴꼬프가 스스로 그녀의 곁으로 다가와서는 심히 유감스럽지만 그만 자리를 떠야겠다고 말하는 것이었다. 이때의 그녀의 놀라움, 만약 이런 표현이 어색하지 않다면 즐거운 놀라움이 어떤 것이었는지 상상하기는 어렵지 않다.

「어디로 가시게요?」 마리야 알렉산드로브나는 몹시 서운하다는 듯이 물었다.

「사실은 말씀입니다, 마리야 알렉산드로브나,」 모즈글랴꼬프는 걱정스러운 표정으로 더듬더듬 말하기 시작했다. 「좀 이상스런 일이 제게 생겼습니다. 이걸 어떻게 말씀드려야 할지 모르겠군요……. 제발 제게 좋은 충고를 내려 주십시오!」

「아니 무엇이 어떻게 되었단 말씀이세요?」

「저의 교부(敎父)인 보로두예프를 아실 겁니다. 장사하시는 분 말씀입니다……. 그분을 오늘 만났어요. 그랬더니 노인께서는 몹시 화를 내시고 욕지거리를 하시면서 너 이 녀석 아주 건방지다고 말씀하시는 겁니다. 제가 지금까지 모르다소프에 세 번이나 왔지만 그 노인의 집에는 한번도 들르지 않았으니까요. 〈오늘 차 시간에는 꼭 오너라〉 하고 분부하셨는데 지금이 꼭 네 시거든요. 노인께서는 옛날 습관을 그대로 지켜서 네 시가 되면 잠에서 깨어 차를 마시게 되어 있어요. 어떻게 했으면 좋겠습니까? 저 마리야 알렉산드로브나, 그야 별일은 아니지만, 좀 생각해 보십시오! 그는 돌아가신 저의 아버지께서 공금을 유용해서 그야말로 목을 매기라도 해야 될 형편에 있을 때 살려주신 은인이랍니다. 제게 세례를 해주신 것도 그때의 일입니다. 만약에 지나이다 아파나시예브나와의 혼담이 결정되더라도 제게는 단지 1백50명의 농노가 있을 따름이에요. 그렇지만 그에게는 1백만이나 있고 사람들 이야기로는 그보다도 더 많다는 겁니다. 게다가 자손이 없으니 잘만 하면 한 10만쯤은 물려받을 수도 있습니다. 연세가 이제 일흔이나 되었으니까요, 터무니없는 생각은 아니지 않나요!」

「어머나! 그러면 뭘 하고 계셔요! 뭘 우물쭈물하시는 겁니까?」 마리야 알렉산드로브나는 기쁨을 숨기려고 애를 쓰면서 소리쳤다. 「다녀오세요, 염려 마시고 다녀오세요! 정말 괜찮아요. 어쩐지 식사 때도 안절부절못하시더니 그런 일이 있었군요! 다녀오세요! 원칙적으로는 오늘 아침에 벌써 그를 방문해서 그분을 존경한다고 말씀드리고, 그분의 고마우신 사랑을 귀히 간직하고 있음을 실제로 증명했어야 할 걸 그랬군요! 젊은 사람이란 할 수 없어요!」

「그래도 마리야 알렉산드로브나,」 모즈글랴꼬프는 놀라서 소리쳤다. 「당신은 제가 그런 사람과 가까이한다고 저를 꾸짖지 않으셨습니까. 당신은 그분을 시골뜨기라느니 텁석부리라느니 대폿집 주인이라느니 술통 검사원 같은 사람이라고 말하지 않았습니까?」

「어머! 그야 누구든지 경솔한 말을 할 때가 있지요. 저도 물론 성인이 아니니까 판단을 잘못할 때도 있게 마련이에요. 그렇지만 지금 잘 기억할 수는 없지만, 그때는 그런 말을 함부로 할 그러한 상태에 있었을 거예요……. 게다가 당신은 그때 지노치까한테 청혼을 하기 전이었어요……. 물론 제 태도는 에고이즘에서 나온 것이긴 하지만, 이젠 입장을 달리하지 않으면 안 되겠어요. 그렇다고 누구든지 어머니가 되어 보면 제가 하는 행동이 나쁘다고 말할 수는 없을 거예요. 잠시도 그렇게 지체할 필요가 없으니 빨리 다녀오세요! 저녁때까지 쭉 그 댁에 같이 계셔요……. 그리고 저, 저에 관해서도 기회가 있거든 한마디 말씀해 주세요. 제가 그분을 존경하고 있다거나, 호감을 갖고 있다거나, 우러러보고 있다거나 어쨌든 그런 말씀으로 잘 좀 얘기해 주세요! 아 참, 내 정신 좀 보라니까, 사실은 제가 진작 머리를 썼어야 하는데 그랬어요! 그래서 당신한테 깨우쳐 드렸어야 하는데!」

「마리야 알렉산드로브나, 당신은 저를 구원해 주셨습니다!」 모즈글랴꼬프는 신바람이 나서 외쳤다. 「이제부터 저는 무슨 일이든 분부하시는 대로 따르겠습니다. 맹세하겠어요! 저는 지금까지 그런 말씀을 드리기가 두려웠어요……! 그럼 용서하십시오. 가봐야겠습니다! 지나이다 아파나시예브나에게도 미안하다고 전해 주십시오. 하지만 틀림없이 돌아오긴 하겠어요…….」

「축복합니다! 그분에게 제 말씀을 잊지 말고 전해 주세요! 그는 정말 좋은 분이에요. 저는 벌써부터 그분에 관한 생각을 바꾸고 있었어요……. 저는 언제나 그분의 전통적이고 순수한 러시아 사람다운 태도를 좋아했어요……. 안녕히 계세요, 내 친구, 안녕 Au revoir, mon ami, au revoir!」

〈악마가 그를 데려가 버리게 됐으니 얼마나 다행한 일인지 몰라! 아니지, 이것은 하느님께서 돕고 계신 거야!〉 그녀는 이렇게 생각하자 너무 기뻐서 숨조차 제대로 쉬지 못할 정도였다.

빠벨 알렉산드로비치가 현관을 나서서 외투 소매에 팔을 꿰고 있을 때 어디선가 나스따시야 뻬뜨로브나가 갑자기 나타났다. 그녀는 모즈글랴꼬프를 기다리고 있었던 것이다.

「어디 가시는 겁니까?」 그녀는 모즈글랴꼬프의 손을 이끌면서 이렇게 물었다.

「보로두예프한테 가는 길입니다, 나스따시야 뻬뜨로브나! 그는 제 교부님이시죠, 저 같은 놈한테 세례를 주셨어요……. 돈 많은 노인이니까요, 어느 정도 물려주실지도 알 수 없으니 인사를 드려 놔야 하겠습니다!」

빠벨 알렉산드로비치는 기분이 매우 좋았다.

「보로두예프한테 간다고요! 그럼 처녀와는 영 이별이겠네요.」 나스따시야 뻬뜨로브나는 툭 쏘듯이 내뱉는다.

「〈이별〉이라니요?」

「그렇다니까요! 당신은 그 처녀가 아직 당신 거라고 생각하시는군요! 하지만 그녀를 공작님한테 시집보내려고 야단들이랍니다. 제가 직접 들었단 말이에요!」

「공작님에게요? 농담일랑 좀 작작 하세요, 나스따시야 뻬뜨로브나!」

「농담은 누가 농담이랍니까! 정 믿을 수 없으시다면 직접 보고 들으시겠어요? 외투를 벗고 이리 따라와 보세요!」

어리둥절해진 빠벨 알렉산드로비치는 외투를 벗어 던지고 나스따시야 뻬뜨로브나의 뒤를 따라갔다. 그녀는 오늘 아침에 자기가 엿듣고 엿본 그 골방으로 그를 안내해 갔다.

「그런데 나스따시야 뻬뜨로브나, 저는 뭐가 뭔지 도무지 전혀 모르겠군요……!」

「그럼 몸을 굽히고 좀 엿들어 보세요, 이제 알게 될 테니까요. 틀림없이 코미디가 시작될 거예요.」

「어떤 코미디가요?」

「쉿! 목소리를 높이면 안 돼요! 당신을 속이려는 것이 코미디라는 겁니다. 당신이 공작님과 함께 외출하셨을 때 마리야 알렉산드로브나가 한 시간 동안 지나를 붙들고 공작님에게 시집가라고 설득했어요. 그분을 속여서 지나와 결혼하도록 만드는 것보다 쉬운 일은 없다고 말하면서, 제가 들어도 메스꺼운 간계를 가지가지 늘어놓았답니다. 저는 여기서 그것을 모조리 엿들었어요. 지나도 어머니의 뜻에 따르기로 했지요. 둘이서 당신의 이야기를 얼마나 나쁘게 말했는지 몰라요! 아주 바보 취급을 한 데다가 지나만 하더라도 당신 같은 사람과는 결혼할 생각이 없다고 분명히 말했거든요. 그러고 보니 저도 바보였어요! 붉은 리본 따위를 매려고 했으니 말이에요! 자, 좀 들어 보세요, 들어 보시라고요!」

「그래, 그게 정말이라면, 염치 없고 교활한 짓이로군요!」

빠벨 알렉산드로비치는 얼빠진 사람처럼 되어 가지고 나스따시야 뻬뜨로브나의 눈을 쳐다보면서 속삭이는 것이었다.

「어쨌든 들어 보세요. 더 굉장한 소리를 듣게 될 거예요.」

「그런데 어디서 듣는 겁니까?」

「이렇게 허리를 굽히고 이 구멍 속을 들여다보는 겁니다……」

「하지만 나스따시야 뻬뜨로브나, 나는…… 남의 말을 엿듣는 일이 내키지 않는군요.」

「에그, 그럼 그만두시구려! 일이 이쯤 되면 양심 따위는 주머니 속에 집어넣어야 하는 거라오. 여보슈, 따라온 이상 들어야 하지 않겠어요!」

「그래도 어쩐지……」

「그럼 할 수 없어요, 멋대로 해서 바람이나 맞고 다니시오! 당신이란 사람이 가여워서 그러는 건데 공연히 날뛰는구려! 나는 상관없어요, 나를 위한 일이 아니니까! 나는 오늘 저녁이라도 당장 이 집을 나가 버릴 사람이니까요!」

빠벨 알렉산드로비치는 용기를 내어 몸을 구부리고 열쇠 구멍으로 방 안을 들여다보았다. 가슴은 몹시 두근거리고 관자놀이가 욱신욱신거렸다. 그는 자신에게 일어나고 있는 일을 전혀 이해하지 못했다.

제8장

「그럼 공작님께서는 나딸리야 드미뜨리예브나의 집에서 아주 유쾌한 시간을 보내셨군요?」 마리야 알렉산드로브나는 피에 굶주린 듯한 눈초리로 이제부터 싸움이 벌어지려고 하는 전장을 쭉 휘 둘러보고, 될수록 자연스럽게 이야기를 꺼내려고 애를 쓰면서 우선 이렇게 말을 시작했다. 그녀의 가슴은 흥분과 기대로 방망이질 치고 있었다.

식사가 끝나자마자 공작은 아침에도 들렀던 〈살롱〉으로 즉시 안내되었다. 마리야 알렉산드로브나의 집에서 무슨 잔치나 특별한 초대는 언제나 이 살롱에서 치러졌다. 그녀는 이 방을 자랑으로 여기고 있었다. 늙은이는 술을 여섯 잔이나 마셨기 때문에 어쩐지 온몸이 스르르 녹아 드는 것 같고 다리를 바로 가눌 수가 없었다. 그 대신 잠시도 쉬지 않고 연방 지껄이고 있었다. 수다가 한층 더 심해진 것이다. 그러나 마리야 알렉산드로브나는 이러한 소동이 얼마 가지 못할 것이며, 몸을 제대로 가눌 수가 없는 이 손님이 마침내 누워 버리리라는 것을 잘 알고 있었다. 이야기할 수 있는 순간을 잘 포착하지 않으면 안 될 일이었다. 싸움터를 한바퀴 휘 둘러보고 나서 그녀는 이 호색한 늙은이가 군침을 흘리면서 지나를 바라보고 있음을 눈치 채고, 어머니로서 그녀의 마음은 기쁨으로 떨렸다.

「무 — 척 즐거웠습니다.」공작이 대답했다.「아주 보기 드문 여성입니다. 아시겠지만 그 나딸리야 드미뜨리예브나란 여성은 썩 보기 드문 여성이에요!」

마리야 알렉산드로브나는 자기의 위대한 계획에 매우 분주했음에도 불구하고 경쟁자에게 바쳐진 이 대단한 찬사에 가슴이 찔리지 않을 도리가 없었다.

「무슨 말씀이십니까, 공작님!」그녀는 눈을 반짝이면서 외쳤다.「당신이 그 나딸리야 드미뜨리예브나란 사람을 만약에 보기 드문 여성이라고 한다면 저는 인사말을 어떻게 해야 할지 모를 지경이에요. 그런 말씀을 하시는 걸 보니 공작님께서는 이곳 사교계의 사정을 모르시는가 보군요. 그런 것은 말이죠, 실지로는 가지고 있지도 않은 장점과 고상한 감정을 짐짓 꾸미는, 겉만 번지르르한 간판에 지나지 않는 거예요.

그건 단지 코미디예요. 또 겉만 덧칠한 것에 지나지 않는답니다. 슬쩍 껍데기를 한번 벗겨 보세요. 그러면 꽃 밑에 숨겨진 지옥과 같은 본성을 들여다보시게 될 겁니다. 그것은 말벌의 집과 같아서 그 속에 일단 빠지기만 하면 뼈도 남지 않고 녹아 버리고 말 거예요!」

「그래요?」 공작이 소리를 높였다. 「설마 그렇기야 하겠어요?」

「이것은 맹세할 수 있습니다! 아, 공작님 Ah, mon prince. 지나야, 너도 듣거라. 나는 공작님한테 바로 그 나딸리야와 지난 주에 있었던 우스꽝스럽고 메스꺼운 사건을 이야기하지 않으면 안 되겠구나. 그건 내 의무이니까. 너 기억하지? 공작님, 공작님이 그토록 입에 침이 마르도록 칭찬해 마지않으시는 그 나딸리야 드미뜨리예브나에 관한 이야기를 하겠어요. 오, 존경하는 공작님! 저는 결코 남의 험담이나 하는 그런 여자가 아니에요! 하지만 제가 이런 말씀을 드리지 않을 수 없게 된 것은 단지 웃어 보기 위해서고, 그래서 이곳 사람들이 어떠한 사람들인가에 대해 실제 본보기를 들어, 말하자면 확대경에 비추어 보여 드리기 위해서랍니다! 2주일 전에 그 나딸리야 드미뜨리예브나가 저희 집에 왔었어요. 커피가 나왔는데 무슨 일이 있어 제가 자리를 뜨게 되었답니다. 그때 저의 은제 설탕통에 설탕이 얼마나 남아 있었는가를 저는 똑똑히 기억하고 있어요. 가득 들어 있었지요. 그런데 돌아와 보니 글쎄 밑바닥에 단 세 개만 남아 있었답니다. 방 안에는 나딸리야 드미뜨리예브나 외에는 아무도 남아 있지 않았습니다. 그게 무슨 짓이에요? 그 사람은 석조 저택을 가지고 있고 돈도 얼마든지 있는데 말이에요! 이건 정말 우습고 코미디 같은 이야기이긴 하지만, 아무튼 이곳 사교계가 얼마나 고상한 사회인지 한번 판단해 보세요!」

「설 — 마!」 공작은 정말 놀라 소리쳤다. 「그런데, 웬 식욕이 그렇게 왕성하단 말인가! 그래, 그녀 혼자서 그걸 다 먹어 버렸을까요?」

「그게 바로 이 〈보기 드문〉 여성이 하는 짓이랍니다, 공작님! 이 창피스러운 일이 마음에 드시는지요? 저 같았으면 그런 추잡스런 짓을 하려고 생각한 그 순간에 아예 죽어 버리고 말았을 것 같아요!」

「음, 그래, 그래…… 그렇더라도 그녀가 대단한 미인belle femme이라는 건 사실이지…….」

「나딸리야 드미뜨리예브나가 말씀이에요! 그게 무슨 말씀이십니까, 공작님. 그게 술통이지 뭡니까! 아, 공작님, 공작님! 그게 도대체 어떻게 된 말씀이십니까! 전 공작님의 취미가 좀 더 고상하신 것으로 기대했었는데…….」

「음, 그래, 술통이지……. 하지만 그 몸맵시가 말이오……. 그리고 그 춤 — 을 춘 그 처녀…… 그녀의 몸맵시도 역시…… 어딘지…….」

「소네치까 말씀이죠? 그 애는 아직 어린애인걸요, 공작님! 그 애는 이제 열네 살밖에 안 됐어요!」

「음, 그렇지…… 그런데 아주 재주가 있고 그 애 역시…… 몸맵시가 말이지…… 몸맵시가 그만이란 말이오. 정말이지 귀 — 여 — 운 애더군! 그리고 그 애랑 같이 춤 — 을 춘 또 다른 여자 아이…… 그 애도 몸매가 정말이지…….」

「그 애는 불행한 고아예요, 공작님! 그녀는 그 애를 걸핏하면 그런 데로 끌어내는 거예요.」

「고 — 아 — 라. 그래서 그렇게 더럽게 하고 있었구나. 손이라도 좀 씻었으면 좋을 텐데……. 그런데도 사람의 마음을 바짝 끌 — 던 — 데…….」

이런 말을 하면서 공작은 어쩐지 탐욕스러운 빛을 얼굴에 띠고 쌍안경으로 지나의 모습을 훑어보는 것이었다.

「헌데, 참, 아름다운 이로군 Mais quelle charmante personne.」 그는 몹시도 흡족한 기분으로 몸이 녹아 들어 속삭이듯 중얼거렸다.

「지나야, 무엇인가 악기를 연주해 드려라. 아니 그보다는 노래를 부르는 편이 좋겠다! 이 애는 노래를 썩 잘 부른답니다, 공작님! 명수라고 해도 좋을 정도예요. 정말이지 명수의 솜씨예요! 공작님께서 한번 들어 보시기만 하면…….」 마리야 알렉산드로브나는 지나가 사뿐사뿐 걸어서 미끄러지듯 피아노 곁으로 갈 때까지 속삭이듯 말을 계속했다. 가엾은 늙은이는 지나의 걸음을 보고 몸이 와들와들 떨릴 지경이었다. 「이 애가 어떤 아이인지 공작님께서는 잘 모르실 거예요! 이 애는 아주 다정한 마음씨를 가져서 저한테도 얼마나 착하게 구는지 몰라요! 감정은 고상하고 마음은 더없이 따뜻하답니다!」

「음, 그렇겠지…… 감정이 말이지요……. 그런데 그 아 — 름 — 답다는 점에 있어서 이 처녀와 비교할 수 있는 여자는 나의 전생애를 통해서 단 한 사람밖에 기억하지 못하겠소.」 공작은 침을 꿀꺽 삼키면서 말을 가로막았다. 「그건 죽은 나인스끼 백작 부인이오. 벌써 30년 전에 고인이 되었지만 정말이지 필 — 설로 표현하지 못할 만큼 절 — 세의 가인이었소. 그 후 자기 집의 요리사와 결혼했는데…….」

「자기 집의 요리사와 말씀이에요, 공작님?」

「음, 자기 집에 데리고 있던 요리사와 결혼했어요…… 프랑스 사람이오……. 외국에서 말이지…… 그녀는 외 — 국에서 그 사나이를 위해 백작이란 칭호를 사주었답니다. 이만저만이 아닌 호남이고 교양 있고 이렇게 생긴 조그만 콧 — 수 — 염을 기르고 있었지요.」

「그런데…… 그 사람들은 어떻게 살았습니까, 공작님?」

「음, 음, 그 사람들은 잘살았죠. 하긴 오래지 않아 헤어지긴 했지요. 사나이 쪽이 백작 부인을 등쳐먹고는 떠나 버렸답니다. 무슨 일 때문인지 싸움을 하고 나서 말입니다…….」

「어머니, 무슨 곡을 칠까요?」 지나가 물었다.

「피아노를 치기보다 노래를 부르는 게 좋겠다, 지나야. 공작님, 이 애는 노래를 썩 잘 부른답니다! 공작님께서는 음악을 좋아하세요?」

「오, 좋아하지요! 샤르망, 샤르망Charmant, charmant! 나는 음 — 악을 아주 좋아한답니다. 나는 외국에 있을 때 베토벤과 서로 알고 지냈어요.」

「베토벤과요! 지나야, 글쎄 공작님께서 베토벤과 알고 지내셨다는구나!」 마리야 알렉산드로브나는 너무 기뻐 소리쳤다. 「어머나, 공작님! 그래 정말로 베토벤을 알고 지내셨단 말씀이세요?」

「음, 그렇고말고……. 우리는 서로 흉 — 허물이 없는 사이였답니다. 그 사람은 언제나 냄새 맡는 담배를 코에 대고 있었어요. 아주 익살스러운 인물이었답니다!」

「베토벤이요?」

「음, 그렇다니까, 베토벤이 말이지. 아마 그 사람이 어쩌면 베토벤이 아니라 다른 독 — 일 사람이었는지도 모르지. 그곳에는 독 — 일 사람들이 꽤 많았으니까……. 그런데 아무래도 내가 횡설수설하는가 보군.」

「무슨 노래를 부를까요, 어머니?」 지나가 물었다.

「아, 참, 지나야! 그 로망스를 불러 보려무나. 기억하지, 중세 기사와 같은 기분이 넘치는 노래 말야. 그 성에 살고 있는 여자 영주와 음유 시인이 나오는 것 말이다……. 그런데 공작님! 전 중세 기사의 이야기를 참 좋아해요! 성들, 성들……! 그리고 중세기의 생활! 그리고 음유 시인 헤롤드와 무술 경기……. 지나야, 내가 반주해 줄게. 공작님은 이리 옮겨 앉으세요, 바싹 가까이로요! 아 성, 성이 보고 싶어요!」

「음, 그렇지……. 성은 좋아. 나 역시 성 — 을 좋아하죠.」 그 독특한 눈길로 지나를 빤히 들여다보면서 공작은 신바람이 나서 소리쳤다. 「그런데…… 그!」 공작은 외쳤다. 「로망스! 그…… 로망스 같으면 나도 알고 있어! 그런데 오랫동안 그 로망스를 들어 본 일이 없어요……. 그 노래를 들으면 옛 — 날 생각이 되살아날 거야……. 오, 정말이지!」

나는 지나가 노래를 부르기 시작하자 공작의 기분이 어떻게 되었는지 장황하게 옮겨 놓지 않으련다. 그녀가 부른 노래는 한때 크게 유행했던 프랑스의 낡은 로망스였다. 지나는 그 노래를 정말 멋들어지게 불렀다. 그녀의 맑게 울려 퍼지는 콘트랄토는 마음의 밑바닥까지 꿰뚫는 것 같았다. 아름다운 얼굴, 매력이 넘치는 눈, 악보를 넘기는 잘 다듬은 고운 손가락, 숱이 많고 반짝반짝 빛나는 검은 머리, 부풀어 오른 젖가슴, 거만하게 균형이 잡힌 그녀의 몸매……. 이러한 모든 것이 한데 어울려 가엾은 이 늙은이의 넋을 여지없이 빼놓고 말았다. 그는 처녀가 노래를 부르는 동안 잠시도 그녀에게서 눈을 떼지 않았고, 흥분한 나머지 숨도 제대로 쉬지 못할 지경이었다. 샴페인과 음악과 되살아난 추억 때문에(귀중한 추억을 갖지 않은 사람이 어디 있을 것인가?) 온기를 되찾은 그의 늙은 심장은 오랫동안 경험해 보지 못했을 정도로 세차게 뛰었다……. 지나가 노래를 끝냈을 때 그는 거의 지나 앞에 무릎이라도 꿇고 울음을 터뜨릴 지경이 되었다.

「오, 매혹적인 아가씨O ma charmante enfant! 당신은 내 넋을 앗아 갔소Vous me ravissez! 참, 이제야 기억하겠구먼…… 하지만…… 하지만…… 오, 매혹적인 아가씨O ma charmante enfant.」 지나의 손가락에 키스하면서 그는 울부짖었다.

공작은 끝까지 말을 다 마치지도 못할 정도였다.

마리야 알렉산드로브나는 이윽고 자기가 나설 때가 되었다고 판단했다.

「공작님께서는 어째서 당신의 몸을 해치실 일을 하세요?」 그녀는 짐짓 의젓한 태도로 외쳤다. 「그토록 풍부한 감정과 넘치는 힘과 마음의 여유를 가지고 계시면서 한평생을 외롭게 보내시려는 겁니까! 다른 사람들과 또 친구들과도 멀리 떨어져서 이들을 피하고 사시는 겁니까! 그런 일은 용서할 수 없는 생활이에요! 좀 달리 생각해 보십시오, 공작님! 이 세상의 일을, 말하자면, 밝은 시선으로 좀 바라보세요! 마음속에서 당신의 옛추억을 불러 보세요……. 당신의 젊었던 황금 시절, 아무 근심 없이 지낸 황금 시절을 돌이켜보시고 이를 부활시켜 보세요! 자신을 한번 부활시켜 보세요! 다시 한번 사교계에 나가서 여러 사람들 사이에서 보람을 찾도록 해 보세요! 이탈리아라든가 스페인 같은 외국을 나돌아다니세요……. 스페인이 좋습니다. 공작님……, 공작님에게는 안내자가 필요합니다. 공작님을 사랑하고 존경하며 동정할 줄 아는 그런 마음이 필요합니다. 어쨌든 공작님한테는 친구가 있거든요. 소리쳐 부르기만 하시면 우르르 몰려들 그런 친구들이 얼마든지 있어요……. 나 같은 사람은 누구보다도 먼저 이것저것 다 제쳐 놓고 달려가서 부름에 응할 채비가 되어 있답니다. 공작님, 저는 우리들의 친분을 기억하고 있기 때문에 저의 주인쯤은 한쪽으로 밀어 놓더라도 공작님의 뒤를 따르겠어요……. 그뿐 아니라 제가 좀 더 젊고 이 애처럼 예쁘기라도 하다면 공작님의 한평생 길동무가 될 수도 있고 친구가 되어 주며 공작님께서 바라신다면 그야 아내까지도 되고 싶은 생각이에요!」

「당신도 이전에는 매력적인 여인une charmante personne이었음엔 틀림없겠소.」 공작은 수건으로 눈을 닦으면서 말했다. 그 눈에는 눈물이 괴어 있었다.

「우리는 애들만을 바라보고 살고 있지요, 공작님.」 마리야 알렉산드로브나는 고상한 감정을 보이면서 말했다. 「제게도 역시 수호 천사가 있어요! 그 수호 천사란 바로 저의 딸을 가리키는 거예요. 이 애는 제 뜻을 알아주고 제 마음의 일부가 되어 주고 있어요, 공작님! 이 애는 저와 헤어지기 싫다고 해서 벌써 일곱 군데에서 들어온 혼담을 모두 거절했답니다.」

「그렇다면 만약에 당신이 나와 함 — 께 외 — 국 여행을 하게 된다면 당신 딸도 우리를 따라오게 되겠군요? 정말 그렇다면 나는 틀림없이 외국을 여행하겠소.」 공작은 별안간 기운이 불끈 솟아 이렇게 소리쳤다. 「틀 — 림 — 없이 가겠소! 만약 나도 그러한 기대를 감히 가질 수 있는 형편이라면…….

어쨌든 당신 딸은 매혹적인 정말 매 — 혹 — 적인 처녀요! 오 나의 아리따운 이여O ma charmante enfant!」 공작은 이렇게 말하면서 다시 그녀의 손가락에 키스하기 시작했다. 가엾은 늙은이는 그녀의 발부리에 엎드리고 싶어 견딜 수가 없었던 것이다.

「그런데…… 그런데 공작님, 희망을 걸 수 있겠느냐고 말씀하셨습니까?」 마리야 알렉산드로브나는 이야기가 다시 유감없이 흘러나오게 된다고 느끼면서 상대방의 말을 가로막았다. 「참 이상한 공작님이시로군요! 그래, 공작님께서는 벌써 여자들의 주목을 끌 만한 자격이 없다고 생각하시나요? 젊은 사람만이 어여쁘다는 그런 법은 없어요. 공작님께서는 자신이, 이를테면 귀족의 마지막 생존자라는 사실을 잊지 마셔야 해요! 공작님께서는 구시대의 가장 세련된 또한 가장 정통의 기사다운 감정이나…… 태도를 가지신 분의 대표자이세요! 마리야도 나이 든 마제파를 사랑하지 않았습니까? 책에서 읽어 지금도 기억하고 있지만 루이 왕 시절…… 루이 몇 세였는지는 잊어버렸습니다만, 아무튼 루이 왕의 궁정에서도 호색하기로 유명했던 로쟁 후작[36]은 나이가 꽤 들어 늙은이가 된 후에도 궁중에서 가장 아름다운 여자를 사랑에 열중하게끔 만들지 않았습니까……! 누가 공작님더러 늙었다고 하던가요? 누가 그런 소릴 했어요! 공작님께서는 그토록 풍부한 감정과 사상을 갖고 계시고, 쾌활하고, 위트가 이만저만이 아니시고, 생활력이 강하신 데다가 언동도 세련된 분이 아니십니까! 이번에 젊고 아름다운, 이를테면 저의 집 지나

---

36 앙토넹 드 로쟁(1633~1723). 프랑스 귀족, 루이 14세의 총신이며 연애 행각으로 명성을 떨쳤음.

와 같은 그런 아내를 동반하시고, 저는 뭐 그렇다고 저의 딸을 특별히 지적하는 건 아니고 그저 비유하기 위해서 딸을 들먹거렸을 따름입니다만, 어쨌든 그런 아내를 동반하시고 외국 온천장에라도 가보세요. 그럼 그 영향이 얼마나 크게 나타날는지 아시기나 하세요! 공작님께서는 전통있는 귀족계급의 대표자이시고 이 애는 미인 중의 미인이니까 그 짝이란 더할 나위 없지요! 공작님께서는 의젓한 태도로 아내의 손을 잡고 거니실 것이고, 이 애는 화사한 사교장에서 노래를 부르고 공작님께서는 또 공작님대로 경구를 차례차례 터뜨리면…… 온천장에 있는 모든 사람들이 얼굴을 보려고 몰려들 거예요! 그러고 있노라면 소문은 유럽 전체에 퍼질 것이고, 온천장에 있는 신문이란 신문은 모두가 일제히 문예란을 공작님의 기사로 채울 거예요……. 공작님, 공작님 하면서요! 그런데도 그래, 희망을 가질 수 있을까 하고 말씀하시는 겁니까?」

「문예란이라……. 음 그렇지, 그래……. 그건 신문에 있지.」 공작은 마리야 알렉산드로브나의 수다를 아무래도 반쯤밖에 이해하지 못한 듯 점점 더 몸을 주체하지 못하고 속삭였다. 「그런데 아 — 가 — 씨 과히 피곤하지 않으시다면, 지금 불러 주신 로망스를 다시 한번 부르지 않으시렵니까!」

「어머, 공작님! 이 애는 그보다 더 좋은 다른 로망스를 알고 있는걸요……. 공작님께서는 〈제비 L'hirondelle〉를 기억하고 계세요? 아마 어디서 들으신 기억이 있으실 걸요?」

「암, 기억하고말고요……. 그렇지만 잊 — 어버렸다고 말하는 것이 더 낫겠습니다. 아니, 먼저 것이 좋아, 지금 방금 부른 그 노래가 듣고 싶소! 나는 〈제비〉는 좋아하지 않소! 나는 바로 그 로망스를 듣고 싶소⋯⋯.」 공작은 어린애가 조르듯이 말했다.

지나는 노래를 한번 더 불렀다. 공작은 더 이상 견딜 수가 없어 그녀 앞에 무릎을 꿇었다. 그는 울음을 터뜨리고 말았다.

그는 노쇠와 흥분 때문에 흐느적거리는 목소리로 외쳤다.

「오, 나의 어여쁜 여주인O ma belle châtelaine! 오, 나의 매혹적인 성주여O ma charmante châtelaine! 오, 귀여운 아가씨! 당신은 내 옛일을 너무나 여러 가지로 회 — 상하게 만들어 주는군⋯⋯. 벌써 흘러가 버린 옛일을 말이오⋯⋯. 그 당시에는 무엇이든지 그때보다는 나아지리라 생각했죠. 그때 나는 어느 자작 부인과⋯⋯. 이중창으로 노래를 불렀소⋯⋯. 바로 그 로망스⋯⋯ 지금 불러 준 그 노래였소⋯⋯. 그렇지만 지 — 금은 도무지 모르겠소⋯⋯.」

공작은 여기까지 이야기하는데도 연방 숨을 몰아 쉬고 내쉬곤 했다. 벌써 혀가 굳어진 것이 분명해 보였다. 어떤 말은 도무지 무슨 소린지 알아들을 수조차 없었다. 그러나 지극히 감동하고 있다는 점만은 분명했다. 마리야 알렉산드로브나는 때를 놓치지 않고 불에다 기름을 부었다.

「공작님! 공작님께서는 혹시 저의 지나에게 애정을 느끼신 게 아니에요!」 그녀는 승리의 순간이 왔다고 깨닫고 이렇게 소리쳤다.

공작의 대답은 그녀가 기대했던 것 이상이었다.

「저는 정신을 잃을 만큼 그녀를 사랑하게 되었습니다!」 늙은이는 여전히 무릎을 꿇은 채 흥분 때문에 온몸을 와들와들 떨며 갑자기 신바람이 나는 듯 소리쳤다.「나는 이 여자를 위해서라면 목숨이라도 쾌히 내던지겠소! 만약에 내가 그러한 기 — 대를 감히 가질 수가 있다면 말이오……. 미안하지만 조금 일 — 으 — 켜 주시구려. 나는 좀 피 — 곤 — 해졌으니까……. 내가……, 만약 내가 그러한 내 마음을 털어놓을 수 있는 형편이 된다고 하면 그때…… 나는…… 그녀가 매일 저녁 로망스를 불러 준다면, 나는 아침부터 저녁나절까지 그녀의 얼굴을 바라 보겠소……. 언제까지나 언제까지나 그녀를 바라보겠소……. 오, 하느님!」

「공작님, 공작님! 그럼 이 애에게 청혼을 하시는 겁니까! 공작님께서는 저의 이 지나를 제 품에서 빼앗아 가시려는 겁니까! 제 귀여운 천사 지나를요! 하지만 나는 너를 놓칠 수가 없다, 지나야! 누구든지 이 애를 내 손, 이 어미의 손으로부터 빼앗아 갈 수 있다면 어디 그렇게 해보세요!」 마리야 알렉산드로브나는 딸에게 달려가, 비록 제법 세게 그녀가 밀어붙이는 것을 느꼈지만, 그녀를 꼭 끌어안았다……. 어머니가 하는 행위들은 양념이 다소 지나쳤던 것이다. 지나는 그녀의 온 존재로 그러한 것을 느꼈기 때문에 표현할 길 없는 혐오의 감정으로 이 코미디가 되어 나가는 꼴을 지켜보고 있었다. 그러면서도 그녀는 잠자코 있었다. 그것이 바로 마리야 알렉산드로브나에게 필요한 전부였던 셈이다.

「이 애는 어미와 헤어지지 않으려고 혼담을 벌써 아홉 번이나 거절했어요!」 그녀가 소리쳤다. 「그러나 이번에는 아무래도 헤어질 것만 같은 예감이 드는군요! 저는 벌써부터 이 애가 공작님을 쳐다보는 눈길이 심상치 않다고 느끼고 있었거든요……. 공작님께선 그 귀족적인 언동과 세련된 태도로 이 애를 완전히 매혹시키고 말았던 거예요……! 오! 공작님께서는 저희 모녀 사이를 떼어 놓고 마시는군요. 제게는 그러한 예감이 들어요.」

「나는 그녀를 미 — 칠 듯이 사 — 랑하오.」 공작은 여전히 사시나무 떨듯 온몸을 떨면서 속삭였다.

「그럼, 너는 네 어미를 버릴 생각이냐!」 마리야 알렉산드로브나는 이렇게 말하면서 그녀의 목덜미를 다시금 끌어안았다.

지나는 이 거북살스런 무대가 빨리 막을 내렸으면 하고 가슴을 태웠다. 그녀는 아름다운 손을 말없이 공작에게 뻗고는 억지로 미소까지 지어 보였다. 공작은 공손하게 그 손을 잡고 몇 번이나 거기에 키스했다.

「나는 이제야 생활이란 걸 시 — 작하게 되었다.」 그는 기쁨에 겨워서 이렇게 속삭였다.

「지나야!」 마리야 알렉산드로브나는 짐짓 의젓한 표정을 지으며 이렇게 말했다. 「이분을 쳐다보아라! 이분은 여태까지 내가 알고 있는 사람 가운데서도 가장 결백하고 가장 고상한 사람이다! 이분은 중세시대의 기사와 같은 사람이란 말이야! 그러나 공작님, 이런 이야기를 하지 않아도 이 애는 이미 모두 알고 있습니다. 저로서는 괴로운 노릇이지만 모두 알고 있어요……. 오! 뭣 때문에 저희 집에 오셔 가지고 이런 일을 벌여 놓으셨단 말이에요? 저는 손안에 쥐었던 보물, 저의 천사를 드리지 않을 수 없게 되었군요. 이 애를 소중히 해 주세요, 공작님! 그 딸의 어머니로서 부탁드리는 겁니다. 세상의 어떤 어머니라고 해도 지금 저의 아픔에 대해 지나치다고 비난하지는 않을 거예요!」

「어머니, 그만 하세요!」 지나가 나직이 말했다.

「공작님, 당신은 누가 이 애를 모욕하려 하면 꼭 지켜 주시겠지요? 저의 지나에게 모욕을 주려는 무례한 자나 중상하는 자가 있으면 공작님께서는 번쩍이는 검을 뽑아 한바탕 싸워 주시고요?」

「어머니, 이제 그만 하세요. 그렇지 않으면 전…….」

「음, 그럼 한바탕……」 공작은 중얼거렸다. 「나는 지금 생활을 막 시작하려는 참이오……. 나는 지금 당장에라도 식을 올리고 싶어……. 나는……. 나는 지금 당장 두 — 하 — 노 — 보로 사람을 보내야겠소. 거기에 다 — 이 — 아 — 몬 — 드가 있으니까 색시한테 바쳐야겠어…….」

「어머, 저 정열! 저 감격! 저 숭고한 감정을 봐!」 마리야 알렉산드로브나는 소리쳤다. 「그런데도 공작님, 당신은 세상을 멀리하고 자신을 망치고 계셨군요! 아니, 전 이 이야기를 몇천 번이라도 거듭 되뇌일 거예요! 그 흉측스런 여자의 일은 생각만 해도 지긋지긋해져요…….」

「난들 어떻게 했 — 겠소! 나도 무서워 어쩔 줄 몰랐단 말이오.」 공작은 너무 감격해서 울먹거리며 중얼거렸다. 「그들은 나를 정신 병원으로 보낼 생 — 각이었거든요……. 어떻게나 놀랐는지 몰라요.」

「정신 병원이라고요! 마귀 같으니라고! 짐승 같은 사람들! 더럽고 메스꺼운 것들! 공작님, 그런 이야기는 소문으로 들었답니다! 그러나 정말 미친 사람들은 그것들이에요! 그런데 웬일입니까, 무슨 짓들일까요?」

「나 자신도 도무지 웬일인지 모른답니다!」 늙은이는 기진맥진해져 안락의자에 맥없이 털썩 주저앉으면서 대답했다. 「실은 어떤 무도회에 갔을 때 어떤 일화를 하나 이야기 했어요. 그랬더니 그 말이 그것들 비위에 거슬렸던 거지요. 그래서 그 따위 이야기가 나오게 된 겁니다.」

「아니, 단지 그것 때문에 그랬단 말씀이에요, 공작님?」

「아니죠. 그 뒤 저는 어떤 장소에서 카드 놀이를 했었죠. 뽀뜨르 제 — 멘 — 찌 — 치 공작도 같이 있었는데, 그 자리에서 돈을 몽땅 털리고 말았어요. 내 손에는 킹이 두 장, 여 — 왕이 석 장 있었어요……. 아니 그렇지 않고 오히려 여왕이 석 장이고 킹이 두 장이라는 편이 옳지…… 아니야! 킹이 한 장이었군! 그러다가 여왕 한 장이 더 들어왔어…….」

「하지만 그것 때문에요? 단지 그런 일 때문에요! 인간의 껍질을 쓴 지옥의 야수들 같으니! 공작님은 울고 계시는군요! 하지만 이제부터는 그런 일이 또 없을 거예요! 이제부터는 제가 곁에 꼭 붙어 있을 테니까요, 공작 어르신. 저는 지나와 헤어지지 않고 언제나 공작님 곁에 있으면서 그런 사람들이 앞으로는 함부로 입을 놀리지 못하도록 하겠어요! 하긴 당신들이 결혼만 하면 모두들 깜짝 놀랄 거예요. 그 일은 그들을 부끄럽게 할 거예요! 공작님께서 아직도 능력 있는 인물이라는 것을 그들이 이해하게 될 테니까요……. 말하자면 만약 공작님께서 정신 이상이라면 이런 미인이 결혼할 리가 없다는 것을 모두가 이해하게 된다는 말입니다! 그렇게 되면 당신은 떳떳이 고개를 들고 걸어 다닐 수가 있게 돼요. 여러 사람들의 얼굴을 똑바로 쳐다보실 수가 있어요…….」

「음, 그렇지. 나는 그것들의 얼굴을 똑바로 쳐다볼 수가 있게 되지.」 공작은 눈을 감으면서 소곤거렸다.

〈어쨌든 그가 지금 노곤해진 모양이로구나.〉 마리야 알렉산드로브나는 이렇게 생각했다. 〈지금 이야기해 봐야 쓸데없겠다!〉

「공작님, 공작님께서는 지금 몹시 흥분하고 계시다는 게 제가 보기에도 역력하군요. 마음을 가라앉히지 않으면 안 되겠어요. 좀 쉬셔서 그 흥분이 가라앉을 때를 기다려야 하겠어요.」 그녀는 어머니처럼 다정스럽게 상대방 쪽으로 허리를 굽히면서 말했다.

「음 그렇소. 나도 사실은 좀 드 — 러눕고 싶소.」 그는 말했다.

「네, 네! 마음을 진정시켜야 해요, 공작님! 그렇게 흥분하시면…… 잠깐 기다리세요, 제가 안내해 드릴 테니까요……. 괜찮으시다면 제가 직접 자리에 뉘어 드리겠어요. 그런데 그 초상화를 뭘 그렇게 자세히 들여다보시는 겁니까, 공작님! 그 초상화의 여인은 제 어머님이에요. 어머님은 여성이라고 하기보다는 천사나 다름없었어요! 아, 어머니가 지금 이 자리를 함께하고 계셨으면 얼마나 좋을까! 아주 신실하신 분이었어요, 공작님. 정말이지 신실한 분이었답니다! 달리 무슨 말로 그녀를 불러야 할지 모를 정도랍니다!」

「천 — 성이 신 — 실한 분이라? 거 재미있는걸 c'est joli……. 내게도 어머니가 살아 계셨지……. 공작 부인 princesse이고…… 그리고 말해 두지만 굉 — 장 — 히 살이 찐 여 — 인이었소……. 그런데 내가 하고자 한 얘기는 그런 게 아니었소……. 나는 조 — 금 피 — 로했소. 안녕, 귀여운 이여 Adieu, ma charmante enfant……! 나는 기 — 꺼 — 이…… 나는 오늘…… 내일…… 아니 하긴 어떻든 마찬가지이지만! 안녕히, 안녕히 au revoir, au revoir!」 이렇게 말하면서 그는 손에 키스하려고 했으나 이때 발을 잘못 디뎌 하마터면 문턱에서 고꾸라질 뻔했다.

「조심하세요, 공작님! 제 팔에 매달리세요!」 마리야 알렉산드로브나는 소리쳤다.

「샤르망, 샤르망Charmant! charmant!」 그는 밖으로 나가면서 이렇게 소곤거렸다. 「이제서야 나는 생활을 겨우 시작하게 된 것이다……」

지나는 혼자 남게 되었다. 무엇이라 표현할 길 없는 무언가 묵직한 것이 마음을 내리누르고 있었다. 그녀는 구역질이 날 만큼 혐오감을 느꼈다. 그녀는 자신과 자신의 몸을 경멸하고 싶어졌다. 그 뺨은 불타는 것처럼 뜨거워졌다. 그녀는 두 손을 꼭 붙잡고 이빨을 꼭 깨물고 목을 축 늘어뜨리고 꼼짝도 않고 우뚝 서 있었다. 부끄러움에서 밀려오는 눈물이 그녀의 눈에서 주룩주룩 흘렀다……. 바로 이때 문이 열리며 모즈글랴꼬프가 방 안으로 뛰어들었다.

제9장

그는 모든 이야기를 빠짐없이 듣고 있었다!

흥분과 분노 때문에 얼굴이 새파랗게 질려 있는 그는 방 안에 들어왔다고 하기보다는 오히려 뛰어들었던 것이다. 지나는 깜짝 놀라서 그의 얼굴을 쳐다보았다.

「어떻게 된 겁니까, 당신이란 사람은!」 그는 숨을 헐떡이면서 소리쳤다. 「이제야 당신이 어떤 여자인가를 알았어요! 당신이란 사람의 정체를 이제야 알게 되었단 말입니다!」

「제 정체가 뭐란 말씀이세요!」 지나는 미친 사람이라도 보는 듯 그를 노려보면서 그의 말을 되뇌었다. 그녀의 눈은 별안간 분노로 인해 번뜩이게 되었다.

「어째서 당신이 저에 대해 그런 식으로 말씀하실 수 있어요!」 그에게로 바싹 다가서면서 그녀는 이렇게 소리쳤다.

「난 이야기를 모두 들어 버렸지요!」 모즈글랴꼬프는 기세 좋게 이렇게 말을 되풀이하고는 웬일인지 자기도 모르게 한 걸음 뒤로 물러섰다.

「이야기를 들었다고요? 그럼 엿들었단 말씀이시군요.」 지나는 경멸의 눈초리로 그를 바라보면서 말했다.

「그렇소! 엿들었소! 내가 비겁한 짓을 하긴 했지만 그 덕택으로 당신이란 사람이 어떤 여자인지를 알게 되었어요……. 어떻게 말해야 할지 적당한 말이 생각나지 않을 지경이오. 당신에 관해 말입니다……. 당신이란 사람은 대관절 어떻게 된 겁니까!」 그는 지나의 시선 때문에 점점 기가 죽으며 이렇게 대답했다.

「가령 당신이 저희들의 이야기를 들었다고 해도 그 때문에 저를 책망할 이유는 없지 않나요? 무슨 권리를 가지고 저를 비난하시는 겁니까? 무슨 권리로 저한테 그렇게 무례한 말씀을 함부로 하시는 거예요?」

「내가? 나한테 무슨 그런 권리가 있어서 그러느냐고요? 당신이 그런 말씀을 하실 형편이 됩니까? 당신은 공작님과 결혼하려고 하는데, 그래 나한테 그럴 권리가 없다는 겁니까……! 당신은 제게 약속을 하지 않았습니까, 그렇지 않아요?」

「언제 약속을 했어요?」

「언제라니, 그게 무슨 말씀이오?」

「오늘 아침 당신이 제게 결혼을 조르실 때만 해도 저는 긍정적인 이야기를 전혀 할 형편이 아니라고 단호하게 이야기했습니다.」

「하지만 당신은 나를 쫓아내지는 않았어요. 나를 딱 거절하지는 않았단 말입니다. 그렇다면 당신은 나를 예비로 놔두었던가요! 말하자면 나를 노리갯감으로 알았던 거로군요.」

화가 잔뜩 치민 지나의 얼굴에 병적인 감각이 나타났다. 그것은 매섭게 찌르는 듯한 마음속의 고통에서 비롯된 것이었다. 그러면서도 그녀는 자신의 감정을 극복했다.

「제가 당신을 쫓아내지 않았다면……」 그녀는 잠시 사이를 두면서 또렷또렷한 말로 대답했다. 또렷하긴 하지만 그 목소리는 어쩐지 떨리는 것처럼 들렸다.「그것은 다만 당신이란 사람이 가여웠기 때문이에요. 당신 자신이 제발 딱 거절하지만은 말고 좀 더 가까이에서 당신을 관찰하게 될 때까지 기다려 달라고 애걸하듯이 말씀하시지 않으셨습니까.〈그때가 되면 당신은 고상한 인간이라는 걸 믿게 되어 아마 이 혼담을 거절하지 않게 될 것이오〉라고 말씀하셨습니다. 당신이 처음으로 혼담을 끄집어내셨을 때 제게 직접 그렇게 말씀하셨어요. 그런데 지금에 와서 그 말씀을 취소하시자는 건가요! 그런데 지금 말씀은 제가 당신을 노리개로 알았다는 건데, 그런 무례한 말씀을 어떻게 함부로 하시는지 모르겠어요. 오늘 당신이 약속보다도 두 주나 일찍 오신 것을 보고 제가 얼마나 언짢은 표정을 지었는지 당신이 직접 보셨을 거예요. 전 그런 언짢은 기분을 당신한테 숨기지 않았을 뿐 아니라 일부러 그렇게 보이도록 애썼단 말입니다. 당신 자신이 그런 눈치를 챘던 것 같아요. 그래서 당신은 약속보다 일찍 온 일에 대해서 제가 성을 내고 있지 않느냐고 묻기조차 하지 않았어요? 당사자 앞에서 언짢은 빛을 숨길 수도 없고 또 숨기려 하지도 않으면서 사람을 노리개로 할 수 있는지 모르겠군요. 당신은 또한 제가 당신이란 사람을 예비로 놔두었다고 거침없이 말씀하셨지만 거기에 대해서 저는 다음과 같이 대답해야겠습니다. 저는 여태까지 마음속으로 〈설령 저이가 다른 사람들에 비해 뛰어난 재주는 가지고 있지 않더라도 어쨌든 착한 사람인지도 알 수 없으니 결혼해도 상관없겠다〉고 당신에 관해 생각해 왔어요. 그러나 다행히도 지금 보니 당신이란 사람은 바보일 뿐 아니라 게다가 심보가 고약한 바보라는 것을 확신하게 되었으니, 저로서는 이제 당신의 행운을 빌면서 안녕히 가시라고 하면 그만이겠어요. 그럼 안녕히!」

이렇게 말하고 나서 지나는 그에게 등을 돌리고 천천히 방에서 나갔다.

모즈글랴꼬프는 이제 모든 것이 끝장났다고 생각하니, 화가 치밀어 올라 가슴이 터질 것 같았다.

「네! 그럼 나는 바보란 말이군요!」 그가 소리쳤다. 「이제 나는 바보가 되고 말았다는 거지요! 좋습니다! 그럼 안녕히 계세요! 그렇지만 저는 떠나기 전에, 이제부터 온 거리를 돌아다니면서 당신이 어머니와 짜고서 공작님을 술 취하게 흘려 놓고는 등쳐먹게 된 자초지종을 퍼뜨리겠어요! 누구한테나 얘기하겠습니다! 그럼 모즈글랴꼬프가 어떤 인간인지를 알게 될 거예요.」

지나는 몸을 움찔거리며 무엇인가 그의 말에 대답하려고 발길을 멈추었지만, 금방 생각을 달리하고는 다만 경멸하듯 어깨를 한번 으쓱한 뒤 문을 쾅 닫고 나갔다.

이때 문가에 마리야 알렉산드로브나가 갑자기 나타났다. 그녀는 모즈글랴꼬프의 부르짖음을 듣자 금세 무슨 일인지 알아채고 놀라움에 부르르 몸을 떨었다. 모즈글랴꼬프가 아직 이곳을 떠나지 않았고, 공작의 주위에 있었구나, 이젠 거리로 다니면서 떠들고 다닐 것이다. 하지만 아직 당분간만이라도 비밀을 지킬 필요가 있다! 마리야 알렉산드로브나에게는 혼자만의 계산이 되어 있었다. 그녀는 눈 깜짝할 사이에 모든 상황을 판단한 후 모즈글랴꼬프를 쓰다듬을 계획을 세워 버렸다.

「웬일이세요, 내 친구여 mon ami?」 그녀는 상대방에게 바싹 다가가서 아주 다정스레 손을 뻗으면서 말했다.

「네, 내 친구 mon ami 라고요!」 그는 미친 사람처럼 소리쳤다. 「그런 일을 멋대로 저질러 놓으시고는 이제 와서 내 친구라고요? 이제 그런 속임수에 다시는 넘어가지 않겠습니다, 자비로운 여왕 폐하! 당신은 나를 한번 더 속이실 작정이십니까?」

「어머, 당신이 그렇게 묘한 정신 상태인 것을 보니 참 안됐군요. 정말이지 마음이 안됐어요, 빠벨 알렉산드로비치 씨. 무슨 말씀을 그렇게 하세요, 글쎄! 당신은 귀부인 앞에서도 말씀을 그렇게 함부로 하시는군요.」

「귀부인 앞이라고요! 당신은…… 당신 자신을 부르고 싶은 대로 얼마든지 높여 부르세요. 그러나 역시 귀부인은 아니오!」 모즈글랴꼬프는 소리쳤다. 그가 그러한 외침으로 무슨 뜻을 전달할 생각이었는지 자세히 알 도리가 없으나 아마도 대단스러운 무엇이 있었는가 보다.

마리야 알렉산드로브나는 부드러운 눈길로 그의 얼굴을 쳐다보았다.

「자, 여기 앉으세요!」 그녀는 슬픈 듯이 말하면서 불과 15분

전까지 공작이 앉아 쉬던 안락의자를 가리켰다.

「하지만 제 이야기를 끝까지 들어 주세요, 마리야 알렉산드로브나!」 모즈글랴꼬프는 답답하다는 듯이 소리쳤다. 「부인은 마치 자신에게는 아무런 잘못도 없었는데 나만이 당신한테 잘못을 저지른 듯이 저를 대하고 계십니다! 그러나 일이 전혀 그렇게만 된 것도 아닙니다, 네! 그런 식으로 말씀하실 게 아니에요……! 그렇게 되면 어느 누구라도 화를 내지 않을 사람이 없을 거예요……. 그 점 이해하시겠지요!」

「내 친구여!」 마리야 알렉산드로브나는 대답했다. 「제가 이렇게 부른다고 흉보지는 마세요. 당신에게는 나만큼 다정한 친구도 없기 때문에 이렇게 부르는 거랍니다. 지금 당신은 괴로워하고 계십니다. 심장 한복판의 멍 때문에 괴로움을 느끼고 계십니다. 그러니까 저에 대해서 그렇게까지 말씀하시는 것도 따지고 보면 별로 놀라운 일이 아니에요. 하지만 저는 당신에게 무슨 일이든지 다 털어놓기로 마음을 먹었어요. 더구나 저는 어느 정도 당신한테 잘못한 것같이 느끼고 있으니까 될 수 있는 대로 빨리 마음을 털어놓아야 속이 후련해질 것 같아요. 자, 앉아서 이야기를 해봅시다.」

마리야 알렉산드로브나의 목소리는 병적일 만큼 부드러웠다.

그 얼굴에는 괴로운 빛이 서려 있었다. 모즈글랴꼬프는 어리둥절해져서 그녀 옆의 안락의자에 앉았다.

「우리 이야기를 엿들었지요?」 그녀는 책망하듯 상대방의 얼굴을 쳐다보면서 말을 이었다.

「네, 엿들었습니다! 어떻게 엿듣지 않을 수 있단 말입니까! 하마터면 큰 창피를 당할 뻔했어요. 엿들음으로써 나는 적어도 당신네들이 나를 배신하며 꾸민 계획을 모두 알게 되었으니까요.」 모즈글랴꼬프는 분노로 자신을 더 부추기듯 하면서 내뱉듯이 대답했다.

「아니, 당신같이 교육을 받고, 자신의 원칙을 갖고 계신 분이 어떻게 그런 짓을 하게 되었단 말입니까? 하느님, 맙소사!」

모즈글랴꼬프가 의자에서 벌떡 일어났다.

「그렇지만, 마리야 알렉산드로브나!」 그가 소리쳤다. 「그런 말씀은 이제 듣고 싶지도 않습니다! 오히려 자신의 원칙을 가지고 계신 당신 같은 분이 무슨 일을 하셨는지 생각해 보시고 나서 다른 사람들에 대해 이러쿵저러쿵 말씀하십시오! 부인처럼 사물을 공정히 보시는 분이 어떻게 그런 생각을 가진단 말씀이십니까! 남의 이야기를 이러쿵저러쿵 말씀하시는 것도 차후의 일입니다.」

「질문이 하나 더 있습니다.」 그의 질문에 대답할 생각도 않고 그녀는 이렇게 물었다. 「누가 당신더러 남의 이야기를 엿들으라고 권하던가요? 스파이처럼 당신한테 그런 말을 전한 사람이 대관절 누굽니까? 저는 그걸 알고 싶어요.」

「그것만은 묻지 말아 주십시오. 그런 얘기는 못 하겠습니다.」

「좋습니다. 그럼 저 혼자 그걸 알아낼 테니까요. 말씀드렸던 대로 저는 지금도 당신한테 미안한 일을 하고 있어요, 뽈. 하지만 만약에 당신이 진상을 완전히만 이해한다면, 설령 제가 미안한 일을 하고 있기는 하지만, 그렇게 되면 당신은 더 이상 좋은 것을 바랄 수 없을 정도로 좋게 되리라는 것을 알게 될 거예요.」

「나를 위해서? 좋은 일이라고요? 이거 도무지 뭐가 뭔지 알 수가 없군요! 분명히 말씀드리지만 이제는 나를 속이지 못할 거예요! 나는 그렇게 호락호락 속고만 있을 애송이가 아니란 말입니다!」

 이렇게 말하면서 그는 안락의자에 앉은 채로 몸을 홱 돌렸기 때문에 의자가 삐걱 소리를 냈다.

「제발, 내 친구여, 좀 냉정해 주세요. 될수록 냉정하세요. 제 이야기를 차근히 들어 주시기만 하면 결국 제 의견에 동의하게 될 거예요. 사실은 그렇지 않아도 먼저 제가 모든 것을 당신에게 털어놓고 이야기하려던 참이었어요. 조금만 더 기다려 주셨더라면 엿듣는 따위의 창피한 짓을 하지 않아도 상세한 내용을 자연히 알게 되었을 거예요. 제가 아까 당신한테 미리 의논하지 않았던 것은 아직 그것이 계획에 지나지 않았기 때문이었고 다른 뜻이 있었던 건 아니었어요. 어쩌면 이 계획이 실천에 옮겨지지 않았을지도 모르거든요. 아시게 되겠지만, 저는 모든 내막을 당신한테 모두 털어놓겠단 말입니다. 그리고 다음으로 말씀드리지만 우리 딸을 책망해서는 안 됩니다. 그 애는 당신을 정신없이 사랑하고 있어요. 그래서 당신을 단념시키고 공작님의 혼담을 받아들이도록 설득하는 데 얼마나 힘이 들었는지 당신은 상상조차 못할 겁니다.」

「나는 조금 전 〈정신없이〉 사랑한다는 것을 완전히 증명할 수 있는 말을 그녀에게서 들었습니다.」 모즈글랴꼬프는 비꼬는 말투로 말했다.

「그럴 거예요. 하지만 당신 자신이 그녀에게 무엇이라고 말씀하셨죠? 그래 사랑한다는 사람의 말투가 그 모양이란 말입니까? 그보다도 훌륭한 사람이 그런 말을 쓴답니까? 당신은 그 애에게 모욕을 주었고 신경 발작을 일으키게 했던 거예요.」

「일이 이렇게 됐는데 어떻게 말을 가려서 한단 말씀입니까, 마리야 알렉산드로브나! 아까는 두 분께서 내게 그렇게도 다정스레 대해 해주셨기 때문에 나는 공작을 모시고 떠나갔던 겁니다. 그런데 글쎄 나에 대해서 어쩌면 그렇게도 심한 말씀을 하신 겁니까! 저에 대해 입에 담지 못할 험담을 늘어놓지 않으셨습니까? 자, 내가 하고 싶은 말은 이것뿐입니다! 나는 모든 진상을 알고 있으니까요, 속속들이 알고 있어요!」

「그 이야기도 마찬가지로 아마 그 더러운 출처로부터 나왔겠군요?」 마리야 알렉산드로브나는 사실을 알아채고 경멸하듯이 웃음지었다. 「빠벨 알렉산드로비치, 과연 저는 당신에 대해 입에 담지 못할 말을 많이 했고 험담을 했어요. 그리고 사실은 몹시 괴로웠습니다. 제가 그 애 앞에서 당신이란 사람에 대해 험담을 늘어놓았을 뿐 아니라 어쩌면 당신을 모함도 했겠지만, 제가 그렇게까지 하지 않을 수 없었던 것을 보더라도 그 애에게 당신을 버리겠다는 약속을 받아내는 데 힘이 무척 들었다는 증거가 되지 않겠습니까! 사람이 왜 그렇게 멀리 보실 줄 모르세요! 만약에 그 애가 당신을 사랑하지 않았다고 하면 저로서도 쓸데없이 당신에 대해 입에 담지 못할 소리를 하거나 당신이 우스꽝스럽고 하찮은 인간인 것처럼 이야기하는 극단적인 수단을 쓸 필요가 없지 않았겠어요? 그래도 아직 모두 이해하지 못하셨나요! 저는 하는 수 없이 어머니란 권리를 내세우며 그 애의 마음속으로부터 당신이란 사람을 아주 쫓아내려고 애썼지만 결국은 내키지 않는 표면상의 승낙을 얻는 데도 얼마나 힘이 들었는지 몰라요. 당신이 아까 저희들 이야기를 엿들었다면 아마 눈치 채고 계시겠지만, 그 애는 공작님 앞에서 제 의견에 대해서는 단 한마디도 거들어 이야기하지 않았고, 또 탐탁스럽다는 듯한 행동이라곤 조금도 취하지 않았어요. 그런 이야기가 진행되는 동안 처음부터 끝까지 한마디도 입을 열지 않고 다만 로봇처럼 노래를 불렀을 따름이에요. 그 애의 마음이 몹시 상해 있는 것을 보고 가엾게 생각한 저는 공작님을 이 방에서 모시고 나간 겁니다. 그 애는 방에 홀로 남게 되었을 때 틀림없이 울었을 거예요. 당신이 이 방에 들어오셨을 때 그녀의 눈물을 보았을 텐데요……」

모즈글랴꼬프는 과연 그가 이 방에 뛰어들었을 때 눈물에 젖어 있던 지나의 모습이 떠올랐다.

「하지만 마리야 알렉산드로브나, 당신은 뭣 때문에 나를 따돌리려고 했습니까?」 그는 소리쳤다. 「뭣 때문에 당신은 내 험담을 늘어놓거나 모함하려고 했습니까? 그리고 지금은 무엇을 고백하시겠다는 겁니까?」

「아니, 그건 다른 문제예요! 그런 이야기는 애당초부터 당신이 분별을 잃지 않고 차근차근 물었더라면 벌써 대답했을 거예요. 하긴 당신의 말도 옳습니다! 이것은 모두가 저 혼자서 한 일이에요. 지나를 여기에 연관시켜 생각하지 말아 주세요. 뭣 때문에 이런 일을 꾸몄느냐고 묻는다면, 무엇보다도 지나를 위해서라고 대답할 수밖에 없어요. 공작님께서는 부유하시고 널리 알려지신 분이고 많은 지인들을 가지고 계시기 때문에, 지나가 공작님께 시집을 가면 멋진 짝이 될 수 있을 것이라고 생각했기 때문이에요. 그리고 이게 중요하지만 만약에 그분이 돌아가시게 되면 지나는 젊은 미망인으로,

공작 부인의 신분을 가지게 되고 상류 사회에 얼굴을 내밀게 되고 게다가 큰 부자가 될 거예요. 인간이란 너나할것없이 조만간 죽게 마련이지만 그이가 돌아가실 날은 그리 멀지 않았으니까요. 그때가 되면 그 애는 자기가 원하는 사람과 결혼해서 풍요로운 삶을 살게 될 겁니다. 그러면 더 말할 필요도 없이 자기가 사랑하는 사람과 결혼하게 될 것임에 틀림없어요. 이전부터 사랑하고 있던 사람, 공작과 결혼하기 위해 괴로움을 준 사람과 결혼할 것임에 틀림없어요. 단지 후회하는 마음만으로도 그 애는 이전에 사랑하던 사람에 대해 보상하지 않고는 견디지 못할 거예요.」

「흠!」 생각에 잠겨 자기의 구두를 내려다보면서 그는 소가 울부짖는 듯한 소리를 냈다.

「둘째로는, 여기에 관해선 아주 간단히만 귀띔해 두겠어요.」 마리야 알렉산드로브나는 말을 이었다. 「왜냐하면 여기에 관해 당신은 도무지 이해가 가지 않을 테니까요. 당신은 그 셰익스피어란 걸 읽고 거기서 고상한 감정이란 것을 받아들이고 계시겠지만, 현실적인 문제에 있어서 당신은 사람이야 더없이 좋으면서도 아직 너무 어리단 말씀입니다. 반면에 저는 아이 어머니입니다, 빠벨 알렉산드로비치! 잘 들어 두세요. 제가 딸을 공작님에게 드리는 것은 이 결혼으로 그를 구출하기 위한 것인 것만큼 어느 정도 공작을 위해서이기도 해요. 저는 이전부터, 저 결백하고 더없이 선량하고 중세의 기사처럼 양심적인 노인을 사랑하고 있었어요. 우리는 다정한 친구 사이였던 거예요. 그는 그 지옥처럼 지독한 여자의 발톱 밑에 걸려서 매우 불행한 나날을 보내고 있었던 거예요. 그녀는 그를 무덤으로도 이끌어 갈 그런 여자랍니다. 제가 지나를 설득해서 결혼을 승낙하도록 한 것은, 자기 희생의 고행이 얼마나 신성한 일인지를 그 애가 납득하도록 이야기했기 때문이란 걸 하느님께서도 알고 계셔요. 그것 때문에 그녀는 감정의 고상함이라든가 자기 행위의 매력에 마침내 끌리고 말았던 겁니다. 그 애 자신에게도 어딘가 기사 같은 기질이 있었으니까요. 저는 그 아이에게 기껏해야 앞으로 1년쯤 살아 계실 분을 위해서 기둥이 되어 주고, 위안이 되어 주고, 친구가 되어 주며, 귀여운 어린이가 되어 주고, 아름다운 반려가 되어 주고, 우상이 되어 준다는 것은 거룩한 기독교도가 할 일임을 몇 번이나 얘기해 주었던 겁니다. 그렇게 해드린다면, 그 사람의 만년은 넌덜머리가 나는 그런 여자나 공포 대신에 광명과 우정과 사랑으로 가득해질 거예요. 그분의 눈에는 이런 만년의 하루하루가 천당의 나날처럼 느껴질 거예요! 말씀해 보세요, 여기에 어디 이기적인 데가 있단 말입니까? 이것은 오히려 간호사같이 훌륭한 일을 하는 것이지, 결코 이기적인 타산이 아니에요!」

「그렇다면…… 그렇다면 당신은 공작을 위해서 또 간호사같이 훌륭한 일을 위해서 그런 일을 했다고 말씀하시는 건가요?」 모즈글랴꼬프는 비웃는 듯한 투로 울부짖었다.

「왜 그런 질문을 하시는지 이해는 가요. 빠벨 알렉산드로비치, 누구나 그게 의문일 테니까요. 당신은 아마 제가 예수회 교도처럼 궤변을 멋대로 늘어놓으면서 자기의 이익을 공작님의 이익과 교묘히 얼버무리려 한다고 생각하겠지요? 그러나 그럴 까닭이 있어요? 물론 제 머릿속에는 예수회 교도처럼 교활한 생각에서가 아니라 다소간 이해를 따지는 그런 생각이 어쩔 수 없이 떠올랐는지도 모르지요. 제가 이렇게 탁 털어놓고 이야기를 하는 데 대해서 당신은 깜짝 놀라실 겁니다. 그건 알고 있지만 한 가지 부탁이 있어요. 빠벨 알렉산드로비치, 제발 지나를 이 문제에 끌어들이실 생각일랑 마세요! 그 애는 비둘기처럼 순결합니다. 그 애는 이해 타산 같은 것에는 관심이 없어요. 그 애는 그러니까 제 귀여운 딸은 그저 누구를 사랑할 줄밖에 몰라요! 이해를 따져서 일을 꾸미는 사람이 있다면 그건 바로 저랍니다. 저 한 사람밖에 그럴 사람이 없어요! 하지만 먼저, 누구보다도 당신 자신의 양심에다 물어보세요. 저와 같은 처지에 있다고 가정했을 때, 그래 이해 관계를 염두에 두지 않을 수 있을 것 같아요? 우리들은 너나할것없이 아무리 훌륭하고 비영리적인 일을 다룰 경우라도 반드시, 또 자신도 모르는 사이에 그런 계산을 하게 된답니다! 물론 거의 대부분의 사람들은 자신을 속이고, 자신을 설득시켜 자기가 하는 행동이 다만 고결한 동기에서 이루어진 것이라고 억지로라도 믿으려 합니다. 그렇지만 전 자신을 속이고 싶지 않습니다. 솔직하게 고백하건대, 이번 일에 있어서 제 목적이 고결함에도 불구하고, 거기에 이해 타산이 없었던 건 아니었어요. 그렇지만 그런 타산을 저 자신을 위해서 했느냐고 물으시면 저는 이렇게 대답하겠어요. 저 자신에게는 이제 필요한 것이 없어요, 빠벨 알렉산드로비치! 이제 살 만큼 다 산 셈입니다. 저는 그 애를 위해, 그 천사와 같은 저의 아이를 위해 이해를 저울질해 봤습니다. 세상의 어느 어머니가 이번 경우에 저를 잘못했다 욕할 수 있겠습니까?」

마리야 알렉산드로브나의 눈에서는 눈물이 반짝거렸다. 빠벨 알렉산드로비치는 마음을 활짝 털어놓은 이러한 고백을 놀랍게 들으면서 의심스러운 듯이 눈을 깜박거렸다.

「그래 그렇죠, 세상의 어느 어머니가……」 마침내 그는 이렇게 입을 열었다. 「당신은 귀에 거슬리지 않게 말씀을 참 잘 하시는군요, 마리야 알렉산드로브나. 그러나…… 그러나 내게 이미 약속을 하시지 않았습니까! 당신은 나로 하여금 기대를 가지게 만들었어요……. 지금 내 마음이 어떻겠어요? 어디 생각을 좀 해보세요! 지금 내 꼴이 어떻게 되어 버렸는지 아시겠습니까?」

「그럼 제가 당신에 대해 전혀 생각하지 않았다고 보시나요, 친애하는 폴mon cher Paul! 천만의 말씀입니다. 제가 따져 본 바에 의하면 이런 일들은 당신에게 커다란 이익을 가져오는 결과가 됩니다. 그 때문에 더욱 제가 용기를 얻어 이 계획에 채찍질을 하게 된 거예요.」

「내게 이득이 온다고요!」 모즈글랴꼬프는 이번에야말로 어이가 없다는 듯이 소리쳤다. 「그건 또 어떻게 된 이야기입니까?」

「어머나! 당신이란 사람은 그렇게도 단순하고 앞날을 볼 줄 모르시나요!」 마리야 알렉산드로브나는 고개를 하늘로 쳐들면서 목청을 돋우었다. 「오, 젊은 사람이란! 젊은 사람이란 하는 수 없군요! 그 셰익스피언가 뭔가에 열중해서 공상만 하고 남의 지혜와 남의 사상으로 살아가면서도 그게 참된 생활인 줄 알고 스스로 도취해 계시니 이렇게 되고 마는 거예요! 착하기 그지없으신 빠벨 알렉산드로비치, 자신에게 이득이 돌아오다니 그게 어떻게 된 이야기인지 물으셨지요? 이야기를 분명히 하기 위해 좀 뒤로 물러갑니다만, 지나는 분명히 당신을 사랑하고 있어요. 그건 의심할 여지가 없습니다!

그렇게 명백한 애정을 가지고 있으면서도 그 애는 당신이라고 하는 사람과 당신이 품은 감정, 당신이 하고자 하는 바를 의심하는 기미를 마음 한구석에 품고 있어요. 그건 제가 잘 압니다. 때때로 그 애는 일부러 스스로의 감정을 억제하면서 당신한테 냉담한 태도를 보인다는 걸 제가 눈치 챘어요. 그건 말하자면, 어떤 사람에게 지나친 기대를 걸었던 결과 마침내 희망과 불신을 동시에 느끼게 되었다는 걸 뜻하는 거예요. 당신은 그런 걸 눈치 채지 못했던가요, 빠벨 알렉산드로비치?」

「눈―치―를 채긴 했어요. 오늘도 그런가 보던데…….아무튼 이제부터 무슨 말씀을 하시려는 겁니까, 마리야 알렉산드로브나?」

「그것 보세요, 당신 자신이 그런 눈치를 챘으니까. 그러고 보면 제가 잘못 본 건 아니네요. 그 애에게는 당신의 정다운 태도가 항상 변하지 않으리란 것을 의심하는 그런 이상한 부분이 있어요. 어머니로서 자기 자식이 무슨 생각을 하고 있는지도 모르고 있을 리가 있겠어요? 그럼 다음에는 이런 것도 좀 생각해 보세요. 당신은 불쑥 방 안으로 뛰어들면서 그 애를 책망한 것은 말할 것도 없고 욕설까지 퍼붓고 모욕함으로써 순결하고 아름답고 자존심 강한 그 애의 신경을 건드리고 말았어요. 이 때문에 당신에게 혹시 고약한 성질이 숨어 있지 않은가 생각해 온 그 애가 확신을 갖게 된 거예요. 이와는 반대로 당신이 그렇게 하지 않고 동정, 심지어는 절망에 가까운 눈물과 영혼의 고양된 고상함을 가지고 얌전히 그 뉴스를 받아들였다고 상상해 보세요…….」

「으음……!」

「아니에요. 제 이야기를 가로막지 마세요. 빠벨 알렉산드로비치. 저는 그때의 그 광경을 그대로 묘사함으로써 당신의 상상력에 자극을 드리고 싶습니다. 가령 당신이 그녀의 곁으로 다가가서 〈지나이다! 나는 당신을 내 목숨 이상으로 사랑하고 있습니다만, 가정 사정이 우리들 사이를 갈라놓으려 하고 있습니다. 나는 그 까닭을 잘 알고 있습니다. 그것은 당신의 행복을 위해서이기 때문에 나로선 지금 당장 뭐라고 반대할 용기가 없어요, 지나이다! 난 당신을 용서할 생각입니다. 그렇게 할 수 있으시다면 제발 행복하게 사십시오!〉라고 말씀하면서 그 애를 멀거니 쳐다보았다고 생각해 보세요. 이런 표현이 어떨지 모르지만, 도살장에 끌려 간 어린 양 같은 눈길로 바라보았다고 생각해 보세요. 그럼 당신의 말씀이 그 애의 마음에 어떤 감명을 주게 될지 상상해 보세요!」

「그렇군요, 마리야 알렉산드로브나. 그 말씀은 모두 그대로라 해둡시다. 나는 그걸 모두 이해해요……. 그렇지만 나로서는……. 나로서는 아무것도 얻지도 못하고 물러가는 꼴이 되는데요…….」

「말도 안 되는 천만의 말씀입니다. 내 친구여! 제 이야기를 가로막지 말아 주세요! 전 모든 사정을 자세히 말씀드리고 지금까지 있었던 일에 대해 그대로 그림을 그려서 당신으로 하여금 정말 놀라게 할 생각이에요. 그리고 말이죠, 그 후 얼마 지나서 상류 사교계에서 그 아이와 만났다고 상상해 보세요. 만난 장소는 어딘가의 무도회에서이고, 눈이 부시도록 빛나는 불빛 아래 마음을 사로잡는 음악이 흘러나오고 꽃다운 여인들이 너울거리는 그러한 명절 기분에 들떠 있는 가운데, 당신 혼자만이 생각에 잠겨 침울하고 창백한 얼굴을 한 채 어딘가의 기둥에 기대어, 그렇지만 눈에는 잘 띄게 해야 죠. 춤의 소용돌이 속에 어울려 있는 그 애를 눈으로 좇는단 말입니다. 그녀가 춤을 추고 있다고 상상해 봅시다. 당신 주위에는 마음을 스르르 녹이는 듯한 슈트라우스의 리듬이 흐르고 상류 사회다운 경구가 오갑니다. 하지만 당신은 스스로의 정열에 빠져 창백한 얼굴을 한 채 홀로 서 계십니다! 그러면 그때 지나의 마음이 어떻겠어요, 어디 한번 생각해 보세요! 그 애가 어떤 눈초리로 당신을 바라보게 될 것 같아요? 〈아, 나는 저런 사람을 공연히 의심했구나. 저이는 나를 위해서 모든 것을 희생하고 가슴이 찢어질 듯한 괴로움을 씹고 있는데 저런 사람을 공연히 의심했구나!〉 그녀는 이렇게 생각할 거예요. 이렇게 되면 옛날의 사랑이, 막으려 해도 막지 못할 만큼 맹렬한 기세로 되살아나게 되리라는 것은 당연하지 않겠어요!」

마리야 알렉산드로브나는 숨을 돌리기 위해 말을 그쳤다. 모즈글랴꼬프가 다시 안락의자에 앉은 채로 몸을 홱 돌렸기 때문에 의자가 삐걱 소리를 냈다. 마리야 알렉산드로브나는 말을 계속했다.

「공작님의 건강을 위해 지나는 이탈리아나 스페인 같은 외국으로 가게 됩니다. 스페인은 도금양나무나 레몬 꽃이 피고 하늘은 높푸르고 가달키비르 강이 흐르고, 한마디로 말하면 사랑의 나라예요. 그곳에 살고 있으면 사랑하지 않고는 견디지 못할 만큼, 말하자면 장미와 키스가 공중에 두둥실 떠다니는 곳이랍니다! 당신도 그 애의 뒤를 따라 일자리, 친분 관계 같은 모든 것을 모조리 희생하고 거기에 갔다고 쳐봅시다! 그때는 당신네 두 사람의 사랑을 막으려 해도 막지 못할 만큼 솟아나기 시작할 거예요. 사랑과 젊음, 스페인, 얼마나 좋겠어요! 두말할 나위도 없이 당신네 사랑은 순결하고 신성한 것이죠. 그런데 마침내 당신네들은 서로 얼굴을 쳐다보며 번민하게 됩니다. 제 말을 알아들으시겠죠, 물론 비열하고 심보가 고약한 어떤 악한이 나타나서 당신이 외국까지 오게 된 것은 나이 먹은 병자에 대한 친척으로서의 감정이 절대로 아니라는 소리를 하게 될 것입니다. 그렇듯 사람들이 아마도 전혀 본의와 어긋나는 의미를 거기에 갖다 적용시킬 우려가 있기 때문에, 저는 당신들의 사랑을 더럽혀지지 않은 것이라 강조하는 겁니다. 하지만 저는 어머니란 위치에 있거든요, 빠벨 알렉산드로비치. 그런 어머니가 당신에게 나쁜 걸 가르쳐 드릴 까닭이 없지 않겠어요……! 물론 공작님께서는 당신네 두 사람을 감시할 기력조차 없으시겠지만 그렇지 않더라도 감시 따위는 아무런 뜻도 갖지 못한답니다! 그러한 것을 근거로 해서 이러쿵저러쿵 재미없는 말을 들으면 좋을 게 있겠어요? 머지않아 공작님께서는 스스로의 운명을 축복하면서 돌아가시게 될 겁니다. 그러면 지나가 당신을 제쳐 놓고 누구와 결혼하게 되리라 생각하십니까? 당신은 공작님의 아주 먼 친척에 해당되니까 당신들의 결혼은 아무런 문제도 일으키지 않을 거예요. 그러면 당신은 아주 젊고 재산도 있고 신분도 좋은 여인을 아내로 맞이하게 되는 셈입니다. 게다가 귀족 가운데서도 손꼽히는 대귀족들이 그 애와의 결혼을 자랑으로 여기게 될 그런 시기에 결혼하게 되는 거죠! 그 애를 통해서 당신은 가장 높은 고급 사교 사회에 명함을 내놓을 수 있게 되고, 그 애를 통해서 높은 자리도 얻을 수 있고 관등까지 얻을 수 있을 거예요. 지금 당신에게는 1백50명의 농노

밖에 없지만 그때쯤 되면 대단한 부자가 되어 있을 거예요. 그건 제가 책임을 져도 좋지만, 그렇지 않아도 공작님께서는 유언장에 그런 걸 분명히 하실 거예요. 게다가 무엇보다도 중요한 일이지만 그 애는 당신이란 사람과 당신의 영혼, 당신의 감정을 고스란히 믿고 있을 거예요. 그 애의 눈으로 볼 때 별안간 당신은 덕성과 자기 희생의 영웅으로 보이는 거예요! 그런데도 당신은, 그런데도 당신은 〈나한테 이득이 돌아오다니 그게 무슨 소리냐〉는 질문을 하실 작정이신가요? 이렇게 명백한 이득이 당신의 눈앞에 와 있고 당신을 쳐다보면서 생글생글 웃음을 머금으며 스스로 〈바로 제가 당신의 이득이랍니다!〉라고 말하고 있는 판에, 그걸 보지도 못할 뿐 아니라 상상하지도 못한다면 그야말로 장님이 아니라고 할 수 없겠는데요. 그럴 수가 있어요, 빠벨 알렉산드로비치!」

「마리야 알렉산드로브나!」 모즈글랴꼬프는 몹시 흥분해서 소리쳤다. 「이제야 모두 알았습니다! 내가 아주 난폭하고 비열하고 졸렬한 짓을 했군요!」

그는 의자에서 벌떡 일어나 자기의 머리를 움켜쥐었다.

「계산에 어두우신 분이군요.」 마리야 알렉산드로브나가 덧붙였다. 「계산에 어둡다는 건 보통 일이 아니지요!」

「나는 바보였어요, 마리야 알렉산드로브나!」 그는 거의 절망한 사람처럼 이렇게 소리쳤다. 「이제는 모든 일을 망쳐 버리고 말았어요. 내가 그녀를 매우 사랑하기 때문이었어요!」

「그럴 테지. 그러나 아직 일을 전적으로 그르쳐 버렸다고 할 수는 없어요.」 마치 무슨 귀띔이나 해주듯 모스깔료바 부인이 소곤거렸다.

「오, 어떻게 구제할 방법이라도 있겠습니까! 도와주세요!

좋은 방법을 가르쳐 주십시오! 날 좀 살려 주세요!」

모즈글랴꼬프는 기어이 울음을 터뜨렸다.

「내 친구여!」 마리야 알렉산드로브나는 그에게 손을 내밀면서 동정 어린 목소리로 말했다. 「당신이 그렇게 행동하신 것은 너무 흥분하셨기 때문이에요. 그 애를 너무 사랑하신 나머지 가슴이 탔기 때문이에요! 당신은 절망감으로 인해 앞뒤를 분간하지 못하게 되었기 때문이에요! 그 정도의 일이라면 그 애도 이해할 겁니다……」

「나는 그녀를 미칠 듯이 사랑하고 있고, 그녀를 위해서라면 어떠한 희생이라도 치를 각오입니다!」 모즈글랴꼬프는 외쳤다.

「그럼, 제가 그 애에게 당신에 관해 잘 변호해 드리겠어요.」

「마리야 알렉산드로브나!」

「그래요, 그건 제가 맡겠어요! 저는 당신을 만나게 해드리겠어요. 그러니 제가 말씀드린 이야기를 모두 그 아이에게 털어놓으세요!」

「오, 하느님! 참으로 인자하신 마리야 알렉산드로브나이십니다……. 그런데…… 지금 당장 그렇게 해주시지 않으시렵니까!」

「세상에 원! 오, 당신은 정말 세상을 모르시는군요! 그 애는 자존심이 이만저만한 애가 아니에요! 그러니 이제 다시 뭐라고 말씀하신다면 역시 무례하다는 생각밖에 할 수 없을 겁니다. 뻔뻔스럽다는 것 말고 달리 어떻게 생각하겠어요! 내일 제가 잘 이야기해서 좋게 타이를 테니까, 지금은…… 어디엔가 그 상인한테라도 다녀오세요……. 그리고 저녁때가 되어서 돌아오시면 좋겠지만 꼭 돌아오실 필요는 없어요!」

「가겠습니다, 가겠어요! 다행입니다! 당신은 나를 살려 주셨군요. 그런데 한 가지만 더 묻고 싶어요. 혹 저 공작께서 금방 돌아가시지 않으면 어떻게 할 겁니까?」

「원, 별말씀을 다 하시는구려. 당신은 참으로 순진한 사람이군요, 친애하는 폴mon cher Paul. 반대로 저희들로서는 그분께서 건강하시도록 하느님께 빌지 않으면 안 돼요. 그 상냥하시고 정다우시고 기사처럼 결백하신 노인이 오래오래 사시도록 마음속으로부터 빌어 드리는 것이 저희들의 도리가 아니겠어요! 전 밤이나 낮이나 다른 무엇보다도 내 딸이 행복해지도록 눈에 눈물을 머금고 기도를 드리겠어요. 하지만 슬프게도 공작님의 건강은 이제 가망이 없는 것 같아요! 게다가 이제 이쯤 되면 지나를 사교계에 내놓기 위해서 뻬쩨르부르그로 가야 할 거예요. 그게 엉뚱하게도 그분의 목숨과 관련이 있지 않을까 걱정스러워 못 견디겠어요. 그렇지만 우리 함께 기도를 드립시다, 셰르 뽈cher Paul. 그리고 나머지 일은, 하느님의 손에 맡깁시다……! 그럼 벌써 떠나시렵니까! 잘 다녀오세요, 내 친구mon ami! 희망을 잃지 말고 꾹 참고 사내답게 처신해 주세요. 우선 무엇보다도 사내답게 행동한다는 게 중요합니다! 저는 지금까지 단 한 번도 당신의 고결한 마음씨를 의심해 본 일이 없어요……」

그녀는 그의 손을 꼭 잡았다. 모즈글랴꼬프는 발뒤꿈치를 들고 살금살금 방에서 나갔다.

「휴, 바보 한 녀석은 쫓아 버렸구나!」 그녀는 의기양양해져서 이렇게 말했다. 「그런데 아직 다른 바보들이 남았단 말야……」

그때 문이 열리며 지나가 방 안으로 들어섰다. 그녀는 어느 때보다도 창백한 얼굴을 하고 있었지만 눈만은 반짝반짝 빛나고 있었다.

「어머니!」 그녀는 말했다. 「어서 일을 끝장내 주세요, 그렇지 않으면 전 도저히 견딜 수 있을 것 같지 않아요! 이건 너무나 비열하고 더러운 일이라서 저는 집을 뛰쳐나가고 싶을 정도예요. 저를 더 이상 괴롭히지 말아 주세요, 저의 신경을 건드리지 말아 주세요! 이젠 메스꺼워요. 알아들으시겠어요, 너무나 더러운 일이라 이제는 메스껍단 말예요!」

「지나야! 너 어떻게 된 것이냐, 내 천사야? 너…… 너 엿들었구나!」 마리야 알렉산드로브나는 불안한 눈길로 지나를 빤히 쳐다보면서 소리쳤다.

「네, 엿들었어요. 어머니는 저 바보와 마찬가지로 저에게도 수치를 주시려는 건가요? 맹세하겠지만, 어머니가 언제까지나 이 비열한 코미디에서 제게 여러 가지로 저질 역할을 맡겨 저를 괴롭히시려 한다면 저는 모든 것을 다 내동댕이치고 단번에 끝장내 버리고 말겠어요. 저는 그 비열한 일 가운데에서도 가장 중요한 몫을 맡기로 마음먹었으니 그것만 해도 이미 충분하지 않겠어요! 하지만…… 전 저 자신을 잘 모르고 있었어요! 저는 이 더러운 일 때문에 숨이 막힐 것 같아요!」 이렇게 말하고 나서 그녀는 문을 쾅 닫고 나가 버렸다.

마리야 알렉산드로브나는 그녀의 뒷모습을 물끄러미 바라보면서 생각에 잠겼다.

〈서둘러야겠다, 서둘러야겠어!〉 그녀는 몸을 부르르 떨면서 이렇게 소리를 질렀다. 〈무엇보다도 큰 재난, 그리고 무엇보다도 큰 위험은 저 애에게 있는 거다. 만약에 이 거리에 있는 더러운 것들이 우리가 하는 일을 그냥 놔두지 않고 온 거리를 쑤셔 놓는다면 그때야말로 모든 게 끝장이 나는 거다. 하긴 그런 일이 벌써 시작되고 있을지도 몰라. 그가 이러한 소동을 더 두고 보지 못해 발을 빼겠다고 할지도 모르고. 어쨌든 지금 당장에라도 공작님을 시골로 보내지 않으면 안 되겠다! 먼저 내가 달려가서 우리 집 얼간이를 데리고 오도록 해야겠다. 그런 사내라도 어쩌면 어딘가에 필요하게 될지도 모르는 일이야! 그리고 나면 공작님께서도 잠을 깰 테니까 그때 모두 함께 떠나면 된단 말이야!〉

그녀는 벨을 눌렀다.

「마차는 어떻게 돼 있나?」 그녀가 들어온 하인에게 물었다.

「벌써 준비되어 있습니다.」 하인이 대답했다.

마차는 마리야 알렉산드로브나가 공작을 2층으로 데리고 갈 때 이미 준비하라고 명령해 두었던 것이다.

그녀는 옷을 갈아입었다. 그녀는 길을 떠나기에 앞서 지나의 방에 들러 자기의 결심을 대충 알리고 난 뒤에 몇 가지 지시를 해두기로 했다. 그러나 지나는 그녀의 말을 듣고 있을 수가 없었다. 그녀는 얼굴을 베개에 파묻은 채 침대에 누워 있었다. 그녀는 훌쩍훌쩍 울면서 팔꿈치까지 드러나 있는 손으로 기다란 머리털을 쥐어뜯고 있었다. 때때로 오한이 온몸에 쭉 끼쳐 오는지 몸을 부르르 떨었다. 마리야 알렉산드로브나는 입을 열려고 했으나 지나는 얼굴을 들려고도 하지 않았다.

잠시 딸 곁에 서 있던 마리야 알렉산드로브나는 당황한 채로 방을 나섰다. 그러고는 다른 방법을 써서 이를 보상해야겠다고 생각하며, 마차에 올라타 전속력으로 말을 몰도록 명령했다.

〈지나로 하여금 엿듣게 한 것은 잘못이었다!〉 그녀는 마차 안에서 생각했다. 〈나는 그 애를 설득시킨 것과 거의 같은 이야기로 모즈글랴꼬프를 설득시킨 것이다. 그 애는 자존심이 강하기 때문에 모욕을 당했다는 느낌을 가지게 됐는지 모른다……. 음! 그래도 중요한 것은, 무엇보다도 중요한 것은 다른 사람들이 눈치 채기 전에 모든 일을 끝내 버리는 것이다! 큰일이다! 게다가 엎친 데 덮친 격으로 우리 그 얼간이가 만약 집에 붙어 있지 않으면 어떻게 하지!〉

이런 생각으로도 그녀는 제정신을 잃을 정도로 화가 치밀었다. 그것은 남편인 아파나시 마뜨베이치에게 아주 재미없는 일이 생기리라는 전조가 되기도 한다. 그녀는 안절부절못하며 앉은 자리에서 몸을 엎치락뒤치락했다. 마차는 그녀를 태우고 전속력으로 달려갔다.

제10장

마차는 쏜살같이 달렸다. 오늘 아침 마리야 알렉산드로브나가 공작을 찾아 거리를 마차로 달려갈 때 천재적인 어떤 아이디어가 그녀의 머릿속에 번뜩였다는 것을 우리는 이야기한 바 있다. 이에 관해서는 적당한 기회에 언급하겠다고 약속을 했지만 독자들께서는 그것이 어떤 것인지 이미 눈치를 챘으리라고 생각한다. 그 생각이란 다른 게 아니다. 그것은 이쪽에서 재빨리 공작을 포로로 만들어서 될 수 있는 대로 빨리 그녀의 팔자 좋은 아파나시 마뜨베이치가 편안히 살고 있는 시골로 데리고 가는 일이었다. 그렇다고는 하지만 마리야 알렉산드로브나의 마음속에 뭐라고 표현하기 힘들 만큼 묘한 불안이 계속해서 엄습해 오는 것을 억누를 길이 없었다는 것을 필자는 숨기지 않겠다. 이런 심정은 참다운 영웅에게서도 볼 수 있는 것으로 그들이 정작 목적을 달성하려고 하는 찰나에 느끼게 되는 그러한 기분인 것이다. 어떤 종류의 본능이 그녀에게 모르다소프에 그냥 있으면 위험하다고 소곤거려 준 것이었다. 〈그러나 일단 시골에 틀어박히게 되면 이 거리에 있는 것들이 제아무리 야단을 쳐본들 별다른 수는 없을 터이니까!〉 그녀는 이렇게 깨달았던 것이다. 물론 시골이라고 해서 하릴없이 시간을 보내고 있을 수는 없다. 아무일도 일어나지 않으리라는 보장은 못한다. 정말이지 어떤 일이 일어날지 모르는 것이다. 그렇다고는 하지만 우리는 우리 여주인공에게 악의를 품고 있는 사람들이 뒷날 퍼뜨리고 다닌 소문 따위는 물론 믿을 생각이 없다. 그들은 마리야 알렉산드로브나가 그때 경찰까지 두려워했다는 말도 하고 다녔던 것이다. 한마디로 그녀는 한시 바삐 지나와 공작을 결혼시킬 필요가 있음을 잘 알고 있었던 것이다. 그녀는 거기에 필요한 수단을 완전히 장악하고 있었다. 마을의 성직자를 불러다가 집에서 결혼식을 올리게 할 수도 있었다. 그러한 식은 모레쯤 올려도 상관없었다. 정 다급한 경우라면 당장 내일이라도 올릴 수 있는 일이었다. 하긴 두 시간 동안에 나무랄 데 없이 결혼식을 해치운 그런 본보기도 있지 않은가! 서둘러서 결혼식을 올리고, 피로연이나 양가 부모 인사, 결혼 전날 이웃과의 작별 의식을 빠뜨리는 것은 어쩔 수 없는 예의범절Comme il faut인 듯 공작에게는 이야기하고, 그렇게 하는 편이 훌륭하고 당당하다고 납득시키기로 하자.

마지막에는 로맨틱한 사건인 것처럼 일을 꾸며서 공작의 마음속에 숨어 있는 감상적인 면에 호소하면 될 것이다. 또 최악의 경우에는 공작을 곤드레만드레 취하게 해놓거나 아니면 정신을 잃게 하는 방법도 있다. 그렇게만 해놓으면 나중에 어떤 일이 일어나든지 지나가 공작 부인이 되었음에는 틀림이 없는 것이다! 가령 나중에 공작의 친척들이 살고 있는 뻬쩨르부르그나 모스끄바에서는 스캔들 없이 그냥 지나칠 수 없다고 하더라도, 최소한 이곳에서는 한숨 돌릴 수 있을 것이 아니겠는가. 왜냐하면 우선 그런 건 나중의 일이니까 과히 문제가 되지 않고, 둘째로 마리야 알렉산드로브나는 상류 사회에서는 특히 결혼 문제에 관한 스캔들이 늘 있어 왔다고 그렇게 믿어 마지않았다. 그것은 참으로 타당한 의견인 셈이며 그녀는 한술 더 떠, 가령 같은 상류의 스캔들이라고 해도 『몽테크리스토 백작』[37]이라든가 『악마의 추억』[38]이라든가 하는 따위의 대수로운 것이 아니면 별 문제가 되지 않는다고 생각되었다. 게다가 무엇보다 자신 있는 것은, 지나가 일단 사교계에 발을 들여놓고, 어머니가 그녀를 지탱하면 어느 누구든, 그야말로 어느 누구든 단번에 정복되고, 백작 부인이건 공작 부인이건 그 누구도 마리야 알렉산드로브나 특유의 모르다소프 식 독설에 견디어 내지 못하리라는 것이다. 상대방이 떼거리로 달려들거나 1대 1로 맞서 오거나 간에 마찬가지로 물리쳐 버릴 수가 있다. 이런 식으로 여러 가지 상념을 한 결과, 마리야 알렉산드로브나는 자기 남편을 데리러 지금 영지를 향해 마차를 몰고 있는 것이다. 그녀의 계산상

---

37 대(大) 뒤마(1824~1895)의 소설.
38 F. M. 술리에(1800~1847)의 엽기 소설.

지금 아파나시 마뜨베이치는 없어선 안 될 존재였다. 공작을 시골로 데리고 간다는 것도 말하자면 아파나시 마뜨베이치한테로 데려가는 셈이 되지만, 어쩌면 공작이 그런 인간과 가까이하기 싫다고 말할지도 모른다. 그러나 아파나시 마뜨베이치가 직접 초청을 하겠다고 말하면 그때는 사태가 전혀 달라질 것이다. 그러니 좀 생각해 봐야겠지만, 연미복을 입고 흰 넥타이를 맨 당당한 풍채의 소유자이며 나이도 지긋한 한 집안의 주인이 공작의 소문을 듣자마자 먼 길을 일부러 달려왔다면서 나타난다면 매우 유쾌한 감명을 주게 될지도 모르고 공작의 자존심을 충족시켜 줄지도 모르는 일이었다. 이런 식으로 집요하게 정식으로 초청한다면, 그것은 좀처럼 거절할 수 없으리라고 마리야 알렉산드로브나는 생각했다. 이윽고 마차는 3베르스따나 되는 길을 달려왔고 마부인 사프론은 저택 주차장에 말을 세웠다. 저택은 꽤 낡았고 풍상을 겪은 기다란 단층 목조 건물이었는데 창문이 한 줄로 늘어서 있고 늙은 보리수가 사방을 둘러싸고 있었다. 이것이 바로 시골 저택이며 마리야 알렉산드로브나의 여름 별장이기도 했다. 집 안에는 벌써 불이 켜져 있었다.

「얼빠진 영감님은 어디 있나?」 마리야 알렉산드로브나는 회오리바람처럼 집 안으로 뛰어들면서 소리쳤다. 「무엇 때문에 수건이 이런 데서 굴러다니는 거야? 아! 이이가 몸을 닦은 게로구나! 또 탕에 들어갔다 나왔구먼? 그리고 여전히 차나 온종일 들이켜고 있군 그래! 그래 뭣 때문에 내 얼굴을 그렇게 멍청히 쳐다보고 있는 거야, 정말이지 기막힌 바보로군! 그런데 이 양반은 왜 머리도 깎지 않고 있는 거야, 그리쉬까! 그리쉬까! 그리쉬까! 너 왜 이 양반 머리를 깎아 드리지 않았어? 지난 주에 내가 그렇게 하라고 시키지 않았니?」

 마리야 알렉산드로브나는 방 안으로 들어서면서 아파나시 마뜨베이치에게 매우 공손히 인사할 생각이었지만, 그가 목욕탕에서 나와 기분이 매우 좋은 듯 차를 마시고 있는 꼴을 보니 공연히 심사가 뒤틀려 견딜 도리가 없었다. 정말이지 자기에게는 근심과 걱정이 태산 같은데, 아무 데도 쓸모없고 무슨 일 하나 제대로 처리할 줄 모르는 아파나시 마뜨베이치는 이렇듯 한가하게 느긋한 태도를 보이고 있으니 기막힐 노릇이었다. 이러한 대조적인 상황이 순간 그녀의 그런 마음을 태워 버리고 말았던 것이다. 그러나 이 바보, 아니 좀 더 대접해서 바보 양반이라고 불리는 바로 그 인간은 사모바르 앞에 앉은 채, 아무런 의미도 없이 놀랍다는 표정을 지으며, 입을 벌리고 눈은 둥그렇게 뜨고 아내를 쳐다보았다. 그녀의 출현은 그를 거의 화석처럼 굳어지게 할 만큼 놀라운 사건이었다. 잠에서 덜 깬 부스스한 눈을 비비면서 대충 옷을 걸친 그리쉬까가 현관에 나타났다. 그는 눈을 끔뻑거리며 어리둥절한 표정으로 이 광경을 바라보고 있었던 것이다.

 「나리께서 안 깎으신다고 해서 깎아 드리지 못했습죠.」 그는 무척 불만스러운 듯이 입속말로 중얼거렸다. 「저는 벌써 열 번도 넘게 가위를 가지고 〈이제 마님께서 오실 때가 되었으니 깎도록 하지요. 그렇지 않으면 두 사람 다 혼이 날 거예요. 그때 가서 한들 너무 늦습니다〉라고 말씀드렸답니다. 그런데도 나리께서는 〈싫어, 조금만 기다려 주게. 나는 일요일에 머리에다 웨이브를 만들 테니까, 머리를 긴 채로 놔둬야 해〉라고 말씀하시는 거예요.」

 「뭐라고? 그럼 이 사람이 파마를 했단 말이야! 당신은 그래 내 허락도 없이 멋대로 파마까지 했단 말이로군? 이게 무슨 멋이람? 글쎄 이 아둔한 머리에 이런 게 어울릴 줄 알고 있었나? 아니 이제 이곳은 엉망진창이 되어 버렸구먼! 그런데 이건 또 무슨 냄새야? 이 야수 같은 인간아, 이게 무슨 냄새냐고 묻는 말이 들리지 않아?」아내는 기가 죽어 어리둥절해 있는 죄없는 아파나시 마뜨베이치를 상대로 점점 더 기세가 드높아지면서 소리 지르는 것이었다.

「어 ─ 어머님!」겁에 질린 남편은 그 자리를 뜨려는 생각도 없이 그저 애원하는 듯한 눈초리로 자기의 명령자를 보면서 우물우물 말했다.「어 ─ 어 ─ 어머님!」

「나는 당신의 어머니가 아니라는 말을 그 나귀 같은 머리에다 쑤셔 넣은 게 한두 번이 아니지 않아? 내가 어떻게 해서 당신의 어머니가 되느냔 말이야, 이 어처구니없는 인간아! 어째서 그런 소리를 나 같은 귀부인한테 함부로 지껄이는 거야. 나로 말하면 상류 사회에서 사는 귀부인이지, 당신 같은 나귀 곁에 붙어 살 그런 여자가 아니란 말이야!」

「그렇지……. 그야, 그렇지만, 마리야 알렉산드로브나, 너는 법률상으로 내 아내야, 그래서 나는…… 남편으로서 그렇게 얘기하는 거야…….」아파나시 마뜨베이치는 이렇게 대꾸를 하다가 두 손으로 머리를 그러쥐었다. 아내에게 쥐어뜯기지 않으려는 생각에서였다.

「아니, 이 양반이 괴상한 표정을 하고 왜 이럴까? 꼭 백양나무 말뚝 같은 사람이! 그런 어리석기 짝이 없는 대답은 난생 처음 듣겠는걸. 법률상의 아내라고! 지금 세상에 법률상의 아내 따위가 어디 있단 말이야! 지금 상류 사회에서 그 따위 어처구니없는 말을 입에 올리는 사람이 어디 있단 말이야, 글쎄! 〈법 — 률 — 상〉이라니 세미나에서나 쓰는 듣기도 괴로운 속된 말이란 말이야! 그건 그렇다 치고, 내가 당신이란 사람의 아내란 사실을 뭣 때문에 들먹이는 거야? 나는 지금 열심히 모든 힘을 다해서 그러한 사실을 잊어버리려 애를 쓰고 있는데, 그리고 머리는 뭣 때문에 두 손으로 움켜쥐고 있는 거야? 모두들 와서 이 사람 머리 꼴을 좀 봐! 물에 빠진 새앙쥐 같지 않나! 앞으로 세 시간이 되어도 마르지 않을 거야! 그러니 이 사람을 어떻게 데려간단 말이야? 어떻게 다른 사람들 앞에 내놓는단 말이야? 이 일을 어떻게 하면 좋단 말이야?」

마리야 알렉산드로브나는 화가 머리끝까지 올라 자기 손을 비비면서 방 안을 이리저리 서성거렸다. 하긴 어려움이라야 그리 대수로운 것도 아니고 어떻게든 손을 쓸 수도 있긴 했지만, 문제는 마리야 알렉산드로브나가 모든 것을 정복하지 않고는 견디지 못할 만큼 욕심이 강한 스스로의 성질을 아무래도 억누를 수가 없다는 데 있었다. 그녀는 자기의 성질을 끊임없이 아파나시 마뜨베이치에게 퍼붓고 싶은 욕구를 억누를 수가 없었다. 왜냐하면 전제(專制)를 하게 되면 마침내 그것이 습관화되고 습관은 필요로 변하게 되는 까닭이다. 그리고 마지막 이유로는, 아시다시피 상류 사회에 속하는 우아한 귀부인 가운데는 무대 뒤로 가면 살롱에 있을 때와는 전혀 다른 언동을 하는 사람이 있기 때문이다. 그리고 나는 이 대조적인 면을 그리고 싶다. 아파나시 마뜨베이치는 자기 아내가 변해 가는 모습을 걱정스럽게 지켜봐 왔으며, 때로는 찬물이 끼얹어진 듯 간이 덜컹 내려앉을 때도 있었다.

「그리쉬까!」 그녀는 마침내 소리를 질렀다. 「곧 나리에게 옷을 갈아입혀 드려. 연미복에 바지를 입히고 흰 넥타이에 조끼를 입혀 드려, 어서 서둘러야 해! 그리고 머리빗은 어디 있나, 브러시가 어디 있느냐 말이야?」

「어머님! 나는 방금 목욕을 하고 나왔으니 지금 거리로 나가면 감기가 들 거 아냐……」

「감기는 안 든단 말이야!」

「그리고 머리는 이렇게 엉망으로 젖어 있는데……」

「그건 금방 말려 줄 테니까! 그리쉬까, 어서 머리빗을 가지고 와서 마를 때까지 나리님의 머리를 빗겨 드려라. 좀 더 세게! 좀 더! 좀 더! 그렇지! 그래!」

이 호령이 떨어지자 성실하고 충실한 그리쉬까는 있는 힘을 다하여 나리의 머리를 송두리째 잡아 뜯기 시작했다. 게다가 자기에게 편리하도록 한쪽 어깨를 붙들고 소파 쪽으로 밀어붙이듯이 하고 있었으므로 아파나시 마뜨베이치는 얼굴을 찡그리며 거의 울음을 터뜨릴 지경이 되었다.

「이번에는 이쪽으로 머리를 돌리란 말이야! 그리쉬까, 나리를 일으켜 드려! 포마드는 어디 있나? 숙여요, 숙여. 이 원수야, 숙이란 말이야, 밥버러지 같으니!」

마리야 알렉산드로브나는 손수 포마드를 발라 주면서 운수 사납게도 미리 깎아 두지 못했던 짙은 반백의 머리를 사정없이 쥐어뜯었다. 아파나시 마뜨베이치는 킹킹거리고 한숨을 쉬면서도 고함 한번 지르지 않고 얌전히 앉아서 수술이 끝나기를 기다렸다.

「당신은 내 피를 죄다 빨아먹지 않았어! 이런 악당 같으니라고!」 마리야 알렉산드로브나가 말했다. 「자, 머리를 좀 더 푹 숙여요, 숙이란 말이야!」

「내가 어떻게 당신 피를 빨아먹었다는 거야, 어머님.」될 수 있는 대로 머리를 깊숙이 숙이면서 남편은 중얼대듯 대꾸했다.

「얼간이! 비유가 뭔지도 모르나! 이번에는 혼자서 빗어 봐. 그리고 너는 나리에게 옷을 입혀 줘, 어서!」

우리 여주인공은 안락의자에 걸터앉아서 아파나시 마뜨베이치가 옷을 입는 절차를 대심문관이나 된 듯이 지켜보고 있었다. 이럭저럭하는 사이에 그는 어느 정도 숨을 쉬고 기운을 회복할 수 있게 되었다. 그리고 이윽고 흰 넥타이를 맬 때쯤 그것을 맨 모양과 아름다움에 대해서 자기의 의견을 말할 만큼 용기가 솟아났다. 마침내 연미복을 입고 나니 조금도 나무랄 데 없는 신사가 되어 있었기 때문에 그때는 완전히 기운을 차리고 스스로 존경하고 싶은 생각까지 우러나는 듯 거울을 들여다보고 있었다.

「대관절 나를 어디로 데려가는 거야, 마리야 알렉산드로브나?」 그는 옷차림을 고치면서 말했다.

마리야 알렉산드로브나는 자기의 귀를 의심할 지경이었다.

「어처구니없어서! 허수아비 같으니! 내가 당신을 어디로 데려가건 그걸 알아서 어쩌겠다는 거야!」

「어머님, 그래도 알아 둬야지······.」

「시끄러워! 이제 다시 나를 어머님이라고 부르기만 해봐! 더구나 지금 나하고 같이 가는 그곳에서까지 어머님이라고 부르기만 해봐라! 한 달 동안 차를 마시지 못하게 할 테니까.」

남편은 깜짝 놀라서 입을 다물었다.

「체! 그렇게 오랫동안 관직에 있었으면서 훈장도 하나 받지 못한 얼간이 같으니라고!」 아파나시 마뜨베이치의 새까만 연미복을 쳐다보면서 그녀는 경멸하는 투로 말했다.

아파나시 마뜨베이치도 이 말에는 모욕감을 느꼈다.

「훈장은 말이야, 어머님, 정부에서 주는 건데 난들 하는 수 없지 않아. 그리고 나는 당당한 관리지 얼간이가 아니란 말이야.」 그는 기품 있는 사람이 분개하는 투로 항변했다.

「아니 뭐라고? 그래 당신은 여기서 말대꾸나 하는 걸 배웠나, 정말이지 기막힌 시골뜨기로군! 코 흘리는 개구쟁이 같은 사람아! 유감스럽게도 지금은 당신 같은 사람을 상대로 이러쿵저러쿵하고 있을 시간이 없지만, 그렇지만 않다면 정말이지……. 좋아, 어쨌든 나중에 본때를 보여 줄 테니까! 그리쉬까, 이 사람한테 모자를 갖다 줘! 그리고 털외투도 갖다 줘라! 내가 없는 동안에 이 방 셋을 깨끗이 정리해 놓고 저 초록색 끝방도 역시 깨끗이 치워 두란 말이야. 어서 비를 손에 들고! 거울의 포장은 모두 걷고 시계 포장도 걷으란 말이야. 모두 한 시간 안에 해놓지 않으면 용서하지 않을 테니 그런 줄 알고 있어. 그리고 너도 연미복을 입고 모든 사람들에게 장갑을 나눠 주도록 해. 알겠나, 그리쉬까, 알겠어?」

그러고 나서 그녀는 마차에 올라탔다. 아파나시 마뜨베이치는 영문을 알 수가 없었다. 그러는 동안에도 마리야 알렉산드로브나는 머릿속으로, 어떻게 하면 지금과 같은 경우에 꼭 필요한 몇 가지 훈계를 가장 알기 쉽게 남편의 머릿속에 쑤셔 넣느냐를 궁리하고 있었다. 그러자 남편 쪽에서 먼저 입을 열었다.

「나는 말이야, 마리야 알렉산드로브나, 오늘 아주 독특한 꿈을 꾸었단 말이야.」 두 사람이 잠시 입을 다물고 있을 때 그가 뚱딴지같이 이런 말을 끄집어냈다.

「제기랄, 저주스런 허수아비 같으니! 나는 중요한 일을 생각하고 있는데 고작 한다는 소리가! 대관절 무슨 꿈을 꾸었다는 얘기야! 시시한 시골뜨기 같은 꿈을 꾸고 내게 그걸 이야기하려는 거야! 독특한 꿈이라고! 독특하다니 그게 무슨 뜻인지 제대로 알기나 하고 하는 소린가? 들어 보란 말이야, 마지막으로 한번 더 이야기해 두겠는데, 꿈 이야기이건 뭣이건 지금 내 앞에서 조금이라도 쓸데없는 소리를 하면 그땐 정말 내가 무슨 짓을 할지 나도 장담 못해! 잘 들어 두란 말이야, 오늘 우리 집에 K공작께서 오셨단 말이야. K공작을 기억하고 있겠지?」

「기억하고 있어, 어머님, 기억하고 있어. 그런데 그 사람이 어떻게 우리 집에 왔나?」

「닥치란 말이야, 당신이 알 일이 아냐! 당신은 주인 어른으로서 특별히 그를 공손하게 대하고 곧 우리 시골집으로 가자고 부탁만 드리면 그만이야. 그 때문에 내가 일부러 당신을 데리러 왔으니까. 오늘이라도 당장에 마차를 타고 돌아와야 하거든. 그러나 만약 당신이 오늘이나 내일이나 또는 모레나, 그리고 그 후에라도 언제든지 쓸데없는 소리를 지껄이기만 하면 그때는 당신에게 1년 동안 거위 치는 일을 맡기겠단 말이야! 아무 소리도 해선 안 돼. 그저 단 한마디도 입을 놀리지 않는 것이 당신이 할 일이란 말이야, 알겠어?」

「하지만 그가 뭘 물어보면 어떻게 하란 말이야?」

「그래도 마찬가지로 그저 잠자코 있는 거야.」

「하지만 그저 잠자코만 있을 수는 없겠는데, 마리야 알렉산드로브나.」

「그렇다면 뭐라고 한마디만 대답을 하면 되지. 이를테면

음…… 따위의 말로 말이지! 그렇지 않으면 당신이 매우 분별이 있어서 대답을 하기에 앞서 여러 가지로 생각을 많이 하는 것처럼 보이게 하란 말이야…….」

「음…….」

「내가 하는 말을 잘 명심하란 말이야! 내가 당신을 데리고 가는 것은, 당신이 공작의 기별을 듣고 우리 집을 방문해 주신 기쁨에 겨워 당장 경의를 표하는 한편 그를 시골로 모셔 갈 생각으로 달려온 것처럼 보이려는 계획이란 말이야, 알겠지?」

「음…….」

「지금 음음 하라는 게 아니야, 바보 같으니! 내게는 대답을 똑똑히 하란 말이야.」

「알겠어, 어머님, 모든 일을 당신의 뜻대로 할 테니까. 그런데 뭣 때문에 공작을 초대하는 거야?」

「아니 뭐라고? 또 시비를 걸기야! 당신한테는 그게 무슨 상관이 있단 말이야, 뭐 어쨌다고? 감히 그런 걸 나한테 대놓고 묻는단 말이야?」

「그런 걸 묻는 건 말이야, 마리야 알렉산드로브나, 그저 입 닥치고 가만 있으라고 할 바에야 뭣 때문에 그를 여기로 초대하느냐 그런 뜻에서지.」

「내가 당신 대신에 이야기는 모두 할 테니까 당신은 그저 인사만 하고 있으면 그만이란 말이야. 그저 모자를 손에 들고 인사만 하면 그뿐이란 말이야, 알겠어?」

「알겠어, 어머…… 마리야 알렉산드로브나.」

「공작님은 굉장히 똑똑하신 분이란 말이야. 그러니까 그가 만약 무엇인가를 물으시거든, 가령 당신에 대해서 묻는 게 아니라고 하더라도 어쨌든 선량한 표정으로 웃음을 지어야 한단 말이야, 알겠지?」

「음.」

「또 음이야! 나한텐 그렇게 하면 안 된다고 했잖아! 똑똑하고 간단하게 대답을 해야지, 알겠어, 모르겠어?」

「알겠어, 마리야 알렉산드로브나, 알겠어, 알고말고. 다만 나는 당신이 한 말을 명심해 두려는 생각에서 음음 하고 있는 거란 말이야. 그런데 말이야, 어머님, 이런 경우에는 어떻게 하면 좋겠나? 말하자면 공작님께서 뭐라 말을 한다면 당신이 하라는 대로 그저 상대방의 얼굴을 쳐다보면서 웃음을 지으면 되겠지. 그러나 혹시 상대방이 무엇을 물어본다면 어떻게 하면 좋지?」

「이렇게 사람이 답답할까! 내가 벌써 이야기하지 않았나, 입을 닥치고 있으면 된다고 말이야. 내가 당신 대신에 대답을 할 테니까 당신은 다만 상대방의 얼굴을 쳐다보면서 웃음만 짓고 있으면 그만이야.」

「그럼 공작은 나를 벙어리라고 생각할 거야.」 아파나시 마뜨베이치는 투덜거렸다.

「그게 뭐 그리 대단하다는 거야! 좋도록 생각하게 내버려 두면 되지 않나. 그 대신 당신이 바보란 사실은 숨길 수 있거든.」

「음…… 그런데 만약 딴사람들이 무엇인가 물어본다면?」

「아무도 물어볼 사람은 없어. 아무도 그 자리에 들여놓지 않을 거니까. 하지만 만일, 그러한 일이 있어서는 안 되겠지만, 만일에 누가 찾아와서 당신한테 무얼 묻거나 말을 걸면 곧 아이러니컬한 웃음을 지으란 말이야. 당신 아이러니컬한 웃음이 어떤 건지 알기는 하나?」

「그건 똑똑한 것 같은 그런 웃음이 아니야, 어머님?」

「똑똑한 짓을, 그래 당신이 그렇게 맘대로 할 수 있는 줄 알아, 얼빠진 사람아! 게다가 당신 같은 사람한테 똑똑한 웃음 따위를 기대한단 말인가? 업신여기는 듯한 웃음을 말하는 거야, 알겠어? 업신여기고 경멸하는 그런 것 말이야.」

「음.」

「아, 아무래도 이 얼간이가 걱정스러워 안 되겠는걸!」 마리야 알렉산드로브나는 혼자 중얼거렸다. 「정말이지 이 사람은 내 피를 죄다 빨아먹지 않고는 가만 놔두지 않겠구나! 그렇게 되면 아예 데리러 오지 않았던 편이 더 좋았는지도 모르지!」

이런 식으로 시비하고 걱정하기도 하고 투덜거리면서도 마리야 알렉산드로브나는 줄곧 마차의 창문으로 머리를 내밀며 마부를 재촉하는 것이었다. 말이 화살처럼 달리고 있음에도 불구하고 그녀는 아무래도 모든 것이 조용한 것처럼 생각되었다. 아파나시 마뜨베이치는 구석에 말없이 앉아서 자기에게 주어진 숙제를 마음속으로 되풀이하면서 공부하고 있었다. 이윽고 마차가 거리로 접어들어 마리야 알렉산드로브나의 집 앞에 섰다. 그러나 우리 여주인공이 입구 계단에 선 순간 이 집 쪽으로 다가오고 있는 두 필의 말이 이끄는 2인승 포장 썰매가 눈에 띄었다. 그것은 언제나 안나 니꼴라예브나 안찌뽀바가 타고 다니는 것과 같은 모양이었다. 썰매 안에는 부인 두 사람이 자리를 잡고 있었다. 한 사람은 두말할 것 없이 바로 안나 니꼴라예브나 그 사람이고, 또 한 사람은 요즈음 와서 까닭 없이 안찌뽀바와 친해져서 그녀를 추종하게 된 나딸리야 드미뜨리예브나였다. 마리야 알렉산드로브나는 심장이 덜컹 내려앉았다. 그러나 그녀가 비명을 지를 사이도 없이 또 한 대의 마차가 달려들었다. 거기에는 아마 또 다른 여자 손님이 타고 있는 모양이었다. 즐거운 함성이 솟아올랐다.

「마리야 알렉산드로브나! 아파나시 마뜨베이치도 함께 계시군요? 어디 다녀오시는 길이로군요! 어디 갔다 오세요? 마침 잘 왔군요! 저희들도 댁에 찾아오는 길이에요! 하룻밤 천천히 놀다 갈 생각으로 왔어요! 마침 알맞게 온 셈이네요!」

손님들은 마차에서 입구의 계단으로 뛰어내려 제비처럼 재잘거렸다. 마리야 알렉산드로브나는 자기 자신과 자기의 눈, 그리고 귀를 의심했다.

〈지긋지긋한 것들이 들이닥쳤구나!〉 그녀는 마음속으로 이렇게 생각했다. 〈이것들 아무래도 짜고 온 것 같은 냄새가 나는데! 알아봐야겠군! 하지만…… 까마귀 같은 너희들 한테 내가 속을 줄 아냐! 어디 두고 보자!〉

제11장

모즈글랴꼬프는 완전히 새로운 기분이 되어 마리야 알렉산드로브나의 집을 나섰다. 그녀의 설득력이 그의 의혹을 완전히 불태워 버린 것이다. 그는 잠시 고독을 즐기고 싶은 욕구를 느꼈으므로 보로두예프에게는 들르지 않았다. 영웅적이고 로맨틱한 공상이 조수처럼 밀어닥쳤으므로 그는 가만 있을 수가 없었다. 그의 머릿속에는 지나와의 비장한 만남의 광경이 나타났고, 이어서 이런 모든 것을 용서하려는 그의 고결하고 관대한 눈물, 뻬쩨르부르그 무도회에서의 초췌한 표정과 절망의 감정, 그리고 스페인, 가달키비르 강, 사랑, 임종에 즈음하여 그들 두 사람의 손을 한데 이어 주는 공작 등이 차례로 떠오르는 것이었다. 그리고 그 뒤에는 정숙하고 아름다운 아내, 그녀는 끊임없이 그의 용기와 숭고한 감정에 놀라움을 나타낸다. 그러고는 좀 샛길로 상념이 빗나갔지만 K공작 미망인인 지나와 결혼을 하게 되면 반드시 발을 들여놓을 수 있다고 생각되는 상류 사회와 부지사의 자리, 궁전, 다시 말하면 마리야 알렉산드로브나가 웅변조로 죽 늘어놓았던 모든 일들이 그의 마음속에 흐뭇하게 다시 한번 떠올라서 그를 쓰다듬어 주고 매혹했으며 무엇보다도 그의 자존심을 만족시켜 주는 것이었다. 그런데 — 나는 어떻게 설명했으면 좋을지 적잖이 당황하는 바이지만 — 그가 이렇듯 환희의 절정에서 심신이 노곤해졌을 때 문득 기분 나쁜 생각이 떠올랐다. 그것은 다름이 아니라, 어쨌든 이런 일들은 모두 미래의 일일 뿐 지금 당장은 크게 체면을 손상당했다는 느낌이었다. 이런 생각이 떠올랐을 때 그는 비로소 자기가 멀리 떨어진 어쩐지 낯설고 쓸쓸한 모르다소프의 거리 끝에 와 있음을 깨닫게 되었다. 주위가 점점 어두워졌다. 땅바닥에 찰싹 들러붙은 듯한 자그마한 집들이 촘촘히 늘어서 있는 거리거리에서 개들이 요란스럽게 짖어 대고 있었다. 도대체 시골 도회지에서는 도둑을 지킬 일도 없고 훔칠 것도 없는 형편에 집집마다 개를 안 기르는 집이 없다. 진눈깨비가 내리기 시작했다. 집에 돌아갈 시간에 늦은 사람들이라든가 소매 긴 털외투를 입고 장화를 신은 아낙네들과 가끔 마주칠 따름이었다. 이런 것들은 어찌 된 영문인지 빠벨 알렉산드로비치를 속상하게 만들었다. 이것은 별로 좋지 못한 조짐이다. 왜냐하면 일이 제대로 순조로이 진행되고 있을 때는 무슨 일이든 푸근하고 화려한 무지개처럼 비치는 것이 보통이기 때문이다. 빠벨 알렉산드로비치는 자기가 지금까지 죽 모르다소프 거리에서 소문의 주인공이 되어 왔음을 불현듯 생각하게 되었다. 그는 어느 집에 가든 지나의 약혼자로 알려져 있었고 그로 인해 축하의 말을 들을 때가 무척 즐거웠다. 그뿐 아니라 그 자신 스스로 그녀의 약혼자임을 크게 자랑으로 여기고 있었다. 그러나 이번엔 여러 사람들 앞에서 발길에 채인 꼴을 보여 주지 않으면 안 되는 것이다. 그야말로 웃음거리가 아닐 수 없다. 그들 한 사람 한 사람을 붙들고서 일일이 큰 원기둥이 있는 뻬쩨르부르그의 무도회나 가달키비르의 강이 어떻다고 설명하며 다닐 수도 없는 노릇이 아니겠는가! 여러 가지로 궁리해 보고 번민하기도 하고 투덜거리기도 하는 사이에 마침내 그에게 어떤 생각이 머릿속에 떠올랐다. 이는 벌써 오래전부터 자기 자신도 깨닫지 못하는 사이에 그의 마음을 뒤흔들어 놓고 있던 그런 생각이었다. 〈그런데 그 얘기들이 모두 사실일까? 모든 일이 마리야 알렉산드로브나의 말처럼 순조로이 진행될까?〉 그때 또 공교롭게도 마리야 알렉산드로브나가 특히 교활한 여자라는 생각이 들었다. 그녀가 존경받을 만한 여자임은 사실이지만 남의 험담을 매우 즐겨 아침에 눈을 떠서 자리에 들 때까지 거짓말이나 하고 다니는 그런 여자라는 생각이 들게 된 것이다. 지금 그를 쫓아낸 데도 무엇인가 까닭이 있음에 틀림없으며, 그까짓 고래등 같은 기와집을 마음속에 짓기는 누구에게나 그리 어려운 일이 아니다. 그는 또 지나의 일도 생각하면서 그녀가 마지막으로 던져 준 작별의 눈길을 더듬어 기억해 보았지만, 그것은 마음속에 감춰 둔 불타는 듯한 정열을 나타내는 눈길과는 너무도 거리가 먼 것처럼 보였다. 게다가 아무래도 한 시간 전에 자신은 그녀에게 등신 취급을 받았음이 틀림없다고까지 생각했다. 이렇게 생각하고 보니 빠벨 알렉산드로비치는 너무 부끄러워 눈물이 날 정도로 얼굴이 빨개졌다. 마치 일부러 그런 것처럼 그 순간 난데없이 몹시 불쾌한 사건이 터졌다. 발을 잘못 디뎌 가로수가 있는 보도에서 눈이 잔뜩 쌓인 곳으로 푹 빠지고 만 것이다. 그가 눈 속에서 갈팡질팡하고 있을 때 그때까지 멀리서 짖어 대고만 있던 개들이 여기저기서 우르르 몰려와 그에게 달려들었다. 그 가운데서도 몸집은 가장 작지만 가장 영악스럽게 생긴 놈이 그의 털외투 소맷자락을 물고늘어졌다. 간신히 개들을 쫓아 버리고 커다란 소리로 욕지거리를 퍼붓고 난 후, 마침내 자신의 운명까지 저주한 빠벨 알렉산드로비치는 찢긴 외투의 소맷부리와 견딜 수 없는 괴로움을 가슴에 품고서 거리 한쪽 끝까지 이르렀을때 정신을 차리고 보니 길을 잘못 들어 엉뚱한 곳에 와 있음을 알게 되었다. 누구나 그런 경험을 해보았겠지만, 자기가 잘 알지 못하는 거리에서 길을 잃게 되면 똑바로 걸을 수가 없는 법이다. 무엇인가 정체를 알 수 없는 힘의 작용을 받아서 앞으로 나아감에 따라 나타나는 거리란 거리, 골목이란 골목을 하나하나 더듬지 않을 수 없게 된다. 이러한 원칙에 따라서 빠벨 알렉산드로비치는 길을 완전히 잃어버리고 말았다. 그는 몹시 기분이 언짢아서 침을 탁 뱉으면서 혼자 중얼거렸다.

「제기랄, 그까짓 높은 이상 따위는 꺼져 버리라고! 너희들 따위, 고상한 감정과 가달키비르 강과 함께 악마에게 먹히기나 해라!」 이런 말을 할 때의 모즈글랴꼬프의 얼굴이 매혹적이라곤 나는 도저히 말할 수가 없다. 이렇게 해서 두 시간이나 헤매고 다닌 끝에 그는 완전히 지치고 피곤해져서 마리야 알렉산드로브나의 집 앞에까지 이르렀다. 그런데 여기에 수많은 마차가 늘어서 있는 것을 본 그는 깜짝 놀랐다. 그는 생각했다. 〈손님들일까, 오늘 저녁에 손님들을 이렇게 많이 초청했나? 어찌 된 영문일까?〉 이때 그와 마주친 하인을 통해서 마리야 알렉산드로브나가 시골로 가서 흰 넥타이를 맨 아파나시 마뜨베이치를 데리고 왔다는 것, 공작은 이미 잠에서 깨어났지만 아직 아래층에 있는 손님들에게 내려오지 않고 있다는 말을 듣고는, 한마디 대꾸도 하지 않고 곧장 2층에 있는 아저씨한테로 갔다. 이때 그의 기분이란, 유약한 성격의 인간이 복수심에 쫓겨서, 이 때문에 평생 후회 속에서 지내게 될지도 모른다는 사실은 생각하지도 않고, 무엇인가 무시무시하고 흉악스러우며 비겁하기 짝이 없는 행위를 결심한 경우와도 같았다.

2층에 올라가 보니 공작은 여행용 화장품 상자를 앞에다 놓고 에스파뇰과 구레나룻은 붙였으나 머리는 알대가리 그대로인 채 안락의자에 앉아 있었다. 가발은 그가 좋아하는 백발의 나이에 접어든 이반 빠호미치의 손에 들려 있었다. 빠호미치는 깊이 생각하는 듯한 심각한 표정으로 가발에 빗질을 하고 있었다. 한편 공작은 자기 전에 마신 술이 아직 덜 깨어 가련하기 짝이 없는 꼴을 하고 있었다. 그는 눈을 아래로 내리깔고 안락의자에 늘어지게 앉아서 눈만 깜박거리고 있었으며 모즈글랴꼬프를 보고도 누군지 얼른 알아보지 못하는 모양이었다.

「안녕히 주무셨습니까, 아저씨?」 모즈글랴꼬프가 물었다.

「이크…… 자네였나?」 잠시 후 아저씨가 커다란 목소리로 말했다. 「여보게 난 말이야, 한잠 잤다네. 음…… 이걸 어쩐다? 이보게…… 머리가 없다네.」

「상관없습니다, 아저씨! 저는…… 괜찮으시다면 제가 도와 드리겠습니다.」

「이제 자네는 내 비밀을 알아 버리고 말았구먼! 그래서 내가 늘 이야기하지 않았나, 문을 잠그지 않으면 안 된 ― 다고 말이야. 자네는 지금 당장에 맹세하지 않으면 안 되네. 내 비밀을 알게 되었다고 해서 내 머리가 가짜라고 누구에게도 말해서는 안 된단 말이야.」

「오, 무슨 말씀이십니까! 아저씨! 아저씨께서는 저를 그렇게 비열한 짓을 할 수 있는 인간으로 보셨습니까!」 모즈글랴꼬프는 더욱 먼 장래를 위해…… 늙은이의 마음을 붙들어 두려는 생각에서 이렇게 소리를 질렀다.

「음, 그렇지, 그래! 자네는 결백한 인간인 것 같으니 일이 이제 이쯤 되면 하는 수 없지. 자네를 한번 더 깜짝 놀라게 해 주지……. 내 비밀을 몽땅 알려 주겠어. 자네, 내 이 콧수염을 어떻게 생각하나?」

「썩 훌륭한데요, 아저씨! 아주 놀랐습니다! 어떻게 그리 오래도록 간직하실 수 있으셨어요?」

「그렇게 믿겠지만 여보게, 이건 인조 물건이란 말이야!」 공작은 빠벨 알렉산드로비치를 바라보면서 의기양양하게 속삭였다.

「설마 그럴라고요? 믿을 수 없는데요. 그럼 구레나룻은요? 바로 말씀해 주세요, 아저씨. 그건 틀림없이 물을 들이신

거지요?」

「물을 들였다고? 물을 들이기는커녕 이것도 완전한 인조 물건이라네!」

「인조 물건이라고요? 거짓말이십니다, 아저씨. 뭐라 하시더라도 믿을 수 없어요. 저를 놀리시는 거겠지요!」

「명예를 걸고 맹세하네, 여보게Parole d'honneur, mon ami!」 공작은 신바람이 나는 듯이 소리쳤다. 「그래 어떤가, 그야말로 한 사람도 빼놓지 않고 모두들 자네와 마찬가지로 한 방 먹는단 말이야! 심지어 스쩨빠니다까지 말이지. 때로 자기 손으로 달아서 주면서도 정말로 믿지 않곤 하거든. 그렇지만 자네는 틀림없이 내 비밀을 지켜 줄 거지. 자, 내게 맹세해 주게나……」

「맹세하고말고요, 아저씨. 비밀을 지키겠어요. 거듭 말하지만 아저씨께서는 저를 그리도 비열한 짓을 할 수 있는 놈으로 보셨습니까?」

「아, 그렇지. 나는 오늘 자네가 없는 동안에 또 떨어졌다네! 페오필 녀석이 다시 나를 밀어냈단 말이야.」

「또 밀어냈다고요! 그건 언제 일입니까?」

「마침 우리가 수 —— 도 —— 원 곁에까지 왔을 때에…….」

「알고 있습니다, 아저씨. 그건 오늘 아침의 일이죠.」

「아니야, 아니란 말이야. 두 시간밖에 더 되지 않았어. 내가 수도원으로 가니 녀석이 느닷없이 나를 마차 밖으로 밀쳐 내지 않겠나. 어떻게나 놀 —— 랐는지 아직까지도 심장이 제 자리로 돌아오지 않을 지경이라네.」

「그렇지만 아저씨께서는 여태 주무시지 않았습니까!」 모즈글랴꼬프는 놀라서 물었다.

「음, 그래, 잠을 잤지……. 잠을 잔 뒤에 다 — 녀 — 왔다네. 더구나…… 더구나……. 나는 어쩌면, 이것이…… 아 참, 이상한 일이로군!」

「아저씨, 아저씨는 꿈에서 보신 거예요! 아저씨께서는 저녁을 드신 뒤 바로 깊이 잠드셨습니다.」

「그런가?」 공작은 이렇게 말하고 생각해 봤다.

「음, 그렇지, 정말로 꿈을 꾸었는지도 몰라. 그건 그렇다 치더라도 나는 꿈에서 본 것을 모두 기억하고 있어. 처음에는 무언가 뿔이 돋친 무시무시하게 생긴 소를 보았어. 그러다가 어딘가의 검 — 사가 보였어. 그 역시 뿔이 달려 있던 것 같아…….」

「그 사람은 아마 니꼴라이 바실리예비치 안찌뽀프였던가 봅니다, 아저씨.」

「음, 그렇지, 어쩌면 그 사람이었었는지도 몰라. 그 다음에는 나폴레옹 보나 — 파르트가 보였어. 그런데, 자네, 모두들 나를 보고 나폴레옹 보나파르트를 닮았다고 말한다네…… 옆얼굴은 옛날 있었던 어느 교황과 아주 닮았단 말이야. 자네 어떻게 생각하나, 내 얼굴이 교황을 닮았나?」

「저는 그보다도 나폴레옹과 많이 닮으셨다고 생각하는데요, 아저씨.」

「음, 그래, 그건 정면en face이 그렇지. 하긴 나 자신도 그렇게 생각한다네, 여보게. 내가 꿈에서 본 건 이미 섬으로 귀양을 가고난 뒤의 나폴레옹인데 말이지, 글쎄 그 사람이 어떻게나 말하기를 좋아하고 어떻게나 명랑한지 아주 재미있었다네.」

「그건 나폴레옹을 두고 하시는 말씀이십니까, 아저씨?」 빠벨 알렉산드로비치는 깊이 생각에 잠긴 듯한 표정으로 아저씨를 쳐다보면서 말했다. 어떤 묘한 상념이 그의 머릿속에서 번뜩였지만 그게 무엇인지 그 자신도 분명히 알아낼 도리가 없었다.

「음, 그렇지, 나폴 — 레 — 옹을 두고 하는 말이야. 나는 그와 줄곧 철학만을 논했어. 실은 말이지, 여보게, 그…… 영국 사람들이 그에게 그처럼 심한 조치를 취한 게 나로서는 가엾게 생각되었을 지경이야. 물론 그 사람은 그렇게 쇠고랑을 채워 두지 않았으면 또 여러 사람들에게 달려들었을지도 모르지. 정신이 좀 이상한 사나이였으니까 말이야! 하지만 아무래도 가엾은 일이야. 나 같으면 그렇게까지는 하지 않았을 거야. 나 같으면 그를 무 — 인 — 도에 데려다 놓았을 거야.」

「어째서 무인도에 데려다 놓으신단 말씀인가요?」 모즈글랴꼬프는 얼빠진 사람처럼 물었다.

「아니 사 — 람이 있는 섬이라도 괜찮겠지만, 다만 분별이 있는 사람만이 있어야 한다는 그런 조건을 붙여야 해. 그러고는 여러 가지로 즐 — 길 수 있는 시설, 말하자면 연극이라든가 음악이라든가 발레라든가 그런 것을 모두 관비로 해서 시설해 줄 필요가 있어. 산책도 허용하지만 물론 감시할 사람은 딸려 보내야지. 그렇지 않으면 살짝 도망칠 테니까 말이야. 그 사나이는 만두를 아주 좋아했으니 만두도 매일 만들어 줘야지. 나 같으면 그 사람을 어 — 버 — 이처럼 돌봐 주었을 텐데 말이야. 내가 데리고 있었더라면 그는 지난날의 허물을 뉘 — 우쳤을 게 틀림없단 말이야…….」

모즈글랴꼬프는 넋 나간 사람처럼 잠에서 덜 깬 늙은이의 잔소리를 들으면서 안절부절못하고 손톱을 물어뜯었다. 그는 화제를 결혼 쪽으로 돌리고 싶었던 것이다. 그는 자기 자신도 왜 그런지 알 수 없는 노릇이었지만 끝없이 독살스러운 마음이 뱃속에서 꿈틀거리고 있었다. 이때 갑자기 늙은이가 깜짝 놀란 듯이 소리를 질렀다.

「아 참, 이봐mon ami! 깜빡 잊어버리고 자네한테 이야기를 하지 않았지만 말일세, 어떻게 생각할지는 모르지만 오늘 나는 청 — 혼 — 을 했다네.」

「청혼이라고요, 아저씨?」 정신이 번쩍 드는 듯이 모즈글랴꼬프가 버럭 소리를 질렀다.

「음, 그래, 청 — 혼 — 을 했다니까. 빠호미치, 자네 벌써 가나? 그래 좋아. 아주 매력적인 여자라네C'est une charmante personne······. 그러나······ 자네한테 솔직히 얘기하지만 아무래도 경 — 솔 — 한 짓을 한 것 같아. 나는 지금 그걸 깨닫게 되었단 말일세. 아, 어떡하면 좋지!」

「그런데 실례입니다만, 아저씨, 언제 그런 청혼을 하셨습니까?」

「사실은 말일세, 여보게, 나는 그게 언제였는지 분명히 알지 못하겠어. 글쎄, 그걸 꿈속에서 본 것이 아닐까? 아, 그래도 어쩐지 이 — 상한걸!」

모즈글랴꼬프는 너무 기뻐서 몸을 부르르 떨었다. 새로운 어떤 계략이 문득 그의 머리를 스쳤다.

「하지만 누구에게 언제 그런 청혼을 하셨다는 말씀이세요, 아저씨?」 그는 못 견디게 초조한 마음으로 물었다.

「이 집 딸에게, 이봐mon ami······ 그 예쁜이에게 cette belle personne 말이야······. 그런데 이름은 뭐라고 했는지 잊어버렸네. 이제 나는 결 — 혼 따위는 할 수 없는 몸이란 말이야,

여보게, 대관절 어떻게 했으면 좋겠나?」

「그야, 물론 그러실 테죠. 결혼 같은 걸 하시면 신세 망치는 겁니다. 그런데 실례입니다만, 한 가지만 더 물을 테니 용서해 주십시오. 아저씨, 아저씨께서는 정말로 청혼을 하셨다고 믿고 계신가요?」

「음, 그래…… 그렇게 믿고 있지.」

「만약에 아까 두 번째로 마차에서 떨어지셨다는 이야기처럼 이것도 꿈에서 보신 것이었다면 어떻게 하시겠어요?」

「아, 그렇지! 정말 그것도 꿈에서 본 일인지도 모르지! 그래서 말인데 지금 나는 그 사람들한테 어떤 식으로 나 — 타 — 났으면 좋을지 망설이는 중이야. 그런데 여보게, 정말 내가 청혼을 했는지 안 했는지를 용하게 알아낼 방법이 없을까? 그렇지 않으면 지금의 내 처지가 아주 난처하게 될 것 아니야, 안 그래?」

「그럼, 아저씨, 이렇게 하시면 어떻겠어요? 제 생각 같아서는 알아볼 필요가 없다고 생각해요.」

「아니, 뭐라고?」

「저는 그게 확실히 꿈이었다고 생각합니다.」

「나도 그렇게 생각한다네. 여 — 보게, 특히 나는 그 — 런 종류의 꿈을 잘 꾸니까 말이지.」

「그것 보세요, 아저씨. 상식적으로도 알 수 있는 일 아니겠어요. 아저씨께서는 조반을 드실 때도 약주를 좀 드셨고 점심때도 드신 데다가, 또…….」

「음, 그렇다네, 자네. 아마도 그것 때문인가 봐.」

「게다가 아저씨, 아저씨께서 아무리 흥분해 계셨다고 하더라도 제정신으로 그런 무모한 청혼 따위를 했을 리는 없지 않겠습니까? 제가 아는 바로는 아저씨야말로 어느 누구보다도 합리적인 분이신데 말입니다……」

「음, 그렇지, 그렇고말고.」

「그뿐인가요, 이런 일을 아저씨의 친척들이 알게 되면 어떻게 되겠는지 그것 하나만이라도 상상해 보십시오. 그렇지 않아도 친척 가운데는 아저씨를 좋지 않게 생각하고 있는 사람들이 많지 않습니까? 그런데 이런 일까지 알려지면 어떻겠어요?」

「큰일나고말고!」 깜짝 놀라 버린 공작이 말했다. 「그때는 어떤 일이 벌어질 것 같나?」

「어떤 일이 벌어지다니요? 그 사람들은 너도나도 입을 모아 이런 일은 제정신으로 한 짓이 아니라 늙은이가 정말 망령이 난 거다, 속아 넘어간 거다, 후견인을 두지 않으면 안 된다고 하면서 왁자지껄하게 떠들어 댄 뒤, 아저씨께 감시원을 딸려서 어딘가에 가둬 둘 것이 틀림없어요.」

모즈글랴꼬프는 늙은이를 위협하는 방법을 잘 알고 있었던 것이다.

「아, 어쩌면 좋지!」 늙은이는 사시나무 떨듯 몸을 부르르 떨면서 소리쳤다. 「정말 날 가둬 둘까?」

「그러니까 한번 생각해 보세요, 아저씨. 생시에는 감히 그런 터무니없는 청혼 따위를 하실 까닭이 없지 않겠습니까? 아저씨께서는 어떻게 하시는 게 자신에게 이득이 될지 잘 알고 계실 텐데요. 그래서 저는 자신 있게 말합니다만, 아저씨는 그런 걸 꿈속에서 보셨을 겁니다.」

「분명히 꿈이었어, 분명히 꿈 — 이 — 었어!」 혼비백산했던 공작이 거듭 소리쳤다. 「자네는 정말 일을 잘 분간하고 내게 좋은 충고를 해주었구먼! 잘 알아듣도록 이야기를 해주어서 진심으로 고맙네.」

「저는 오늘 아저씨를 만나 어찌나 반가운지 몰라요. 좀 생각해 보세요. 제가 없었더라면 아저씨는 틀림없이 청혼을 한 것이라 잘못 생각하시고 신랑이 된 듯한 기분으로 아래층에 내려가셨을지도 몰라요. 글쎄, 그게 얼마나 위험한 일이겠어요!」

「음 그래……. 그래, 위험한 일이야!」

「지금 그 처녀의 나이가 스물셋이나 됐는데도 아무도 데려가려는 사람이 없다는 것을 생각해 보세요. 그러던 차에 아저씨와 같이 돈도 많고 집안 좋은 귀족이 결혼하겠다고 나섰다면, 그 모녀는 금방 그것을 핑계로 해서 아저씨가 정말로 신랑이라도 된 것처럼 여기면서 어쩌면 억지로 결혼시켜 버릴지도 모른답니다. 머지않아 아저씨가 돌아가시리라는 생각까지 하고 말입니다……」

「설마 그럴 리가?」

「아무튼 생각해 보세요, 아저씨. 아저씨처럼 훌륭하신 분이 그래…….」

「음 그렇지, 나같이 훌륭한 사람이 말이야…….」

「그렇게 머리가 좋으시고, 또 그렇게 사교적인 분이…….」

「음, 그렇지, 이렇게 좋은 머리를 가지고 말이지?」

「뭐니뭐니 해도 아저씨께서는 공작이란 신분을 가졌으니까요. 만약 어떠한 이유로 해서 정말로 결혼을 하셔야 된다고 하더라도 그러한 여자와 결혼하실 필요가 어디 있습니까? 친척 되는 분들이 뭐라고 하실지 생각이라도 해보셨어요?」

「오, 여보게, 그 사람들은 나를 잡아먹을 거야! 나는 지금껏 그들로부터 얼마나 교활하고 악랄한 대우를 받았는지 모른다네……. 글쎄 그들은 나를 정신 병원에 집어넣으려고 했단 말이야. 아무래도 그런 것 같아. 어떻게 생각하나, 자네 이게 있을 수 있는 이야기인가? 그래, 그런 데서 뭘 하고 지내겠나……. 정신 병원 같은 데서 말이야?」

「그러니까 말입니다. 아저씨. 아저씨께서 아래층에 내려가 계실 동안 저는 아저씨 곁에서 떨어지지 않겠어요. 그곳에는 지금 손님들이 와 계시니까요.」

「손님들이? 그럼, 큰일인데!」

「걱정 마세요, 아저씨, 제가 줄곧 곁에 붙어 있을 테니까요.」

「정말 자네에게 감사의 말을 하고 싶네. 자네는 나를 구원해 주었네! 그런데 자네 알고 있나? 내가 이 거리를 곧 떠나는 게 좋겠네.」

「내일 떠나세요, 아저씨. 내일 아침 일곱 시에 떠나시면 됩니다. 오늘 여러 사람이 있는 자리에서 인사를 하고 떠나시겠다고 그렇게 말씀하세요.」

「꼭 떠나야겠어……. 미사일 신부한테 말이야……. 그런데 여보게, 만약에 모두가 나의 혼 — 인을 결정해 버리면 어떻게 하면 좋은가?」

「걱정 마세요, 아저씨, 제가 늘 곁에 있을 테니까요. 그리고 마지막으로 한마디 해두겠지만 그 사람들이 뭐라 하든, 어떠한 귀띔을 주든 아저씨는 그게 꿈이었다고 딱 잡아떼지 않으면 안 됩니다……. 정말로 꿈에서 본 것이니까요.」

「음, 그래, 절 — 대 — 로 꿈이었어! 그런데 말이야, 여보게, 그건 참으로 멋진 꿈이었단 말이야! 그녀는 아주 아름답게 생겼고 그 날씬한 몸매야말로 정말 황홀하더군!」

「그럼, 실례합니다. 저는 아래층으로 내려가겠어요. 그런데 아저씨께서는……」

「그럼…… 자네는 나를 혼자 버려 두고 가려는 건가!」 공작은 놀라서 소리쳤다.

「아닙니다, 아저씨. 우리는 두 사람이 다 아래층으로 가지만 따로 가자는 겁니다. 제가 먼저 내려갈 테니까 아저씨께서는 따라 내려오세요. 그렇게 하는 편이 좋습니다.」

「그래 좋 — 아. 나는 지금 떠오른 사상을 어디에 좀 기입해야 할 일도 있으니까.」

「그것도 좋습니다, 아저씨. 그 사상을 꼭 기입해 두세요. 그러고는 바로 내려오십시오. 우물쭈물하지 마시고요. 내일은 아침 일찍……」

「내일 아침은 수도원장에게로 가야만 해. 무슨 일이 있어도 수 — 도 — 원 — 장에게로 가야지! 샤르망, 샤르망! 그렇지만 여보게, 그 처녀는 굉 — 장 — 히 잘생겼던데……. 몸매도 늘씬하고 말이야……. 만약에 아무래도 결혼을 하지 않으면 안 된다고 하면 나는…….」

「당치도 않은 말씀이에요, 아저씨!」

「음 그래, 당치도 않은 일이지! 그럼 여보게, 곧 뒤따를 테니 먼저 내려가 보게……. 뭘 좀 써 — 놓 — 고 갈 테니까. 그런데 À propos 나는 벌써부터 자네에게 물어보려고 했지만 자네는 카사노바[39]의 『회상록』을 읽어 본 일이 있는가?」

「읽었습니다. 그런데요?」

「음, 그래……. 그런데 지금 무슨 이야기를 하려고 했었는

---

39 지아코모 카사노바 데 상갈(1725~1798). 이탈리아의 모험가이며, 『회상록』으로 유명해진 작가.

지 잊 — 어 — 버렸는걸……」

「나중에 기억해 보세요, 아저씨! 그럼 안녕!」

「그럼 이따가 보세, 여보게, 안녕히! 그렇지만 아무래도 그건 대단한 꿈이었어, 아주 대 — 단 — 한 꿈이었단 말이야……!」

제12장

「저희들은 모두 함께 왔어요! 쁘라스꼬비야 일리니치나도 올 거고, 루이자 까를로브나도 오고 싶어했어요.」 안나 니꼴라예브나는 살롱으로 발을 들여놓으면서 탐욕스럽게 주위를 두리번거리며 재잘대는 것이었다. 그녀는 키가 자그마하고 예쁘게 생긴 부인으로, 얼룩덜룩하고 화려한 옷차림을 하고 있었으며 자기의 아름다움을 한껏 자랑하려는 태도를 보이고 있었다. 그녀는 어딘가 구석진 곳에 공작이 지나와 함께 숨어 있을 것 같은 생각이 들었던 것이었다.

「그리고 까쩨리나 뻬뜨로브나도 오실 거고, 펠리사따 미하일로브나도 들르고 싶다고 말씀하셨습니다.」 나딸리야 드미뜨리예브나가 덧붙였다. 이 여자는 몸매가 멋지다는 이유로 공작의 마음에 들었던 여자로 의장병처럼 키가 훤칠했다. 그녀는 아주 작고 깜찍하게 생긴 장밋빛 모자를 목덜미에 찰싹 붙이고 다녔다. 그녀는 이전부터 안나 니꼴라예브나의 꽁무니를 죽자사자 따라다니더니, 약 3주일 전부터는 둘도 없이 다정한 친구가 되어 버리고 말았다. 보아하니 그녀는 친구를 뼈까지 몽땅 삼켜 버리고 만 모양이었다.

「밤이 늦었는데 이렇게 두 분이 함께 찾아 주시다니 너무나 반가워 뭐라 말을 할 수가 없을 정도입니다.」 마리야 알렉산드로브나는 처음의 놀란 듯한 태도를 싹 버리고 노래를 부르기라도 하듯이 말했다. 「그런데 저는 여러분께서 절 찾아 주시리라고는 기대하지도 않고 있었는데, 오늘은 어떤 일로 이렇게들 찾아오셨는지 여쭙고 싶네요.」

「어머나, 마리야 알렉산드로브나, 어쩌면 그런 말씀을 다 하십니까?」 나딸리야 드미뜨리예브나는 무척 수줍은 듯이 몸을 꼬면서 교태 어린 목소리로 말했는데, 이 목소리는 그의 몸집과 좋은 대조를 이루고 있었다.

「그런데, 아름다운 이여Mais, ma charmante,」 안나 니꼴라예브나는 조잘대기 시작했다. 「언젠가 한번은 연극에 관한 이야기를 반드시 결말지어야 할 거예요. 오늘 아침만 하더라도 뾰뜨르 미하일비치가 깔리스트 스따니슬라비치에게, 이 이야기가 순조롭게 진행되지 않고 저희들이 싸움만 하고 있어 골치가 아프다고 말한 모양이에요. 그래서 오늘 저희들 네 사람이 모여서 말입니다, 어디 마리야 알렉산드로브나에게 가서 단숨에 해결을 지어 버리자고 그렇게 의논이 된 겁니다. 나딸리야 드미뜨리예브나께서 다른 사람들에게도 전하려고 사람을 보냈으니까 모두들 곧 오게 될 거예요. 이렇게 해서 이야기의 결말이 난다면 참으로 다행한 일이에요. 이제부터는 저희들이 싸움만 한다는 그런 인상을 주지 않도록 합시다. 그렇게 생각지 않으세요, 내 귀여운 사람아mon ange?」 그녀는 마리야 알렉산드로브나에게 키스하면서 능청스럽게 말했다. 「아, 어머나, 지나이다 아파나시예브나! 너는 매일매일 더 피어나는구나!」 안나 니꼴라예브나가 지나에게 키스하려고 달려갔다.

「그야 이 또래의 처녀들에겐 자라면서 더욱더 예뻐지는 것 말고 또 다른 할 일이 있나요?」 나딸리야 드미뜨리예브나는 그 커다란 손을 문지르면서 아양을 떠는 듯한 목소리로 말했다.

〈어이구, 이런 것들은 악마가 물어 가지도 않나! 난 그까짓 연극에 관해서는 생각지도 않는데 말이야! 참 좋은 구실을 생각했구나, 이 까마귀 떼들이!〉 마리야 알렉산드로브나는 화가 머리끝까지 치밀어 올라 속으로 이렇게 생각했다.

「게다가 말이에요.」 안나 니꼴라예브나가 덧붙였다. 「글쎄, 댁에는 그리운 공작님도 계시지 않아요. 당신도 아시겠지만 두하노보에는 먼저 살던 지주들이 지은 극장도 있거든요. 우리는 벌써 이야기를 들어서 알고 있지만, 거기에는 이전에 쓰던 장식이라든가 막이라든가 의상까지 어딘가에 보관해 두고 있답니다. 공작님께서는 오늘 저희 집에도 오셨었지만 뜻밖의 방문이라 너무 놀라 그만 그런 이야기를 할 여유가 없었어요. 오늘은 저희들이 연극에 관해서 이야기를 일부러 꺼낼 테니까 당신이 좀 거들어 주세요. 그러면 공작께서는 그 따위 낡아 빠진 넝마 같은 건 모두 저희들에게 보내도록 하겠다고 말씀해 주실 거예요. 그렇지 않고 이곳에서 그런 장식을 만들려고 해도 누구에게 그것을 시킬 수가 있겠어요? 그리고 중요한 것은 공작님을 저희들의 모임에 참여하게 했으면 좋겠어요. 그리고 자선 연극이니까 그분에게도 꼭 서명을 부탁드려야겠어요. 어쩌면 무슨 배역이라도 하나 맡아 주실지 모른답니다. 그는 아주 정답고 남의 청을 물리칠 줄 모르는 분이니까요. 그렇게 된다면 모든 일이 정말로 순조롭게 진행될 거예요.」

「물론이지요, 반드시 배역을 하나 맡게 될 거예요. 그에게는 어떠한 역이라도 드릴 수 있으니까요.」 나딸리야 드미뜨리예브나는 의미심장하게 말했다.

안나 니꼴라예브나는 마리야 알렉산드로브나를 속이고 있는 것이 아니었다. 모르다소프의 부인들이 자꾸만 모여들었다. 이러한 경우 마리야 알렉산드로브나는 일일이 그들을 맞아들이느라 예의상 질러야 하는 반갑다는 환성을 지를 여유가 없을 지경이었다.

나는 방문객들의 이름을 여기에다 하나하나 늘어놓지는 않겠다. 다만 한마디, 그들이 모두 한결같이 교활한 계략을 마음속에 품은 채 서로를 쳐다보고 있었다는 것만 말해 두겠다. 모두의 얼굴에는 기대에 찬 표정과 함께 못 견디게 초조해 하는 표정이 역력히 드러나 있었다. 그 가운데 몇몇 부인은 무엇인가 대단한 스캔들이 있을 것이고 자신들이 그것의 목격자가 되리라는 그런 단호한 결심을 하고 왔으므로, 만약 그것을 보지 못하고 돌아간다면 화를 잔뜩 내게 될 것 같았다. 겉으로 보기엔 모두가 무척 다정스러웠지만 마리야 알렉산드로브나는 공격에 대비해서 마음의 준비를 단단히 하고 있었다. 여기저기에서 공작님은 어떻게 하고 계시느냐는 질문이 나왔는데, 그러한 질문들은 모두가 지극히 자연스럽게 들리면서도 실상 어떤 암시와 함축성을 띠고 있었다. 차가 들어오고 각자 자리에 앉았다. 한 무리의 사람들은 피아노 주위에 둘러섰다. 지나는 피아노를 치며 노래를 좀 불러 달라는 청을 받았지만 건강이 좋지 않다는 이유로 이를 냉담하게 거절했다. 새파래진 그녀의 얼굴이 이를 증명하고 있었다. 그러자 때 아닌 동정 어린 질문들이 그녀에게로 퍼부어지는 가운데, 꼬치꼬치 캐묻고 늘어질 기회를 놓치지 않는 그런 사람도 있었다. 모즈글랴꼬프에 관해 묻는 이도 있었다. 더구나 이는 지나를 향한 질문이었다. 이때 마리야 알렉산드로브나는 열 사람 몫의 일을 해야만 했다. 그녀는 방 구석구석에서 일어나고 있는 일들을 죄다 파악하고, 손님이 열 사람 가까이 되는데도 그 하나하나의 질문을 받아 지체 없이 이를 처리해 버리는 것이었다. 어떻게 대답하면 좋을지 우물쭈물하는 일도 전혀 없었음은 물론이다. 그녀는 지나가 걱정스러워 견딜 수가 없었고 이러한 모임에선 언제나 자리를 뜨던 지나가 지금까지 떠나려 하지 않는 것이 놀랍기만 했다. 아파나시 마뜨베이치도 손님들의 주의를 끌었다. 모두들 마리야 알렉산드로브나의 아픈 곳을 찌르기 위해 언제나 그를 들먹이는 것이었다. 그리고 지금도 머리가 좀 모자라고 정직하기만 한 아파나시 마뜨베이치로부터 무엇인가 알아내려 하고 있었다. 마리야 알렉산드로브나는 자기 남편이 처해 있는 상황을 불안스러운 듯이 지켜보고 있는 것이다. 그런데 그는 무슨 질문을 받건 매우 가련하고 부자연스러운 태도로 그저 음…… 하고 말았으므로 그것만으로도 그녀의 화를 돋우기에 충분했다.

「마리야 알렉산드로브나! 주인 되시는 아파나시 마뜨베이치는 오늘 저희들과 이야기하실 생각이 전혀 없으신 모양이로군요.」 무서운 것이 아무것도 없고 또 한번도 골탕을 먹은 일이 없는 예리한 눈초리를 가진 용감한 어느 부인이 이렇게 소리쳤다. 「부인들에게 좀 더 상냥하게 대하시라고 말씀 좀 드리세요.」

「이 양반이 오늘 왜 이러시는지 저 자신도 정말이지 모르겠어요.」 안나 니꼴라예브나와 나딸리야 드미뜨리예브나의 대화를 끊고 뛰어들면서 마리야 알렉산드로브나는 유쾌한 미소를 지으며 이렇게 대답했다. 「어쩐지 입이 아주 무거워졌어요! 저한테도 거의 한마디 말씀이 없으세요. 아따나즈,[40] 당신은 어째서 펠리사따 미하일로브나에게 대답을 하지 않으세요? 당신은 저 어른께 뭘 물으셨죠?」

「그런데…… 그런데…… 어머님, 당신 자신이…….」 아파나시 마뜨베이치는 놀랍고 당황해서 이렇게 중얼거렸다. 이때 그는 훨훨 타오르는 벽난로 곁에 서서 손을 조끼의 옆구리에 꽂고 그림에서나 볼 수 있는 우스꽝스러운 모양으로 차를 마시고 있었다. 그는 부인들의 질문에 매우 당황해서 어린 처녀처럼 얼굴을 붉히고 있었다. 그는 무엇이라 변명을 시작하려 했지만 그 순간 눈을 부릅뜨고 있는 자기 아내의 무시무시한 시선과 부딪치자 기절할 정도로 놀라 버렸다. 어떻게 하면 좋을지 알 수가 없었지만, 어떻게든 실수를 만회하고 위신을 도로 찾아야겠다고 생각을 하면서 차를 한 모금 들이키려 했다. 그런데 차가 몹시 뜨거워 그는 한 모금도 채 들이키지도 못하고 목을 데어 찻잔을 놓쳐 버렸고, 캑캑거리면서 기침을 하느라 그곳에 있는 모든 사람들을 어리둥절하게 만들어 놓고 잠시 방을 나가지 않을 수 없는 형편이 되었다. 모든 것이 불 보듯 뻔했다. 마리야 알렉산드로브나는 자기 집에 온 손님들이 모든 일을 눈치 채고 아주 못된 마음을 가지고 모여들었음을 깨달았다. 사정은 위험해졌다. 그 사람

---

40 Athanase. 〈아파나시〉를 외국어 식으로 부른 것.

들에겐 그녀가 보는 앞에서 정신이 온전치 못한 늙은이에게 자꾸만 무슨 말을 걸어서 얼렁뚱땅 해치우는 것쯤은 어려운 일이 아니었다. 그뿐 아니라 오늘 저녁에라도 당장 공작을 부추겨서 그녀와 싸움을 시키며 결국 자기네들이 그를 빼앗아 갈 염려도 있었다. 어쨌든 어떤 일이 닥치든지 이를 각오하고 있지 않으면 안 되었다. 하지만 운명은 그녀에게 또 하나의 새로운 시련을 보태 주었다. 문을 열며 모즈글랴꼬프가 나타났다. 그녀는 그가 지금쯤 보로두예프의 집에 있는 줄 알았으며 오늘 저녁 자기 집에 돌아오리라고는 꿈에도 생각지 않고 있었다. 그녀는 무엇엔가 콕 찔린 것처럼 몸을 바르르 떨었다.

모즈글랴꼬프는 문간에 우뚝 서서 약간 어리둥절한 표정으로 좌중을 둘러보았다. 그는 스스로의 흥분을 가라앉힐 힘이 없었으며 그러한 모양이 그의 얼굴에도 역력히 드러나 있었다.

「어머나! 빠벨 알렉산드로비치가 아닙니까!」 몇 사람이 동시에 소리쳤다.

「어머나! 빠벨 알렉산드로비치가 여기 계시군요! 그런데 마리야 알렉산드로브나, 당신은 저분이 보로두예프의 집에 가셨다고 그렇게 말씀하시지 않았어요? 글쎄, 빠벨 알렉산드로비치, 당신이 보로두예프의 집에 숨었다고 그녀가 우리에게 말씀해 주셨는데요.」 나딸리야 드미뜨리예브나가 소리쳤다.

「숨었다고요?」 모즈글랴꼬프는 뒤틀린 듯한 미소를 지으면서 되물었다. 「그게 무슨 말씀이세요? 그런 말씀은 아예 마세요, 나딸리야 드미뜨리예브나! 나는 숨어 다닐 까닭도 없거니와 나 자신 역시 아무것도 숨기지 않습니다.」 그는 의미심장하게 마리야 알렉산드로브나를 슬쩍 쳐다보면서 덧붙였다.

마리야 알렉산드로브나는 소름이 오싹 끼쳤다.

〈아니, 저런 멍텅구리가 나를 거역할 작정인가?〉 그녀는 모즈글랴꼬프의 눈치를 살피듯이 그의 얼굴을 들여다보면서 생각했다. 〈아, 그렇다면 정말 큰일이구나……〉

「빠벨 알렉산드로비치, 당신이 해직되었다는 말이 들리던데 그게 사실인가요……. 물론 근무처의 이야기이지만요?」 교만하기 이를 데 없는 펠리사따 미하일로브나는 비웃듯이 상대방의 눈을 빤히 들여다보면서 입바른 소리를 했다.

「해직되었다고요? 무슨 해직 말씀이세요? 나는 단지 직장을 바꿀 따름이에요. 뻬쩨르부르그에 마땅한 자리가 있어서 말입니다.」 모즈글랴꼬프는 퉁명스럽게 대꾸했다.

「그럼, 축하할 만한 일이군요.」 펠리사따 미하일로브나가 말을 이었다. 「그런데 저희들은 당신이 이곳 모르다소프에서 일자리를 구한다는 이야기를 듣고 얼마나 놀랐는지 몰라요. 이곳의 일자리란 건 아무 가망도 없거든요, 빠벨 알렉산드로비치, 생명이 그리 길지는 않으니까요.」

「기껏 있다는 게 마을의 학교 선생 정도지요. 그런 데라면 더러 빈자리가 있을 거예요.」 나딸리야 드미뜨리예브나가 한몫 거들었다. 이러한 암시는 너무나 노골적이고 지독했으므로 안나 니꼴라예브나도 입이 험한 친구를 발로 툭 찰 지경이었다.

「아니, 당신은 그래, 빠벨 알렉산드로비치가 고작 학교 훈장 정도의 일자리에 허겁지겁할 줄 아세요?」 펠리사따 미하일로브나가 끼어들었다.

그러나 빠벨 알렉산드로비치는 뭐라 대답해야 좋은지 알 수 없었다. 그는 몸을 돌려 자기 쪽으로 손을 내밀고 있던 아파나시 마뜨베이치와 부딪쳤다. 모즈글랴꼬프는 멍청한 모습으로 그의 손을 잡은 것이 아니라, 우스꽝스럽게도, 허리를 나직이 굽혀서 인사했다. 화가 머리끝까지 치민 그는 지나에게로 다가가서 독살스러운 눈으로 그녀를 노려보면서 소곤거렸다.

「이런 일들이 모두 당신의 선량함 때문이오. 어디 두고 봅시다. 오늘 저녁 내가 바보인지 아닌지를 보여 드리겠소.」

「기다릴 필요가 어디 있어요? 지금도 그것이 훤히 눈에 보이는걸요.」 그녀는 이전 신랑 후보자였던 사람을 구역질 난다는 듯 위아래로 훑어보면서 큰 소리로 대답했다.

모즈글랴꼬프는 그녀의 커다란 목소리에 놀라 곧바로 뒤돌아섰다.

「당신 보로두예프한테서 오시는 길인가요?」 마리야 알렉산드로브나가 마침내 큰마음을 먹고 물었다.

「아닙니다. 전 아저씨한테서 오는 길이에요.」

「아저씨한테서요? 그렇다면 당신은 지금껏 아저씨와 함께 계셨단 말인가요?」

「어머나! 그렇다면 공작님께서 잠을 깨셨군요? 공작님께서 주무시고 계시다는 말씀을 들었는데요.」 나딸리야 드미뜨리예브나는 독살스러운 눈길로 마리야 알렉산드로브나를 쳐다보면서 덧붙였다.

「공작님에 관해서라면 걱정하지 마십시오, 나딸리야 드미뜨리예브나.」 모즈글랴꼬프가 대답했다. 「지금 잠을 깨셨고,

다행스럽게도 지금은 정신도 온전하십니다. 지금까지 그분에게 계속 술을 마시게 했답니다. 아까 당신 집에서 약주를 드신 데다가 그 뒤 결정적으로 이곳에서 또 잔뜩 마셨기 때문에 그렇지 않아도 온전치 못한 머리가 아주 엉망이 되었어요. 그러나 지금은 나와 여러 가지로 의견을 나누는 동안 다행스럽게도 모든 일을 분명히 판단하게 되었습니다. 마리야 알렉산드로브나, 아저씨께서는 지금 곧 이곳에 내려오셔서 그동안 극진했던 대접에 대해 인사 말씀을 드리고 작별을 고하실 예정입니다. 내일 날이 새는 대로 우리 두 사람은 수도원으로 떠날 것이고, 앞으로 다시는 오늘 있었던 것과 같은 엄청난 일이 되풀이되지 않게 하기 위해서 내가 두하노보까지 모셔다 드릴 생각입니다. 그때까지 스쩨빠니다 마뜨베예브나가 틀림없이 모스끄바로부터 돌아오실 테니까 그녀에게 확실히 돌려보내 드리겠습니다. 앞으로 그녀는 결코 공작님을 여행에 보내지는 않을 겁니다. 그건 제가 보증해도 좋습니다.」

그는 악의에 찬 눈초리를 마리야 알렉산드로브나에게 보냈다. 그녀는 어떻게나 놀랐는지 벙어리처럼 자리에 앉아 있었다. 나는 유감스럽지만 우리의 여주인공이 난생 처음으로 얼이 빠져 버렸다는 것을 인정해야만 할 것 같다.

「그럼 내일 날이 새는 대로 떠나시나요? 어떻게 된 일이지요?」 나딸리야 드미뜨리예브나는 마리야 알렉산드로브나에게 물었다.

「어떻게 된 노릇이에요?」 손님들 사이에서 순진한 질문이 나왔다. 「저희들이 듣기로는⋯⋯ 정말이지 이상한 일이로군요!」

그러나 여주인은 이제 뭐라고 대답해야 옳을지 갈피를 잡지 못했다. 이때 난데없이 들이닥친 뜻하지 않은 사건 때문에 좌중의 주의는 산산이 흩어져 버렸다. 이웃 방에서 무슨 시끄러운 소리가 들리고 누군가의 야단스러운 고함 소리가 들리더니 마리야 알렉산드로브나의 살롱에 생각지도 않았던 소피야 뻬뜨로브나 까르뿌히나가 느닷없이 들이닥쳤던 것이다. 소피야 뻬뜨로브나는 모르다소프에서는 누구나 알아주는 괴짜이고, 더욱이 너무나 괴상스런 몸가짐 때문에 모르다소프의 사교계에서는 그녀를 끼워 주지 말자는 결정까지 내려진 상황이었다. 여기서 분명히 말해 두지만 소피야 뻬뜨로브나는 매일 저녁 일곱 시만 되면, 그녀의 표현대로 하자면 위를 생각해서 무엇인가를 먹었는데, 이런 저녁참을 먹고 난 뒤에는 무어라 형언할 수 없는 자유로운 기분이 들곤 했다. 마리야 알렉산드로브나의 집에 들이닥친 그녀는 지금 꼭 그러한 기분이 되어 있었다.

「참 오랜만이로군요, 마리야 알렉산드로브나.」 그녀는 온 방 안이 쩡쩡 울리도록 소리를 질렀다. 「당신은 저한테 이렇게 무정하시군요! 그러나 걱정 마세요, 전 잠시 들러 보러 왔을 따름이니까요. 자리에도 앉지 않겠어요. 전 다만 거리에 떠돌고 있는 소문이 정말인지 아닌지 그걸 확인해 보려는 생각에서 들렀을 따름이에요. 어머! 당신 댁에서는 이런 좋은 일에 무도회니 잔치니 하고 흥청대고 있으면서, 그래 이 소피야 뻬뜨로브나만 집구석에 처박혀서 양말이나 짜고 있으란 말인가요? 온 거리의 사람들을 모두 불러들이면서 나 하나만 쏙 빼놓는 법이 어디 있어요! 아까 내가 여기 들러서 공작님이 나딸리야 드미뜨리예브나 댁에서 어떻게 하고 있는지 일러바쳤을 때는 귀한 친구라느니 내 귀염둥이mon ange 라고 불렀으면서, 아까까지만 해도 서로들 욕지거리를 퍼붓던 나딸리야 드미뜨리예브나가 지금은 당신네 집에 손님으로 앉아 있으니 무슨 일인지 도저히 모르겠군요. 걱정하실 것 없어요, 나딸리야 드미뜨리예브나! 저는 건강을 위해à la santé 한 잔에 10꼬뻬이까짜리 싸구려 초콜릿 따위를 마실 필요는 없으니까요. 당신네 집이 아니더라도 집에서 늘 마시고 있어요! 체!」

「그런 줄은 알고 있어요.」 나딸리야 드미뜨리예브나가 말했다.

「근데 소피야 뻬뜨로브나,」 마리야 알렉산드로브나는 화가 나서 얼굴을 붉히며 소리를 질렀다. 「어떻게 된 노릇인가요? 대관절 무슨 짓이에요? 적어도 최소한의 상식쯤은 가져야 할 텐데 말이죠.」

「저에 관해서는 걱정하실 필요 없어요, 마리야 알렉산드로브나. 모두 알고 있어요!」 이 뜻하지 않은 상황을 좋아라 하고 구경하고 있는 손님들에게 둘러싸여서 소피야 뻬뜨로브나는 독특한 금속성의 쨍쨍한 목소리로 말했다. 「이야기를 죄다 들었으니까요! 다 알고 있어요! 당신네 집의 나스따시야가 저희 집으로 달려와 몽땅 얘기를 해주었단 말입니다. 당신은 정신이 온전치 못한 공작님을 멋지게 붙잡아 두고는 정신이 몽롱할 만큼 술을 퍼먹이고 이제 아무한테도 주지 못하게 된 당신네 딸에게 청혼을 하도록 시켰다고 말이죠. 그리고 지금에 와서는 스스로 대단한 신분이 된 것 같은 기분에, 마치 레이스를 휘감은 공작 부인이라도 되었다고 생각하시는군요! 아! 걱정 마세요, 이래 뵈도 이 사람 역시 대령 부인이란 말입니다! 당신이 이런 작당에 초대하지 않았다고 해도 침이나 뱉어 주면 그만이죠! 당신보다 더 훌륭한 사람을 얼마든지 보아 왔으니까요. 잘리흐바츠끼 백작 부인 댁에 식사 초대를 받은 일도 있고 병참 부장인 꾸로치낀에게 청혼을 받은 일도 있어요! 당신 같은 사람한테 초대받고 싶은 생각은 없어요, 체!」

「여보세요, 소피야 뻬뜨로브나.」 마리야 알렉산드로브나도 흥분해서 대답했다. 「분명히 말해 두지만 지체 높은 사람의 집에 그런 식으로 들이닥치는 법은 없어요. 게다가 그런 꼴을 하고 오다니 말도 안 됩니다. 지금 당장에 그 수다를 걷어치우고 이곳에서 물러가지 않는다면 이쪽에서 적절히 손을 쓰겠어요.」

「알겠어요, 당신은 하인들에게 명령해서 나를 밖으로 끌어내려는 거지요! 걱정 마세요, 갈 길을 스스로 찾아 나갈 수 있으니까. 안녕히 계셔요. 누구한테 시집을 보내든 그야 멋대로겠지만, 여보세요, 나딸리야 드미뜨리예브나, 당신은 남을 비웃지 마세요. 당신네 초콜릿 따위에는 침이라도 뱉겠어요! 나는 비록 여기 초청은 받지 않았지만 공작님 앞에서 까자끄 춤 따위를 추어 본 기억은 없어요. 안나 니꼴라예브나, 당신은 무엇 때문에 웃고 계시나요? 수실로프가 다리를 분지르고 지금 막 집에 이끌려 왔단 말예요. 체! 그리고 펠리사따 미하일로브나, 언제나 맨발로 돌아다니는 당신네 집 마뜨료쉬까에게 이야기해서 소를 외양간 안으로 몰아넣도록 좀 일러 주세요. 매일같이 우리 집 창문 밑에 와서 울어 대니 성가셔 죽겠어요. 그렇지 않으면 그놈의 마뜨료쉬까 다리를 부러뜨려 놓을 테니까. 안녕, 마리야 알렉산드로브나, 잘들 노시구려, 체!」 드디어 소피야 뻬뜨로브나가 나가 버렸고 손님들은 웃었다. 마리야 알렉산드로브나는 몹시 기분이 나빴다.

「저 사람은 한잔 얼근해 있군요.」 나딸리야 드미뜨리예브나가 교태 어린 말로 말했다.

「하지만 이만저만한 실례가 아니로군요!」

「정떨어지는 여자예요 Quelle abominable femme!」

「어지간히 사람을 웃기는군요!」

「저런, 정말 예의바르지 못한 말을 하는군요!」

「그런데 그 여자가 이야기한 작당이란 무슨 뜻인가요? 무슨 작당이 있단 말이지요?」 펠리사따 미하일로브나가 비웃듯이 말했다.

「참 기가 막힐 노릇이에요!」 이윽고 마리야 알렉산드로브나가 분을 터뜨렸다. 「저런 괴물 단지 같은 것들이 그런 식의 말도 안 되는 소문을 퍼뜨리고 다닌단 말입니다! 펠리사따 미하일로브나, 저런 부인들이 우리 사회에 있다는 것은 그리 놀랄 일이 아니죠. 무엇보다도 놀라운 노릇은 저 따위의 부인들을 필요로 하고, 저 따위의 사람들이 늘어놓는 말을 듣고 그걸 지지하고 그걸 믿어 주고 또 그걸 알아주는 꼴이랍니다……」

「공작님이에요! 공작님이 내려오시는군요!」 모든 손님들이 다 함께 소리를 질렀다.

「어머나! 그리운 공작님 ce cher prince!」

「정말 다행이다! 이제서야 일의 내막을 모두 알 수 있게 될 테니까.」 펠리사따 미하일로브나는 옆 자리의 부인 귀에다 대고 소곤거렸다.

제13장

 공작은 방 안으로 들어서면서 상냥하게 웃었다. 15분 전에 모즈글랴꼬프가 그의 진정하지 못하는 마음에 불을 당긴 불안은 부인들의 얼굴을 보자마자 흔적도 없이 사라지고 말았다. 그는 금세 엿가락처럼 녹아 버리고 말았다. 부인들은 그를 맞이하면서 반갑다는 환성을 질렀다. 이 부인들은 그전에도 이 노인을 따르며 그와 흉허물없이 지내곤 했다. 그는 여자들을 믿지 못할 정도로 즐겁게 해주는 능력을 갖고 있었다. 이날 아침만 하더라도 펠리사따 미하일로브나가(물론 농담이긴 하지만), 〈공작이 그래야 즐겁다고 한다면 나는 그분의 무릎 위에 앉아도 괜찮다, 왜냐면 그분은 무척 사랑스럽다, 한없이 사랑스럽기 때문이다〉라고 말했을 정도이다. 공작의 얼굴에서 뭔가를 읽어 내기 위해 마리야 알렉산드로브나는 그의 눈을 뚫어져라 들여다보았다. 그러면서 그녀는 이 위급한 상황에서 어떻게 빠져나갈지 생각했다. 모즈글랴꼬프가 일을 엉망으로 망쳐 놓았으므로 그녀의 계획이 몹시 뒤흔들릴 것이 분명했다. 그러나 공작의 얼굴에서는 무엇 하나 읽어 낼 수가 없었다. 그는 조금 전과도 다르지 않았고 평소와도 마찬가지였다.

「어머나! 공작님께서 드디어 오셨군요! 여태 우리는 공작님을 기다리고 있었어요.」 몇 사람의 부인이 소리를 질렀다.

「얼마나 기다렸는지 몰라요. 공작님, 목이 빠지게 기다렸어요!」 그 밖에 다른 부인들도 빽빽 소리를 질렀다.

「그렇게 말씀해 주시니 얼마나 반 —— 가운지 모르겠습니다.」 공작은 사모바르가 끓고 있는 책장 옆에 걸터앉으면서

혀짤배기 소리로 말했다. 부인들은 곧 그를 둘러쌌다. 마리야 알렉산드로브나의 곁에 그대로 남은 사람은 안나 니꼴라예브나와 나딸리야 드미뜨리예브나뿐이었다. 아파나시 마뜨베이치는 존경 어린 웃음을 짓고 있었다. 모즈글랴꼬프 역시 미소를 지으며 싸움을 거는 듯한 눈초리로 지나를 바라보고 있었다. 그러나 지나는 그에게 전혀 시선을 주지 않고 아버지 쪽으로 가서 그와 나란히 난로 옆에 걸터앉았다.

「공작님, 공작님께서 이곳을 떠나신다는 게 사실인가요?」 펠리사따 미하일로브나가 빽빽 소리쳤다.

「음 그렇소, 여러분들mesdames, 떠날 생각입니다. 저는 머 — 지 — 않 — 아 외 — 국으로 떠나려고 합니다.」

「외국으로요? 공작님, 외국으로 가시렵니까!」 모두들 합창하듯 소리 질렀다. 「어떻게 그런 생각을 하시게 되었습니까?」

「외국으로 가겠어요.」 공작은 멋들어진 몸짓으로 먼저 한 말을 확인했다. 「실은 말이죠, 내가 그곳으로 가려는 이유는, 특히 신사상을 접하기 위해서죠.」

「신사상이란 어떤 거죠? 그것을 무엇에 쓰려는 겁니까?」 부인네들은 서로 얼굴을 마주보면서 말했다.

「음, 그렇지, 신사상 때문이야.」 공작도 깊이 확신하듯이 반복했다. 「요즘에는 어중이떠중이 모두 신사 — 상 때문에 들 나간답니다. 그래서 본인도 신 — 사 — 상을 받아들이고 싶습니다.」

「그럼 프리메이슨[41]에라도 가입하시겠다는 말씀이신가요, 아저씨?」 모즈글랴꼬프는 여러 부인들 앞에서 자기가 똑똑

---

41 회원 간의 우애와 상호 부조를 목적으로 하는 비밀 공제 조합.

하다는 것과 공작과 흉허물이 없음을 과시하기라도 하려는 듯이 불쑥 이렇게 뛰어들었다.

「음, 그렇지, 자네, 정확하게 알고 있네.」 아저씨는 뜻밖에도 이렇게 대답했다. 「나는 사실 예전에 외국에 있을 때 한 프리 메이슨에 가입해서 여러 가지로 굉장한 사상을 많이 접할 수 있었다네. 그뿐 아니라 나는 당시 현대 문명을 위해서 크게 이바지할 생각이었어. 프랑크푸르트에서는 내가 데리고 다니던 농노 시도르를 자유롭게 해방해 주려고 마음먹었을 정도였었지. 그런데 놀랍게도 그 녀석이 스스로 도망을 치지 않았겠나. 아주 괴상한 인 ─ 간이었단 말이야. 그런데 파 ─ 리에 가 있을 때 녀석을 뜻하지 않게 만났는데, 글쎄, 아주 굉장한 멋쟁이가 되어 구레나룻을 기르곤 여잘 끼고 공원길을 산책하고 있지 않겠나. 나를 보고도 그저 머 ─ 리 ─ 를 끄덕하고 인사를 할 따름이었지. 그가 데리고 있는 여자는 무척 똘똘하고 눈이 매섭고 사람을 끄 ─ 는 그런 여자였어…….」

「그래요 아저씨! 그러시다면 아저씨께서는 이번에 외국으로 나가실 경우 농노들을 한 사람도 남기지 않고 모두 해방시켜 버리시겠군요!」 모즈글랴꼬프는 입을 있는 대로 벌리고 웃으면서 소리쳤다.

「자네는 내가 생각했던 바를 그대로 알 ─ 아맞혔네. 그래, 여보게.」 공작은 가까스로 이렇게 대답할 수 있었다. 「나는 정말이지, 자네 말대로 농노들을 한 사람도 남기지 않고 모두 해방시켜 버릴 생각이네.」

「그런데 공작님, 그렇게 하시면 그들은 모두 도망쳐 버릴 것이고, 그러면 누가 공작님한테 소작료를 지불하죠?」 펠리사따 미하일로브나가 소리쳤다.

「물론 모두 도망칠 거예요.」 안나 니꼴라예브나가 걱정스러운 듯이 이렇게 대꾸했다.

「아니, 뭐라고! 정말 모두 도망쳐 버리고 말까?」 공작은 놀란 듯이 이렇게 소리쳤다.

「도망치고말고요, 공작님을 홀로 남겨 두고 금방 모두들 도망쳐 버리고 말 거예요.」 나딸리야 드미뜨리예브나가 그 말을 더욱 강조했다.

「아, 어쩌면 좋지! 그러면 나는 해 — 방 — 시켜 주지 않겠어. 하긴 그렇게 말을 해봤을 따름이지……」

「그렇게 하시는 것이 옳습니다, 아저씨.」 모즈글랴꼬프는 말을 맺었다.

이때까지 마리야 알렉산드로브나는 입을 다문 채 형세를 살피고만 있었다. 그녀는 공작이 자기에 대해서는 까맣게 잊어버리고 있는 것 같아 불안스럽게만 느껴졌다.

「공작님, 실례입니다만,」 그녀는 목청을 돋우어 의젓하게 말을 시작했다. 「공작님에게 저희 집 양반 아파나시 마뜨베이치를 소개하겠습니다. 그는 공작님께서 저희 집에 오셨다는 말을 듣고 일부러 곧장 시골에서 오셨습니다.」

아파나시 마뜨베이치는 미소를 지으며 짐짓 위신을 세우려고 했다. 그는 자기를 칭찬한 것처럼 보였다.

「아, 반갑습니다.」 공작은 모즈글랴꼬프를 돌아보면서 소리쳤다. 「아 — 파 — 나 — 시 마뜨베이치! 실례지만 그러고 보니 기 — 억이 나 — 는 듯하군요. 아 — 파 — 나시 마뜨 — 베 — 이치라. 그렇지 시골에 사는 사람이었어. 정말 멋지시군요 charmant, charmant, 참 반갑습니다. 그렇지,

여보게! 자네도 기억하고 있겠지만, 이 양반이 바로 그때 운을 멋들어지게 밟 — 은 그 양반이지. 그걸 뭐라 불렀더라? 남편은 문에 섰고 아내는…… 음 그렇지. 어떤 도시에 가고 아내도 역시 거기 갔 — 지…….」

「아! 공작님, 그게 아마 이랬을 거예요. 남편은 드베르에 서 있고 아내는 뜨베르로 갔네. 이건 지난해 이곳에서 배우들이 출연했던 보드빌이에요.」 펠리사따 미하일로브나가 말을 가로챘다.

「음, 그렇지, 바로 뜨베르였어. 나는 벌써 까맣게 잊 — 어 — 버렸단 말이야. 샤르망, 샤르망! 그럼 당신이 바로 그 당사자였던가요? 당신과 알 — 게 되어서 얼마나 반가운지 모르겠습니다.」 공작은 안락의자에서 몸을 일으키지도 않고 싱글벙글 웃고 있는 아파나시 마뜨베이치에게 손을 내밀면서 말했다. 「그래, 건강은 어떠십니까?」

「음…….」

「그분은 건강하십니다, 공작님.」 마리야 알렉산드로브나는 허둥지둥 이렇게 대답했다.

「음 그렇겠지, 안색을 보아도 건강한 것 같군. 그래 당신은 줄곧 시 — 골에만 계시나요? 아, 몹시 반갑습니다. 이분은 불그스레 — 한 뺨 — 에다 늘 미소를 짓고 계시군요…….」

아파나시 마뜨베이치는 싱글벙글 웃으면서 인사를 하고 한쪽 다리를 뒤로 끌어당겨 정중한 태도를 보였다. 그러나 공작의 마지막 말을 듣고는 도저히 참을 수가 없어 바보 같은 얼굴을 하고 난데없이 웃음을 터뜨렸다. 방 안에 있던 사람들도 모두 웃었다. 부인들은 재미있어서 찢어지는 듯한 소리를 질렀다. 지나는 얼굴을 빨갛게 하고 눈을 반짝이면서 마리야 알렉산드로브나를 쳐다보았다. 그녀도 딸 못잖게 어찌나 화가 나는지 가슴이 터질 것 같았다. 화제를 돌려야 할 때였다.

「공작님께서는 안녕히 주무셨습니까?」 그녀는 꿀처럼 달콤한 목소리로 물으면서, 동시에 아파나시 마뜨베이치에게는 위협적인 시선을 보내 빨리 원래 서있던 장소로 되돌아가라는 신호를 보냈다.

「음, 난 잠을 잘 잤습죠.」 공작이 대답했다. 「그뿐 아니라 아주 굉 — 장 — 한 꿈을 꾸었습니다!」

「꿈이오! 저는 꿈 이야길 얼마나 좋아하는지 몰라요.」 펠리사따 미하일로브나가 소리쳤다.

「저 역시 그래요. 아주 좋아합니다!」 나딸리야 드미뜨리예브나도 거들었다.

「멋 — 진 꿈이오.」 공작은 달콤한 미소를 띠며 거듭 말했다. 「그 대신 그 꿈의 내용은 절대 비밀이오!」

「공작님, 그럼 정말로 이야기하시면 안 되는 거예요? 그러면 모두들 깜짝 놀랄 만한 꿈이 틀림없으시겠죠?」 안나 니꼴라예브나가 말했다.

「절 — 대 — 로 비밀이지.」 공작은 기분이 무척 좋은 듯이 부인들의 호기심을 자극하면서 말을 되풀이했다.

「그러고 보면 틀림없이 그 얘기가 아주 재미있는 모양이에요!」 부인들이 왁자지껄 떠들어 댔다.

「말씀드리기 거북스럽지만, 공작님께서는 누군가 절세의 미인 앞에 무릎을 꿇고 사랑을 고백하시는 꿈을 꾸셨을 거예요!」 펠리사따 미하일로브나가 소리쳤다. 「그래도 아니라 하시겠어요, 공작님? 고백하세요! 공작님, 자백하시라니까요!」

「자백하세요, 공작님, 자백하세요!」 여기저기서 입을 맞추어 떠들어 댔다.

공작은 득의 만면한 표정을 지으며 이러한 고함 소리에 황홀히 귀를 기울였다. 부인들의 제의가 그의 비위를 알맞게 주었으므로 그는 흐뭇하지 않을 수가 없었다.

「나는 그 꿈이 절대로 비밀이라고 말했지만,」 마침내 그는 이렇게 말했다. 「아무래도 당신들한테 털어놓지 않을 도리가 없게 되었구려. 부인들, 놀랍게도 당신네들은 거의 정확히 알 — 아 — 맞혔소.」

「알아맞혔다고요!」 펠리사따 미하일로브나는 신바람이 나서 소리쳤다. 「그럼 공작님! 이제는 그 절세의 미인이 누구인지 그걸 말씀해 주셔야 해요.」

「정말이지, 말씀해 주셔야 해요.」

「이곳에 있는 사람인가요, 혹은 딴 데 있는 여자인가요?」

「사랑스런 공작님, 탁 털어놓고 말씀해 주세요!」

「제발 공작님, 털어놓아 주세요! 죽는 한이 있어도 꼭 들어야겠어요!」 사방에서 왁자지껄 떠들어 대고 있었다.

「여러분, 여러분Mesdames, Mesdames! 당신네들이 꼭 들어야 하겠다면 꼭 한마디만 말씀드리겠어요. 그녀는 내가 지금까지 알고 있는 뭇여성들 가운데 가장 매력 — 적이고 가장 고 — 상 — 한 여자라고 할 수 있는 처녀라오.」 완전히 보들보들 몸이 녹아 버린 공작은 혀가 제대로 돌아가지 않는 듯이 말했다.

「가장 매력적인 처녀라고요! 그런데…… 이곳 여자인가요! 누굴까요?」 부인들은 의미심장하게 서로 얼굴들을 살피고 눈치를 보면서 이렇게 물었다.

「그야 물론 이 거리에서 제일 아름답다고 정평이 나 있는 미인이겠지요.」 나딸리야 드미뜨리예브나는 자신의 조그만 붉은 손을 쓱쓱 비비며 고양이와 같은 눈으로 지나를 흘끔흘끔 쳐다보며 말했다. 그 시선에 따라 다른 사람들의 시선도 지나에게로 모여졌다.

「그런데 공작님, 만약에 그러한 꿈을 꾸셨다고 한다면 실제로 생시에 결혼을 해서 안 된다는 법은 없지 않겠어요?」 펠리사따 미하일로브나는 여러 사람들을 의미심장한 눈길로 둘러보면서 말했다.

「저희들이 모두 굉장한 결혼식을 올려 드리겠어요!」 다른 부인이 말을 받았다.

「공작님, 결혼하시지요, 뭐!」 세 번째 부인이 쇳소리를 내었다.

「결혼하세요, 결혼하세요!」 여기저기서 부르짖는 소리가 났다. 「결혼해서 안 될 게 어디 있어요?」

「음, 그렇지……, 결혼해서 안 될 것은 없겠지?」 공작은 주위의 울부짖음에 머리가 혼란해져서 아무 뜻도 없이 맞장구를 치는 것이었다.

「아저씨!」 모즈글랴꼬프가 소리질렀다.

「음, 그래, 여보게, 난 자네 말을 명심하고 있다네! 부인들, 마침 그 이야기를 할 생각이었지만, 사실 나는 결혼 같은 것은 할 능력이 없는 인간이랍니다. 오늘은 이 댁 마님의 환대로 하루 저녁을 즐겁게 보내고 내일은 미사일 신부님을 찾아 수도원으로 간 후 그곳에서 곧장 외국으로 떠날 생각입니다. 유 — 럽 문 — 명의 연구를 위해 좀 더 편한 외국으로 갈 겁니다.」

지나는 새파랗게 질려서 말할 수 없는 번뇌의 빛을 보이며 자기 어머니를 쳐다보았다. 그러나 마리야 알렉산드로브나는 이미 결심이 서 있었다. 지금까지 그녀는 자기의 계획이 무참히 짓밟히고 적의 방해가 너무 앞질러 있음을 깨닫고 있기는 했지만, 말없이 형세를 살피면서 기다리고 있었던 것에 다름 아니다. 마침내 그녀는 모든 형세를 알아 버렸기 때문에 단 한 번, 한 번의 타격으로 수백 마리의 히드라를 때려부수기로 결심했다. 그녀는 너무나도 의젓한 표정으로 자리에서 일어나 하찮은 적들을 거만한 눈길로 내려다보면서 발걸음도 당당하게 테이블 쪽으로 걸어갔다. 그 눈초리에는 영감의 불꽃이 번뜩이고 있었다. 그녀는 악의에 찬 수다쟁이들에게 일격을 가해 정신이 나가도록 해놓고 건달패 모즈글랴꼬프를 바퀴벌레처럼 짓밟은 후 과감한 공격을 감행해 빼앗겼던 바보 공작에 대한 지배권을 탈환하려는 마음을 굳게 먹었다. 그러기 위해서는 평범하지 않은 용감한 정신이 필요함은 두말할 것도 없다. 그렇지만 마리야 알렉산드로브나로 말하면, 그러한 비상한 용기를 허둥지둥 찾아다녀야 할 만큼 허약한 여자는 아니다!

「여러분Mesdames」 그녀는 품위 있는 목소리로 자신만만하게 말했다(마리야 알렉산드로브나는 언제나 자신만만한 태도를 즐겨 갖는다).「여러분mesdames, 저는 오랫동안 여러분들의 말씀과 재미있고 재치 있는 농담에 귀를 기울이고 있었습니다만 이번에는 제가 한마디해야 될 때라고 생각합니다. 아시다시피 저희들이 오늘 여기 모이게 된 것은 전혀 우연한 기회에서입니다……. 이렇게 된 것은 매우 기쁜 일이고 저도 역시 이것을 유쾌하게 생각합니다만, 보통의 관습에 따른 예의범절이 요구하는 순서를 밟지도 않고, 이러한 가정의 중대 비밀을 먼저 공개한다는 것은 저로선 있을 수 없는 노릇입니다. 더구나 귀한 손님인 공작님에게도 이 문제에 대해서는 사과를 드려야 할 것 같습니다. 그러나 제가 보는 바로는 공작님 스스로도 이를 간접적으로 암시하셨습니다만, 우리들 가정에 관한 비밀을 솔직하게 털어놓더라도 별로 불쾌하게 생각하시지 않을 뿐더러 오히려 그것을 희망하고 계신 것으로 알고 있습니다……. 그렇지 않으세요, 공작님. 제가 잘못 판단했나요?」

「음, 그래, 잘못 판단한 게 아니지……. 나는 대단히 대단히 즐겁소…….」 공작은 무슨 말인지 영문도 모르고 이렇게 말했다.

마리야 알렉산드로브나는 큰 효과를 내기 위해서 여기서 말을 잠시 끊고, 숨을 돌리고는 방 안을 휘 둘러보았다. 부인들은 너도나도 약간 불안스럽긴 하지만 억제할 길 없는 호기심을 불태우면서 그녀의 말에 귀를 기울이고 있었다. 모즈글랴꼬프는 등골이 서늘해졌다. 지나는 얼굴을 붉히며 안락의자에서 몸을 일으켰다. 아파나시 마뜨베이치는 무슨 색다른 이야기가 나오리라 잔뜩 기대를 가지고 만일에 대비해서 코를 풀었다.

「그렇습니다, 여러분mesdames. 저는 기꺼이 여러분에게 저희 집 비밀을 털어놓을 작정입니다. 실은 오늘 식사 후에 공작님께서 저희 딸의 아름다움과…… 그리고 여러 가지 좋은 점에 감탄하시어 청혼이라는 영광을 베풀어 주셨습니다. 공작님!」 그녀는 눈물과 흥분에 떨리는 목소리로 말을 맺었다. 「공작님께서는 제가 뻔뻔스런 짓을 했다고 화를 내셔선

안 됩니다. 또 그러실 리가 없다고 생각합니다. 다만 너무 좋아서 견딜 수가 없기 때문에 아직은 그런 걸 밝힐 시기가 되지는 않았지만 이 축복할 만한 비밀을 공개하지 않을 수가 없었던 겁니다. 그리고…… 세상에 어떠한 어머니라도 이런 경우에 제가 한 짓을 나쁘다고 탓하지는 않을 겁니다.」

마리야 알렉산드로브나의 예기치 않았던 행동이 방 안에 있던 사람들에게 전해준 효과를 전달하는 데 있어서 나는 어떤 말을 써야 적절할지 알 수 없다. 모두들 너무나 놀라 뻣뻣하게 굳어져 버린 것 같았다. 비밀을 벌써 알고 있기 때문에, 마리야 알렉산드로브나보다 선수를 쳐서 그 비밀을 폭로함으로써 그녀를 위협하고 타격을 주되, 지금은 그저 암시만을 주어 골탕을 먹이려고 계획했던 속이 검은 부인들은 이렇듯 대담하기 그지없는 고백을 듣자 어안이 벙벙해지고 말았다. 이렇게 겁 없이 마음을 털어놓는다는 것은 그만큼 자신이 있기 때문이다. 〈그렇다면 공작은 정말 스스로 자유스러운 의사에 따라 지나와 결혼하려고 했을까? 그렇다면 그는 호락호락 말려들어간 것이거나 술에 취해서 그랬거나 속아 넘어가서 그런 결정을 내린 게 아니었단 말인가? 그렇다면 별로 남에게 숨겨야 할 일을 했거나 도둑과 같은 수법으로 딸을 시집보내려 한 것이 아니었단 말인가? 그렇다면 마리야 알렉산드로브나는 지금 아무도 두려워하고 있지 않단 말인가? 그렇다면 공작이 강제적으로 결혼을 승낙한 것이 아닌 한, 이제 이 혼담을 그치게 할 방법은 없단 말인가?〉 이때 수군거리는 소리가 들려오더니 그것이 순식간에 환희의 함성으로 변해 갔다. 제일 먼저 마리야 알렉산드로브나에게 달려들어 그녀를 껴안은 사람은 나딸리야 드미뜨리예브나였다. 이어 안나 니꼴라예브나, 그 다음에는 펠리사따 미하일로브나가 다가왔다. 너도나도 의자에서 벌떡 일어나 서로 얽히고설켜 야단법석을 떨고 있었다. 분노 때문에 얼굴이 새파랗게 질려 있는 부인들도 여럿 있었다. 이윽고 거북살스러운 표정으로 서 있는 지나에게 축복의 말들을 하기 시작했다. 아빠나시 마뜨베이치까지 붙들고 놓아주지 않았다. 마리야 알렉산드로브나는 그림의 한 장면처럼 손을 뻗어 거의 강제적으로 자신의 딸을 껴안았다. 다만 공작만이 이전처럼 싱글벙글 웃고 있었으나 어쩐지 놀란 것 같은 묘한 표정을 지으며 이 광경을 바라보고 있었다. 하지만 이러한 장면은 어느 정도 그의 마음에 들기도 했다. 모녀 간의 포옹이 시작되자 그는 손수건을 꺼내어 글썽해진 눈물방울을 슬그머니 닦았다.

「축하합니다, 공작님! 축하합니다!」 여기저기서 축복의 외침 소리가 그에게로 날아들었다.

「그렇다면 정말로 결혼하시는 거로군요?」

「어머나, 공작님, 결혼을 하시는 거로군요?」

「음, 그래, 음, 그렇고말고.」 공작은 축복과 환희에 대해서 크게 만족한 모양으로 이렇게 대답했다. 「그런데 정말이지, 당신네들이 나를 정말로 축 ─ 복해 주시는 것이 무엇보다도 기꺼운 일이오. 나는 결코 그 은혜를 잊지 않겠소. 절 ─ 대 ─ 로 잊어버리지 않겠어요. 멋집니다, 정말 멋져요 charmant, charmant! 당신들은 내 눈에서 눈물을 흐르게 했소……」

「제게 키스해 주세요, 공작님!」 펠리사따 미하일로브나는 어느 누구보다도 크게 말했다.

「그래서 여러분들에게 고백하지만,」 왁자지껄하는 소리 때문에 말을 제대로 잇지도 못하면서 공작은 말했다. 「나는 나의 존경하는 귀부인 마님 마리야 이바 ― 노 ― 브나께서 내가 꾼 꿈을 정말이지 비 ― 상 ― 한 통찰력을 가지고 알아맞힌 데 대해서 얼마나 놀랐는지 모릅니다. 마치 나 대신에 그녀가 그 꿈을 직접 보기라도 한 듯이 알아맞혔단 말이오. 정말이지 비 ― 상한 통찰력이 아닐 수 없소! 비 ― 상 ― 한 통찰력이란 말이오!」

「어머, 공작님께선 또 꿈이라고 말씀하시는군요?」

「그만하고 고백하세요, 공작님. 고백하셔야 해요!」 모두들 그를 둘러싸고 떠들어 댔다.

「그래요, 공작님, 숨기실 필요가 없어요. 이제 이 비밀을 탁 터놓으실 때예요.」 마리야 알렉산드로브나는 단호하고 꿋꿋한 태도로 말했다. 「저는 공작님께서 이 혼담을 공표하고 싶은 생각으로 제게 귀띔해 주신 완곡한 비유나 매혹적이리만큼 자상한 마음씨를 충분히 이해하겠어요. 그래요, 여러분, 이건 사실이랍니다. 공작님께서는 오늘 저의 딸에게 무릎을 꿇고, 꿈이 아니라 실제로 엄숙하게 청혼을 하셨습니다.」

「마치 사실인 것 같군요. 더구나 주위까지가 그대로이니까요.」 공작은 확인하듯이 말했다. 「마드모아젤.」 그는 놀라서 정신을 차리지 못하고 있는 지나를 보면서 평상시와는 다른 은근한 태도로 말을 이었다. 「마드모아젤! 정말이지 나는 다른 사람들이 먼저 그런 말을 끄집어내지 않았던들, 내가 당신의 이름까지 들먹이면서 그런 실례의 말은 하지 않았을 거예요. 그건 정말이지 굉장한 아주 굉 ― 장 ― 한 꿈이었소. 지금 와서 이런 이 ― 야 ― 기를 할 수 있으니 나는 이중으로 행복감을 느끼는구려……. 좋습니다, 좋아요Charmant, charmant……!」

「그런데 대관절 이게 어떻게 된 노릇이지요? 그분은 여전히 꿈이라고만 말씀하시는데요.」 안나 니꼴라예브나는 넋을 잃고 얼굴이 새파랗게 질려 있는 마리야 알렉산드로브나에게 이렇게 속삭였다. 이미 마리야 알렉산드로브나는 그러한 지적을 받기 전부터 벌써 가슴이 쓰라리고 떨려 왔던 것이다.

「어떻게 된 영문이지요?」 부인들은 서로 얼굴을 마주 쳐다보면서 소곤거렸다.

「무슨 말씀이십니까, 공작님.」 병적으로 일그러진 미소를 띠고 마리야 알렉산드로브나는 말을 끄집어냈다. 「저를 아주 놀라게 하시는군요. 꿈이라니, 무슨 그런 이상한 아이디어를 생각해 내셨을까요? 정말이지 저는 지금까지 당신이 농담하고 계신 줄로만 알고 있었습니다만……. 만약 그것이 농담이라고 하더라도 이건 적당하지 못한 농담이에요……. 저는 이걸 공작님의 주의가 산만하기 때문에 비롯된 것이라 생각하고 또 그러길 바라고 있어요. 그러나…….」

「정말이지, 이건 그저 주의가 산만하신 이유였는지도 몰라요.」 나딸리야 드미뜨리예브나가 말했다.

「음, 그래……. 이건 주 ─ 의가 산만한 이유였는지도 모르지.」 자기가 무엇을 해야 할지 전혀 짐작을 하지도 못하고 공작은 여전히 같은 말을 되풀이했다. 「그런데 글쎄 나한테 이런 에 ─ 피 ─ 소 ─ 드가 있었는데 그 얘기를 하나 하겠소. 내가 뻬쩨르부르그에 있을 때 장례식에 들른 일이 있어요. 그 집은 부르주아의 가정이지만 유서 깊은 집안 maison bourgeoise, mais honnête이었소. 그런데 난 그 장례식을 그만 명명일과 혼동하고 있었소. 명명일은 그 전 주 ─ 일 ─ 에 벌써 지나 버렸던 거요. 그래서 나는 명명일용의 동백꽃

화환을 가지고 찾아갔단 말이오. 집 안에 들어서서 내가 무엇을 보았겠소? 품위가 있는 아주 멋있게 생긴 신사가 테이블에 누워 있는 것이 아니겠소? 나는 아주 깜 — 짝 놀라 버렸지. 그래서 그 화 — 환을 어디다 처치해야 할지 몰라 아주 쩔쩔맸던 기억이 있답니다.」

「그런데, 공작님, 지금은 그런 에피소드나 말씀하시고 계실 때가 아닙니다!」 마리야 알렉산드로브나는 화가 나서 말을 가로막았다. 「물론 저희 딸은 신랑감의 뒤를 쫓아다녀야 할 정도는 아니에요. 그러나 공작님께선 조금 전에 이곳에서, 바로 이 피아노 곁에서 딸에게 청혼하셨습니다. 그 일에 관해서 제가 공작님에게 억지로 권한 일도 없습니다……. 오히려 저는 그 말씀을 듣고 놀랐다고 하는 게 옳아요……. 하긴 그때 제 머릿속에도 어떠한 상념이 떠오르긴 했지만 모든 것을 공작님께서 알아서 하실 때까지 기다려 왔던 거예요. 그럴 수밖에 없는 것이 저는 아이 어머니이고 그 애는 제 딸이니까 말이에요……. 공작님께서는, 지금 무슨 말씀인지 모르지만, 꿈에 관해서 이야기하고 계신데, 저는 그런 비유를 통해서 이 결혼을 발표하시려는 거라 생각하고 있었어요. 저는 당신을 정신 차리지 못하게 만드는 어떤 사람이 있기 때문이란 걸 잘 알고 있습니다……. 저는 그게 어떤 사람인지 의심 가는 사람이 있어요……. 그러나…… 분명히 말씀해 주세요, 공작님. 저희들이 납득할 수 있도록 빨리 말씀해 주세요. 훌륭한 집안을 상대로 그런 농담을 하실 수는 없는 법입니다.」

「음, 그렇지. 훌륭한 집안에 대해서 그런 농담을 할 수는 없는 일이지.」 공작은 무의식중에 이렇게 맞장구를 쳤으나 이제 어느 정도 불안을 느끼는 모양이었다.

「그러나 그런 말씀은 제 물음에 대한 대답이 되지 않습니다, 공작님. 저는 확실한 답변을 듣고 싶습니다. 공작님께서 아까 저희 딸에게 청혼을 하셨단 사실을 확인해 주세요. 여러분들이 계신 앞에서 확인해 달란 말이에요.」

「음, 그래, 확인할 생각이오. 그러나 이 일에 관해서는 이미 이야기를 죄다 해버렸고, 펠리사따 야꼬블레브나가 내 꿈을 완전히 알아맞혔거든요.」

「꿈이 아니에요! 꿈이 아닙니다!」 마리아 알렉산드로브나가 격분해서 크게 소리쳤다. 「꿈이 아니라 사실이었어요, 공작님, 사실이었어요. 알아들으시겠어요, 사실이었답니다!」

「사실이었다고!」 공작은 깜짝 놀라서 안락의자에서 몸을 일으키며 소리쳤다. 「음, 여보게! 아까 자네가 이야기한 사실대로 되어 버렸군!」 그는 모즈글랴꼬프 쪽을 돌아다보면서 덧붙였다. 「그러나 친애하는 마리야 스쩨빠노브나, 당신은 틀림없이 오해를 하고 계십니다! 그것은 단지 꿈에서 본 것이라고 본인은 굳게 믿어 의심치 않습니다!」

「하느님, 맙소사!」 마리야 알렉산드로브나는 소리를 질렀다.

「상심하지 마세요, 마리야 알렉산드로브나.」 나딸리야 드미뜨리예브나가 끼어들었다. 「공작님께서는 아마 건망증을 일으키신 모양이에요. 곧 기억을 되찾으실 거예요.」

마리야 알렉산드로브나는 화를 버럭 내면서 대들었다.

「한심한 말씀을 하시는군요, 나딸리야 드미뜨리예브나. 이런 일을 잊어버리다니 어디 말이나 돼요? 이런 일을 어떻게 잊어버린단 말씀이세요? 공작님 어떻게 된 노릇입니까! 공작님께서는 저희들을 놀리고 계신 겁니까, 그렇지 않으세요? 혹은 공작님께서는 뒤마가 쓴 섭정 시대의 셰마통[42]의 흉내라도 내고 계신 겁니까? 페틀라꾸르[43]나 로쟁을 흉내 내시려는 거로군요? 그러나 이건 공작님의 연세와 어울리지 않을 뿐 아니라 솔직히 말씀드리지만 그럴듯한 점도 없어요! 저희 딸이 프랑스의 자작 부인은 아니니까요. 아까 이곳에서 그 애가 로망스를 불러 드릴 때만 하더라도 공작님께서는 완전히 그 노래에 넋을 빼앗기시곤 무릎을 꿇고 청혼을 하셨습니다. 제가 잠꼬대라도 하고 있는 줄로 아세요? 제가 잠을 자고 있는 줄 아세요? 말씀해 주세요, 공작님, 제가 잠을 자고 있는 줄 아세요, 어떠세요?」

「음, 그래…… 그런지도 모르고 혹은……」 공작은 넋을 잃고 대답했다. 「내가 지금 할 수 있는 이야기는 내가 잠을 자고 있지 않은 듯하다는 거지. 실은 아까는 잠을 잤기 때문에 꿈을 꾸었지. 그 꿈속에서…….」

「체, 이 양반, 어떻게 된 건가? 꿈을 꾸었다고 하다가 안 꾸었다고 하고 그러다가 또 안 꾸었다 꾸었다 갈팡질팡하고 있으니! 도깨비에 홀린 것 같은 소리야! 공작님께서는 환상을 보고 계신 겁니까?」

「음, 그래, 도깨비에 홀렸지……. 그런데 나는 지금 머리가 엉망진창으로 되어 있는 모양이야…….」 공작은 불안한 듯이 눈을 뒤룩뒤룩 굴리면서 주위를 휘 둘러보며 말했다.

「그런데 공작님께서는 어떻게 해서 그걸 꿈속에서 보시게

42 게으름뱅이, 텅 빈 인간, 멋만 부리는 협잡꾼을 뜻한다.
43 〈여자의 비위를 맞추다〉, 〈수작을 걸다〉라는 프랑스 어 faire à cour à une femme에서 만들어진 고유 명사.

되었나요?」 마리야 알렉산드로브나는 어처구니없다는 듯이 말했다. 「공작님께서 그 아무한테도 말씀하시기 전에 제가 먼저 그 꿈 이야기를 그렇듯 소상하게 말씀드리지 않았습니까?」

「하지만 공작님께서는 그 꿈 이야기를 누구한테 했는지도 몰라요.」 나딸리야 드미뜨리예브나가 참견했다.

「음, 그렇지, 나는 그 꿈 이야기를 누구한테 했는지도 몰라.」 넋을 완전히 잃고 있는 공작이 그 말에 이렇게 맞장구를 쳤다.

「이건 코미디로군요!」 펠리사따 미하일로브나가 곁에 있는 부인에게 소곤거렸다.

「어이구, 이럴 수가 있을까! 이렇게 되면 누구든지 참을 수가 없어요!」 마리야 알렉산드로브나는 극도로 흥분하여 손을 쥐고 흔들면서 말했다. 「이 애가 로망스를 불러 드리지 않았습니까, 로망스를요! 그걸 꿈속에서 보셨단 말씀이신가요?」

「음, 그렇지, 정말이지, 로망스를 들었던 모양인데……」 공작은 생각에 잠겨 투덜거렸으며 그때 갑자기 어떤 기억이 그의 머릿속에 생생히 살아났다.

「여보게!」 그는 모즈글랴꼬프를 향해서 소리쳤다. 「아까 자네한테 깜박 잊고 이야기하지 못했지만 분명히 무슨 로망스도 나왔지. 그 노래엔 성채, 성채란 말이 자꾸 나오고 또 무슨 음 — 유 시 — 인이란 말도 나왔어! 음 그래, 나는 그 노래를 분명히 기억하고 있어……. 눈물이 나올 지경으로 감동했네……. 그런데 지금 와서 보니 이것 참 난처하군. 그게 꿈에서 본 것이 아니라 생시에 있었던 듯한 생각이 자꾸 든단 말이야…….」

「솔직하게 말씀드리겠습니다, 아저씨.」 모즈글랴꼬프는 불안한 생각에 목소리를 떨면서도 될 수 있는 한 침착한 태도로 말했다.「솔직하게 말씀드리지만, 그것은 아주 쉽사리 설명할 수 있는 현상이라고 생각됩니다. 제 생각 같아서는 아저씨가 정말 노래를 들었을 것 같습니다. 지나이다 아파나시예브나는 노래를 썩 잘 부른답니다. 그래서 식사를 마치신 뒤에 아저씨께서는 이 방에 안내를 받아 지나이다 아파나시예브나의 로망스를 들으셨겠지요. 저는 그때 이 댁에 있지 않아서 모르지만 아저씨께서는 노래를 듣고 감동하셔서 옛날의 추억을 되살리게 되었던 모양이에요. 그래서 어쩌면 그 자작 부인, 바로 오늘 아침에 아저씨께서 저희들에게 말씀해주신 그 자작 부인의 일을 생각하게 되셨는지 몰라요. 그러고 나서 한숨 잠이 드셨을 때 그 유쾌했던 인상 때문에 아저씨께선 사랑을 하시고 청혼을 하시는 그런 꿈을 꾸게 되셨을 거예요…….」

마리야 알렉산드로브나는 이 당돌한 설명을 듣고는 기가 막혀 한동안 말문이 열리지 않았다.

「아, 여보게, 정말 그랬어.」공작은 얼씨구나 하고 소리쳤다.「바로 그 유쾌한 인상을 받은 결과 때문이었어! 나는 정 ― 말이지 내게 로망스를 불러 주던 기억이 되살아났기 때문에 꿈속에서 결혼이 하고 싶었던 거야, 꿈에는 자작 부인도 보였지……. 아 여보게, 자넨 정말이지 훌륭하게 설명해 주었네! 그렇고말고! 지금에 와서는 나도 확실히 이야기할 수 있지만, 그건 모두 꿈속에서 본 것들이야! 마리야 바실리예브나! 당신이 착각을 일으키고 계신 것이 분명합니다! 그건 꿈에서 본 사건들이에요. 만약 그렇지 않았다면 나는 당신의 고결한 감정을 희롱하는 따위의 짓을…….」

「아! 이제야 나는 이 치사스러운 장난을 누가 꾸몄는지 알 수가 있겠어요!」 마리야 알렉산드로브나는 모즈글랴꼬프를 돌아다보면서 치밀어 오르는 화를 주체하지 못하고 소리를 질렀다. 「그건 당신이오, 양심이라곤 털끝만큼도 없는 당신이 꾸민 짓이오! 당신은 자신이 채인 분풀이로 이 불행한 백치를 속여서 일을 꾸민 거예요! 에이, 더러운 놈, 남에게 이런 모욕을 주고도 아무렇지도 않을 줄 알고 있으면 잘못이오! 복수하겠어요, 복수하겠어, 복수하지 않고는 가만 있지 않을 거요!」

「마리야 알렉산드로브나,」 모즈글랴꼬프도 그녀 못잖게 새우처럼 얼굴을 빨갛게 하고 소리질렀다. 「당신 말씀이 너무 지나치십니다…… 어떻게 상대하지도 못할 만큼 지나치세요……. 사교계의 부인으로서 그렇게 말씀을 아무렇게나 하는 사람은 본 일이 없습니다……. 적어도 나로서는 친척을 보호하지 않을 수 없습니다. 사람을 그런 식으로 홀려 버리다니, 스스로도 이해가 되실 겁니다…….」

「음, 그래, 그런 식으로 사람을 홀려 버리니…….」 공작은 모즈글랴꼬프의 등뒤에 숨으려고 애쓰면서 이렇게 말을 받았다.

「아파나시 마뜨베이치!」 묘하고 부자연스러운 앙칼진 목소리로 마리야 알렉산드로브나가 말했다. 「모두들 우리한테 욕을 하고 창피를 주고 있는 꼴이 당신에게는 보이지 않아요? 그렇지 않으면 당신은 스스로의 의무를 송두리째 집어던졌나요? 또는 당신이란 사람은 한 집안의 어른이 아니라 추악스런 시골의 나무 기둥인가요? 무엇 때문에 눈만 껌벅거리고 있는 거예요? 세상의 다른 남편들 같으면 벌써 오래전에 이 창피를 피로써 씻었을 거예요……」

「아내여!」 아파나시 마뜨베이치는 자신도 중요한 인물이 된 것이 자랑스러운 듯 의젓한 태도로 말을 시작했다. 「아내여! 당신은 그걸 정말로 꿈에서 보고, 잠에서 깨어났을 때는 머리가 혼란해져서 자기 나름의 생각으로……」

그러나 아파나시 마뜨베이치는 자기의 이 똑똑한 추측을 끝까지 이야기할 수가 없었다. 그때까지만 해도 손님들은 예의범절을 지키느라 웃음을 꾹 참으며 교활한 생각을 마음속에 숨겨 두고 있었다. 그러나 바로 이때 참고 참았던 웃음을 더 이상 참지 못하고 일시에 폭발시켜 방 안이 온통 웃음바다가 되었다. 마리야 알렉산드로브나는 예의고 뭐고 내동댕이치고 남편에게 달려들려는 기세였다. 아마 이 자리에서라도 눈알을 당장 빼놓으려고 했던 모양이다. 그러나 사람들이 그녀를 말렸다. 나딸리야 드미뜨리예브나는 이러한 소동을 이용해서 그녀의 가슴에 독 한 방울을 떨어뜨렸다.

「아, 마리야 알렉산드로브나, 그 일은 정말로 그렇게 되었던 건지도 모르겠군요. 당신은 상심하시겠지만요……」 그녀는 거침없이 말했다.

「어째서 그렇단 말이에요? 무슨 근거를 가지고 그런 말씀을 하시는 거죠?」 마리야 알렉산드로브나는 이번에도 제대로 이해하지 못하고 따졌다.

「아니, 마리야 알렉산드로브나, 그런 일은 가끔 있는 일 아니겠어요……」

「뭐가 얼마든지 있을 수 있는 일이에요, 글쎄? 당신네들은 나를 얼마나 괴롭혀야 속이 후련하시겠어요?」

「어쩌면 정말로 꿈을 꾸었는지도 모르겠군요.」

「꿈을요? 내가요? 꿈을 꾸었다고요? 당신네들은 그래, 그런 소리를 저한테 대놓고 하실 수가 있어요?」

「하지만 정말 그랬는지도 모르는 일이니까요.」 펠리사따 미하일로브나가 중간에 끼어들었다.

「음, 그래, 아마 그랬을 거야.」 공작도 장단을 맞추었다.

「저이, 저이까지 그런 말을 해! 어머 이를 어쩌면 좋아!」 마리야 알렉산드로브나는 손뼉을 치면서 소리를 질렀다.

「무엇 때문에 그렇게 낙담하시는 겁니까, 마리야 알렉산드로브나! 꿈이란 것은 하느님께서 내려 주신다는 사실을 기억하세요. 이제 하느님의 의지가 그렇다는 것이 드러난 이상 누가 거기에 거역을 하겠어요. 무슨 일에든 거룩하신 하느님의 의지가 들어 있거든요. 그러니 뭐 화를 내실 필요가 없으실 겁니다.」

「음, 그래, 화를 낼 필요가 없지.」 공작이 맞장구를 쳤다.

「당신네들은 저를 미치광이 취급을 하시는군요. 그렇지요?」 마리야 알렉산드로브나는 증오심에 숨도 제대로 쉬지 못하면서 간신히 여기까지 말할 수 있었다. 이제 사람의 의지로는 제어할 수 없는 상태가 되어 있었다. 그녀는 허둥지둥 의자를 찾아내더니 의식을 잃고 그 자리에 쓰러지고 말았다. 와글와글 소동이 일어났다.

「그저 짐짓 기절한 체하는 거예요.」 다나딸리야 드미뜨리예브나는 안나 니꼴라예브나에게 소곤거렸다.

그러는 순간, 모든 사람들이 당황했고 전체의 장면이 극도로 긴장되어 있는 이 순간에, 그때까지는 침묵을 지키고 있던 한 인물이 무대에 등장했다. 그러자 무대의 성격이 금세 변화되었다.

제14장

 지나이다 아파나시예브나는 더할 수 없이 낭만적인 성격을 가진 처녀였다. 그 까닭은 마리야 알렉산드로브나가 확신한 대로 〈그 따위 학교 선생〉과 함께 셰익스피어 따위의 〈바보 같은 것〉을 너무 많이 읽었기 때문에 생긴 성격인지 어떤지는 우리로서도 알 수 없다. 그러나 그녀가 모르다소프에 살게 된 이후 지금까지, 이야기하고자 하는 사건과 같이 엉뚱하게 로맨틱하고, 아니 오히려 영웅적이라고 할 만한 일을 했던 적은 아직 한번도 없었다.

 창백한 얼굴에, 눈에는 결심의 빛을 역력히 드러내고, 흥분 때문에 몸을 바르르 떨 지경에 있으면서도, 그녀는 분을 참는 그 표정에 말할 수 없는 아름다움을 보이면서 앞으로 나아갔다. 그녀는 항변하는 듯한 눈길로 오랫동안 주위를 둘러보고 나서 이때 갑자기 찾아든 쥐 죽은 듯한 고요를 깨뜨리며 어머니에게 말을 걸었다. 어머니는 그녀의 움직임과 동시에 정신을 차리고 눈을 번쩍 떴던 것이었다.

 「어머니!」 지나가 말했다. 「이젠 속이고 속고 할 게 없지 않습니까? 이 이상 더 거짓말을 해서 스스로를 욕되게 할 필요가 어디 있어요? 이제 일은 극도로 더러운 시궁창에 빠져 있는데, 그 더러움을 숨기기 위해 그렇게도 비굴하게 애를 써본들 무슨 값어치가 있겠어요!」

 「지나야! 지나! 너 어떻게 된 거냐? 정신을 차려라!」 마리야 알렉산드로브나는 깜짝 놀라 안락의자에서 몸을 벌떡 일으키면서 소리를 질렀다.

 「제가 이야기하지 않았습니까, 어머니. 벌써 전에 제가 이야기하지 않았어요? 이러한 수치를 끝까지 감당해 낼 기력이 제겐 없다고 말이에요. 정말로 이 이상 얼마나 더 굴욕을 참아야 하고 더 이상 얼마나 창피스런 꼴을 당해야 한단 말이에요? 하지만 어머니, 이 일은 제가 혼자서 떠맡기로 하겠어요. 누구보다도 저한테 잘못이 있으니까요. 이 더러운…… 음모를 실행하도록 한 사람은 저예요. 제가 승낙했기 때문에 이런 일을 시작하게 되었던 거예요! 당신은 제 어머니예요. 저를 사랑하고 계셨던 거예요. 어머니는 저를 행복하게 만들어 주시기 위해서 혼자 나름대로 생각하고 일을 꾸미신 거예요. 그러니까 어머니는 용서를 받을 수 있으시겠지만 저는 구제받을 길이 없어요!」

「지나야, 너는 정말 송두리째 이야기를 해버리려는 거냐……? 이를 어쩌면 좋지! 언젠가 이 비수가 내 가슴을 찌르리라고 이전부터 예측을 하고 있기는 했다!」

「그래요, 어머니. 송두리째 이야기해 버리겠어요! 저는 모욕당할 만큼 당했어요. 그리고 어머니도 그렇고…… 우리는 모두 모욕을 당할 대로 다 당했어요……!」

「너는 일을 너무 과장하고 있는 거야, 지나야! 너는, 너무 흥분해서 너 자신이 하고 있는 말을 제대로 알고 있지도 않아! 뭣 때문에 그런 이야기를 하는 거냐? 아무런 의미도 없는 이야기란 말이야……. 부끄러운 일을 한 사람이 있다면 그건 우리가 아니야……. 부끄러운 짓을 한 사람이 우리가 아니란 걸 이제 내가 증명해 보일 테다…….」

「아니에요, 어머니.」 지나는 목소리에 증오의 감정을 가득 담고 소리쳤다. 「저는 이제 더 이상 이분들 앞에서 입을 다물고 있을 수는 없어요. 저는, 저희를 놀리려고 몰려온 이분들의 의견 따위는 경멸합니다! 저는 이런 사람들에게서 모욕을 당하고 그냥 있을 수 없어요. 이 사람들 가운데 그 누구도 제게 돌을 던질 권리를 가진 사람은 아무도 없단 말입니다. 이들은 모두가 저나 어머니보다 30배나 뒤떨어진 인간임을 스스로 인정하려는 사람들이에요! 이 사람들이 저희에게 판결을 내릴 용기가 감히 있다고 생각하세요……?」

「말 잘하는데! 그래 한다는 이야기가 고작 그거야! 해괴망측한 노릇이로군! 우릴 모욕하는 말 아니야.」 여기저기서 이렇게 쑥덕거리는 소리가 들렸다.

「정말, 저 애는 자기 자신이 무슨 소릴 하는지도 모르고 있는 거야.」 나딸리야 드미뜨리예브나가 말했다.

괄호로 묶어서 써야 할 성질의 것이지만 우리는 나딸리야 드미뜨리예브나가 올바르게 말했다고 할 수 있다. 이들 부인에게 자신을 판결할 자격이 없다고 인정했으면 그만이지, 무엇 때문에 그들 앞에 나서서 선언하거나 고백을 할 필요가 있었겠는가? 이는 지나이다 아파나시예브나가 너무 성급했기 때문이었다. 이러한 평은 그 후 모르다소프 시에서는 가장 머리가 좋다는 사람들에 의해서 내려진 의견이었다. 이렇게 하지 않아도 일을 옳게 뒤집을 방법은 있었던 것이다. 정말로 일을 온건하게 처리할 수 있는 방법도 있었다! 실상 마리야 알렉산드로브나만 하더라도 너무 성급하고 오만했기 때문에 이날 밤 스스로 자신을 욕되게 한 것이다. 그녀는 백치와 같은 늙은이가 하는 일을 그저 웃음거리로 여기고 집에서 쫓아 버렸으면 아무 탈 없었을 것이었다! 그러나 지나는 일부러 그러기나 하듯이, 상식에 어긋나고 모르다소프 시의 분별과 동떨어지게도 공작에게 말을 걸었다.

「공작님,」 그녀는 공작에게 이렇게 말했다. 공작은 이 말을 듣고 경의를 표시하기라도 하는 듯 안락의자에서 몸을 조금 일으키기까지 했다. 그녀는 그 순간 늙은이를 그토록 놀라게 만들었던 것이다.「공작님, 저를 용서해 주세요, 저희를 용서해 주세요! 우리는 당신을 속여 올가미에 걸려고 했어요……」

「얘, 너 무슨 소리냐, 이 철딱서니 없는 애야!」 마리야 알렉산드로브나는 미친 듯이 화가 나서 소리쳤다.

「아가씨! 아가씨! 아름다운 아가씨ma charmante enfant……」 보들보들하게 녹아 버린 공작이 중얼거렸다.

그러나 교만하고 격해지기 쉽고 극단적으로 공상적인 지나의 성격은 이 순간 그녀를 한없이 내몰고 가 현실 생활이 필요로 하는 체면이란 물건까지 깨끗이 내동댕이치고 말았다. 그녀는 자기의 고백 때문에 온몸에 경련을 일으키고 있는 어머니의 존재까지 잊어버리고 있었다.

「정말이에요, 우리 둘은 당신을 속였던 거예요, 공작님. 어머니는 당신을 억지로 저와 결혼시키려고 했고 저는 또 그 계획에 동의했어요. 어머니는 당신에게 포도주를 마시게 했고, 저는 공작님 앞에서 노래를 부르기도 하고 교태를 부리기까지 하겠다고 승낙했지요. 아무도 의지할 데가 없고 쇠약해 있는 공작님을, 빠벨 알렉산드로비치의 말씀을 빌자면 그렇게 홀렸던 거예요. 공작님의 재산과 공작이란 칭호가 탐이 나서 홀렸던 것입니다. 이런 일들은 정말 비열한 짓이므로 이런 일을 거들었던 사실을 뉘우치고 있어요. 그러나 맹세코 말씀드리겠지만, 제가 그렇게 비열한 짓을 하기로 결심했던 동기 자체는 비열하지 않았어요, 공작님. 저는 그 목적이……내가 이 무슨 짓일까! 이런 일을 스스로 변명한다는 것은 두

배로 비열한 짓을 하는 결과가 되겠지요! 그러나 공작님 분명히 말씀드리지만, 만일 그렇게 해서 제가 공작님에게서 어떤 이득을 보게 된다면 그 대신 저는 공작님의 장난감이 되어 드리려고 했어요. 공작님의 하녀가 되고, 춤을 추어 드리고, 노예라도 될 생각이었어요……. 저는 그걸 마음속에 굳게 다짐했기 때문에 틀림없이 그걸 지켰을 거예요!」

이때 심한 경련이 목에서 일어나 그녀의 말은 여기서 끊겼다. 손님들은 모두가 눈을 휘둥그렇게 뜨고 얼어붙은 듯이 그녀의 말에 귀를 기울이고 있었다. 그들로서는 너무나 뜻밖이고 도저히 이해할 수 없는 이야기를 지나가 마구 해대는데 어안이 벙벙해졌던 것이었다. 다만 공작 한 사람만은 지나가 무슨 소리를 하는지 반도 알아듣지 못하면서 눈물을 흘리면서까지 감격해 했다.

「그러나 아름다운 아가씨 ma belle enfant, 당신이 진정 원 — 한 — 다 — 면 나는 당신과 결혼하겠소.」 그는 소곤거렸다. 「그건 내게 있어서도 큰 영 — 광이니까 말이오! 그러나 아까 그것은 꿈이었던 게 틀림없어. 분명히 꿈이었소……. 하지만 뭐 나라고 꿈을 꾸지 말라는 법이 있나? 그런 걸 가지고 격 — 정 — 할 필요야 있겠어요? 나는 도무지 뭐가 뭔지 이해하지 못한 것 같은 느낌이 드는걸, 이보게 mon ami.」 그는 모즈글랴꼬프를 돌아보면서 말을 이었다. 「자네라도 좀 알아듣게 설명해 줄 수 없겠나, 부 — 탁 — 이 — 네…….」

「그런데, 빠벨 알렉산드로비치,」 지나도 역시 모즈글랴꼬프를 돌아보면서 말을 가로챘다. 「나는 한때 당신이란 사람을 미래의 남편으로 삼으려고 마음을 먹은 일이 있었어요.

그런데 당신은 이번에 속시원하게 가혹한 복수를 해버렸군요. 내 마음을 갈기갈기 찢어 버리고 나를 모욕하기 위해서 정말로 이런 사람들과 한패거리가 될 수 있는 겁니까? 그러면서도 나를 사랑한다는 그런 말을 뻔뻔스럽게 할 수 있었군요! 그러나 당신한테 설교를 하려는 생각은 없어요! 내가 당신보다 죄가 더 크기 때문이에요. 나는 당신을 모욕했어요. 허망한 약속으로 당신이란 사람을 붙들어 두었기 때문이에요. 아까 내가 증명하겠다고 말했던 것도 거짓말이었고 교활한 계략이었어요! 당신이란 사람을 지금까지 한번도 사랑했던 일이 없었거든요! 만약에 내가 당신과 결혼하려는 생각을 한번이라도 품은 일이 있다고 하면, 그것은 다만 이 저주스러운 도시에서 빠져나가 어딘가에 발을 붙여서 이 더러운 공기로부터 피하고 싶다는 단 하나의 욕망 때문이었답니다. 그러나 맹세하건대 일단 당신의 아내가 되었더라면 당신을 위해서 선하고 믿을 수 있는 아내가 되었을 거예요……. 당신은 나한테 가혹한 복수를 했어요. 만약 그렇게 해서 당신의 자존심을 만족시킬 수 있다면 다행이겠지요…….」

「지나이다 아파나시예브나!」 모즈글랴꼬프가 외쳤다.

「만약에 당신이 지금까지 나에 대해서 그토록 밉다는 증오의 감정을 키우고 계셨다면요…….」

「지나이다 아파나시예브나!」

「만약에 언젠가,」 지나는 눈물을 머금고 말을 이었다. 「언젠가 당신이 나를 사랑했던 일이 정녕 있었다고 하면…….」

「지나이다 아파나시예브나!」

「지나야, 지나야! 내 딸 지나야!」 마리야 알렉산드로브나는 목을 놓아 울었다.

「나는 비열한 놈입니다, 지나이다 아파나시예브나. 나는 비열한 놈 이외에 아무것도 아닙니다!」 모즈글랴꼬프는 강조하듯이 말했다. 모두들 엄청나게 동요하기 시작했다. 놀라움과 분노의 외침이 일어났다. 그러나 모즈글랴꼬프는 땅에 못 박힌 사람처럼 멍청히 앉아서 아무 말도 하지 않았다…….

우유부단하고 속이 빈 성격을 가진 사람이 몹시 분통터지는 일이 생겨 일단 이에 반발하기로 마음을 먹은 경우, 한마디로 말해서 이들의 단호하고 일관적인 행동에는 항상 일정한 특징이 있다. 말하자면 단호하고 일관된 행동이 너무 쉽게 한계를 갖는다는 점이다. 그들의 반발은 보통 처음에는 그야말로 위세가 등등한 법이고, 너무나 맹렬하기 때문에 극도의 분노에 이르기까지 한다. 그들은 눈을 질끈 감고 미친 듯이 장애물에 달려들어 힘에 부치는 큰 짐을 스스로 간신히 짊어진다. 그러나 이렇게 날뛰던 사람도 어느 정도에까지 이르면 돌연 자기 자신의 위세에 눌리기라도 했다는 듯이 멈칫하여 아연실색해서는 〈내가 이거 무슨 짓을 한 거지?〉하고 몹시 괴로운 질문을 스스로 묻게 된다. 그러고는 금방 누굿누굿해져서 훌쩍훌쩍 울게 되고 변명을 하려 하고 무릎을 꿇고 잘못을 빌며, 모든 일을 원래대로 돌렸으면 좋겠다, 그것도 한시라도 바삐 원래대로 돌리기를 바라게 되고 만다! 거의 이와 비슷한 경우가 지금 모즈글랴꼬프에게 일어난 것이다. 분통이 터져서 스스로를 잊은 채 한바탕 소동을 일으키며 억울한 생각과 자존심을 한껏 달래고 난 후에는 완전히 기분이 달라져, 이러한 소동의 원인이 자기 때문이라고 스스로를 미워하게 되고 뜻하지 않은 지나의 행동 앞에 양심의 가책을 받아 그만 찔끔해 버렸던 것이다. 마지막으로 그녀가 내뱉은 말이 그를 완전히 쓰러뜨렸던 것이다. 극단에서 극단으로의 이행은 한 순간에 일어날 수 있는 일이다.

「나는 당나귀입니다, 지나이다 아파나시예브나!」 그는 너무 부끄러워 안절부절못하며 이렇게 소리쳤다. 「아니오! 당나귀라니 당치않소! 당나귀보다도 훨씬 못한 놈이오! 당나귀와는 비교가 안 되게 나쁜 놈입니다! 그러나 나는 증명해 드리겠어요. 지나이다 아파나시예브나, 나는 이러한 당나귀가 얼마나 훌륭한 인간이 될 수 있는지를 증명해 드리겠습니다! 아저씨! 저는 아저씨를 속였습니다. 저, 저, 제가 아저씨를 속였습니다! 아저씨는 주무시지 않았습니다. 꿈속에서가 아니라 생시에 정말로 청혼을 했던 겁니다. 그런데 저는, 비열한 이놈은 청혼이 받아들여지지 않은 분풀이로 아저씨께서 꿈을 꾸신 것이라고 믿게끔 했던 것입니다.」

「엄청나게 재미있는 일이 벌어지려는 참이로군요.」 나딸리야 드미뜨리예브나는 안나 니꼴라예브나의 귀에다 대고 이렇게 소곤거렸다.

「여보게,」 공작이 대답했다. 「진 ― 정하게나. 너무 떠들어 깜 ― 짝 ― 깜 ― 짝 놀라겠네. 부 ― 탁 ― 이 ― 네. 난 자네가 착 ― 각 ― 을 일으킨 게 틀림없다고 생각해……. 나는 꼭 그 ― 렇게 해야 된다면 결혼을 해도 상관은 없어. 그러나 자네 자신이 그 이야기는 모두 꿈에서 일어난 것이라고 이야기하지 않았나…….」

「오, 어떻게 해야만 알아들으시겠어요! 어떻게 해야만 그를 납득시킬 수 있을지 좀 가르쳐 주십시오! 아저씨, 아저씨! 이건 아주 중대한 일입니다. 중대한 가정 문제예요! 잘 좀 기억을 더듬어 보세요! 좀 생각해 보세요!」

「여보게, 그럼 기 — 억 — 을 더듬어 보겠어. 기다려 보게나, 처음부터 차근차근 생각해 볼 테니까. 처음에 나는 마부인 페 — 오 — 필을 보았어……」

「어휴! 지금은 페오필까지 들먹거리고 있을 때가 아닙니다, 아저씨!」

「음 그래, 지금 그를 들먹거릴 때가 아닐지도 모르지. 그 다음에는 나 — 폴 — 레 — 옹이 나왔고, 다음에는 차를 마셨고, 어떤 부인이 와서 우리 설탕을 몽땅 먹어 버렸지……」

「그런데 아저씨,」 모즈글랴꼬프는 머리가 잘 돌아가지 않았으므로 자기도 모르게 그렇게 이야기해 버렸다. 「그건 마리야 알렉산드로브나가 아까 나딸리야 드미뜨리예브나에 관해 아저씨께 말씀드린 이야기예요! 저는 그때 여기 있으면서 그 이야기를 모두 들었어요! 저쪽에 숨어서 열쇠 구멍으로 모두 엿보고 있었지요……」

「뭐라고요, 마리야 알렉산드로브나.」 나딸리야 드미뜨리예브나가 말꼬리를 붙잡았다. 「그럼 당신은 벌써 공작님한테까지 제가 댁의 설탕통에서 설탕을 훔쳤다는 이야기를 했군요! 제가 댁에 설탕이나 훔치러 오는 줄 아세요!」

「좀 가만히 계세요!」 마리야 알렉산드로브나는 절망에 빠진 듯 소리쳤다.

「아니, 가만 있을 수 없어요, 마리야 알렉산드로브나. 당신은 그런 말씀을 감히 하실 수 있습니까? 내가 그래, 당신네 집 설탕을 훔쳤다고요? 나는 벌써 오래전부터 당신이 나에 대해 그렇게 해괴한 이야기를 퍼뜨리고 다닌다는 말을 들었어요. 소피야 뻬뜨로브나가 상세히 이야기를 들려주었단 말이에요! 그래, 내가 당신네 집 설탕이나 훔치러 다닌답니까?」

「그런데, 마담.」 공작이 소리쳤다. 「그건 단지 꿈 얘기인데 뭘 그러시오! 꿈에서야 무슨 일이든 일어날 수 있지 않소?」

「이 저주스런 술통 같으니.」 마리야 알렉산드로브나는 입속에서 웅얼거리면서 속삭였다.

「아니 게다가 술통이라고요!」 나딸리야 드미뜨리예브나는 앙칼진 목소리로 발악했다. 「내가 술통이라면 당신은 뭐란 말예요? 나는 당신이 날 술통이라 부른다는 말을 벌써부터 듣고 있었어요! 적어도 내게는 훌륭한 남편이 계시답니다. 당신의 남편이란 사람은 백치지만요……」

「음, 그래. 술통이란 말이 나왔던 걸 기억하겠어.」 공작은 아까 마리야 알렉산드로브나와 나눴던 대화를 문득 생각하고 무의식적으로 이렇게 중얼거렸다.

「아니, 당신까지 한패가 되어 귀부인에게 욕지거리를 하시는 겁니까? 공작님, 당신은 어떻게 귀부인에 대해 그런 말씀을 입에 담으시지요? 내가 술통이라면 당신은 절름발이란 말예요……」

「누구 말이죠, 나를 보고 절름발이라는 겁니까?」

「암 그렇고말고요, 절름발이지요. 그뿐만 아니라 당신은 치아도 없거든요. 당신의 정체란 바로 그런 거예요!」

「게다가 외눈박이예요!」 마리야 알렉산드로브나가 소리쳤다.

「당신은 늑골 대신에 코르셋을 하고 있지요!」 나딸리야 드미뜨리예브나가 덧붙였다.

「얼굴에는 용수철을 댔고!」

「자기 머리털이라곤 한 오라기도 없지!」

「수염인들 제 것인 줄 아세요, 바보 같은 늙은이.」 마리야 알렉산드로브나가 강조했다.

「그런데 코만은 들먹이지 말아 줬으면 좋겠소, 마리야 스쩨빠노브나. 그건 진짜니까 말이오!」 공작은 너무나 노골적으로 퍼붓는 비난에 넋을 빼앗기고 이렇게 소리쳤다. 「여보게! 이렇게 되면 자네가 약속을 어겼음에 틀림없네! 내 머리털이 가 — 발이라고 말한 사람은 자넬 거야…….」

「아저씨!」

「그만두게, 자네. 나는 더 이상 여기 있을 수가 없네! 나를 어딘가에 데려다 주게나…… 이런 사람들이 있나 quelle société! 자네는 뭣 때문에 날 이런 데 데려왔지, 에이구?」

「바보! 비열한 늙은이!」 마리야 알렉산드로브나가 소리쳤다.

「저럴 수가 있나!」 가련한 공작이 말했다. 「내가 뭣 때문에 여기 왔는지 지금은 좀 생각이 나지 않 — 지 — 만 이제 곧 생각날 — 거 — 야. 여보게, 날 어 — 딘 — 가로 데려다 주게, 그렇지 않으면 산산조각이 나고 말겠네! 그리고…… 나는 새로운 생각을 즉각 기록해 둬야겠어…….」

「갑시다, 아저씨, 아직 늦지 않습니다. 제가 호텔에 모셔다 드리고, 저도 같이 따라가겠습니다…….」

「음, 그래, 호 — 텔 — 에 가지. 아디외, 안녕, 귀여운 아가씨 Adieu, ma charmante enfant……. 당신만이…… 당신 혼자만이 덕 — 성을 가진 여성이오. 당신은 고 — 상 — 한 여성이오! 여보게, 그만 가보세. 세상에 맙소사!」

나는 공작이 나가고 난 뒤 이 불쾌한 장면이 어떻게 끝나게 되었는지에 대해서는 장황하게 여기다 옮겨 놓지 않겠다. 손님들은 왁자지껄 법석을 떨기도 하고 서로 욕지거리를 퍼부으면서 흩어져 갔다. 결국 마리야 알렉산드로브나만이 지금은 산산조각이 나버린, 이전에 지녔던 명예의 폐허 위에 홀로 동그마니 남게 되었다. 제길! 권력, 영광, 명성…… 이런 것들은 모두가 하룻밤 사이에 자취를 감추어 버리고 말았다. 마리야 알렉산드로브나는 이제 이전과 같은 위치로 되돌아간다는 것이 불가능함을 깨달았다. 오랜 세월 동안 이 거리의 사교계에서 떨쳤던 전제 군주와도 같은 위력은 이제 형체도 없이 부서져 버린 것이다. 그러면 그녀에게는 무엇이 남았는가? 철학자같이 행동하는 것이다. 그러나 그녀는 철학자같이 행동하지 않았다. 그녀는 미친 사람처럼 울부짖으면서 밤새도록 뜬눈으로 새웠다. 지나의 명예는 더럽혀지고 중상모략은 끊임없이 되풀이될 것이다! 얼마나 두려운 일인가!

충실한 역사가로서 나는, 이 소동을 치르는 가운데 가장 심한 봉변을 당한 사람이 아파나시 마뜨베이치임을 언급해 두지 않으면 안 되겠다. 어딘가 골방 같은 데로 도망쳐 날이 샐 때까지 추위에 몸을 떨어야 했다. 그러는 동안 마침내 날이 밝아 아침이 되었지만, 그렇다고 그에게 더 좋은 일이 생기지는 않았다. 불행은 언제나 한 가지만으로 그치는 법이 없는 모양이다.

제15장

운명이 한번 어떤 사람에게 불행을 안겨 주면 그 불행의 타격은 끝없이 계속되게 마련이다. 이것은 벌써 오래전부터 사람들에게 알려져 있는 진리이다. 마리야 알렉산드로브나에게도 어젯밤에 당한 창피와 괴로움만으로 충분할 수가 없었다. 결코 그럴 수 없었다! 운명은 그녀에게 그보다 더 크고 더 철저한 창피를 마련해 놓은 것이다.

아직 오전 열 시도 채 되기 전에 해괴망측하고 거의 믿을 수 없는 소문이 온 도시에 퍼졌는데, 모두들 독살스럽고 잔인하게도 이 소문을 좋아라 하고 받아들였다. 그것은 우리 주변의 친근한 사람에게 무슨 해괴한 일이 일어났을 때 누구나가 겪는 그러한 심리 상태와 마찬가지였다. 〈사람이 그 정도까지 창피를 모르고 양심이 마비될 수도 있을까요?〉 여기저기서 이렇게들 아우성치는 것이었다. 〈그 정도까지 비열해지고, 예의범절을 무시하고, 그렇게까지 모든 관계들을 끊어 버릴 수가 있을까요?〉 등등의 말이었다. 그러나 여기서 일어난 사건이란 대체로 이러한 것이었다. 그날 아침 일찍, 아직 여섯 시도 될까 말까 했을 때 누추한 옷차림의 할머니 한 사람이 절망에 빠져 울면서 마리야 알렉산드로브나의 집으로 달려왔다. 할머니는 그 집에 이르자, 빨리 아가씨를 깨워 주되 어떻게든 마리야 알렉산드로브나가 눈치 채지 못하게 조용히 깨워 달라고 하녀에게 애원했던 것이다. 지나는 새파랗게 질려 가지고 꼭 죽은 사람 같은 몰골로 바로 그 할머니에게로 달려갔다. 할머니는 지나의 발부리에 엎드려서 여기저기에 입을 맞추고는 그 위에 눈물을 마구 흘리면서 제발 자기와 함께 가서 병상에 누워 있는 바샤를 돌봐 달라고 손이 발이 되도록 비는 것이었다. 아들은 어젯밤 상태가 몹시 나빠져서 오늘 하루 이상을 살지 못할 것 같다는 것이었다. 늙은이는 흐느끼면서, 바샤가 지나를 자기 집으로 불러 임종 시간에 작별하고 싶다고 말했다면서, 세상의 모든 성자를 걸고 맹세하고 지난날에 가졌던 두 사람의 관계를 들먹이며 그 녀가 방문해 줄 것을 애원했고, 만약에 그녀가 오지 않는다면 그는 절망해서 당장 죽어 버리지 않을 수 없다고 설득하는 것이었다. 지나는 즉시 떠나기로 마음을 먹었다. 이러한 소원을 받아들인다는 것이 비록 이전에 빼돌려진 편지나 그녀의 품행이 어쩌고저쩌고 하는 악의에 찬 소문을 명백히 뒷받침해 준다는 사실을 그녀도 잘 알고 있었지만 말이다. 그녀는 어머니에게 아무 말도 하지 않은 채 외투를 입고 곧장 늙은이와 함께 집을 나섰다. 그들은 모르다소프 시를 가로질러 몹시 초라한 교외의 한 마을에 이르렀다. 그 마을의 인적이 드문 거리에 낡아빠지고 비스듬히 누워 땅속으로 기어들 것 같은 한 채의 오두막이 있었다. 창문 대신에 몇 개의 좁다란 구멍이 뚫려 있고 사방엔 눈더미가 잔뜩 쌓여 있었다.

그 집 안의 나지막하고 비좁은 단칸방에는 커다란 난로가 방 전체의 거의 절반을 차지하고 있고, 나머지 반에는 나무로 만든 칠도 하지 않은 침대가 하나 놓여 있었는데, 블린[44]처럼 얇은 이불 위에 낡은 외투를 뒤집어쓴 한 사람의 청년이 모로 누워 있었다. 그 얼굴은 새하얗게 떠 있었지만 눈만은 병적으로 반짝이고 손은 마른 나뭇가지처럼 시들시들해 있었다. 청년은 숨가쁜 듯 기침을 콜록이고 있었다. 한때는 아주 잘생겼을 얼굴이지만 그 보기좋던 얼굴의 호화스러운 윤곽을 병마가 파먹어 이젠 모든 다른 폐병 환자, 이렇게 말하기보다 오히려 죽어 가고 있는 사람의 얼굴과 다름없어, 차마 눈뜨고 보기에는 너무나 무시무시하고 불쌍한 모습을

---

44 러시아 음식의 하나. 일종의 얇은 팬케이크.

하고 있었다. 지금 마지막 순간에 이르기까지 만 1년이란 시간을 가련한 바셴까의 회복을 바라며 애써 온 늙은 어머니도 마침내 이 애는 이제 이 세상에 살 사람이 아니라고 체념해 버렸다. 이제 그녀는 슬픔에 겨워 눈물마저 말라 버려 두 손을 깍지낀 채 멍청히 아들의 머리맡에 서서 지루하지도 않은지 그 얼굴을 물끄러미 들여다보고만 있었다. 비록 그녀는 그렇게 될 것을 알고 있었지만, 그래도 귀여운 바셴까가 며칠 뒤에는 초라한 묘지에, 언덕같이 쌓여 있는 눈 속의 얼어붙은 흙 속에 묻히게 되리라 것을 받아들일 수가 없었다. 그러나 그때 바샤는 어머니를 쳐다보고 있지 않았다. 바싹 말라 비참한 몰골이 되어 있는 그는 지금 행복에 겨운 듯 숨을 내쉬고 있었다. 그는 마침내 그녀를 눈앞에서 바라볼 수 있게 되었던 것이다. 만 1년 반이라는 시간 동안 백일몽 속에서, 또 꿈에서도 잊을 수 없었던 그녀, 오랜 병상의 괴로움 속에서도 항상 밤마다 그려 왔던 그녀를 눈앞에 바라볼 수 있게 된 것이다. 그는 자기가 임종을 눈앞에 두고 있는 이때 그녀가 천사처럼 보이는 것은 그의 죄를 용서했기 때문임을 깨달았다. 그녀는 환자의 손을 꼭 잡고 그를 위해 눈물을 흘려 주고 그에게 미소를 지어 보이며 다정하기 한량없는 눈으로 그를 쳐다 보았다. 그러자 두 번 다시 돌아오지 않을 것 같았던 즐거운 옛추억이 이제 죽어 가는 그의 마음에 되살아나는 것이었다. 그의 가슴에는 다시 생명의 불꽃이 피어오르기 시작했다. 그것은 생명을 버리는 것이 얼마나 덧없는 일인지를 이 고통받는 사나이에게 깨닫게 해주기라도 하려는 것 같았다.

「지나,」 그가 말했다. 「지노치까! 내게 눈물을 보이지 말아

줘. 울적해 하거나 괴로운 얼굴을 해서 내가 곧 죽어 간다는 생각이 들지 않게 해줘. 나는 이렇게 너를 보고 있는데, 자, 이것 봐, 이렇게 내가 바라보고 있잖아. 그렇게 하면 네가 나를 용서해 주고 우리들의 영혼이 다시 하나로 묶여지는 것 같은 그런 느낌이 든단 말이야. 나는 또 옛날과 마찬가지로 네 손에다 키스하겠어. 그렇게 하면 죽음이란 걸 의식하지 않고 저 세상에 가게 될 것 같아! 지노치까, 너는 여위었구나! 지금 나를 바라보는 네 눈초리가 한없이 다정스럽구나. 너는 내 천사다! 네가 이전에 어떻게 울었는지 기억하니? 기억하겠지……. 이전에 너는 나한테, 아, 지나, 나는 네게 용서를 빌진 않겠어. 지나간 날의 추억을 들추지 않겠어. 그런데 지나, 너는 나를 용서했을지 모르겠지만, 나는 나 스스로를 용서하지 못하겠어. 잠 못 이루는 기나긴 밤이 있었어, 지나. 무시무시한 밤, 그러한 밤중에 나는 이 침대 위에 누워서 오랫동안 상념에 시달리곤 했어. 여러 가지로 생각해 본 결과, 나는 오히려 죽는 편이 낫다고 생각하게 되었어. 벌써 오래 전부터 그런 결심을 하게 되었던 거야. 그렇고말고, 그렇게 하는 편이 좋고말고! 나는 살 자격이 없는 인간이야, 지나!」

지나는 훌쩍훌쩍 울면서 말없이 그의 손을 잡았다. 마치 그렇게 함으로써 그가 말을 하지 못하게라도 하려는 듯이 손을 꼬옥 잡았다.

「뭣 때문에 우는 거야, 나의 천사?」 환자는 말을 이었다. 「내가 죽어 가기 때문인가, 단지 그 이유로 우는 거야? 그러나 그 밖의 것들은 벌써 모두 죽어 버리고 이제 깨끗이 장례를 치르지 않았니! 너는 나보다 착하고 깨끗한 마음씨를 가지고 있기 때문에 내가 나쁜 인간이란 것을 벌써부터 알고 있었을 거야. 그런데 너는 정말 나 같은 놈을 아직도 사랑한다는 말이니? 내가 머리통이 텅 비어 있고 어리석은 인간이란 사실을 너는 훤히 들여다보았어. 그렇게 생각하면서도 가만히 있는 것은 나로서도 매우 참기 어려운 노릇이었지! 그래도 자존심이라는 게 있었으니까 말이야. 그것은 고결한 자존심…… 일지도 모르거든. 아 내 친구, 내 한평생은 꿈이었어. 나는 한평생 꿈만 꾸고 현실과는 거리가 멀어서 홀로 높이 앉아서 군중들을 내려다보고 있었지만, 내가 뭐가 잘나서 남을 감히 내려다보았을까? 나 자신도 그걸 알 수가 없어. 마음이 깨끗하기 때문일까, 그렇지 않으면 감정이 고결하기 때문이었을까? 그러나 지나, 그것은 우리가 같이 셰익스피어를 읽고 있었을 때, 그 꿈속에 머물러 있었을 때뿐이었지, 일단 현실과 부딪치자 나는 뚱딴지 같은 방향으로 깨끗한 마음과 고결한 감정을 증명하고 말았던 셈이야…….」

「그만 해요.」 지나가 말했다. 「그만 하세요! 그런 이야기들은 모두 사실이 아니에요. 당신은 실없는 말씀으로 스스로를 괴롭히시는군요!」

「무엇 때문에 내가 말을 하지 못하도록 하는 거야, 지나! 알겠어, 나를 용서했기 때문이겠지. 어쩌면 벌써 오래전부터 나를 용서했는지도 몰라. 그 대신 너는 나를 비판하고 내가 어떤 인간인지를 알아차리고 말았어. 나는 그것이 괴롭단 말이야. 나는 너한테 사랑받을 자격이 없는 인간이야, 지나! 너는 실제로도 깨끗하고 관대한 마음을 가진 훌륭한 여자였어! 너는 어머니한테 가서 내가 아닌 다른 사내와는 절대로 결혼하지 않겠다고 말했어. 그리고 그런 훌륭한 다짐을 지켰음에 틀림이 없어. 왜냐하면 네가 하는 말은 실천과 한데 어울려 있기 때문이지. 그런데 나는, 나란 인간은 어떻게 했지! 일단 일에 부딪히게 되면…… 지노치까, 그 당시 나는 네가 나와 결혼을 하게 되면 얼마나 큰 희생을 치르게 되는지 그것조차 모르고 있었단 말이야! 나와 결혼했더라면 너는 굶어 죽었을지도 모르지만, 그 당시의 나는 그것조차 깨닫지 못하고 있었단 말이야. 어떻게 된 노릇인지 나는 그런 건 꿈에도 생각하지 않았거든! 나는 그저 대(大)시인(그것도 미래의 꿈이지만), 대시인인 나에게 네가 시집온다고만 생각했기 때문에, 네가 결혼을 좀 기다려 달라고 여러 가지 이유를 들어 설명했던 걸 이해할 생각은 하지 않고, 그저 너를 괴롭히고 비난하고 깔보고 폭군처럼 함부로 행동을 한 끝에 마침내 그 따위 편지를 써서 너를 협박까지 하게 되었던 거야. 그때의 나는 감히 악당이라고 말할 수도 없어. 그저 인간 쓰레기 같은 놈이었지! 아 너는 얼마나 나를 경멸했을까! 정말이지 내가 죽는다는 건 잘된 일이야! 그리고 네가 나한테 시집을 오지 않았던 건 너무나 다행한 일이었어! 만일 우리가 결혼을 했더라면 나는 너의 희생을 전혀 깨닫지 못하고 가난에 쪼들려 너를 못살게 굴고 괴롭혔음에 틀림없어. 그뿐 아니라 몇 년 살고 나면, 너를 생활의 방해자라고 생각하여 미워하기 시작했을지도 모르는 일이야. 지금 이 상태가 더 다행스럽다는 거지! 지금은 적어도 내 괴로운 눈물이 이 가슴을 씻어 내고 있으니 말이야! 아, 지노치까! 잠시라도 괜찮으니 이전에 나를 사랑했듯이 나를 사랑해 줄 수 없겠니! 이 마지막 순간에라도 좋으니…… 나는 네 사랑을 받을 자격이 없는 줄 잘 알고 있지만 그래도…… 그래도…… 오, 너는 내 천사야!」

 이렇게 이야기하고 있는 동안 지나는 훌쩍훌쩍 울면서 몇 번이나 상대방의 이야기를 막으려고 했다. 그러나 그는 그녀의 말을 듣지 않았다. 마음에 품고 있던 이야기를 모두 털어놓고 싶은 욕망이 그를 괴롭혀 숨을 가쁘게 내쉬게 하는데도, 숨이 넘어갈 듯한 쉰 목소리로 말을 계속하는 것이었다.

「만약 저와 알게 되지 않았다면 또 저와 같은 여자와 사랑을 하지 않았다면 당신은 무사히 살아 나갈 수 있었을 거예요!」지나가 말했다. 「아, 우리는 뭣 때문에 서로 알게 되었을까요?」

「아니야, 아니야. 내가 죽어 간다고 해서 자신을 책망해선 안 돼. 모든 게 나 한 사람에게 잘못이 있어! 자존심이란 게 이런 파국을 불러온 원인이겠지! 로맨티시즘에도 원인이 있고! 지나, 너는 나의 어리석은 이야기를 상세히 들었지? 3년 전에 사람을 죽이고 사형 선고를 받은 죄수가 있었던 걸 알고 있을 거야. 그런데 그 녀석은 일단 사형이 집행되자 아주 담이 작은 소인배의 본성을 드러냈던 거야. 환자에게는 형을 집행하지 않는다는 법을 알고 있었기 때문에 그 사람은 포도주를 좀 구해 가지고 거기에 담배를 담가 두었다가 그걸 마셔 버렸거든.[45] 그러자 심한 구토가 나고 피까지 토하게 됐어. 그러나 그게 좀처럼 낫지 않고 계속되서 마침내는 폐까지 망가져 버렸어. 그래서 병원으로 옮겨 갔지만 몇 달이 지난 뒤 악성 폐병으로 죽어 버리고 말았지. 사실은 지나, 나는 이 죄수의 일을 생각하고 바로 그날…… 그 편지 때문에 말썽이 있었던 날에…… 같은 방법으로 자살하려고 결심했던 거야. 그러나 내가 왜 하필이면 폐병을 택한 것에 대해 너는 어

---

45 『죽음의 집의 기록』에 나오는 죄수와 비슷한 유형의 인물로, 그의 병은 폐렴으로까지 악화된다.

떻게 생각하니? 어째서 목 매달아 죽거나 물에 빠져 죽지 않았을까? 금방 죽는 게 두려워서 그랬을까? 그런 것도 있었을지 모르지만, 실은 이런 생각이 자꾸 머릿속에 떠올랐어, 지노치까! 그런 형편에 이르러서도 내게는 달콤하고 로맨틱한 어리석은 생각이 없을 수가 없었어! 어쨌든 그때 나는 이런 생각을 품게 되었던 거야. 말하자면 내가 폐병에 걸려서 병상에 누워 죽음을 부르고 있으면, 너는 내가 폐병에 걸린 것이 자신 때문이라고 자책하고 마음 아파하면서 괴로움을 끊임없이 당할 테고, 마침내 너는 용서를 받으러 내게로 찾아와 머리맡에 무릎을 꿇는다⋯⋯. 그러면 나는 얼른 널 품에 안고 서서히 죽어 간다면 얼마나 아름다우랴 싶어 그런 생각을 했던 거야⋯⋯. 바보 같은 생각이지, 지노치까. 어리석은 생각이야, 안 그래?」

「이제 그런 이야기는 그만 하세요!」 지나가 말했다. 「이제 그런 말씀은 마세요! 당신은 그런 사람이 아니에요⋯⋯. 그보다도 다른 기억을 더듬어 그 이야기를 하기로 해요. 우리가 행복했던, 좋았던 시절에 관해 이야기하기로 해요!」

「나는 괴로워, 내 친구. 그래서 말하지 않을 수가 없는 거야. 1년 반이란 세월 동안 나는 너를 보지 못했어! 정말이지 가슴을 풀어헤쳐 보이고 싶은 생각이 든다! 그 후로 나는 줄곧 혼자 있었으니까, 또 아마 1분이라도 네 생각을 하지 않았을 때가 없었을 거야, 내 귀여운 천사! 지노치까, 내가 나에 대한 너의 생각이 바뀌도록 무슨 일이든지 얼마나 하고 싶었는지 아니? 최근까지 나는 내가 죽으리라고는 생각하지도 못했어. 나는 졸지에 무슨 변을 당해 쓰러진 것이 아니라 가슴에 병을 품은 채 오랫동안 다녔으니까. 그동안 나는 얼마나 우스꽝스런 공상을 품어 왔던지! 이를테면 나는 갑자기 위대한 시인이 되어 잡지 『조국 수기』[46]에다가 이전에는 없었던 그런 위대한 시를 발표하는 그런 공상도 했지. 그 시에 나의 모든 감정, 나의 모든 넋을 남김없이 쏟아 부어, 네가 설령 어디에 있더라도 나는 항상 너와 함께 있고 말하자면, 내 시로써 너에게 줄곧 나를 기억하게 만든다는 그런 꿈을 꾸었어. 내게 가장 즐거웠던 공상은 다름 아니라 네가 깊은 생각에 잠겨 〈아니다! 그 사람은 내가 생각했던 것처럼 바보 같은 인간이 아니었다!〉라고 말해 주는 것이었어. 바보 같은 생각이지, 지노치까, 어리석은 생각이지?」

「아니에요, 아니에요, 바샤. 그렇지 않아요?」 지나는 말했다.

그녀는 그의 가슴에 얼굴을 파묻고 그의 손에 키스했다.

「그동안 나는 네게 얼마나 질투를 느꼈는지 몰라! 만약에 네가 결혼을 했다는 말이 들려왔더라면 나는 그대로 죽어 버렸을지도 몰라! 나는 계속해서 너의 집에 밀정을 보내 네 뒤를 밟게 하고 염탐을 시켰던 거야……. 언제나 그녀가 수고해 줬지. (이렇게 말하면서 그는 턱으로 어머니를 가리켰다) 너는 모즈글랴꼬프를 사랑하지는 않았던 모양이야. 안 그래, 지노치까? 오, 나의 천사! 내가 죽은 뒤 너는 나를 기억해 주겠지? 물론 기억해 주리라 믿고 있지만 세월이 지나면 사람의 마음은 점점 차가워져서 마침내 싸늘한 겨울바람을 맞는 가슴처럼 움츠려 버리고 말지. 그렇게 되면 너는 나를 잊어버릴 거야, 지노치까!」

---

46 1839년부터 1884년까지 간행된 월간지. 당대의 진보적인 문인들이 편집을 주도하였다.

「아니오, 아니에요. 결코 잊지 않아요! 나는 결혼도 하지 않겠어요! 당신은 내게 있어서 첫 애인이었고…… 그리고 항상 변하지 않는 애인이에요.」

「모든 것은 결국 죽어야 하는 거야, 지노치카. 모든 것, 심지어 추억까지도 죽지 않을 수 없거든! 그리고 우리의 고상한 감정도 언젠가는 죽게 마련이지. 그리고 그 대신에 분별이라고 하는 것이 들어앉게 되지. 그렇다고 해서 불평할 필요는 없어! 지나, 생활을 즐기고, 오래 살고, 행복한 나날을 보내야 해. 사랑할 수만 있다면 어떤 다른 사랑의 대상을 찾아야지, 죽은 사람을 언제까지나 사랑하고 있을 수는 없지 않겠어! 다만 가끔이라도 좋으니 내 생각을 해줘. 그러나 언짢은 것은 잊어버리고 내가 나쁜 일을 했다면 용서를 빌겠어. 지노치카, 우리의 사랑에도 즐거웠던 기억은 없지 않았을 거야! 오, 우리의 황금 시대, 다시는 돌이킬 수 없는 즐거웠던 그날…… 지나, 나는 언제나 일몰과 황혼을 좋아했어. 언제나 이 시간에 내 생각을 해줘! 오, 아니야, 그러면 안 돼! 무엇 때문에 죽는다는 거야? 오, 나는 한번 더 살고 싶어 못 견디겠어! 생각해 봐, 지나, 그 당시의 시간을 한번 생각해 봐! 그때는 봄날이었고 푸근한 태양은 찬란히 빛나고 온 들에 꽃이 만발하고 명절같이 즐거운 기분이 우리 주위에 감돌고 있었지. 그런데 지금은! 저걸 봐, 저길 좀 봐!」

이렇게 말하면서 그 가련한 사나이는 수척한 손가락으로 뿌옇게 얼어붙은 창문을 가리켰다. 그러고는 지나의 두 손을 잡더니 자기의 눈 위에다 대고 서럽게 울었다. 그 통곡은 병에 시달린 그 가슴이 산산이 찢어지는 소리 같았다.

이렇게 그는 온종일 괴로워하고 번민하며 계속 울었다. 지나는 그녀가 할 수 있는 한 그를 위로했지만, 그러는 그녀의 마음도 죽도록 고통을 느꼈다. 그녀는 결코 그를 잊어버리는 일이 없을 것이며, 앞으로는 그를 사랑했던 것처럼 다른 사람을 결코 사랑하지 않으리라고 그에게 다짐했다. 그는 이 말을 믿고 미소를 지으면서 그녀의 손에다 키스했지만, 과거의 추억은 그의 넋을 불태우고 산산이 찢어 놓았을 따름이다. 이날 하루는 그럭저럭 지나갔다. 그동안에 이 사정을 알고 깜짝 놀란 마리야 알렉산드로브나는 지나에게로 열 번 정도 사람을 보내, 제발 집으로 돌아와 세상의 손가락질을 받을 만한 일은 하지 말아 달라고 애원했다. 마침내 어둠이 깃들 무렵, 공포 때문에 제정신을 가누지 못한 그녀는 스스로 지나한테 가기로 마음을 먹었다. 그녀는 딸을 옆방으로 불러 무릎을 꿇다시피 하곤 〈이 마지막 치명적인 비수를 자기의 가슴에서 빼달라〉고 애원했다. 지나가 어머니에게 왔을 때 그녀 자신 역시 환자나 마찬가지로 열이 올라 머리가 불덩이처럼 뜨거웠다. 그녀는 어머니의 말을 들으면서도 그 뜻을 제대로 이해하지 못했다. 지나는 죽어 가는 환자의 집에서 이미 밤을 지내기로 결심하고 있었기 때문에 결국 마리야 알렉산드로브나는 절망한 가운데 그냥 돌아가지 않을 수 밖에 없었다. 그녀는 밤새도록 환자의 병상 곁을 떠나지 않았다. 그러나 병세는 점차 나빠질 따름이었다. 이윽고 날이 새었지만 가련한 환자에게서 이미 그날 하루를 넘길 것 같은 희망은 보이지 않았다. 늙은 어머니는 미친 사람처럼 뭐가 뭔지 도무지 분간할 능력이 없는 듯 이리저리 서성거리기도 하고, 이제는 받아먹으려고도 하지 않는 아들에게 자꾸만 약을 권하고 있었다. 임종의 고통은 오래도록 계속되었다. 그는 이미 말할 기력을 잃었고 단지 가슴속에서 끊어질 듯한 가랑가랑 거리는 소리가 들릴 따름이었다. 마침내 마지막 순간까지 그는 뚫어질듯이 지나를 바라보고 그녀의 모습을 눈으로 좇고, 이미 이 세상의 빛이 그의 눈에서 사라지려 할 때까지도, 여전히 건들건들하는 힘없는 손을 움직여 그녀의 손을 꼭 그러쥐려 하는 것이었다. 이러는 사이에 겨울의 짧은 해는 기울기 시작했다. 마침내 이별을 서러워하는 듯한 마지막 광선이 단 하나밖에 없는 얼어붙은 조그만 창문을 황금빛으로 물들였고, 이때 고통받던 이의 영혼은 사라져 가는 광선의 뒤를 따라 병으로 남루해진 그의 육체를 떠나갔다. 아무리 보아도 싫증이 나지 않는 아들이 싸늘한 시체로 변해 눈앞에 누워 있는 것을 본 늙은 어머니는 자신도 모르게 두 손을 마주 잡더니 외마디소리를 지르며 그의 가슴에 몸을 던졌다.

「너 때문에 이런 변을 당했다. 네가 내 아들의 목숨을 앗아 갔다, 망할 년 같으니라고!」 그녀는 절망의 목소리로 소리쳤다. 「이 요망한 계집 같으니, 네가 내 아들을 죽였다!」

그러나 지나에게는 이미 모든 소리가 귀에 들어오지 않았다. 그녀는 얼빠진 사람처럼 죽은 사람 곁에 서 있었다. 그러나 마침내 그녀는 경건히 머리를 숙이고 성호를 긋더니 죽은 사람에게 키스하고는 기계적으로 방을 나섰다. 눈은 불타고 머리는 빙글빙글 돌았다. 그녀는 거의 눈을 붙이지 않고 앉아서 이틀 밤을 새는 동안 맛본 괴로움 때문에 제정신이 아니었다. 그녀는 자신의 모든 과거가 가슴에서 뜯겨 나가고, 음산하면서도 위협에 찬 새로운 생활이 시작되었다는 사실을 흐리멍덩한 가운데서도 깨달을 수가 있었다. 그러나 열 발자국도 걷기 전에 땅에서 솟아오른 것처럼 모즈글랴꼬프가 갑자기 눈앞에 나타났다. 아마도 그는 일부러 여기서 그녀가 오기를 기다리고 있었던 모양이었다.

「지나이다 아파나시예브나.」 그는 어쩐지 겁먹은 듯한 목소리로 소곤거리면서 슬쩍 주위를 재빨리 돌아다보았는데, 아직은 날이 꽤 밝기 때문이었다. 「지나이다 아파나시예브나, 나는 물론 당나귀였어요! 그렇지만 당신이 원한다면 나는 이미 당나귀가 아닌지도 몰라요. 그건 뭐라고 하든 당신이 목격한 대로 훌륭한 행동을 취했기 때문이오. 그렇긴 하지만 내가 지난날 당나귀 같은 인간밖에 되지 못했다는 사실에 대해서는 크게 뉘우치고 있어요……. 이렇게 말하면 갈피를 잡을 수 없을지 모르지만, 지나이다 아파나시예브나, 그러나……. 이건 여러 가지 사정 때문이었으니 용서해 주세요.」

지나는 거의 무신경하게 그를 멀뚱히 쳐다보곤 잠자코 길을 걸었다. 나무로 만든 높직한 보도는 두 사람이 나란히 걷기에 너무도 비좁았고, 지나가 곁을 주지 않으려 했기 때문에 빠벨 알렉산드로비치는 보도로부터 뛰어내려 그녀의 얼굴을 들여다보듯 하며 차도를 달음박질해 따라왔다.

「지나이다 아파나시예브나.」 그는 말을 이었다. 「나는 깊이 생각한 끝에 만약 당신만 승낙한다면 다시 청혼하기로 결심했어요. 나는 과거의 일을 모조리 잊어버릴 결심까지 했습니다. 지나이다 아파나시예브나, 그때의 모든 치욕을 잊고 당신을 용서할 준비가 되어 있습니다. 그러나 그렇게 하는 데는 한 가지 조건이 있습니다. 그 조건이란 우리가 이곳에 살고 있는 동안에는 모든 사실을 비밀에 부쳐 두어야 한다는 것이죠. 가능한 한 빨리 당신은 이곳을 떠나십시오. 나는 그 뒤를 살짝 따라가겠어요. 어딘가 한적한 시골에서 누구의 눈에도 띄지 않게 결혼식을 올리기로 합시다. 그러고는 곧장 뻬쩨르부르그로 떠나되 역마차를 갈아타고 가도 상관없어요. 당신은 조그만 트렁크만 하나만 들면 그만입니다……. 네? 승낙하시겠죠, 지나이다 아파나시예브나? 어서 말 좀 해 주세요! 나는 기다릴 수가 없어요. 이렇게 같이 있는 장면을 남들이 보면 큰일이니까요.」

지나는 아무런 대꾸도 하지 않고 단지 모즈글랴꼬프의 얼굴을 바라볼 따름이었다. 그러나 그는 그녀의 눈길에서 모든 사정을 알아차린 다음 모자를 벗어 꾸덕 인사를 하더니 곧 길을 꺾어 골목 쪽으로 사라졌다.

〈이게 어떻게 된 노릇인가? 사흘 전 저녁만 하더라도 그렇게 감동해서 모든 잘못을 혼자 뒤집어쓰려고 했는데? 채 이틀도 지나지 않았잖아!〉 그는 생각했다.

그 사이에도 모르다소프에서는 갖가지 사건이 꼬리를 물고 일어났다. 그 가운데도 가장 비극적이라고 할 수 있는 사건은 모즈글랴꼬프의 안내를 받아 호텔로 옮겼던 공작이 그날 밤 병을 얻어 위독한 상태에 이른 일이었다. 모르다소프 사람들은 아침에야 이 사실을 알게 되었다. 깔리스뜨 스따니슬라비치는 환자 곁에서 거의 한 발자국도 떨어지지 않았다. 해질녘에는 모르다소프의 의사들이 모두 들러붙어 그를 진찰했다. 그들에게 보낸 편지엔 라틴 어로 내용이 적혀 있었다. 그러나 라틴 어로 씌어진 그 편지에도 불구하고 공작의 병세는 더욱 심해져 의식을 완전히 잃어버린 채 헛소리만 하고, 깔리스트 스따니슬라비치에게 무슨 뚱딴지 같은 로망스를 불러 달라고 조르기도 하고, 어떤 가발에 관해서 말하기도 하였다. 때로는 뭔가에 놀란 듯 소리를 지르기도 했다. 의

사들의 진단으로는, 모르다소프 사람들의 환대가 너무 지나쳤기 때문에 공작은 위에 염증을 일으켰고, 그것이 어떻게 잘못되어(아마 마차를 타고 너무 시달린 결과인지는 모르지만) 그 염증이 뇌로 옮겨졌다는 이야기였다. 그러나 정신적인 충격이 다소 작용했음을 부정하지는 않았다. 게다가 공작은 벌써 옛날에 죽었어야 할 사람이었기 때문에 이번에는 틀림없이 죽으리라고 진단을 내렸다. 의사들의 이 마지막 진단에 있어서는 틀림이 없었다. 가련한 늙은이는 호텔로 옮긴 지 사흘째 되는 저녁에 숨을 거두었다. 이는 모르다소프의 시민을 놀라게 했다. 사건이 이렇게 중대한 반전을 가져오리라고는 아무도 상상조차 할 수 없던 일이었다. 아직 뒤처리를 제대로 하지 않고 그냥 버려져 있는 시체가 누워 있는 빈소로 사람들이 떼를 지어 우르르 몰려들었다. 그러고는 서로 아는 체 의견을 늘어놓기도 하고 시비를 벌이기도 하고 머리를 쥐어짜기도 한 결과, 결국 〈불행한 공작의 살인자〉들에게 심한 비난을 퍼붓는 것으로 끝을 맺었다. 이는 물론 마리야 알렉산드로브나 모녀를 염두에 둔 것이었다. 사람들은 이 사건이 스캔들과 관계가 있다는 점만으로도 심히 좋지 못한 반향을 불러일으켜 멀리 떨어진 나라들에까지 소문이 자자해지리라는 짐작을 하고 있었다. 어쨌든 이 사건에 대해서는 별의별 추측들이 활개를 치고 있었다. 모즈글랴꼬프는 그동안 혼자 애를 태우면서 이리저리 뛰어다니다 보니 머리가 빙글빙글 도는 것 같았다. 이런 형편에서 그는 지나를 만났던 것이다. 실상 그의 입장은 어려운 처지에 있었다. 공작을 이 거리로 데리고 온 사람도 그였고, 호텔로 데리고 간 사람도 그였지만, 그러나 지금 그로서는 시체를 어떻게 하면 좋을지, 어디다 묻을 것인지, 또 누구에게 알려야 되는지 전혀 엄두가 나지 않았다. 유해를 두하노보로 옮길까? 그는 현재 공작의 조카로 통하고 있으니까. 그는 신분이 높은 늙은이를 죽였다는 책망을 들을 것 같아 안절부절못했다. 〈어쩌면 이 사건은 뻬쩨르부르그의 상류 사회에까지 말썽의 불똥이 튈지도 모른다!〉 그는 이렇게 생각하니 소름이 쭉 끼쳤다. 모르다소프의 사람들로부터 어떤 조언을 듣는다는 것은 불가능했다. 모두들 갑자기 무엇인가에 놀란 듯 공작의 시체 곁에서 슬금슬금 달아나 버리고 모즈글랴꼬프를 우울한 고독 가운데 남겨 놓았다. 그러나 난데없이 사태를 일변시키는 일이 일어났다. 다음날 이른 아침 한 사람의 방문객이 거리로 들어왔다. 모르다소프의 사람들은 이 방문객에 대한 소문을 금세 수군거렸고, 그가 시장의 저택을 향해 마차로 큰 거리를 달리고 있을 때 문틈이나 창문에서 내려다보며 무슨 비밀을 서로 나누듯 수군수군 정보를 나누었다. 뾰뜨르 미하일로비치조차도 무엇엔가 놀란 사람처럼 먼 길을 온 이 손님을 어떻게 대해야 할지 몰라 쩔쩔매고 있었다. 그 나그네의 이름은 쉬체뻬질로프라고 하는 꽤 유명한 공작으로 죽은 공작과는 친척 관계가 되며, 나이는 서른대여섯이고 아직 젊은이라고 할 수 있는 사나이였다. 그는 대좌의 견장[47]과 훈장을 달고 있었다. 관리들은 누구나 이 훈장을 보고는 묘한 표정으로 몸을 부르르 떨었다. 가령 경찰서장만 하더라도 완전히 넋을 잃어버릴 지경이 되어 있었다. 이는 물론 내면적으로 그랬을 따름이고 좀 얼어붙기는 했으나 겉으로는 당당한 얼

---

47 두 어깨에 얹혀 있는 줄 모양의 끈으로 무관이나 장교에게 주는 전쟁 훈장.

굴을 하고 그 앞에 출두했다. 이윽고 이 쉬체뻬질로프 공작이 뻬쩨르부르그로부터 여행하는 길에 잠깐 두하노보에 들렀다는 사실이 알려졌다. 그러나 두하노보에서는 아무도 만나지 못하고 아저씨 뒤를 쫓아 달려왔으나, 늙은이가 죽었다는 청천벽력 같은 소식을 들었을 뿐만 아니라 그가 죽음에 이르게 된 상세한 소문을 듣고는 그만 기절 초풍할 정도로 놀랐다. 뾰뜨르 미하일로비치는 필요한 설명을 그에게 하면서 무척 난처했을 정도이다. 그리고 모르다소프의 사람들도 어느 누구나 매우 미안하다는 듯한 표정들을 짓고 있었다. 실상 늙은이의 유산을 상속받는다는 사실에 대해선 별로 불만이 없는 것처럼 보이면서도, 멀리서 온 그 방문객은 얼굴 표정을 굳히고 아주 불만스런 태도를 보였다. 그는 즉각 일처리에 착수했다. 모즈글랴꼬프는 진짜 조카가 나타나자 거북살스러운 듯 즉시 어디론지 자취를 감추고 말았다. 그가 어디로 갔는지는 아무도 알지 못한다. 고인의 유해는 발인소로 결정되어 있던 수도원으로 즉시 옮겨지게 되었다. 멀리서 온 방문객이 내리는 명령은 간단하고 명료하며 엄격했으나 그런 가운데에서도 절도와 예의를 잃지 않고 있었다. 그 이튿날 모르다소프의 사람들은 모두 수도원으로 모여 장례식에 참석했다. 그리고 부인들 사이에는 괴상한 소문이 떠돌았다. 마리야 알렉산드로브나가 개인적으로 교회에 나타나 고인의 관 앞에 무릎을 꿇고 통곡을 하면서 용서를 빌게 될 것이고, 법률적으로 보아도 그렇게 하는 것이 당연하다는 이야기였다. 그러나 이는 물론 얼토당토않은 이야기로 밝혀졌고, 마리야 알렉산드로브나는 교회에 나타나지 않았다. 우리는 깜빡 잊어버렸지만, 지나가 집으로 돌아오자 그녀의 어머니는 더 이상 이 거리에 있을 수 없다고 판단하고 그날 저녁에 당장 시골로 이사하기로 결심했다. 그녀는 자기의 영지에 머물면서 불안한 가운데 거리의 소문에 귀를 기울이기도 하고, 사람을 보내 멀리서 온 방문객의 동정을 살피는 등 줄곧 마음이 흥분 상태에 있었다. 수도원으로부터 두하노보로 통하는 길은 그녀의 영지에서 1베르스따밖에 떨어져 있지 않았다. 그래서 마리야 알렉산드로브나는 장례식이 끝나고 수도원으로부터 두하노보까지 늘어선 사람들의 기다란 행렬을 구경할 수 있었다. 관은 높다란 영구차 위에 놓여 있었다. 그 뒤로는 시내로 들어가는 모퉁이까지 전송하는 마차의 행렬이 기다랗게 이어졌다. 그리고 또 고인의 품위에 어울릴 만큼 조용하고 엄숙히 끌려가는 음침한 검은 영구차가 하얀 눈이 덮인 들판을 지나가는 것이 오랫동안 목격되었으나, 마리야 알렉산드로브나는 이를 오래도록 보고 있을 수가 없어 곧 창문 곁을 떠났다.

 1주일이 지나 그녀는 딸과 아파나시 마뜨베이치를 거느리고 모스끄바로 이사했다. 또한 이로부터 한 달 뒤에는 마리야 알렉산드로브나가 영지와 시내에 있는 집을 팔려고 내놓았다는 것을 모르다소프의 사람들이 알게 되었다. 이렇게 해서 모르다소프 사람들은 그토록 고상한 여인을 영원히 잃어버린 것이다. 여기서도 험악한 농지거리가 없을 수는 없었다. 이를테면 아파나시 마뜨베이치도 영지와 함께 팔려고 내놓았다는 그런 얘기가 마치 정말인 것처럼 떠돌았던 것이다. 그러나 1년이 지나고 2년이 지나는 사이에 마리야 알렉산드로브나에 관한 일은 까맣게 잊혀졌다. 이럴 수가! 세상의 일이란 모두가 이런 식인 것인가! 그런데 그녀가 다른 영지를 사서 다른 지방의 도시로 옮겨가 거기서도 모든 사람들을 좌지우지하고 있으며, 지나는 아직도 결혼을 하지 않았고, 또 아파나시 마뜨베이치는 어쩌고저쩌고 한다고들 간간이 말하고는 있었다. 그러나 그까짓 믿을 수 없는 소문 따위는 여기서 되풀이할 필요가 없겠다.

내가 『모르다소프의 역사 이야기』 제1부의 마지막 붓을 놓은 지 이제 3년이라는 세월이 흘렀다. 그런데 이제 와서 내가 다시 원고지를 끄집어내서 이 이야기에다 또 다른 보고를 덧붙이게 되리라고 누가 생각이나 할 수 있었겠는가. 그러나 일에 착수해 보자! 우선 빠벨 알렉산드로비치 모즈글랴꼬프의 이야기부터 시작하기로 하자. 모르다소프에서 자취를 감추었던 그는 곧장 뻬쩨르부르그로 가서 그전부터 그에게 약속되었던 직장을 다행히 다닐 수가 있었다. 얼마 지나자 그는 모르다소프에서 일어났던 사건쯤은 모조리 잊어버리고 사교계에 휩쓸려 바실리예프스끼 섬이라든가 갈레르나야 항구[48] 등을 마구 휘젓고 다니면서 색을 좇는 일에는 누구에게도 뒤지지 않았다. 그는 사랑을 하고 청혼을 하다가 거듭 퇴짜를 맞았지만, 그런 생활이 채 익숙해지기도 전에 타고난 경솔함과 주책 없는 성격 때문에 스스로 자원하게 된 어느 파견대에 가서 일하기로 됐다. 무슨 검열 때문이었는지 그렇지 않으면 다른 목적이 있었는지는 알 수 없으나 우리의 한없이 넓은 조국 땅덩어리 가운데서도 가장 멀리 떨어진 지방으로 발령난 파견대였다. 이들 일행은 수풀이나 벌판을 수없이 지나고

---

[48] 뻬쩨르부르그의 변방에 위치해 있으며 그리 부유한 구역은 아니다.

또 지나 오랜 방황 끝에 그야말로 〈가장 멀리 떨어진 지방〉 도시의 시장 앞에 출두했다. 그 시장은 키가 훤칠하게 크고 빼빼 마른 엄격한 장군으로 수많은 전쟁의 상처를 안고 있는 옛 전사였다. 그는 가슴에 별을 둘 달았고 목에는 하얀 십자 훈장을 걸고 있었다. 그는 일행을 매우 정중하고 다정하게 맞아들여 그 파견대의 관리를 모두 무도회에 초청했다. 그 무도회는 시장 부인의 명명일을 축하하기 위해 마침 그날 저녁 열리기로 되어 있었다. 빠벨 알렉산드로비치는 크게 만족했다. 그는 뻬쩨르부르그에서 맞춰 입은 양복을 입고 모두를 깜짝 놀라게 할 속셈으로 으스대며 넓은 홀로 들어갔지만, 거기 모인 얼마 안 되는 문관들은 황금색으로 찬란한 훈장을 잔뜩 단 제복을 입고 있어 오히려 기가 죽어 버렸다. 곧 이어 그는 시장 부인에게 인사를 드리러 가야만 했다. 부인이 아주 젊고 대단한 미인이라는 이야기는 일찍부터 들은 적이 있었다. 그는 좀 우쭐한 태도로 그 곁으로 다가갔다가 어떻게나 놀랐는지 그 자리에 우뚝 서 버리고 말았다. 그의 눈앞에 서 있는 부인은 눈부신 야회복 차림을 하고 온몸에 다이아몬드를 반짝이면서 거만한 모습으로 서 있는 지나, 바로 그녀였다. 그녀는 전혀 빠벨 알렉산드로비치를 알아보지 못하는 눈치였다. 그 눈동자는 흘끗 그의 얼굴을 훑어보더니 금세 다른 사람 쪽으로 옮겨 갔다. 심한 충격을 받은 모즈글랴꼬프는 주춤주춤 옆으로 물러났다. 그러다가 여러 사람들 사이에서 수줍어하는 듯한 한 젊은 관리와 마주쳤다. 그는 시장 저택의 무도회에 초대된 것이 너무나 황송스러워 기를 제대로 펴지 못하는 듯한 사나이였다. 빠벨 알렉산드로비치는 곧 그 사나이에게 질문을 던져 매우 흥미 있는 사실을 알아낼 수가 있었다. 그가 들은 바에 의하면 시장은 이미 결혼한 지 2년이 되었다는 것이었다. 그가 이 〈가장 멀리 떨어진 지방〉을 떠나 모스끄바에 가 있을 때 큰 재산을 가진 좋은 가문의 딸을 아내로 삼았다. 시장 부인은 〈성품이 매우 훌륭하고 일류 미인이라고 할 수 있지만 너무나 거만해서 장군 정도가 아니면 같이 춤도 추지 않는다〉는 이야기였다. 오늘밤의 무도회에는 이 고장 사람이나 멀리서 온 사람을 합쳐 장군 정도의 직위를 가진 사람이 아홉 사람, 4등급의 문관도 여럿 끼여 있다는 이야기였고, 마지막으로 〈시장 부인에게는 같이 살고 있는 어머님이 계신데 이 어머니가 최상류 사회 출신으로 아주 똑똑한 분〉이라는 이야기였다. 그러나 이 어머니조차도 딸의 의사에는 절대로 거역하는 일이 없고, 시장 그 사람만 하더라도 아무리 보아도 지겹지 않다는 듯이 아내를 극진히 사랑한다는 이야기였다. 모즈글랴꼬프는 아파나시 마뜨베이치에 대해 잠시 물어보았는데 이 〈멀리 떨어진 고장〉에서는 그런 이름조차 들어 보지 못했다고 했다. 어느 정도 용기를 얻어 이 방 저 방을 거니는 동안 마침내 마리야 알렉산드로브나를 만났다. 그녀는 아주 호사스런 옷을 몸에 감고 값진 부채를 천천히 움직이면서 4등급 문관[49] 가운데 어느 한 사람과 이야기에 열중하고 있었다. 그 주위에는 그녀의 보호를 받고 있는 듯한 부인들이 몇 사람 옹기종기 모여 있었다. 마리야 알렉산드로브나는 그 누구에게나 매우 친절하고 상냥한 모양이었다. 모즈글랴꼬프는 위험을 무릅쓰고 용기를 내어 그녀를 불러 보았다. 처음에 마리야 알렉산드로브나는 적잖이 놀란

---

49 황제가 통치하던 시기의 러시아의 모든 관료의 등급은 14등급으로 구분됐다. 4등급 문관은 장군 혹은 각하로 불리는 등급에 해당된다.

모양이었으나, 거의 눈 깜짝할 사이에 전과 같은 태연한 표정으로 되돌아갔다. 그녀는 상냥하게 모즈글랴꼬프의 얼굴을 바라보며 뻬쩨르부르그 친구들의 소식을 물은 뒤 왜 외국으로 가지 않았느냐고 반문했다. 그녀는 모르다소프라는 도시가 세상 어디에도 존재하지 않는 듯 거기에 관해서는 한마디도 묻지 않았다. 그리고 마지막으로는 모즈글랴꼬프가 생전 가까이해 보지도 못한 뻬쩨르부르그의 어느 지체 높은 공작의 이름을 들먹이면서 그의 건강을 묻고, 자기 앞에 서 있는 빠벨 알렉산드로비치는 까맣게 잊어버린 듯, 어느 사이엔가 그녀 곁으로 다가와서 물씬물씬 향수 냄새를 풍기는 한 고관과 이야기꽃을 피우고 있었다. 모즈글랴꼬프는 아이러니컬한 웃음을 띠면서 모자를 들고 홀로 돌아왔다. 어쩐지 그는 자존심이 상하고 모욕을 받은 것 같은 기분이 들어 춤을 추지 않기로 마음을 먹었다. 울적하고 허탈감에 빠진 듯한 표정과 메피스토펠레스의 조소와 같은 웃음이 이날 저녁 내내 그의 얼굴에서 떠나지를 않았다. 그는 그림 속 등장인물처럼 원기둥에 기대어(일부러 그러기라도 한 듯, 이 홀에는 원기둥이 늘어서 있었다), 무도회가 열리고 있는 동안 줄곧 지나를 눈으로 좇으면서 한자리에 꼼짝 않고 서 있었다. 그러나 이럴 수가! 그의 집요한 시선, 괴상한 포즈, 절망한 듯한 표정 등등, 이런 모든 것은 다 쓸데없는 짓이었다. 지나는 전혀 그를 아는 기색이 없었다. 게다가 너무나 오랫동안 한자리에 서 있었기 때문에 저려 오는 다리를 이끌고, 사랑에 번민하는 사나이로서 도저히 밤참 때까지 남아 있을 수가 없어 몹시 시장한 배를 움켜쥐고 화가 나서 자신의 아파트로 돌아왔는데, 그는 매우 지쳐서 마치 누군가에게 얻어맞은 것 같았다. 그는 이미 오래전에 잊어버린 추억이 되살아나 오래도록 잠을 이룰 수가 없었다. 이튿날 아침 출장 명령이 내려지자 그는 기꺼이 그 일을 떠맡았다. 그는 거리를 벗어나자 한결 머리가 가벼워지는 것같이 생각되었다. 끝없이 펼쳐진 넓은 들에는 눈이 부실 만큼 하얀 눈이 뒤덮여 있었다. 하늘과 땅이 마주 닿는 그 끝에는 숲이 거무스레하게 보였다.

말은 말굽으로 눈을 걷어차면서 날뛰듯 질주했다. 방울이 딸랑딸랑 울렸다. 빠벨 알렉산드로비치는 깊은 생각에 잠기다가 이어 공상에 빠지기 시작했고, 이윽고 기분이 좋은 듯 잠이 들어 버렸다. 그리고 세 번째 역에서 눈을 떴을 때는 전혀 다른 상념을 지닌 활발하고 건강에 넘친 인간이 되어 있었다.

역자 해설
도스또예프스끼 창작사에서의 위치와 드라마적 특징에 관한 몇 가지 관찰

　도스또예프스끼와 함께 19세기 러시아 문학, 더 나아가서는 전 러시아 문학의 양대 산맥을 구축하고 있는 작가 똘스또이는 어느 날 자신의 소설 『안나 까레니나』의 중심 테마가 무엇이냐는 질문을 받고서, 〈만약 내가 『안나 까레니나』가 무엇에 관한 소설인지를 모두 말하려 한다면, 나는 내가 처음에 쓴 소설과 동일한 것을 한 자 한 자 다시 써야 할 것이다. 그리고 만약 비평가들이 내가 말하고자 하는 것을 이해하고 문예란에 표현할 수 있다면, 나는 그들을 경하해 마지 않을 것이다〉라고 말했다는 유명한 일화가 전해진다. 이 말은 한 작가의 예술적 관념과 작가 당대의 사회적 사유가 녹아 있는 예술 작품을 읽고 그것에 관해 논한다는 것이 얼마나 큰 맹점을 지니는 일이며, 동시에 예술 작품이 얼마나 복잡하고 정교한 장치와 구조를 띠고 있는 것인지를 한마디로 통찰하고 있는 언급이다.

　외국 문학을 전공하는 역자는 번역 작품의 후기를 읽다 보면, 역자들이 약간은 자조 섞인 넋두리처럼 작품 해설의 무용성에 대해 언급한 것들을 자주 접하곤 한다. 〈군더더기 붙이기〉에서부터 〈번역은 반역〉, 〈번역은 아내와 같아서 아름다운 번역은 원전을 배반하기 쉽고 충실한 번역은 못생기기 쉽다〉는 이탈리아의 속담에 이르기까지, 작품 해설에 따른 이와 같은 역자들의 다양한 엄살 아닌 엄살은 예술 작품에 대한 해설 작업이 갖는 당혹감의 표현이라 여겨진다. 이 작품의 번역을 마치고 작품 해설을 부탁받고 나서 역자 또한 어쩔 수 없이 앞선 여러 역자들의 말이 입에서 다시 뇌까려지는 것은, 그들이 느낀 곤혹스러움이 나에게도 역시 예외 없이 찾아 들고 있다는 것과, 그것이 결국은 작품 해설이 갖는 여러 가지 어려움들에서 비롯되는 것이라는 것을 어렴풋이 깨닫는다. 이런 어려움은 먼저 이방의 언어로 쓰인 예술 작품을 우리 글로 옮겨 놓았을 때 올 수 있는 오역이라는 작가와 독자들에 대한 현실적인 두려움이 그 하나이고, 둘째는 오늘날과 같이 바쁘고 할 일 많은 세상에서도 많은 시간과 노력을 들여 여전히 훌륭한 고전 문학 작품들과 현대 예술 문학 작품들이 읽히고 있다는 사실 앞에서의 숙연함이다. 다시 말해 위에서의 똘스또이의 언급처럼, 한 예술 작품을 몇 페이지의 작품 해설로 대체할 수 있다면, 어느 누구도 수백 페이지에 이르는 작품들을 읽지 않겠지만, 오늘날에도 여전히 그 작품들이 읽히고 있다는 사실은 결코 작품 해설이 예술 작품에 대한 문자 그대로의 해설이 될 수 없다는 것에 대한 반증에 다름 아니고, 이러한 작품 해설의 한계에 대한 인식이 역자가 이러한 역자 후기를 쓰는 데 짐짓 망설임을 불러오는 것이다. 결국 작품에 대한 완전하고 올바른 해설은 작가의 전기적 사실에 대한 이해, 작가와 작품의 관계, 작품의 내재적인 분석, 작품과 작품이 씌어진 당대와의 관계가 먼저 선행적으로 연구되어야 하며, 또한 이것과 함께 오늘 이 작품을 읽는 독자의 〈기대적 지평

Horizon of expectations〉이 아우르게 될 때에야 비로소 이루어질 수 있는 복잡하고 다단계적인 과정임을 지적하고 싶은 것은, 아마도 역자가 쓰는 역자 후기적 성격을 띠는 이 글이 갖는 한계를 미리 독자들에게 고백하고 싶은 마음에서일 것이다.

『죄와 벌』,『백치』,『악령』,『까라마조프 씨네 형제들』로 우리에게 친숙한 러시아의 문호 표도르 미하일로비치 도스또예프스끼가 그의 창작 활동으로 명성을 얻은 것은 사실 이러한 그의 대표적 작품들이 발표되기 훨씬 이전의 일이었음을 알고 있는 독자들은 그리 많지 않은 것 같다. 그를 무명의 청년에서 일약 러시아 문단의 기대받는 작가로 부상하게 만든 것은 작가가 24세이던, 이미 1845년으로 거슬러 올라간다. 그는 당대 최고의 평론가로 활동하고 있었던 벨린스끼에게 그의 처녀작『가난한 사람들』을 들고 가 심사를 의뢰함으로써 평론가의 극찬과 더불어 그것을 출판하게 되고, 이로써 화려한 작가의 길로 들어서게 된다. 그러나 작가의 사회 활동은 결코 편안하고 화려하다고만 할 수 없는 수많은 사건과 사고들로 가득 찼고, 또한 그의 건강과 결혼 생활에서도 역시 끊임없이 어려운 일들이 일어났다. 도스또예프스끼의 창작 활동은 대략적으로 세 시기로 구분할 수 있다.『가난한 사람들』로 시작되는 초창기 창작 활동 시기부터, 사회주의 이론과 혁명적 사상을 옹호하고 당대 러시아 상황에 대한 비판적 모임이었던 뻬뜨라셰프스끼 서클의 회원이라는 이유로 체포되어 시베리아로 유배당하는 1849년까지의 기간이 도스또예프스끼 창작 활동의 초기에 해당한다. 이후 4년간의 시베리아 유형 생활을 마치고 1856년 복직되면서 작품 활동을 재개하여, 중·단편소설을 발표하던 1863년까지의 기간이 그의 창작 활동의 중기에 속하고, 도스또예프스끼 자아의 정수가 표현되는 1864년의 『지하로부터의 수기』에서부터 그의 생의 마지막 대표적 장편소설 『까라마조프 씨네 형제들』에 이르는 기간이 그의 창작의 마지막 시기가 된다.

한 작가의 창작 활동을 이와 같이 시기 구분할 때, 빠질 수 있는 다분히 자의적인 위험성에도 불구하고, 대다수 연구가들이 이런 시기 구분에 일반적으로 동의하고 있는 이유는, 각 시기마다 보여 주고 있는 그의 작품의 문체, 내용, 사상 면에서의 뚜렷한 차이 때문이다. 도스또예프스끼 이전 시대의 러시아 문학에 커다란 영향을 끼쳤던 고골적인 문체적 특징과 감상주의적 경향성이 초기 도스또예프스끼 창작의 두드러진 특징을 이루는 반면에, 후기의 그의 창작은 오늘날 우리가 도스또예프스끼 소설의 특징으로 손꼽는 〈선악의 문제〉, 〈이념〉, 〈자유 의지〉, 〈신〉, 〈구원〉 등의 주제들이 그의 후기 4대 장편소설들을 중심으로 집약적으로 나타난다. 작품 주인공과 등장인물들의 관념을 사로잡고 있는 이러한 주제들은 또한 작품의 사건, 인물, 이데올로기 속에서 비분절적으로 긴밀하게 연결되어 전개되는 양상을 보이는데, 이것은 분명히 초기의 작품 경향과는 구별되는 요소라 할 수 있다. 그러나 이와 같은 초기에서 후기로의 작품 경향의 변화는 여느 작가에서도 거의 그렇듯이 단시일에 이루어진 것은 아니었다. 이러한 변화는 장시간에 걸친 도스또예프스끼 창작 과정의 점진적 결과였고, 특히 중기의 작품 경향은 사실상 이러한 도스또예프스끼 창작상에서 초기와 후기의 중간 교량의 역할을 하는 시기이다. 초기의 박애주의적이고 감상주의적인 경향성과 고골적인 과민하고 포화된 문체 지향적인 특성에서 점차로 벗어나 후기의 도스또예프스끼만의 작품 세계로 넘어가는 과도기적 단계가 바로 그의 창작의 중기에 해당한다.

우리가 읽은 『아저씨의 꿈』은 도스또예프스끼가 유형 생활에서 돌아와 다시 창작 활동을 시작하면서 쓰게 된 첫 번째 작품으로, 그의 창작 과정의 중기적 특성을 알 수 있는 대표적인 작품들 가운데 하나이다. 이 작품은 초기와 후기의 특징들이 부분적으로 혼재하고 있는 과도기적 성격을 띠지만, 동시에 중기만의 특징이라고 할 수 있는 사회 풍자적 드라마 혹은 사회 소설적인 성격이 잘 드러나는 작품이다.

총 15장으로 이루어진 이 작품은 허영심 많고 세속적인 어머니 마리야 알렉산드로브나가 자신의 집을 방문한 쇠약하고 정신이 오락가락하는 부자 공작 노인에게 딸 지나이다 아파나시예브나를 시집보내려는 계략으로 시작된다. 딸 지나는 어머니의 생각에 반대하고 오히려 폐병으로 병석에서 죽음을 기다리는 가난한 가정교사에 대한 옛사랑을 간직하고 있다. 그러나 그녀는 결국 어머니의 집요한 설득에 넘어가 공작과 결혼하기로 마지못해 승낙하고, 어머니가 공작의 혼미한 기억력과 판단력을 이용해서 공작이 지나에게 청혼하도록 만드는 것을 묵인한다. 그러나 뛰어난 미모의 지나를 사모하여, 그녀에게 청혼을 해놓고 초조하게 답을 기다리고 있는 젊은 관리 모즈글랴꼬프는 마리야 알렉산드로브나의 계획을 엿듣게 되고, 이런 사실에 분개한 나머지 먼 친척 아저씨뻘쯤 되는 공작에게 모녀의 계략에서 빠져나갈 방법을 가르쳐 준다. 때마침 자신의 결혼이 현실적으로 불가능한 일이라는 것을 뒤늦게 깨닫고 후회하고 있던 공작은 그가 가르쳐 준 대로 자신의 청혼이 실제 사건이 아니라 꿈속에서 있었던 일이라고 해명함으로써 하나의 우스꽝스러운 에피소드로 만들어 버린다. 공작과의 결혼을 통하여 부와 명예와 상류 사회로의 진출을 꿈꾸었던 모녀의 계획은 실패로 돌아가고 그들은 마을을 떠나지만 먼 훗날 다시 젊은 관리 모즈글랴꼬프가 어느 변방에서 모녀를 재회했을 때 그녀는 결국 고위직 장군의 아내가 되어 있었다.

이와 같은 줄거리의 『아저씨의 꿈』은, 위에서 언급한 도스또예프스끼 창작 발전 과정에서뿐만 아니라 작품의 형식적 측면과 내용적 측면에서도 흥미로운 몇 가지 사실을 보여 준다. 먼저, 위에서 언급한 도스또예프스끼 창작 발전 과정상에서 보면, 도스또예프스끼 창작의 중기에 해당하는『아저씨의 꿈』에는 전기 도스또예프스끼 창작의 감상주의적 특성과 후기 창작에서 나타나는 사실주의적 특성이 함께 섞여 있다는 점이다. 가난한 가정교사와 청순한 미모의 여인 지나의 사랑, 가정교사의 죽음, 어머니의 천박한 기독교적 박애 정신 등은 전기 도스또예프스끼 작품에 나타난 감상주의 소설들에서 자주 보이는 일반적 특징이고, 지나를 사랑하는 관리 모즈글랴꼬프가 보여 주는 비열할 정도의 집착력과 동시에 코믹한 모습, 지방 소도시 사교계의 여인들의 일상사에 대한 묘사, 지나의 아버지 아파나시 마뜨베이치의 바보 같은 모습 등은 후기 도스또예프스끼 소설들에서 보이는 리얼리즘적 특징이라고 할 수 있다. 노령의 공작에 대한 과장에 가까운 사실적인 외양 묘사와 그의 치매에 가까운 언동에 대한 묘사는 권위에 대한 작가의 암시적인 회화이고, 마리야 알렉산드로브나의 가정으로 대표되는 러시아 지방 소도시의 지주 계급의 일상 생활의 묘사도 역시 후기 작가의 리얼리즘적 비판 정신과 연결되어 있다고 할 수 있다.

실제로 도스또예프스끼의 후기 4대 장편소설과 시기적으로는 어느 정도 걸쳐 있기는 하지만, 일반적으로 중기의 4대 중편소설이라고 할 수 있는 『아저씨의 꿈』, 『스쩨빤치꼬보 마을 사람들』, 『노름꾼』, 『영원한 남편』은 모두 풍자 드라마 혹은 사회 소설이라고 할 수 있는 것들로서, 정상적이고 모범적인 성품과 지방적인 속성, 종교성, 광적인 도박증 등의 충돌을 다루는 작품들이다. 『아저씨의 꿈』을 비롯한 중기의 이 작품들에서부터 도스또예프스끼는 그의 후기 작품들에서 자주 사용하는 스캔들 장면, 이념과 감정의 결합 문제를 다룸으로써, 사건의 기록과 같은 초기 작품들에서 보이던 상상력의 결여를 극복하고, 다분히 심리적이면서 사회적인 성격의 소설로 넘어가는 특성을 보여 준다. 『아저씨의 꿈』은 기본적으로 매우 기교 있게 꾸며진 스캔들 장면이라고 파악할 수도 있다. 지방 소도시에 갑작스럽게 출현한 공작으로 인해 벌어지는 마을 사람들의 소동에 대한 작가의 묘사는, 조그마한 외면적 현상을 과장과 희화의 정신으로 그려 내는 도스또예프스끼 창작의 중기적인 특징을 잘 드러내 주고 있다. 이러한 그의 창작의 중기적 특성은 그의 후기 작품들에서 보이는 미묘한 인간 심리와 성격에 대한 연구와 비교하여, 유머러스하고 희극적인 상황이 작가의 묘사의 중심에 위치함으로써 세태에서 벌어지는 많은 해악들이 가벼운 농담처럼 취급되는 차별점도 아울러 보여 준다. 즉, 후기 도스또예프스끼 작품들에서 보여지는 인간 심리의 기저에 위치해 인간의 본질과 운명을 좌우하는 일상사의 선악의 문제가, 이 작품에서는 인물들의 관념론적 차원으로까지는 아직 확장되지 않고 있다. 전체적으로 이 작품은 도스또예프스끼의 창작 과정에서 초기의 감상주의적 경향에서 벗어나 코믹한 작품으로 변화를 시도한 작품이라고 평가할 수 있으며, 야유와 풍자의 성격이 강하면서도 희화와 과장이 지나쳐 희극성이 감소하는 단점을 드러내기도 한다. 이와 같은 공작과 지방 소도시 사교계 인물들에 대한 과장될 정도의 희화화, 소도시 일상사에 대한 떠들썩한 풍자적 묘사는 마치 드라마의 희가극farce과 같은 인상을 낳는다.

둘째, 도스또예프스끼 소설의 일반적 특징으로 언급할 수 있는 드라마적인 성격이 이 작품에서도 역시 매우 강하게 드러나고 있음을 지적할 수 있다. 실제로는 한 편의 희곡도 쓰지 않은 작가에 대한 이와 같은 언급은 일견 이상하게 보일는지 보이지만, 그러나 그의 대다수의 산문 작품들이 무대화되었고, 또 지금도 러시아와 유럽 국가들에서 꾸준히 무대화되고 있다는 사실은 그의 작품들이 지니고 있는 드라마적 특성을 엿보게 한다고 할 수 있다.[1] 결국 그의 소설은 설화적 틀 속에 담긴 수많은 극적 형식들이라고 환언하여 말하여도 그다지 과장된 것이 아니다. 어린 시절 실러와 뿌쉬낀을 모방하여 역사극을 시도하였고, 또 고골을 흉내 낸 희극 작품을 시도하기도 하였으며, 말년에 그의 대작 『까라마조프 씨네 형제들』을 드라마하려고까지 하였던 그의 작품들에는, 이

---

[1] 도스또예프스끼는 『아저씨의 꿈』을 원래 희곡으로 집필할 계획이었다. 이에 관해서는 작품 평론 참조.

런 시도들이 결국 하나도 실현되지는 못했음에도 불구하고 결국 연극적 요소에 대한 고려가 의식적으로든 무의식적으로든 내재하고 있다고 할 수 있다.

실제로 15장으로 구성된 이 소설의 각각의 장들은, 모르다소프 시(市)의 거리를 배경으로 마리야 알렉산드로브나의 집을 주된 공간으로 해서 벌어지는 사건들과 인물들로 가득 차 있다. 작품이 지니는 드라마적 특성은 사건이 발생하는 공간이 일정한 몇몇 세트와 같은 집의 거실, 부엌, 마차 안, 거리 등의 좁은 공간에 한정되고 있다는 점에서도 찾을 수 있으며, 시간적 구성에서도 찾을 수 있다. 실제로 사건이 일어난 시간은 결국 이 작품에서는 공작의 출현에서부터 떠나기까지의 시간이라고 할 수 있을 터인데, 이것이 소설 장르 본래가 지니는 시간적 무제약성과 다르게 며칠 동안의 짧은 시간으로 제한되어 있다. 극작가는 소설가와 달리 관객의 주의와 참여를 보다 지속적으로 유지하기 위해 보다 짧은 시간과 공간 속에서 배우의 실제적 행동에 의존하는 것이다. 이 작품의 장소와 시간의 성격은 소설을 희곡으로 각색하여 무대에서 상연하여도 큰 무리가 따르지 않을 듯 보이게 만든다. 실제로 이 작품은 1978년 12월 모스끄바의 말리 극장에서 안뜨로뽀프의 희곡 「매혹적인 꿈」으로 번안되어 공연되기도 하였다. 이것은 그의 소설 작품들 가운데서 첫 번째의 무대화로서, 도스또예프스끼 연극사에서도 중요한 의미를 갖는다. 그러나 이 작품이 지닌 소설의 드라마적 특성은 이 소설 『아저씨의 꿈』이 띠는 시공간의 무대적인 특성 외에도 화자의 역할과 인물들의 성격에서 보다 구체적으로 찾을 수 있을 듯하다. 도스또예프스끼의 전기 작품들에서 보이던 화자들의 적극적인 작품 내에서의 역할이 그의 중기 작품들에 이르면 상대적으로 매우 축소되어 가는 경향을 보이고, 후기 작품들에 이르면 인물과 인물들의 대화가 화자의 역할을 대신하는 경향성을 보인다. 이것은 소설 장르가 갖는 두 가지의 주된 특징에 대한 완화로서, 소설과 드라마의 장르적 경계가 모호해짐을 의미하기도 한다. 즉 소설은 드라마와 다르게 작가 자신의 논평을 많은 경우, 화자의 목소리를 통하여 제시할 수 있으며, 또한 화자의 시선을 통한 등장인물들의 내면적 의식 세계를 보여 줄 수도 있다. 소설 장르가 갖는 이와 같은 자유로움은 시공간에서의 무제한성이라는 특성과 아울러 소설을 소설로서 존재하게 만들어 주는 드라마와의 차별적 특성이 된다. 그러나 이 작품에서 화자의 역할이 작품의 1장 도입부와 각 장의 도입 부분들에서 문자 그대로 작품의 소개적 역할로만 극히 제한되고 있는 것은, 반대로 이 작품의 드라마적인 성격을 강화하는 데 크게 기여하고 있다.

작품의 드라마적인 성격은 또한 개성화되는 작품의 인물들의 성격에서도 찾을 수 있다. 중심적인 인물인 공작은 거의 꼭두각시같이 판단력을 상실한 희극적인 인물이다. 그의 청혼은 작품의 중심에 위치하면서 작품을 이끄는 역할을 하지만, 사실상 자신도 인정하고 있듯이 그의 고령을 고려할 때 불가능한 것으로 판단된다. 화장과 여러 가지 보조 의료 기구에 의해서 간신히 활동할 수 있는 공작의 결혼이라는 사건은, 사건 자체의 희극성 외에도 공작이라는 인물 성격의 희극성을 드러내는 역할을 한다. 그러나 이와 같은 인물들에 대한 평가적 차원은 결코 화자의 차원에서 주어진 것이 아니다. 다시 말하면 화자는 공작을 비롯한 등장인물들의 성격에 대한 가치 평가에서 어떠한 적극적인 역할도 삼가한 채, 오히려 화자 자신은 작품의 한 등장인물로서 그 역할이 축소되고 있다. 여기서 우리는 도스또예프스끼 작품의 형식에 나타나는 다성악(多聲樂)적인 성격에 대해 언급할 수가 있다. 도스또예프스끼 창작과 문예 이론의 뛰어난 비평가인 바흐찐은, 도스또예프스끼가 예술 세계에 열어 놓은 창작의 원칙을 〈다성악적인 세계를 건설하여 근본적으로 독백적(단성악적)인 기존 화법 소설의 형식을 파괴시키는 과제〉[2]라고 정의한다. 그에 따르면, 기존의 도스또예프스끼 소설에 대한 연구는 그의 주인공들의 목소리를 지나치게 사상적으로 반향시키는 연구로서, 그의 작품이 지니고 있는 본질적으로 새로운 예술적 의도를 기존의 인습적인 시점에서 파악하려는 시도라고 비판한다. 즉 주인공이 갖는 사상적 내용의 면에 얽매인 연구는 도스또예프스끼 창작의 구도 속에 있는 보다 본질적인 다수의 비융합적인 의식들을 무시하여 주인공들을 하나의 체계적, 독백적 전체로 축소시키고 있으며, 그렇지 않은 비평가들도 주인공들의 동등한 가치 의식들을 객관적으로 지각되고 대상화되는 심리로 전환시키는 오류를 범하고 있다는 것이다. 바흐찐이 파악하는 도스또예프스끼의 독특성은 사상적인 면에서의 독백적 철학성의 강조나 혹은 심리적 세계를 열어 펼쳐 주는 확장이 아니라 오히려 주인공들이 띠는 개성을 상대방, 타인의 개성으로서 객관적이고 예술적으로 볼 줄 알고, 제시할 줄 아는 데 있음이다. 이것은 작품의 신(神)이라 할 수 있는 작가의 목소리에 순응하지 않거나 때

---

2 M. M. Bakhtin, *Problemy poetiki Dostoevskogo*, Moskva, 1979, p. 8.

로는 반항할 수도 있는 자유로운 주인공들의 창조라는 문제와 직접적으로 연결된다. 독립적이며 융합하지 않는 다수의 목소리들과 의식들, 각자 완전한 가치를 띤 목소리들의 진정한 다성악, 동등한 권리와 각자 자신의 세계를 가진 다수의 의식들이 각자의 비융합성을 가진 채 어떤 사건의 통일체 속으로 결합하는 과정으로서의 도스또예프스끼의 소설 속에서의 대화는, 따라서 결코 드라마의 대화적 성격과는 그 본질에서부터 다르다. 왜냐하면 극적 대화와 서술적 제형식으로서 극화된 드라마는 언제나 확고부동한 독백적 테두리에 둘러싸여 있으므로 결코 〈드라마는 본질적으로 진정한 다성악과 무관하기〉 때문이다. 그러나 바흐찐의 이와 같은 정확하고도 심도 있는 도스또예프스끼 창작의 특성에 대한 지적에도 불구하고, 오히려 이와 같은 언급 속에서 우리는 그의 소설의 다성악적인 성격이 드라마의 특성과 연결될 수 있음을 볼 수 있다. 그의 소설에서 작가뿐만이 아니라 인물들이 독립적이고 완전한 가치를 지닌 관념과 의식의 담지자가 된다는 그의 관찰은, 사실 드라마가 소설에 비해 상대적으로 우위를 확보하고 있다고 할 수 있는 등장인물들의 존재론적 측면(그것이 3인칭 소설에서는 화자의 중재를 통해 약화된다면, 드라마에서는 인물들의 행위를 통해 직접적으로 실현된다고 할 수 있다)을 그의 소설 속에서도 찾을 수 있음을 반증하는 것이라고도 할 수 있다. 또한 바흐찐이 지적하는 도스또예프스끼 소설의 다문체성과 비문체성에 대한 언급도 결국은 드라마에서 각 인물들이 띠게 되는 소리와 감정, 언어 구사 측면에서의 다양성과 연결될 수 있다는 점을 생각한다면, 그의 이런 언급은 그의 소설의 드라마적 특성에 대한 언급에 다름 아니다.

도스또예프스끼 창작의 위와 같은 일반적 특징은 『아저씨의 꿈』에도 적용된다. 이 작품에서 우리가 주의 깊게 관찰할 수 있는 공작과 마리야 알렉산드로브나를 비롯한 소도시 사교계 인물들에 대한 희극적인 성격 부여는 결코 화자의 평가적 차원에서 이루어지는 것이 아닌 인물과 인물들의 대화적 관계에서 드러나고 있다. 그리고 이것은 다시 계속해서 독자에게 보여지고 그럼으로써 독자로 하여금 직접 판단하도록 만든다. 작품 속의 화자가 끊임없이 독자에게 말을 걸어 독자의 주의를 환기시키는 점은, 단순히 소설 작품의 대화적 성격뿐만 아니라 독자의 존재론적 위상이 드라마에서 관객의 위상만큼이나 작품의 구도에서 중요시됨을 알 수 있다.

우리에게 널리 알려진 도스또예프스끼의 초기나 후기 작품들에 비해 상대적으로 소개가 덜 된 『아저씨의 꿈』을 그의 창작사의 관점과 연극적 측면에서 간략하게 살펴보았다. 『아저씨의 꿈』은 도스또예스끼의 창작 과정에서 중기의 특징을 보여 줄 수 있는 대표적인 작품이며, 동시에 드라마적인 성격이 강하게 드러나는 작품이라고 할 수 있다. 러시아 문학뿐만 아니라 세계 문학사의 거봉으로 우뚝 솟아 있는 도스또예프스끼 창작에 대한 총체적 이해는 그의 생애의 각 시기에 걸친 작품들을 만나 그의 숨결을 느끼면서 이루어질 수 있을 터인데, 이 작품은 우리에게 보여 주지 않았던 도스또예프스끼 창작의 또 다른 시기의 또 다른 면을 보여 주고 있다는 점에서 그 중요성을 찾을 수 있다.

서론 부분에서 이미 언급하였듯이, 한 편의 예술 작품에 대한 이해는 작가의 전기적 사실에 대한 이해, 작가와 작품의 관계, 작품의 내재적인 분석, 작품과 작품이 씌어진 당대와의 관계에 대한 선행적 연구와 오늘 이 작품을 읽는 독자의 〈기대적 지평〉을 아우르게 될 때에야 비로소 이루어지는 복잡하고 다단계적인 과정이다. 그러한 과정을 거칠 때 비로소 작품에 대한 어느 정도 완전한 이해가 가능하겠지만, 그러나 똘스또이의 언급처럼 그러한 다단계의 과정을 거친 후에도 작품은 여전히 작품 자체로 머물러 있다는 사실을 부연해야만 한다. 다시 말하자면, 진정한 의미의 작품 이해는 바로 작품 자체이다. 가장 완벽한 예술적 정보량과 고도의 예술적 진리의 담지체로서의 예술 작품은 끊임없이 독자가 재해석을 시도하게끔 만드는 고도로 복잡하게 축적된 기호적 존재이다. 따라서 작품을 읽고 감상하면서 이 해설에서 풀지 못한 이 기호 담지체의 수많은 암호들을 풀어내는 것은 독자만의 특권이다. 그래서 예술 작품은 동그마니 독자의 눈길을 그리워하기도 하며, 독자의 관념과의 투쟁을 그리워하며 독자를 기다리고 있기도 하다.

박종소

* 번역 대본으로는 *gosudarstvennoe izdatel'stvo khudozhestvennoi literatury* 2(moskva, 1956)를 사용하였다.

작품 평론
〈아저씨의 꿈〉 들여다보기[1]
H. H. 솔로민나, H. M. 뻬를린나 / 박종소 옮김

1855년 세미빨라찐스끄에서 도스또예프스끼는 한 편의 희극을 구상했음을 밝힌 바 있다. 얼마 후 개별적인 인물들의 모험담으로 이루어진 〈희극적 소설〉이 만들어지기 시작했다. 여기에 관해서 도스또예프스끼는 마이꼬프에게 다음과 같이 썼다.(1856. 1. 18.)

나는 장난 삼아 희극 작품을 쓰기 시작하여 희극적인 장치들과 인물들을 도입하였지만, 작품의 주인공이 내 마음에 쏙 들었기에 희극을 쓰려는 계획을 그만두었습니다. 왜냐하면 비록 그 계획이 성공적인 측면이 있었지만, 제대로 만족을 거두기 위해서는 될 수 있는 한 오랫동안 내가 만든 새로운 주인공의 모험을 쫓아다니며 그를 보며 웃음을 터뜨려야 하기 때문입니다. 그런데 이 주인공은 나와 닮은 구석이 있습니다. 즉 나는 희극적 소설을 쓰고 있지만 지금까지는 계속 개별적인 모험담들만을, 그것도 충분할 정

[1] 여기에 실린 작품 평론은 『도스또예프스끼 전집 제2권』(나우까 출판사, 1972) pp. 509~519를 번역한 것으로, 제목은 열린책들 편집부에서 붙인 것이다.

도로 써두었기에 이제는 모든 것을 하나로 꿰어 맞추기만
하면 됩니다.

1855년에서 1856년 동안 도스또예프스끼의 마음을 차지
했던 〈희극적 소설〉 집필 기획은 이후 그가 유형 생활을 마친
다음에 썼던 두 편의 중편소설인 『아저씨의 꿈』과 『스쩨빤치
꼬보 마을 사람들』로 나타난다. 이 두 작품은 작가의 초기 의
도에 따르자면 하나의 〈희극적 소설〉을 구성했던 줄거리와
에피소드들을 다듬은 것으로, 이것들이 각각 개별적인 것으
로 분리되어 이후 나란히 집필된 두 작품에서 독립적인 발전
을 이루게 되었다. 『아저씨의 꿈』의 경우 작가의 진술이 이
사실을 확인해 준다.

그 후 1858년 1월경에 형에게 보낸 편지에서 알 수 있듯
이, 도스또예프스끼는 세 편의 작품에 대한 구상에 마음을
빼앗기고 있었다. 이들 중 첫 번째 작품은 〈대소설〉이자 〈미
래의 걸작〉이 될 것으로서, 작가는 이것을 〈당분간〉 내버려
둘 생각이었다. 「러시아 통보」에 게재한 두 번째 기획 작품
(『스쩨빤치꼬보 마을 사람들』)의 근간에 놓여 있는 사상은,
작가의 표현에 따르자면, 〈이미 8년 전에 모습을 갖춘 것〉이
었다. 도스또예프스끼가 세 번째 기획에 대해 말할 때는 『아
저씨의 꿈』을 염두에 두었음이 분명하다. 1월 18일에 형에게
보낸 편지가 이를 말해 준다.

……나의 대소설에는 그 자체로는 완결된 훌륭한 에피
소드가 있습니다만, 전체 작품에는 해를 주고 있습니다.
나의 희망은 이를 소설에서 떼어 내는 것입니다. 이 에피

소드는 『가난한 사람들』만큼의 분량이지만 내용에 있어서는 희극적입니다. 그리고 인물들은 참신하답니다.

도스또예프스끼가 제시하였듯이 〈완전히 개별적으로 개작된〉 에피소드는 독자적인 작품이 되어야만 했으며, 작가는 이것을 1858년 9월쯤 탈고하여 『러시아 말』에 게재할 생각이었다. 그러나 『아저씨의 꿈』의 작업은 지연되었고, 도스또예프스끼는 1858년 12월 13일자의 편지에서 이렇게 고백한다.

지난 10월에 형님에게 쓴 편지에서 11월 8일에는 어김없이 중편소설 원고를 보내겠다고 말씀드렸지요. 하지만 벌써 12월이 되었고, 원고 작업은 아직 끝나지 않았습니다. 방해 요소가 많았습니다. 몸은 병적인 상태였으며, 기분은 내키지 않았고, 이 지방 특유의 무기력증을 앓았습니다. 하지만 가장 중요한 원인은 이 중편소설을 혐오하게 된 것입니다. 이제 이 작품은 제 마음에 들지 않게 되었습니다.

장기간이라고 말할 수 있는 집필 기간이지만(희극 소설을 기획한다는 첫 번째 언급은 1856년 초의 일이었으며, 출판된 때는 1859년 3월이었다) 『아저씨의 꿈』은 쉬엄쉬엄 써졌다. 1858년 말, 도스또예프스끼는 「러시아 통보」에 보낼 원고 (『스쩨빤치꼬보 마을 사람들』)를 아직 마치지 못했으며, 『러시아 말』지에 게재할 중편소설에 매달리고 있다고 말한다. 그는 1858년 12월 12일자로 야꾸쉬낀에게 보낸 편지에서 〈중편소설을 매우 빨리 써 내려가고 있기에 곧 마칠 것입니다〉라고 단언하였다.『러시아 말』지의 편집진에게 원고를 송부한 시기는 야꾸쉬낀에게 쓴 편지 직후인 듯한데, 어쨌든 1859년 1월을 넘기지는 않았음이 분명하다. 왜냐하면 도스또예프스끼의 친구인 쁠레쉬체프가 2월 초에 이미 초고의 형태이든 또는 교정쇄이든 간에 작품을 모두 읽을 수 있었기 때문이다.『러시아 말』지에 처음 실린『아저씨의 꿈』은 그 이후 1860년과 1866년에 약간의 문체 교정을 거쳐서 재간행되었다.

이 작품의 근간에는 세미빨라찐스끄 지역 풍습을 관찰하고 느낀 작가의 개인적인 인상이 놓여져 있다.

「모스끄바 인」(1853년 13호)의 〈해외 소식〉란에 실린 어떤 기사는 노공작의 희극적인 외형적 특징을 암시해 주었다. 이 글에서는 젊게 보이도록 옷을 꾸며 입은 일흔세 살의 백작 겐리히에 대해 쓰고 있는데, 그는 자신을 마흔 살이라고 속이고 있는, 파리에서 건너온 노인이다. 백작의 비밀은 그가 죽고 난 후에야 조카에 의해 밝혀진다. 이와 같은 기사를 읽고 도스또예프스끼는 니꼴라이 황제 시절 국방 장관이었던 체르니셰프(1785~1857)를 떠올렸는데, 그 또한 젊어지려고 무던히도 애썼던 유명 인사였기 때문이다. 이 밖에도 아저씨 형상의 원형으로 떠올릴 수 있는 인물 중에는 꼬꼬쉬낀(1773~1838)이 있다. 그는 몇몇 모스끄바 극장들의 관장으로, 희극 작가이자 몰리에르 번역가이기도 했던 인물이다. 도스또예프스끼는 이 사람에 대해서 친구인 밀류꼬프를 통해 이미 1847~1848년 무렵에 들은 적이 있었는데, 밀류꼬프는 후에 자신의 회상록을 통해 꼬꼬쉬낀의 외모를 묘사하고, 또한 도스또예프스끼 중편소설의 몇몇 일화들과 공통점이 있는 늙은 쾌락주의자의 일화들을 소개하였다. 또한 간과할 수 없는 사실은 부유하면서도 우둔한, 〈반쯤은 망가지고 반쯤은 앞뒤가 맞지 않는〉, 그러면서도 수많은 상속인들의 간청의 대상이 되는 이 노인의 몇 가지 특징들이 도스또예프스끼 가의 친척뻘인 까레뼨에 대해서 말하고 있는, 형 미하일 도스또예프스끼의 1856년 4월 18일자 편지에서 암시받았을지도 모른다는 점이다.

아저씨에게는 희망을 걸 수가 없다. 그는 집 안의 안락의자에만 붙어 있으며, 어린아이처럼 되어 버렸다. 하지만 아저씨의 형제들과 조카들은 숙모를 움직여 손쉽게 온 집 안을 장악했다.

노공작의 그로테스크한 형상은 민중 인형 극단의 전통과 어느 정도 맞닿아 있다. 인형 극단에 대한 도스또예프스끼의 관심은 『죽음의 집의 기록』의 몇 개의 장들과 1876년의 『작가 일기』에서 「민중 인형극 〈뻬뜨루쉬까〉에 대하여」라는 에세이 초고를 통해 알 수 있다. 작가는 러시아 광대들의 공연 목록들을 소상히 알고 있었다. 심지어 그는 뻬뜨루쉬까 인형극을 전혀 고치지 않고서도 알렉산드리아 무대에 올릴 수도 있다고 여겼다. 뻬뜨루쉬까는 비록 유혹에 걸맞는 외모는 전혀 갖추지 않았지만, 거의 모든 민중 공연에서 아가씨와 놀기를 좋아하는 대식가, 사기꾼으로 등장한다. 인형극 주인공에 매혹된 도스또예프스끼는 〈이 얼마나 뛰어난 성격이며, 예술적으로 완벽한 인물인가!〉라고 감탄했다. 작가가 어린 시절부터 인형극이라는 예술 장르에 애정을 품게 된 배경에는 어린 도스또예프스끼 형제들을 부활절 때마다 민간 연극과 다양한 모습의 광대들, 어릿광대들과 뻬뜨루쉬까들을 구경시켜 준 할아버지인 꼬쩰니쯔끼의 영향이 크다. 『아저씨의 꿈』의 일련의 상황들과 에피소드에서 우리는 민중 인형극의 반영을 발견할 수 있는데, 예컨대 실패한 약혼자인 공작의 정체가 폭로되는 장면이 그러하다. 또한 젊게 보이도록 옷을 차려입는 공작의 모습은 인형극에서 노인과 노파들을 솥에 삶거나 부엌의 불에 달궈 젊게 보이도록 하는 것과 일치한다.

『아저씨의 꿈』이 1850년대 말 사회의 동요를 반영한 문학적 조류와 본질적인 연관을 맺고 있는 중편소설이라는 평가는 지극히 정당하다. 이런 점에서 보자면 도스또예프스끼는 1850년대 문학 작품들 속에서 고골의 풍자적인 전통을 발전시키고 있는 동시에, 귀족 계급과 농노 해방 이후의 질서를 예리하게 폭로했던 오스뜨로프스끼, 삐셈스끼, 『지방 도시 인상기』시기의 쉬체드린 등과도 여러 가지 면에서 근접해 있다.

작가는 지방 도시의 끝없는 침체와 러시아 변방 도시 주민의 무지몽매함, 잔혹함, 천박함을 묘사하면서, 러시아 문학이 이 주제를 다루면서 축적한 여러 전통들에 도움을 받고 있다. 『아저씨의 꿈』의 줄거리 구조에는 뿌쉬낀의 『눌린 백작』과 고골의 「검찰관」의 장면들과 형상들이 여러 곳에서 분명히 보이고 있다. 또 풍자적이고 그로테스크한 아저씨의 형상은 눌린 백작의 성격상의 특징을 독특하게 변형시킨 것이고, 또한 홀레스따꼬프라는 인물을 상당 정도 변형시킨 것이다. 지극히 고골적인 주인공의 경박함과 공허한 말들은 공작의 우둔함과 수다로 바뀌어 나타난다. 그런데 주목할 것은 고골의 흘레스따꼬프는 희극적인 형상이지만, 늙은 공작의 경우는 이러한 희극적인 요소에 불쌍함이 덧붙여졌다. 한편 공작은 장편소설『미성년』에서의 쇠약한 노인인 소꼴스끼 공작과 동일선상에 놓여 있다. 소설의 정점인 모스깔료바의 거대한 계획의 붕괴와 그녀의 집에서 터져 나온 스캔들(소설의 13장과 14장)은「검찰관」의 결정적인 5막을 연상케 한다.

도스또예프스끼는 중편소설의 근저에 폰비진, 그리보예도프, 뿌쉬낀의 인물들과 자신의 주인공들을 대조시켜 놓았다. 우리는 마리야 알렉산드로브나가 시골에 들러서 남편과 대화를 나누는 장면에서 폰비진의『미성년』과의 유사성을 감지하게 된다. 또한 〈갑자기 나타났다! 갑자기 나타났어! 마부가 갑자기 나타났다!〉라는 어투로 말하는 공작과 그의 외모를 그리는 몇 가지 묘사는 『지혜의 슬픔』의 몇몇 구절을 생각게 한다. 한편 모즈글랴꼬프의 형상에서는 러시아 지방 도시를 편력하는 오네긴이 희화화되어 있음을 보게 된다.『아저씨의 꿈』의 마지막 부분들은『예브게니 오네긴』의 7장을 풍자한 것이다.

1856년「러시아 통보」지의 8호~12호에서 게재되기 시작한 살띠꼬프 쉬체드린의『지방 도시 인상기』는 1857년의 7~10호에서 종결된다. 이때 세미빨라찐스끄에 유형 중이던 도스또예프스끼는 정기적으로 이 잡지를 구독한다. 이전에 뻬뜨라셰프스끼 모임의 일원이었으며 1856년에서야 복권되었던 쉬체드린의 문학적 운명이 도스또예프스끼의 흥미를 일으킨 것은, 그가 이전의 뻬뜨라셰프스끼 모임의 동료들이 시민권을 되찾는 과정에 관심을 가지고 있었기 때문이다. 『아저씨의 꿈』에서 『지방 도시 인상기』에 대한 몇몇 반응을 읽을 수 있다. 도스또예프스끼는 쉬체드린과 유사하게 지방 도시 신문의 사회면 형식으로 이 중편소설을 구축했으며, 소설에서 사건을 이야기하는 일은 신문 기자 역할을 맡은 모르다소프의 주민에게 부여한다. 이 밖에도 쉬체드린의 르포 문학 작품 『즐거운 가족』의 여주인공인 마리야 이바노브나의 간계, 고압적인 권위적 태도, 자질구레한 허영심과 그녀의 남편인 알렉세이 드미뜨리치가 보여 주는 우둔함과 권태는 마리야 알렉산드로브나 집안의 가족 관계를 상기시킨다.

멜구노프는 『아저씨의 꿈』과 뚜르게네프의 희극 『시골 여자』의 스토리상의 유사성을 지적한다. 뚜르게네프 작품의 여주인공 다리야 이바노브나는 지방의 늪에서 빠져나오고 싶어하며 남편에게 뻬쩨르부르그의 일자리를 마련해 주고 싶어한다. 그리하여 그녀는 사교계의 탕아였지만 이제는 한물간 류빈 백작에게 아주 오래된 이들의 첫 만남과 그때 백작이 그녀에게 매혹되었음을 상기시키면서 그를 교묘히 유혹한다. 1851년에 처음으로 출판되었으며 같은 해에 모스끄바와 뻬쩨르부르그의 무대에서 공연되었던 『시골 여자』는 1857년에는 네끄라소프에 의해 〈가벼운 읽을 거리〉 시리즈 제6권에 다시 실렸다. 도스또예프스끼는 중편소설 집필 기간 중에 재간행된 작품을 처음 읽고(어쩌면 이전에 감옥에서 나온 직후 읽었을 수도 있지만) 뚜르게네프의 희극에 관심을 가지게 된다. 도스또예프스끼가 『시골 여자』에 쏟은 관심과 그로부터 받은 영향은 이후 발표한 중편소설 『영원한 남편』(1870)에서 나타나고 있으며, 여기서 뚜르게네프의 희극 작품의 기본적인 상황은 심리적으로 재해석되었으며 그 깊이는 한층 깊어졌다. 그러나 멜구노프는 도스또예프스끼와 뚜르게네프 사이에서 펼쳐지는 이후의 복잡한 사적(私的)인 사건들과 이념적인 관계를 토대로 하여,『아저씨의 꿈』의 공작의 개성에는 뚜르게네프 작품의 개성적 특징들이 희극적으로 조명받아 해석되어졌으며, 따라서『아저씨의 꿈』은『시골 여자』의 작가에 반대하여 이후『악령』에서 서구주의자인 뚜르게네프를 희화화시키는 도스또예프스끼를 예고한 첫 번째 작품이라는 가정은 좀 더 정확히 확인할 필요가 있음을 주장했다.

그에 반해 또 다른 가정은 좀 더 개연성이 높다고 할 수 있다. 즉, 작가는 희극에 산재해 있는 언급들을 통해 분명히 드러나듯이, 뚜르게네프 희극의 주인공을 통해 자신이 예전에 몰두했던 대상들을 만나는 순간의 자신을 풍자했다는 가정이다. 도스또예프스끼는 〈희극 소설〉의 주인공에 대해서 위에서 인용한 형 앞으로 쓴 편지에서 주인공이 자신과 닮은 점이 있다고 했다. 이는 아무 생각 없이 한 말은 아닐 것이다. 부인인 도스또예프스까야의 증언에 따르자면, 도스또예프스끼는 1860년대에 장난 삼아 그녀 앞에서 종종 〈아저씨〉의 역을 연기하기를 즐겼다고 한다. 그녀는 회상록에서 이렇게 말한다.

> 표도르 미하일로비치가 젊게 차려입은 노인의 역을 연기할 때면 내 기분은 좋지 않았다. 그는『아저씨의 꿈』의 주인공인 늙은 공작의 말과 생각을 몇 시간이고 연기할 수가 있었다.

이처럼 공작이라는 등장인물은 어느 정도 작가에게는 독특한 가면이었다. 도스또예프스끼는 공작의 몰두를 이야기하면서 그를 이사예바와 때늦은 연애 행각을 벌인 자신과 연관시켰음이 분명하다. 그리하여 뚜르게네프가 『시골 여자』에서 자신을 비웃었듯이 도스또예프스끼도 그렇게 했다. 바로 여기에 『아저씨의 꿈』과 『시골 여자』의 진정한 유사성이 있다. 즉, 두 작품 모두에서 유사하게 나타나는 풍자 요소는 자기 자신을 풍자한 것으로서, 이같은 『시골 여자』에서의 요소를 도스또예프스끼가 고려했다고 할 수 있다.

끼르뽀찐은 『아저씨의 꿈』의 이면에는 1840년대 도스또예프스끼의 주인공들의 흔적 같은 형상들이 있음을 지적한다. 〈연약한 마음〉으로 지나를 사랑하고 그녀에게 사랑받는 몽상가 바샤가 그런 인물이라고 한다. 이런 인물들의 사랑 이야기에서는 분명 『네또츠까 네즈바노바』의 주인공들이 펼치는 드라마와의 유사성도 역시 감지된다.

『아저씨의 꿈』의 몇몇 인물들은 『죽음의 집의 기록』에 등장하는 인물들과 공통적인 원형을 가지고 있다. 모스깔료바가 목걸이를 전당 잡히는 보석상 이사이 포미치 붐쉬쩨인, 『아저씨의 꿈』의 바샤처럼, 죽을 작정으로 코담배를 담근 술을 마시고 그 결과 폐병에 걸린 죄수 우스찌얀쩨프가 그러하다.

『아저씨의 꿈』의 내부 그림은 미술가 페도또프의 그림에 가깝다. 도스또예프스끼는 그의 그림들을 1848년 뻬쩨르부르그에서 전시회가 열렸을 때 처음 접하게 되었다.

앞에서 다루었듯이 이 중편소설은 희극을 개작함으로써 만들어졌다. 그런 까닭에 작가의 묘사는, 특히 활동을 시작하는 3장 초입에서, 간결한 표현을 사용함으로써 드라마 작품의 무대 지시를 상기시킨다. 중편소설을 맨 처음으로 각색하려 한 시도는 1870년도에 끼릴로프에 의해 이루어졌다. 희곡은 모스끄바의 배우인 바실리예바 경축 공연을 위해 준비

되었지만, 검열에 걸려 상연되지 못했다. 검열에 걸린 부분이 표시된 희곡의 원고는 레닌그라드 국립 연극 박물관에 보관되어 있다. 주목해야 할 점은, 등장인물의 대사에서는 물론이고 무대 지시에서도 도스또예프스끼의 텍스트가 그대로 들어 있다는 점이다. 희곡의 막은 마리야 알렉산드로브나의 집에서 일어난 스캔들 장면으로 끊어진다. 이후 『아저씨의 꿈』을 무대에 올리기 위해 각색하는 데에는 20여 년의 세월이 걸리게 된다.

자신의 중편소설을 문학가 동료들과 검토해 볼 기회를 빼앗긴 도스또예프스끼는 당시 뻬쩨르부르그에서 『아저씨의 꿈』을 출판하려고 애쓰고 있던 형 미하일 미하일로비치에게 부탁하여 이 작품에 대한 출판업자와 작가들의 견해를 자신에게 전해 달라고 하였다.

작가의 부탁을 받아들인 미하일 미하일로비치는 소설이 출판되기 이전에 표도르 미하일로비치의 친구인 시인 쁠레쉬체예프에게 『아저씨의 꿈』의 원고를 건네주었다. 1859년 2월 10일자로 표도르 미하일로비치에게 쓴 편지에서 쁠레쉬체예프는 솔직히 자신의 의견을 전했다.

> 솔직한 심정을 말씀드리지요. 나는 좀 더 많은 것을 기대하였지만, 소설은 서두르는 느낌을 줍니다. 몇몇 장면들은 과장되어 있으며, 지노치까는 호감을 주지 못하는 인물입니다. 그리고 무엇보다도 자연스럽지 못하고 인위적인 어떤 것들이 있습니다. 소설의 도입은, 제 생각으로는, 상투적이며 약간은 신문의 칼럼과 흡사합니다. 이런 것들이 결점으로 보입니다.

그리고 쁠레쉬체예프는 자기 마음에 드는 것에 대해 밝히고 있다.

마리야 알렉산드로브나의 인물 설정은 탁월하게 훌륭합니다. 모즈글랴꼬프는 대단히 믿음직스러우며, 생생한 인물입니다. 지방 도시는 여인들의 인물을 통해 훌륭하게 그려졌으며, 공작과 관련된 몇 장면들은 너무나 우스워서 웃음을 터뜨리지 않을 수 없습니다.

도스또예프스끼는 쁠레쉬체예프의 편지를 읽고 실망하여 1859년 3월 14일자로 형에게 다음과 같은 편지를 보냈다.

쁠레쉬체예프는 내 작품에 반쯤은 불만입니다. 어쩌면 그가 옳을지도 모릅니다. 저는 『아저씨의 꿈』을 너무 서둘러 썼지요.

형 미하일은 『아저씨의 꿈』을 끝까지 읽을 수 없었다는 『조국 수기』의 편집장 끄라예프스끼의 부정적인 반응을 작가에게 감추지 않았다. 1859년 10월 21일자의 편지에서 형은 도스또예프스끼의 작품(여기에는 『스쩨빤치꼬보 마을 사람들』도 포함된다)에 대한 비평은 앞으로는 없을 것이라고 분명히 예고하는데, 그 이유는 〈잡지들이 요즘은 서로가 서로를 평하지 않기 때문〉이라는 것이다. 실제로 『아저씨의 꿈』이 출판되었을 당시는 물론이고, 도스또예프스끼의 두 권으로 된 작품집이 출판되었던 1861년도에 도스또예프스끼 창작에 대한 일련의 논문들이 정기 간행물에 실렸을 때도 비평가들은 이 작품을 언급하지 않았다.

『아저씨의 꿈』에 대한 당시 사상가들의 공감 어린 관심을 증명하는 거의 유일한 증거는 비평가 삐사레프의 어머니인 삐사례바가 도스또예프스끼에게 보낸 1878년 4월 7일자의 다음과 같은 편지일 것이다.

> 1860년에 삐사레프가 건강이 좋아졌을 때, 우리 두 사람은 당신의 중편소설 『아저씨의 꿈』을 함께 읽었습니다. 그는 노공작에 대해 마음껏 웃었습니다. 또한 그는 이 소설이 너무 마음에 들어 극장에 올릴 대본을 만들려고 했습니다.

1880년에서야 밀레르는 『고골 이후 러시아 작가들』이라는 저서에서 이 중편소설을 몇 마디 말로 설명하였다. 그는 인물들 중 한 사람인 가난한 교사 바샤를 〈학대받는 사람들〉의 부류에 포함시켰다.

이 작품에 대한 가장 엄중하고 파괴적인 비판은 바로 작가 자신이 한 것이다. 1873년에 모스끄바 대학교의 법학부 대학생인 페도로프가 이 작품을 무대에 올리기 위해 개작을 하자고 제안을 했을 때, 도스또예프스끼는 1873년 9월 14일자 편지에서 이렇게 대답했다.

> 15년 동안 나는 『아저씨의 꿈』을 한번도 다시 읽은 적이 없었습니다. 이제 다시 읽어 보니 형편없군요. 나는 당시 출옥한 직후 시베리아에서 이 작품을 썼는데, 그때 유일한 집필 목적은 문학 활동을 개시하는 데 있었고 또한 검열을

두려워했습니다. 그런 까닭에 어쩔 수 없이 검열에 걸리지 않을 온건한 작품을 썼던 겁니다. 이 작품은 가벼운 보드빌로 만들 수 있겠지만, 희극을 만들기에는 내용이 부족하며, 이 중편소설에서 유일하게 진지한 인물인 공작에게서도 내용은 부족합니다.

도스또예프스끼는 엄격하게 판단을 내렸으며, 만일 공연을 한다면 자신의 이름은 프로그램에 올리지 말아 달라고 요청했다.

도스또예프스끼가 『아저씨의 꿈』에서 관심을 보였던(이는 아마도 쉬체드린의 영향이겠지만) 스캔들을 다루는 지방 신문 사회 면의 형식으로 되돌아온 것은 유형 이후의 문학 시기에 해당하는 『악령』부터이다. 도스또예프스끼는 이 장르의 틀을 상당 부분 확대시킨 후, 여기에 당대의 새로운 정치적 성격을 덧붙였다.

도스또예프스끼 연보

1790년 아버지 미하일 안드레예비치 도스또예프스끼, 우니아뜨교 사제의 아들이며 뽀돌리야의 귀족 가문의 자손으로 태어남. 모스끄바의 내외과(內外科) 아카데미에 들어가 1812년 조국 전쟁 때 부상자들을 돌봄. 1819년에 마리야 네차예프와 결혼.

1820년 첫아들 미하일 태어남. 아버지 미하일 도스또예프스끼는 군대에서 제대한 후 모스끄바에 있는 자선 병원의 주치의 자리를 얻음.

1821년 출생 10월 30일(현재의 그레고리우스력(曆)으로는 11월 11일) 부모가 살고 있던 모스끄바의 마린스끼 자선 병원의 부속 건물에서 둘째 아들 표도르 미하일로비치 도스또예프스끼 태어남. 11월 4일 마린스끼 병원 근처, 상뜨 뻬뜨로 빠블로프스끄 성당에서 어린 표도르에게 세례를 줌. 표도르란 이름은 그의 대부이자 외조부인 표도르 네차예프(1769~1832)에게서 물려받은 것으로 보임.

1822년 1세 12월 5일 여동생 바르바라 태어남.

1825년 4세 3월 15일 남동생 안드레이 태어남.

1829년 8세 7월 22일 쌍둥이 여동생이 태어나나 그중 동생인 베라만 살아남음.

1831년 10세 여름 아버지 미하일 도스또예프스끼가 뚤라 지방의 다로보예 영지를 사들임. 8월 농부 마레이 사건 발생(『작가 일기』 1876년

2월호에 이 사건을 소재로 한 단편 「농부 마레이」 발표). 12월 13일 남동생 니꼴라이 태어남.

1832년 11세 4월 어머니 마리야 표도로브나, 세 아들을 데리고 다로보예 영지로 감. 6월 도스또예프스끼 부부, 다로보예 옆에 있는 주민 1백여 명의 체레모쉬냐 마을을 사들임. 9월 도스또예프스끼, 어머니와 형제들과 모스끄바로 돌아옴.

1833년 12세 가을 형 미하일과 드라슈소프 씨 집에서 기숙사 생활. 4월 4일 부활절 주간에 소유지가 화재로 잿더미가 됨. 도스또예프스끼 부부, 여름 내내 피해 복구.

1834년 13세 여름 다로보예에서 지내면서 월터 스콧의 작품 탐독. 10월 도스또예프스끼와 형 미하일, 체르마끄가 경영하는 중학 과정의 기숙 학교에 들어감.

1835년 14세 7월 25일 여동생 알렉산드라 태어남.

1837년 16세 1월 29일 단테스 남작과의 결투로 뿌쉬낀 사망. 이 소식에 온 러시아가 충격에 휩싸임. 2월 27일 도스또예프스끼의 어머니 마리야 사망. 봄 도스또예프스끼, 갑작스런 후두염과 목소리 상실로 고생함. 이 병은 그를 평생 따라다님. 5월 아버지와 형 미하일 그리고 표도르 도스또예프스끼, 수도 뻬쩨르부르그로 일주일간 마차 여행(모스끄바와 뻬쩨르부르그 두 도시 간의 철도는 1851년에 개통됨). 두 형제는 뻬쩨르부르그로 가서 중앙 공병 학교의 입학을 목표로 K. F. 꼬스또마로프가 경영하던 기숙 학교에 들어감. 아버지와 두 형제들 작별 이후 더 이상 만나지 못함. 7월 1일 도스또예프스끼의 아버지, 건강상의 이유로 퇴역한 후 아직 어린 두 딸과 시골로 들어감. 9월 두 형제가 공병 학교에 응시하나 표도르 혼자 합격(형 미하일은 신체 검사 결과 불합격).

1838년 17세 1월 16일 공병 학교에 입학. 6월 뻬쩨르부르그 근처에서 야영 생활. 돈이 떨어져서 아버지에게 서신으로 줄기차게 돈을 요구함.

1839년 [18세] 6월 6일 도스또예프스끼의 아버지, 다로보에 농노들에게 살해당함.

1840년 [19세] 11월 29일 하사관으로 임명됨. 군생활을 지겨워함. 호프만, 실러, 빅토르 위고, 셰익스피어, 라신, 괴테의 책을 읽음.

1841년 [20세] 8월 소위보로 진급됨. 미완성으로 남아 있는 두 편의 희곡,「마리 스튜어트Marie Stuart」와 「보리스 고두노프Boris Godunov」를 씀. 알렉산드리야 극장을 자주 드나들며 발레와 음악회를 감상함.

1842년 [21세] 8월 육군 소위가 됨.

1843년 [22세] 8월 공병 학교를 졸업하고 공병국 제도실에서 근무. 9월 친구 리젠깜프 박사가 살고 있는 아파트에 자리 잡음. 박사의 환자들과 알게 됨. 돈이 떨어져 P. 까레뻰에게 돈을 요구. 12월 발자크의 소설 『외제니 그랑데*Eugénie Grandet*』(1834년 판) 번역. 형 미하일에게 공병 학교 친구들과 더불어 번역 작업을 할 것을 제의.

1844년 [23세] 2월 재정 상태가 극도로 안 좋아짐. 유산 관리인으로부터 일시금을 받고, 토지와 농노에 대한 상속권을 방기함. 8월 제대 신청. 10월 19일 제대함. 『가난한 사람들*Bednye liudi*』 집필 시작.

1845년 [24세] 1월 『가난한 사람들』 처음부터 다시 쓰기 시작. 3월 소설 『가난한 사람들』 끝냄. 4월 세 번째로 전체 수정. 5월 원고를 친구 그리고로비치Grigorovich에게 읽어 줌. 그리고로비치가 이 글을 가지고 네끄라소프Nekrasov에게 뛰어감. 네끄라소프, 열광하여 그다음 날로 유명한 평론가 벨린스끼에게 보임. 작품이 성공을 거둠. 여름 레벨에 있는 형의 집에서 기거하며 두 번째 중편소설 『분신*Dvoinik*』에 착수함. 11월 하룻밤 만에 「아홉 통의 편지로 된 소설Roman v deviati pis'makh」을 씀. 벨린스끼와 뚜르게네프가 도스또예프스끼의 절도 없는 생활을 비난함. 12월 벨린스끼의 집에서 열린 문학 모임에서 『분신』을 낭독함.

1846년 [25세] 1월 24일 『뻬쩨르부르그 선집*Peterburgskii sbornik*』에

『가난한 사람들』을 발표. 2월 두 번째 작품인 『분신』을 『조국 수기 *Otechestvennye zapiski*』에 발표. 봄 뻬뜨라셰프스끼를 알게 됨. 여름 레벨에 있는 형 집에서 「쁘로하르친 씨Gospodin Prokharchin」 집필. 10월 5일 게르쩬을 알게 됨. 『여주인*Khoziaika*』과 『네또츠까 네즈바노바*Netochka Nezvanova*』 쓰기 시작. 가벼운 간질 증세. 10월 「쁘로하르친 씨」를 잡지 『조국 수기』에 발표.

1847년 26세   1월 소설 「아홉 통의 편지로 된 소설」을 잡지 『동시대인 *Sovremennik*』에 발표. 1~3월 벨린스끼와 절연. 6월 「뻬쩨르부르그 연대기Peterburgskaia letonisi」를 신문 「상뜨 뻬쩨르부르그 통보 Sankt-Peterburgskie vedomosti」에 발표함. 7월 7일 센나야 광장에서 갑작스러운 첫 번째 간질 발작. 7월 15일 뻬쩨르부르그 근교에서 도스또예프스끼의 절친한 친구이자 시인인 B. 마이꼬프가 뇌졸중으로 인해 익사함. 가을 『가난한 사람들』이 단행본으로 나옴. 10~12월 『여주인』을 『조국 수기』지에 발표함.

1848년 27세   5월 28일 비사리온 벨린스끼 사망. 가을 뻬뜨라셰프스끼와 스뻬쉬네프와 화해하고 그들의 사회주의 이론에 흥미를 느낌. 12월 뻬뜨라셰프스끼의 집에서 푸리에주의와 공산주의에 관한 강연을 들음.
• 『조국 수기』에 발표한 작품들 : 「남의 아내Chuzhaia zhena」(1월) 「약한 마음Slavoe serdtse」(2월), 「뽈준꼬프」, 『닳고 닳은 사람 이야기』(1장 「퇴역 군인」, 2장 「정직한 도둑」, 후에 1장은 완전히 삭제하고 제목도 「정직한 도둑Chestnyi vor」으로 바꿈), 「크리스마스 트리와 결혼식Iolka i svad'ba」, 「백야Belye nochi」(12월), 「질투하는 남편」(「질투하는 남편」을 12월 『조국 수기』에 발표하였으나, 1월에 발표한 「남의 아내」와 합쳐 「남의 아내와 침대 밑 남편」으로 개작함).

1849년 28세   연초에 뻬뜨라셰프스끼 친구들 집에서 금요일마다 열리는 문학 모임에 참석. 1~2월 『조국 수기』에 『네또츠까 네즈바노바』 일부 발표(4월 체포로 인해 작업이 중단됨). 4월 7일 푸리에의 탄생일 기념으로 〈뻬뜨라셰프스끼 모임〉에서 점심 식사. 4월 15일 뻬뜨라셰프스끼 집에서 열린 한 모임에서 도스또예프스끼는, 〈절대 왕정의 입장을 신봉했다는 이유로 고골을 비난하는 내용을 담은〉 벨린스끼의 편지를 두 번째로 읽음. 4월 23일 고발에 의해 새벽 5시에 체포당함. 9월 30일 재판 시작. 11월 13일 벨린스끼의 〈사악한〉 편지를 퍼뜨린 죄목으로 사형을 선고받음. 12월 22일 세묘노프스끼 광장에서 사형수들의 형을 집행하기 직전, 황제의 특사로 형 집행이 중단되고 강제 노동형으로 감형됨.

1850년 29세 1월 11일 또볼스끄에 도착하여 이곳에서 여러 명의 12월 당원(제까브리스뜨) 아내들의 방문을 받음. 그중 폰비진의 아내는 그에게 10루블짜리 지폐가 표지에 숨겨진 복음서를 몰래 건네줌. 1월 23일 옴스끄에 도착하여 4년을 지냄. 이 기간 동안 가족에게 편지 쓰기를 금지당한 채 혹독하고 비참한 수용소 생활을 견뎌 냄.

1854년 33세 2월 중순 출옥. 2월 22일 감옥 생활을 묘사한 편지를 형에게 보냄. 3월 2일 시베리아 전선 세미팔라친스끄에 주둔 중인 제7대대에 배치됨. 봄에 세무관 이사예프와 알게 됨. 이사예프 부인에게 반함. 이 기간에 뚜르게네프, 똘스또이, 곤차로프, 칸트, 헤겔 등의 서적을 탐독함. 11월 21일 세미팔라친스끄에 검찰관으로 임명된 브란겔 남작과 가까운 친구가 됨.

1855년 34세 2월 18일 니꼴라이 1세 사망. 8월 4일 세무관 이사예프 사망. 12월 브란겔, 세미팔라친스끄를 떠남.
• 이해에 『죽음의 집의 기록 Zapiski iz miortvogo doma』을 쓰기 시작.

1856년 35세 브란겔, 상뜨 뻬쩨르부르그에서 도스또예프스끼의 사면을 위해 활동을 함. 11월 26일 마리야 드미뜨리예브나 이사예프가 오랜 망설임 끝에 도스또예프스끼의 청혼을 승낙함.

1857년 36세 2월 6일 마리야 드미뜨리예브나 이사예프와 결혼. 4월 17일 이전의 권리(세습 귀족 신분)를 되찾음. 8월 감옥에서 구상하고 집필에 들어갔던 「꼬마 영웅 Malenkii geroi」이 『조국 수기』에 M이라는 익명으로 실림. 12월 간질 증세로 인해 군복무를 계속할 수 없다는 진단을 받음.

1858년 37세 봄 까뜨꼬프에게 편지를 보내 『러시아 통보*Russkii vestnik*』지에 중편소설 게재를 요청함. 까뜨꼬프 받아들임. 6월 19일 형 미하일이 정치와 문학 잡지 『시대*Vremia*』지의 출판 허가를 요청함. 9월 30일 미하일, 잡지 출판 허가받음. 10월 31일 돈 떨어짐. 두 편의 중편과 장편 한 편을 씀.

1859년 38세 3월 18일 하사관으로 제대함. 3월 『아저씨의 꿈 *Diadiushkin son*』이 『러시아 말*Russkoe slovo*』지에 실림. 4월 11일 소설 『스쩨빤치꼬보 마을 사람들*Selo stepantikovo*』을 까뜨꼬프에게 보냄. 7월 2일 세미팔라친스끄를 떠나 뜨베리로 감. 8월 19일 뜨베리 도착. 8월 28일 형 미하일이 도착하여 며칠간 동생과 함께 지냄. 도스또예프스끼, 상뜨 뻬쩨르부르그에서 거주할 허가를 얻기 위해 교섭. 뜨베리에 싫증을 냄. 10월 6일 네끄라소프, 『동시대인』지에서 『스쩨빤치꼬보 마을 사람들』출판에 동의함. 도스또예프스끼는 『죽음의 집의 기록』집필 구상. 11월 상뜨 뻬쩨르부르그 거주를 허가받음. 그러나 평생 비밀 경찰의 감시를 받게 됨. 12월 상뜨 뻬쩨르부르그에 도착(10년 만의 귀환). 며칠 후 스뜨라호프Strakhov와 알게 되고 친구가 됨. 후에 그는 도스또예프스끼의 공식 전기를 쓰게 됨. 11~12월 『스쩨빤치꼬보 마을 사람들』이 『조국 수기』지에 실림.

1860년 39세 봄 여배우 A. I. 쉬베르뜨의 집에 드나들게 되고 그녀의 남동생 내외와도 알게 됨. 3~4월 〈문학 기금〉을 위한 두 편의 연극에 참여(고골의 「검찰관Revizor」과 「코nos」). 9월 『러시아 세계*Russkii mir*』지(67호)에 『죽음의 집의 기록』연재 시작. 11월 검열 당국은 『죽음의 집의 기록』의 불온한 표현들을 삭제한다는 조건으로 이 책의 출판을 허가함. 가을 형과 함께 문학 서클 〈편집자들의 모임〉 결성. 당대의 유명 인사들이 대거 참여.
• 도스또예프스끼의 작품들이 두 권의 책으로 나옴.
1권 : 『가난한 사람들』, 『네또츠까 네즈바노바』, 「백야」, 「정직한 도둑」, 「크리스마스 트리와 결혼식」, 「남의 아내와 침대 밑 남편」, 「꼬마 영웅」. 2권 : 『아저씨의 꿈』, 『스쩨빤치꼬보 마을 사람들』.

1861년 ⁴⁰세 3월 5일 2월 19일의 농노 해방령이 시행됨. 7월 『상처받은 사람들 Unizhennye i oskorblionnye』 마지막 손질. 『시대』지에 기고. 9월 『상처받은 사람들』 출판 허가. 이 해에 많은 작가들과 관계를 맺음. 그중에는 곤차로프, 오스뜨로프스끼, 살띠꼬프 쉬체드린도 있음.
• 『상처받은 사람들』이 두 권의 단행본으로 출간됨.

1862년 ⁴¹세 1월 『죽음의 집의 기록』의 두 번째 부분이 『시대』지에 실림. 1월 16일 『죽음의 집의 기록』의 단행본을 내기 위해 바주노프와 계약. 5월 온천에 가기 위해 통행증 신청. 5월 16일 상뜨 뻬쩨르부르그에서 화재 발생, 15일간 계속되어 1천여 개의 상점이 잿더미가 됨. 도스또예프스끼, 크게 놀람. 6월 7일 처음으로 외국 여행. 6월 8~26일 베를린, 드레스덴, 프랑크푸르트, 쾰른, 파리 등을 여행. 7월 초 런던에 가서 게르쩬 만남. 〈도스또예프스끼가 어제 나를 만나러 왔습니다. 그는 순수하고, 그다지 명석하지는 않지만 매력있는 사람입니다. 그는 러시아 민족을 열광적으로 믿고 있습니다.〉(1862년 7월 17일 게르쩬이 오가레프Ogarev에게 보낸 편지) 7월 7일 체르니셰프스끼Chernyshevskii가 체포되어 뻬뜨로 빠블로프스끼 감옥에 감금됨. 7월 8일 도스또예프스끼, 파리로 돌아가기 전 게르쩬에게 자신의 서명이 든 사진을 선물함. 7월 15일 쾰른으로 갔다가 라인 강을 거쳐 스위스로, 그 후에 이탈리아로 감. 12월 『시대』지에 『악몽 같은 이야기 Skvernyi anekdot』 발표.

1863년 ⁴²세 2월 『시대』지에 「여름 인상에 대한 겨울 메모 Zimnie zametki o letnikh vpechatleniakh」 연재됨. 4월 『시대』지, 스뜨라호프가 1월에 발생한 폴란드인의 무장봉기 실패에 관해서 폴란드인에게 유리한 기사를 실었다는 이유로 4호로 발행 정지됨. 5월 『시대』지 출판 금지 당함. 8월 외국으로 떠남. 8월 14일 파리에 도착하여 다음 날 먼저 와 있던 수슬로바와 만남. 둘의 관계가 악화되고 그는 노름판에서 돈을 잃음. 9월 수슬로바와 이탈리아로 출발. 바덴바덴에서 머물다가 뚜르게네프를 만남. 노름판에서 3천 프랑을 잃음. 바덴바덴을 떠나 토리노로 감. 그다음 제네바로 가서 도스또예프스끼는 시계를, 수슬로바는 반지를 저당잡힘. 그 후 제네바, 로마, 리보르노로 여행. 9월 17일 로마의 성 베드로 성당 방문. 9월 18일 포럼 산책. 스뜨라호프에게 편지를 보내 『노름꾼 *Igrok*』에 대한 이야기와 돈이 궁한 사정을 호소함. 스뜨라호프는 도스또예프스끼가 토리노로 가기 전, 그에게서 〈독서를 위한 총서〉의 편집자가 되겠다는 약속을 받아 냄. 10월 수슬로바와 나폴리 체류. 그곳에서 게르쩬 가족을 만남. 그 후 토리노로 돌아옴. 10월 8일 수슬로바와 헤어짐. 수슬로바는 파리로 떠남. 도스또예프스끼는 함부르크로 가서 도박을 하고 돈을 잃음. 수슬로바에게 편지를 보내 350프랑을 받음. 이 시기에 『노름꾼』과 『지하로부터의 수기 *Zapiskii iz podlpol'ia*』 쓰기 시작. 10월의 마지막 10일 동안 러시아로 돌아감. 11월 형 미하일, 내무부 장관 발루예프에게 『시대』지를 다른 이름으로 낼 수 있게 해달라고 요청.

1864년 ^{43세} 1월 발루예프, 형 미하일에게 『세기 *Epokha*』지 출판 허가 내줌. 3월 21일 『세기』지 첫 호 나옴. 3~4월 『지하로부터의 수기』를 『세기』지에 발표. 4월 4일 〈오전 문학 모임〉에서 『죽음의 집의 기록』의 일부를 낭독함. 4월 14~15일 아내 마리야 드미뜨리예브나의 건강 상태 악화. 새벽 4시에 병자 성사. 낮 동안 각혈 계속됨. 저녁 7시에 숨을 거둠. 4월 16일 죽은 아내의 머리맡에서 수첩에 자신의 반성을 적음. 〈아내 마샤는 탁자 위에서 쉬고 있다. 마샤를 다시 볼 수 있을까?〉 4월 말 뻬쩨르부르그로 돌아감. 7월 10일 아침 7시, 빠블로프스끄에서 형 미하일 사망. 그의 아내가 『세기』지 발간을 계속해 나갈 것을 허가받음. 9월 25일 친구 아뽈론 그리고리예프 죽음.

• 『죽음의 집의 기록』이 두 권의 독일어 판으로 라이프치히 출판사에서 나옴.

1865년 ^{44세} 3월 31일 친구 브랑겔에게 아내의 죽음을 알리는 편지를 씀. 〈그녀는 나를 무척이나 사랑했지. 그리고 나도 그녀를 한없이 사랑했네. 그런데 우린 이제 함께 행복을 나눌 수 없게 되었어……. 내 삶은 갑자기 둘로 나뉘어 버렸어.〉 이 시기에 꼬르빈 끄루꼬프스까야 부인, 후에 유명한 수학자가 된 소피야 꼬발레프스까야와의 우정이 시작됨. 4~5월 꼬르빈 끄루꼬프스까야 부인에게 청혼하나 거절당함. 5월 10일 외국 여행을 위해 여권 신청. 6월 『세기』지 2호에 「악어」 연재 (「기이한 사건 혹은 아케이드에서의 돌발적 사건」이라는 제목으로 연재 시작). 『세기』지, 재정난으로 발행 중단(통권 13호). 여름에 출판업자 스쩰로프스끼와 계약을 맺고 자기의 모든 작품을 양도하고 1866년 11월 1일까지 일정 페이지의 새 소설을 탈고하겠다고 약속함. 계약을 이행하지 못할 경우 스쩰로프스끼는 보조금 지급 없이 이후의 모든 작품에 대한 저작권을 가지기로 함. 도스또예프스끼, 3천 루블을 받고 모든 작품의 저작권을 팔아 버림. 7월 말 비스바덴에 도착. 8월 3일 뚜르게네프에게 편지를 보내 노름판에서 거액을 잃은 사실을 알리고 1백 탈러를 보내 달라고 부탁함. 수슬로바, 도스또예프스끼를 만나러 비스바덴으로 감. 8월 8일 50탈러를 부쳐 주어서 고맙다는 편지를 뚜르게네프에게 씀. 9월 밀류꼬프에게 편지를 보내 어디든 상관없으니 중편소설을 팔아 당장 8백 루블을 보내 달라고 부탁하지만 허탕. 〈나는 호텔에 묵고 있습니다. 빚이 불어나서 위협을 받고 있습니다. 그리고 한 푼도 없는 실정입니다.〉 밀류꼬프는 〈독서를 위한 총서〉, 『동시대인』, 『조국 수기』지에 요청하지만 모두 그가 요구하는 선불금을 거절함. 까뜨꼬프에게 『죄와 벌 Prestuplenie i nakazanie』의 구상을 알리는 편지의 초안 작성. 편지에 소설의 줄거리 묘사. 10월 코펜하겐에 도착하여 친구 브랑겔의 집에서 10일을 보냄. 15일 상뜨 뻬쩨르부르그로 돌아옴. 11월 2일 수슬로바를 만나 다시 청혼함. 11월 8일 브랑겔에게 보낸 편지에서 돌아온 첫 주에 세 차례의 간질 발작이 있었음을 알림. 까뜨꼬프가 그에게 선불금 지급. 11월 말 『죄와 벌』 초고를 태워 버림. 〈새 형식, 새 플롯이 내 마음을 사로잡아 나는 모두 다시 시작했다.〉 (1866년 2월 18일 브랑겔에게 보낸 편지) 『죄와 벌』을 쓰는 동안 센나야 광장 근처로 자주 산책 나감. 어느 날 술 취한 군인이 다가와 목에 걸고 있던 십자가를 팔겠다고 해 그 십자가를 사서 목에 걸고 다님. 1867년 외국으로 떠날 때 상뜨 뻬쩨르부르그에 놓고 갔으며 이후 없어짐.

• 도스또예프스끼의 전집이 작가의 검토와 보충을 거쳐 스쩰로프스끼 출판사에서 나옴.

1권 : 「여주인」, 「쁘로하르친 씨」, 「약한 마음」, 『죽음의 집의 기록』, 『가난한 사람들』, 「백야」, 「정직한 도둑」. 2권 : 『상처받은 사람들』, 『지하로부터의 수기』, 「악몽 같은 이야기」, 「여름 인상에 대한 겨울 메모」 등.

도스또예프스끼의 여러 단편들과 중편들이 같은 출판사에서 단행본으로 나옴.『가난한 사람들』,「백야」,「약한 마음」,「여주인」,「쁘로하르친 씨」등.『죽음의 집의 기록』의 세 번째 판이 검토를 거치고 새 장들이 추가되어 나옴.

1866년 45세   1월『죄와 벌』,『러시아 통보』지에 연재 시작(12월호로 완결). 1월 14일 고리대금업자 뽀뽀프와 그의 하녀 노르만이 대학생 다닐로프에게 살해되고 금품을 강탈당함. 도스또예프스끼는『백치 Idiot』를 쓰며 이 사건을 숙고함. 3~4월『동시대인』지에『죄와 벌』에 대한 비호의적인 평이 실림. 4월 4일 러시아 황제 알렉산드르 2세에 대한 까라꼬조프의 암살 계획. 도스또예프스끼는 이 사건에 깜짝 놀람. 6월 여름을 여동생의 가족이 사는 곳에서 가까운 모스끄바의 교외 지역인 류블리노에서 보냄.『노름꾼』의 줄거리와『죄와 벌』5부 작업.『러시아 통보』의 편집자 까뜨꼬프에게 부도덕한 장면이라고 지적당한 2부의 6장을 수정해야 했음(라스꼴리니꼬프와 소냐가 복음서를 읽는 장면). 9월 까라꼬조프에 대한 재판과 판결. 도스또예프스끼는 작가 노트와『악령』의 도입부에서 이 재판에 대해 언급함. 10월 스쩰로프스끼에게 약속한 소설을 제때에 끝내기 위해 속기사를 고용하기로 결심함. 10월 3일 저녁때 안나 그리고리예브나 스니뜨끼나 Anna Grigorievna Snitkina가 찾아와 속기사로 일하겠다고 함. 그다음 날『노름꾼』구술 시작. 29일에 끝냄. 30일, 31일 원고 정서함. 11월『노름꾼』원고를 스쩰로프스끼에게 가져감. 스쩰로프스끼는 자리에 없고 그의 서기가 원고를 거절함. 도스또예프스끼는 출판사 부근의 경찰서에 소설을 맡김. 11월 3일 어머니 집에 있는 안나 그리고리예브나를 방문함. 그리고『죄와 벌』마지막 부분을 속기해 달라고 부탁함. 11월 8일 안나 그리고리예브나에게 청혼. 그녀의 수락. 이달 말, 도스또예프스끼는 하나뿐인 외투를 저당잡혀 쪼들리는 친척들을 도움.

• 도스또예프스끼 전집 제3권 나옴(스쩰로프스끼 출판사).
수록 작품 :『노름꾼』,『분신』,「크리스마스 트리와 결혼식」,「남의 아내와 침대 밑 남편」,「꼬마 영웅」,「네또츠까 네즈바노바」,『아저씨의 꿈』,『스쩨빤치꼬보 마을 사람들』. 스쩰로프스끼 출판사에서 단편, 중

단편들이 단행본으로 나옴. 『분신』, 『지하로부터의 수기』, 『노름꾼』, 「크리스마스 트리와 결혼식」, 「악어 Krokodil」, 「악몽 같은 이야기」 등. 『상처받은 사람들』 세 번째 개정판(스쩰로프스끼 출판사). 『스쩨빤치꼬보 마을 사람들』의 세 번째 판(스쩰로프스끼 출판사).

1867년 46세 2월 15일 저녁 7시, 삼위일체 대성당에서 도스또예프스끼와 안나 그리고리예브나의 결혼식. 3월 30일 도스또예프스끼와 그의 아내, 모스끄바에 도착. 듀소 호텔로 감. 모스끄바에서 보석상 까밀꼬프가 양갓집 아들 마주린에게 살해당하는 사건이 발생. 도스또예프스끼는 이 범죄 사건을 『백치』의 마지막에 이용함. 4월 도스또예프스끼 부부, 외국으로 갈 계획 세움. 4월 12일 안나 그리고리예브나, 돈을 빌리기 위해 개인 물품을 저당잡힘. 빌린 돈의 일부를 도스또예프스끼 가족에게 줌. 4월 14일 도스또예프스끼 부부, 외국으로 떠나 4년 넘게 체류. 안나 그리고리예브나 일기 쓰기 시작. 4월 17일과 18일 베를린 체류. 4월 19일 드레스덴에 도착, 미술관에서 라파엘의 마돈나 감상. 책 사들임. 5월 4일 도스또예프스끼, 룰렛 게임을 하러 함부르크로 출발. 5월 5일 도박을 하여 처음엔 땄으나 그 후에 거액을 잃고 아내에게 여러 차례 돈을 요구하지만 이 돈마저 잃음. 5월 15일 드레스덴으로 돌아옴. 5월 25일 알렉산드르 2세에 대한 폴란드 이민자 베레조프스끼의 암살 음모. 파리 체류. 6월 디킨스, 위고를 읽음. 베토벤, 바그너의 음악회 감상. 이달 여러 번의 간질 발작을 일으킴. 6월 21일 도스또예프스끼 부부, 바덴바덴으로 떠남. 이후 룰렛 게임을 계속함. 6월 28일 뚜르게네프를 만나러 감. 러시아와 서양의 관계에 대한 생각 차이로 말다툼. 7월 10일 도박으로 마지막 남은 돈을 잃음. 물건을 저당잡힘. 7월 16일 도벨린스끼에 대한 기사 쓰기 시작. 8월 11일 도스또예프스끼 부부, 제네바로 떠남. 바젤에 들러 미술관 방문. 8월 13일 제네바 도착. 8월 28일 가리발디와 바꾸닌의 협력으로 제네바에서 평화와 자유 연맹의 첫 번째 회의 열림. 도스또예프스끼, 여러 회의에 참석. 9월 도박으로 또 손해를 봄. 제네바에 싫증을 냄. 경제 사정 매우 악화. 10월 『백치』 집필. 도박으로 돈을 잃음. 물건을 저당잡힘. 12월 6일 『백치』의 최종 원고 작업 돌입. 〈내 소설의 주요 생각은 지극히 완전한 사람을 그

리는 데 있다.〉
• 『죄와 벌』 수정판이 두 권으로 바주노프 출판사에서 나옴.

1868년 47세 2월 22일 딸 소피야 태어남. 3월 10일 한 가족(6명)이 땀보프에서 살해되는 사건 발생. 16세의 고등학생이 용의자로 지목됨. 도스또예프스끼는 이 사건을 『백치』 2부에 이용함. 도박 계속. 5월 12일 어린 딸 소피야 죽음. 9월 밀라노 도착. 성당에 감. 11월 피렌체로 출발. 그곳에서 겨울을 남.
• 『러시아 통보』지에 『백치』 게재.

1869년 48세 봄 러시아의 친구들과 활발한 서신 교환. 무신론에 관한 소설을 구상. 7월 프라하에서 사흘을 보낸 다음 베네치아, 볼로냐를 거쳐 드레스덴으로 돌아감. 9월 14일 딸 류보프 출생. 11월 21일 모스끄바에서 혁명 운동가 네차예프를 지도자로 하는 〈민중의 복수〉라는 혁명 단체가 불복종을 이유로 농학과 학생 이바노프를 암살함(소위 네차예프 사건). 도스또예프스끼는 이 사건을 주의 깊게 연구하여 후에 『악령besy』에 이용함.

1870년 49세 봄 니힐리즘에 대한 〈악의적인 것〉 작업(『악령』). 6~8월 프랑스-프로이센 전쟁. 도스또예프스끼, 자기 일기와 서신에 유럽의 사건들에 대해 언급.
• 『오로라L'Aurore』에 『영원한 남편Vechniimuzh』 실림. 『죄와 벌』, 전집 제4권으로 나옴(스쩰로프스끼 출판사).

1871년 50세 1월 『러시아 통보』지에 『악령』 연재 시작. 3~5월 파리 코뮌. 도스또예프스끼의 편지와 『미성년Podrostok』의 작가 노트에서 이 사건을 반영했음을 밝힘. 4월 비스바덴에 가서 룰렛 게임. 돈을 잃고 아내에게 편지를 써서 다시는 도박을 하지 않겠다고 약속함. 러시아가 그리워져서 다시 돌아갈 생각을 함. 7월 1일 네차예프의 재판. 재판의 내용이 『악령』 2부와 3부에서 이용됨. 7월 5일 드레스덴을 떠나 뻬쩨르부르그 도착. 7월 16일 뻬쩨르부르그에서 아들 표도르 태어남.
• 바주노프 사에서 〈동시대 작가 총서〉의 하나로 『영원한 남편』이 단행본으로 나옴.

1872년 51세 4~5월 딸 류보프의 팔이 부러짐. 도스또예프스끼, 뜨레쨔꼬프에게 주문받은 초상화를 그리기 위해 뻬로프의 모델이 됨. 5월 15일 여름을 지내기 위해 스따라야 루사로 떠남. 며칠 후 딸의 잘 낫지 않는 팔을 수술하기 위해 뻬쩨르부르그로 다시 돌아옴. 10월 30일 『시민*Grazhdanin*』지에서 도스또예프스끼와 공동 작업할 것임을 알림. 11~12월 안나 그리고리예브나, 『악령』을 직접 출판하기 위해 교섭. 도스또예프스끼, 『시민』지의 편집 일을 맡음. 12월 말 도스또예프스끼, 『시민』지 1호에『작가 일기』제1장 원고 조판 작업. 독감과 폐기종으로 고생하기 시작.

1873년 52세 1월 1일『시민』지 제1호가 나옴. 편집장을 맡음. 1월 7일 끼르끼즈 대표단이 겨울 궁전으로 알렉산드르 2세를 접견하러 감. 검열 당국의 사전 허가를 받지 않은 점을 변명하기 위해 도스또예프스끼도 따라감. 뽀베도노스쩨프(성무권의 담당 검사관)가 왕위 계승자 알렉산드르 알렉산드로비치에게 편지와 『악령』견본 보냄. 2월 26일 안나 그리고리예브나가 출판한『악령』판매 시작. 2월 27일 슬라브 자선 단체의 회원으로 뽑힘. 6월 11일 검열법 위반으로 25루블의 벌금형과 48시간의 구류(끼르끼즈 대표단 사건) 처분받음. 6월 15일 시인 쮸체프 사망. 그에 대한 글을『시민』지에 기고함.
• 『악령』이 세 권의 단행본으로 나옴. 정치적, 연대기적, 문학적 기사와 중편소설, 일상 생활을 묘사한『작가 일기』가『시민』지에 연재됨. 『작가 일기』(『시민』지 제6호)에 단편「보보끄」가 실림.

1874년 53세 1월『백치』, 두 권의 단행본으로 나옴. 3월 11일『시민』지 10호에 기고한 글 〈러시아에 사는 독일인들에 대한 비스마르크 왕자의 생각과 관련된 두 단어〉로 잡지는 첫 번째 경고를 받음. 3월 21일과 22일 센나야 광장의 보초에게 체포당함. 이때『레 미제라블』을 다시 읽음. 4월 22일 건강상의 이유로『시민』지의 편집장직 사퇴. 그러나 기고는 중단하지 않음. 6월 4일 스따라야 루사를 떠나 엠스에 온천 요법을 받으러 감. 6월 12일 엠스에 도착. 독감에 걸림. 엠스에 싫증을 냄. 뿌쉬낀을 다시 읽고『미성년』작업. 〈엠스가 너무 싫은 나머지 감옥이 더 나을 것 같다.〉 7~8월 제네바에 가서 딸 소냐의 무덤에 감. 8월

10일 스따라야 루사로 돌아옴. 이곳에서 겨울을 나기로 결심함. 10월 12일 네끄라소프에게 보낸 편지에 『조국 수기』지에 자기 소설 『미성년』이 실릴 것이라고 알림.

1875년 54세　4월 9일 안나 그리고리예브나, 꾸르스끄 지방에 있는 남동생 아내의 땅을 소작하기로 남동생과 합의. 5월 26일 도스또예프스끼, 엠스로 떠남. 처음 왔을 때와 같은 참기 힘든 인상을 받음. 욥기를 읽음. 7월 7일 스따라야 루사로 돌아옴. 8월 10일 아들 알렉세이 태어남. 12월 길에서 일곱 살의 거지 어린애와 자주 만나며 그의 생활에 관심을 가지고 질문을 함. 현대의 부모와 아이들에 관한 소설 구상. 12월 27일 비행 청소년을 위한 감화원 방문. 12월 31일 개인 잡지 『작가 일기』의 발행 허가가 내려짐.
• 『죽음의 집의 기록』 제4판이 두 권의 책으로 나옴. 『미성년』이 『조국 수기』(1~12월호)에 실림.

1876년 55세　1월 월간 『작가 일기』 제1호 발행. 단편 「예수의 크리스마스 트리에 초대된 아이」 발표. 2월 『작가 일기』 2월호에 단편 「농부 마레이」 발표. 3월 영적 경험. 『작가 일기』 3월호에 단편 「백 살의 노파」 실림. 5월 18일 안나 그리고리예브나, 남동생에게 스따라야 루사에 집을 한 채 사놓으라고 시킴. 7월 도스또예프스끼, 엠스로 떠남. 그곳에서 의사는 〈죽으려면 아직도 멀었다〉고 안심시킴. 10월 도스또예프스끼가 『작가 일기』에서 말한 계모 꼬르닐로바의 재판이 열림. 그는 죄수를 두 번 방문함. 『작가 일기』는 점점 더 풍부한 통신란이나 다름없게 됨. 11월 도스또예프스끼는 뽀베도노스쩨프의 충고에 대해 『작가 일기』의 별책들을 유명해지게 할 것을 제안. 『온순한 여자 *Krotkaia*』 집필, 『작가 일기』 11월호에 발표. 12월 6일 까잔 광장에서 대학생들의 시위와 난투극. 『작가 일기』에서 이 사건을 상세히 다룸.
• 『미성년』이 3권의 단행본으로 나옴. 『작가 일기』 계속 발간.

1877년 56세　봄 스따라야 루사에 안나 그리고리예브나의 동생 명의로 집을 사들임. 4월 러시아 황제의 성명. 러시아 군대가 터키 영토에 진입. 도스또예프스끼는 성명을 읽고 까잔 성당에 감. 4월 22일 꼬르닐로바의 두 번째 재판에 참석함. 피고는 무죄 석방됨. 검사는 처음 선고는 『작가 일기』의 기사에 따라 취소되었다고 말함. 『작가 일기』 4월호에 단편 「우스운 사람의 꿈」 발표. 도스또예프스끼 가족, 여름을 안나 그리고 리예브나의 남동생 소유지에서 보냄. 7월 『안나 까레니나』 8부가 단행본으로 나옴. 전쟁에 대한 똘스또이의 반체제적 견해 때문에 거부되었던 책으로 『러시아 통보』지의 편집부에서 펴냄. 도스또예프스끼, 그 책을 구입. 7월 19일 꾸르스끄 지방으로 떠남. 어린 시절을 보낸 다로보예로 감. 12월 27일 시인 네끄라소프 사망. 충격에 싸인 도스또예프스끼는 밤을 새워 죽은 시인의 시를 낭독함. 12월 29일 연말 공식 회의에서 도스또예프스끼가 과학 아카데미 러시아 문헌 분과의 객원 회원으로 뽑혔음을 알려 옴. 12월 30일 네끄라소프 장례식에서 간단한 연설을 함.
• 『작가 일기』 계속 발간. 『죄와 벌』 4판이 두 권으로 나옴. 『온순한 여자』가 「상뜨 뻬쩨르부르그 신문」에 프랑스어로 번역됨. 단행본으로도 나옴.

1878년 57세   연초 도스또예프스끼, 매달 문학인 협회가 주관하는 저녁 모임 참가. 3월 베라 자술리치의 재판. 베라는 정치범을 하찮은 이유로 채찍질한 뜨레뽀프 경찰국장을 저격. 도스또예프스끼, 재판 방청. 5월 16일 세 살의 어린 아들 알렉세이 도스또예프스끼, 갑자스러운 간질 발작으로 죽음. 아들이 죽은 후 그는 자주 블라지미르 솔로비요프를 만남. 6월 23일 솔로비요프와 함께 러시아 영성의 중심지 중 하나인 옵찌나 수도원에 감. 암브로시 장로와 두 번의 대화. 그로부터 『까라마조프 씨네 형제들 *Brat'ia Karamazovy*』의 영감을 얻음. 12월 계획을 세우고 『까라마조프 씨네 형제들』의 첫 부분 씀. 12월 14일 『상처받은 사람들』의 넬리 이야기를 자선 문학의 밤 모임에서 낭독. 〈문학 기금〉의 저녁 모임에서 뿌쉬낀의 『예언자』를 읽음. 이 겨울 동안 문단에 자주 나옴.
• 『작가 일기』 1877년 12월호가 1878년 1월에 나옴.

1879년 58세   3월 9일 〈문학 기금〉을 위한 연회에서 도스또예프스끼는 『까라마조프 씨네 형제들』의 일부분을 낭독함. 3월 13일 뚜르게네프 기념 오찬 모임에서 뚜르게네프와 도스또예프스끼 사이의 별로 좋지 않은 이야기들이 회자됨. 3월 20일 어린 딸을 괴롭힌 혐의로 고발 당한 외국인 브룬스트의 재판. 도스또예프스끼는 이 사건에 매우 깊은 인상을 받아 『까라마조프 씨네 형제들』에 이용함. 도스또예프스끼는 술 취한 남자 때문에 길에 넘어져 얼굴에 상처를 입음. 그의 항의에도 불구하고 가해자는 16루블의 벌금형을 받음. 빅토르 위고의 주재로 열리는 런던 문학 회의에 참여해 달라는 요청을 건강상의 이유로 거절함. 7월 22일 엠스로 떠남. 베를린에서 이틀 머무름. 수족관, 박물관, 티어가르텐 구경. 7월 24일 엠스 도착. 그가 이곳에 머무는 동안 그의 아내는 아이들을 데리고 그녀의 친척인 꾸마닌 부인의 토지 분할 문제를 처리하기 위해 랴잔 지방에 감. 꾸마닌 부인은 2백 평방미터의 산림과 1백 평방미터의 경작지를 보유. 8월 6일 형수 죽음. 9월 러시아로 돌아옴. 『까라마조프 씨네 형제들』 작업. 10월 알렉세이 똘스또이의 미망인, 똘스또이 백작 부인이 도스또예프스끼에게 드레스덴 박물관에 있는 라파엘의 「시스티나의 마돈나」 사진을 보여 줌.

• 『까라마조프 씨네 형제들』(소설 3부의 제4권까지) 『러시아 통보』에서 나옴. 『작가 일기』 제2판 1876년. 『상처받은 사람들』 제5판.

1880년 59세   1월 도스또예프스끼의 아내가 출판한 작품 판매. 1월 17일 도스또예프스끼와 프랑스 외교관이자 작가인 보귀에 사이에 논쟁〔보귀에는 후에 유명한 책, 『러시아 소설』(1886)을 씀〕. 도스또예프스끼는 다음과 같이 말함. 〈우리는 모든 민족들이 가진 특징을 가지고 있습니다. 그 위에 모든 러시아의 특징도. 그 이유는 우리는 당신들을 이해할 수 있기 때문입니다. 그러나 당신들은 우리에 미치지 못합니다.〉 자선 문학의 밤 행사에 여러 번 참여, 자기 작품의 몇몇 부분을 읽음. 4월 6일 뻬쩨르부르그 대학에서 열린 블라지미르 솔로비요프의 박사 논문 통과 심사에 참석. 5월 11일 모스끄바에서 열리는 뿌쉬낀 동상 제막식에서 슬라브 자선 단체의 대표로 임명됨. 5월 23일 모스끄바 도착. 5월 24일 도스또예프스끼를 축하하는 오찬. 여러 작가들 참석. 6월 6일 뿌쉬낀 동상 제막식. 6월 7일 첫 번째 공개 회의, 뚜르게네프 연설. 6월 8일 두 번째 공개 회의. 도스또예프스끼, 대중의 열광을 불러일으킨 뿌쉬낀에 대한 연설을 함. 월계관을 받음. 저녁에 『예언자』 낭독. 밤에 그는 뿌쉬낀 동상에 가서 자기가 받은 월계관을 바침. 6월 10일 모스끄바를 떠나 스따라야 루사로 감. 『까라마조프 씨네 형제들』쓰기 시작. 9월 26일 똘스또이가 스뜨라호프에게 편지를 보내 『죽음의 집의 기록』은 뿌쉬낀의 작품을 포함하여 새로운 모든 문학 작품들 중 가장 아름다운 책이라고 말함. 11월 8일 도스또예프스끼, 『러시아 통보』지에 『까라마조프 씨네 형제들』의 마지막 장들을 보냄. 〈내 소설은 끝났습니다. 이 소설에 바친 3년과 출판한 2년, 나에게는 의미 있는 순간입니다. 작별 인사를 하지 않은 것을 용서하시기 바랍니다. 나는 20년은 더 살면서 글을 쓸 작정입니다.〉 11월 29일 한 편지에서 나쁜 건강 상태에 대해 불평(폐기종으로 고생). 12월 10일 젊은 메레쥐꼬프스끼Merezhkovskii의 방문을 허락. 15세의 젊은 시인은 도스또예프스끼에게 자신의 시를 읽어 줌. 〈제대로 쓰기 위해서는 고통을 감내해야 한다.〉

• 〈뿌쉬낀에 대한 연설〉이 『모스끄바 통보』지에 실림. 『까라마조프 씨네 형제들』, 『러시아 통보』지에 연재(11월 완결). 『작가 일기』 제2판 1880년. 『까라마조프 씨네 형제들』단행본 며칠 만에 동이 남.

1881년 60세 1월 『작가 일기』작업. 1월 19일 알렉세이 똘스또이의 미망인 집에서 열린 연극 『폭군 이반의 죽음Smert' Groznogo Ivana』에서 수도승 역을 맡음. 1월 26일 상속 문제로 여동생이 찾아와 다투고 간 후 도스또예프스끼 각혈, 5시 반에 의사 폰 브레첼 도착, 진찰 도중 다시 각혈, 의식을 잃음. 6시경 병자 성사를 받음, 7시경 아내와 아이들에게 작별 인사. 1월 27일 각혈 멈춤. 1월 28일 아침 7시 도스또예프스끼는 아내에게 오늘 틀림없이 죽을 것 같다고 말함. 그는 복음서를 아무데나 펼쳐 「마태오의 복음서」 3장, 14~15절을 읽음. 죽음의 전조가 보임. 아침 11시 또 각혈. 저녁 7시 자식들을 불러 아들에게 자신의 성서를 건네줌. 저녁 8시 38분 도스또예프스끼 사망. 1월 31일 알렉산드르 네프스끼 수도원 묘지에 묻힘. 많은 사람들이 긴 행렬을 이루며 그의 죽음을 애도함.

• 『죽음의 집의 기록』 제5판 나옴. 『상처받은 사람들』의 프랑스어 번역이 「상뜨 뻬쩨르부르그 신문」에 실림. 『죽음의 집의 기록』 영어로 번역됨. 『상처받은 사람들』 스웨덴어로 번역됨.

열린책들 세계문학 123 아저씨의 꿈

옮긴이 박종소 1966년 충남 보령에서 태어나 서울대학교 노어노문학과를 졸업했으며, 동 대학원에서 석사 학위를 받았다. 러시아 모스끄바 국립대학교 어문학부에서 박사 학위를 받았으며, 현재 서울대학교 노어노문학과 교수로 재직 중이다. 논문으로 「블라지미르 솔로비요프의 시: 미학적·도덕적 이상의 문제」, 「블라지미르 솔로비요프와 도스또예프스끼」 등이 있으며, 역서로 『고독』(1999, 바실리 로자노프) 등이 있다.

지은이 표도르 도스또예프스끼 **옮긴이** 박종소 **발행인** 홍예빈·홍유진
발행처 주식회사 열린책들 **주소** 경기도 파주시 문발로 253 파주출판도시
전화 031-955-4000 **팩스** 031-955-4004 **홈페이지** www.openbooks.co.kr
Copyright (C) 주식회사 열린책들, 2000, 2010, *Printed in Korea.*
ISBN 978-89-329-1123-6 04890 **ISBN** 978-89-329-1499-2 (세트)
발행일 2000년 6월 15일 초판 1쇄 2002년 3월 15일 신판 1쇄 2004년 6월 10일 신판 3쇄 2007년 2월 5일 3판 1쇄 2010년 5월 30일 세계문학판 1쇄 2023년 4월 5일 세계문학판 3쇄

이 도서의 국립중앙도서관 출판예정도서목록(CIP)은 서지정보유통지원시스템 홈페이지(http://seoji.nl.go.kr)와 국가자료공동목록시스템(http://www.nl.go.kr/kolisnet)에서 이용하실 수 있습니다.(CIP제어번호:CIP2010001768)

열린책들 세계문학
Open Books World Literature

001 **죄와 벌** 표도르 도스또예프스끼 장편소설 | 홍대화 옮김 | 전2권 | 각 408, 512면

003 **최초의 인간** 알베르 카뮈 장편소설 | 김화영 옮김 | 392면

004 **소설** 제임스 미치너 장편소설 | 윤희기 옮김 | 전2권 | 각 280, 368면

006 **개를 데리고 다니는 부인** 안똔 체호프 소설선집 | 오종우 옮김 | 368면

007 **우주 만화** 이탈로 칼비노 단편집 | 김운찬 옮김 | 416면

008 **댈러웨이 부인** 버지니아 울프 장편소설 | 최애리 옮김 | 296면

009 **어머니** 막심 고리끼 장편소설 | 최윤락 옮김 | 544면

010 **변신** 프란츠 카프카 중단편집 | 홍성광 옮김 | 464면

011 **전도서에 바치는 장미** 로저 젤라즈니 중단편집 | 김상훈 옮김 | 432면

012 **대위의 딸** 알렉산드르 뿌쉬낀 장편소설 | 석영중 옮김 | 240면

013 **바다의 침묵** 베르코르 소설선집 | 이상해 옮김 | 256면

014 **원수들, 사랑 이야기** 아이작 싱어 장편소설 | 김진준 옮김 | 320면

015 **백치** 표도르 도스또예프스끼 장편소설 | 김근식 옮김 | 전2권 | 각 504, 528면

017 **1984년** 조지 오웰 장편소설 | 박경서 옮김 | 392면

019 **이상한 나라의 앨리스** 루이스 캐럴 환상동화 | 머빈 피크 그림 | 최용준 옮김 | 336면

020 **베네치아에서의 죽음** 토마스 만 중단편집 | 홍성광 옮김 | 432면

021 **그리스인 조르바** 니코스 카잔차키스 장편소설 | 이윤기 옮김 | 488면

022 **벚꽃 동산** 안똔 체호프 희곡선집 | 오종우 옮김 | 336면

023 **연애 소설 읽는 노인** 루이스 세풀베다 장편소설 | 정창 옮김 | 192면

024 **젊은 사자들** 어윈 쇼 장편소설 | 정영문 옮김 | 전2권 | 각 416, 408면

026 **젊은 베르테르의 슬픔** 요한 볼프강 폰 괴테 장편소설 | 김인순 옮김 | 240면

027 **시라노** 에드몽 로스탕 희곡 | 이상해 옮김 | 256면

028 **전망 좋은 방** E. M. 포스터 장편소설 | 고정아 옮김 | 352면

029 **까라마조프 씨네 형제들** 표도르 도스또예프스끼 장편소설 | 이대우 옮김 | 전3권 | 각 496, 496, 460면

032 **프랑스 중위의 여자** 존 파울즈 장편소설 | 김석희 옮김 | 전2권 | 각 344면

034 **소립자** 미셸 우엘벡 장편소설 | 이세욱 옮김 | 448면

035 **영혼의 자서전** 니코스 카잔차키스 자서전 | 안정효 옮김 | 전2권 | 각 352, 408면

037 **우리들** 예브게니 자마찐 장편소설 | 석영중 옮김 | 320면
038 **뉴욕 3부작** 폴 오스터 장편소설 | 황보석 옮김 | 480면
039 **닥터 지바고** 보리스 파스테르나크 장편소설 | 홍대화 옮김 | 전2권 | 각 480, 592면
041 **고리오 영감** 오노레 드 발자크 장편소설 | 임희근 옮김 | 456면
042 **뿌리** 알렉스 헤일리 장편소설 | 안정효 옮김 | 전2권 | 각 400, 448면
044 **백년보다 긴 하루** 친기즈 아이뜨마또프 장편소설 | 황보석 옮김 | 560면
045 **최후의 세계** 크리스토프 란스마이어 장편소설 | 장희창 옮김 | 264면
046 **추운 나라에서 돌아온 스파이** 존 르카레 장편소설 | 김석희 옮김 | 368면
047 **산도깐 — 몸프라쳄의 호랑이** 에밀리오 살가리 장편소설 | 유향란 옮김 | 428면
048 **기적의 시대** 보리슬라프 페키치 장편소설 | 이윤기 옮김 | 560면
049 **그리고 죽음** 짐 크레이스 장편소설 | 김석희 옮김 | 224면
050 **세설** 다니자키 준이치로 장편소설 | 송태욱 옮김 | 전2권 | 각 480면
052 **세상이 끝날 때까지 아직 10억 년** 스뜨루가츠끼 형제 장편소설 | 석영중 옮김 | 224면
053 **동물 농장** 조지 오웰 장편소설 | 박경서 옮김 | 208면
054 **캉디드 혹은 낙관주의** 볼테르 장편소설 | 이봉지 옮김 | 232면
055 **도적 떼** 프리드리히 폰 실러 희곡 | 김인순 옮김 | 264면
056 **플로베르의 앵무새** 줄리언 반스 장편소설 | 신재실 옮김 | 320면
057 **악령** 표도르 도스또예프스끼 장편소설 | 박혜경 옮김 | 전3권 | 각 328, 408, 528면
060 **의심스러운 싸움** 존 스타인벡 장편소설 | 윤희기 옮김 | 340면
061 **몽유병자들** 헤르만 브로흐 장편소설 | 김경연 옮김 | 전2권 | 각 568, 544면
063 **몰타의 매** 대실 해밋 장편소설 | 고정아 옮김 | 304면
064 **마야꼬프스끼 선집** 블라지미르 마야꼬프스끼 선집 | 석영중 옮김 | 384면
065 **드라큘라** 브램 스토커 장편소설 | 이세욱 옮김 | 전2권 | 각 340, 344면
067 **서부 전선 이상 없다** 에리히 마리아 레마르크 장편소설 | 홍성광 옮김 | 336면
068 **적과 흑** 스탕달 장편소설 | 임미경 옮김 | 전2권 | 각 432, 368면
070 **지상에서 영원으로** 제임스 존스 장편소설 | 이종인 옮김 | 전3권 | 각 396, 380, 496면
073 **파우스트** 요한 볼프강 폰 괴테 희곡 | 김인순 옮김 | 568면
074 **쾌걸 조로** 존스턴 매컬리 장편소설 | 김훈 옮김 | 316면
075 **거장과 마르가리따** 미하일 불가꼬프 장편소설 | 홍대화 옮김 | 전2권 | 각 364, 328면
077 **순수의 시대** 이디스 워튼 장편소설 | 고정아 옮김 | 448면
078 **검의 대가** 아르투로 페레스 레베르테 장편소설 | 김수진 옮김 | 384면

079 **예브게니 오네긴** 알렉산드르 뿌쉬낀 운문소설 | 석영중 옮김 | 328면

080 **장미의 이름** 움베르토 에코 장편소설 | 이윤기 옮김 | 전2권 | 각 440, 448면

082 **향수** 파트리크 쥐스킨트 장편소설 | 강명순 옮김 | 384면

083 **여자를 안다는 것** 아모스 오즈 장편소설 | 최창모 옮김 | 280면

084 **나는 고양이로소이다** 나쓰메 소세키 장편소설 | 김난주 옮김 | 544면

085 **웃는 남자** 빅토르 위고 장편소설 | 이형식 옮김 | 전2권 | 각 472, 496면

087 **아웃 오브 아프리카** 카렌 블릭센 장편소설 | 민승남 옮김 | 480면

088 **무엇을 할 것인가** 니꼴라이 체르니셰프스끼 장편소설 | 서정록 옮김 | 전2권 | 각 360, 404면

090 **도나 플로르와 그녀의 두 남편** 조르지 아마두 장편소설 | 오숙은 옮김 | 전2권 | 각 408, 308면

092 **미사고의 숲** 로버트 홀드스톡 장편소설 | 김상훈 옮김 | 424면

093 **신곡** 단테 알리기에리 장편서사시 | 김운찬 옮김 | 전3권 | 각 292, 296, 328면

096 **교수** 샬럿 브론테 장편소설 | 배미영 옮김 | 368면

097 **노름꾼** 표도르 도스또예프스끼 장편소설 | 이재필 옮김 | 320면

098 **하워즈 엔드** E. M. 포스터 장편소설 | 고정아 옮김 | 512면

099 **최후의 유혹** 니코스 카잔차키스 장편소설 | 안정효 옮김 | 전2권 | 각 408면

101 **키리냐가** 마이크 레스닉 장편소설 | 최용준 옮김 | 464면

102 **바스커빌가의 개** 아서 코넌 도일 장편소설 | 조영학 옮김 | 264면

103 **버마 시절** 조지 오웰 장편소설 | 박경서 옮김 | 408면

104 **10 1/2장으로 쓴 세계 역사** 줄리언 반스 장편소설 | 신재실 옮김 | 464면

105 **죽음의 집의 기록** 표도르 도스또예프스끼 장편소설 | 이덕형 옮김 | 528면

106 **소유** 앤토니어 수전 바이어트 장편소설 | 윤희기 옮김 | 전2권 | 각 440, 488면

108 **미성년** 표도르 도스또예프스끼 장편소설 | 이상룡 옮김 | 전2권 | 각 512, 544면

110 **성 앙투안느의 유혹** 귀스타브 플로베르 희곡소설 | 김용은 옮김 | 584면

111 **밤으로의 긴 여로** 유진 오닐 희곡 | 강유나 옮김 | 240면

112 **마법사** 존 파울즈 장편소설 | 정영문 옮김 | 전2권 | 각 512, 552면

114 **스쩨빤치꼬보 마을 사람들** 표도르 도스또예프스끼 장편소설 | 변현태 옮김 | 416면

115 **플랑드르 거장의 그림** 아르투로 페레스 레베르테 장편소설 | 정창 옮김 | 512면

116 **분신** 표도르 도스또예프스끼 장편소설 | 석영중 옮김 | 288면

117 **가난한 사람들** 표도르 도스또예프스끼 장편소설 | 석영중 옮김 | 256면

118 **인형의 집** 헨리크 입센 희곡 | 김창화 옮김 | 272면

119 **영원한 남편** 표도르 도스또예프스끼 장편소설 | 정명자 외 옮김 | 448면

120 **알코올** 기욤 아폴리네르 시집 | 황현산 옮김 | 352면
121 **지하로부터의 수기** 표도르 도스또예프스끼 장편소설 | 계동준 옮김 | 256면
122 **어느 작가의 오후** 페터 한트케 중편소설 | 홍성광 옮김 | 160면
123 **아저씨의 꿈** 표도르 도스또예프스끼 장편소설 | 박종소 옮김 | 312면
124 **네또츠까 네즈바노바** 표도르 도스또예프스끼 장편소설 | 박재만 옮김 | 316면
125 **곤두박질** 마이클 프레인 장편소설 | 최용준 옮김 | 528면
126 **백야 외** 표도르 도스또예프스끼 소설선집 | 석영중 외 옮김 | 408면
127 **살라미나의 병사들** 하비에르 세르카스 장편소설 | 김창민 옮김 | 304면
128 **뻬쩨르부르그 연대기 외** 표도르 도스또예프스끼 소설선집 | 이항재 옮김 | 296면
129 **상처받은 사람들** 표도르 도스또예프스끼 장편소설 | 윤우섭 옮김 | 전2권 | 각 296, 392면
131 **악어 외** 표도르 도스또예프스끼 소설선집 | 박혜경 외 옮김 | 312면
132 **허클베리 핀의 모험** 마크 트웨인 장편소설 | 윤교찬 옮김 | 416면
133 **부활** 레프 똘스또이 장편소설 | 이대우 옮김 | 전2권 | 각 308, 416면
135 **보물섬** 로버트 루이스 스티븐슨 장편소설 | 머빈 피크 그림 | 최용준 옮김 | 360면
136 **천일야화** 앙투안 갈랑 엮음 | 임호경 옮김 | 전6권 | 각 336, 328, 372, 392, 344, 320면
142 **아버지와 아들** 이반 뚜르게네프 장편소설 | 이상원 옮김 | 328면
143 **오만과 편견** 제인 오스틴 장편소설 | 원유경 옮김 | 480면
144 **천로 역정** 존 버니언 우화소설 | 이동일 옮김 | 432면
145 **대주교에게 죽음이 오다** 윌라 캐더 장편소설 | 윤명옥 옮김 | 352면
146 **권력과 영광** 그레이엄 그린 장편소설 | 김연수 옮김 | 384면
147 **80일간의 세계 일주** 쥘 베른 장편소설 | 고정아 옮김 | 352면
148 **바람과 함께 사라지다** 마거릿 미첼 장편소설 | 안정효 옮김 | 전3권 | 각 616, 640, 640면
151 **기탄잘리** 라빈드라나트 타고르 시집 | 장경렬 옮김 | 224면
152 **도리언 그레이의 초상** 오스카 와일드 장편소설 | 윤희기 옮김 | 384면
153 **레우코와의 대화** 체사레 파베세 희곡소설 | 김운찬 옮김 | 280면
154 **햄릿** 윌리엄 셰익스피어 희곡 | 박우수 옮김 | 256면
155 **맥베스** 윌리엄 셰익스피어 희곡 | 권오숙 옮김 | 176면
156 **아들과 연인** 데이비드 허버트 로런스 장편소설 | 최희섭 옮김 | 전2권 | 464, 432면
158 **그리고 아무 말도 하지 않았다** 하인리히 뵐 장편소설 | 홍성광 옮김 | 272면
159 **미덕의 불운** 싸드 장편소설 | 이형식 옮김 | 248면
160 **프랑켄슈타인** 메리 W. 셸리 장편소설 | 오숙은 옮김 | 320면

161 **위대한 개츠비** 프랜시스 스콧 피츠제럴드 장편소설 | 한애경 옮김 | 280면

162 **아Q정전** 루쉰 중단편집 | 김태성 옮김 | 320면

163 **로빈슨 크루소** 대니얼 디포 장편소설 | 류경희 옮김 | 456면

164 **타임머신** 허버트 조지 웰스 소설선집 | 김석희 옮김 | 304면

165 **제인 에어** 샬럿 브론테 장편소설 | 이미선 옮김 | 전2권 | 각 392, 384면

167 **풀잎** 월트 휘트먼 시집 | 허현숙 옮김 | 280면

168 **표류자들의 집** 기예르모 로살레스 장편소설 | 최유정 옮김 | 216면

169 **배빗** 싱클레어 루이스 장편소설 | 이종인 옮김 | 520면

170 **이토록 긴 편지** 마리아마 바 장편소설 | 백선희 옮김 | 192면

171 **느릅나무 아래 욕망** 유진 오닐 희곡 | 손동호 옮김 | 168면

172 **이방인** 알베르 카뮈 장편소설 | 김예령 옮김 | 208면

173 **미라마르** 나기브 마푸즈 장편소설 | 허진 옮김 | 288면

174 **지킬 박사와 하이드 씨** 로버트 루이스 스티븐슨 소설선집 | 조영학 옮김 | 320면

175 **루진** 이반 뚜르게네프 장편소설 | 이항재 옮김 | 264면

176 **피그말리온** 조지 버나드 쇼 희곡 | 김소임 옮김 | 256면

177 **목로주점** 에밀 졸라 장편소설 | 유기환 옮김 | 전2권 | 각 336면

179 **엠마** 제인 오스틴 장편소설 | 이미애 옮김 | 전2권 | 각 336, 360면

181 **비숍 살인 사건** S. S. 밴 다인 장편소설 | 최인자 옮김 | 464면

182 **우신예찬** 에라스무스 풍자문 | 김남우 옮김 | 296면

183 **하자르 사전** 밀로라드 파비치 장편소설 | 신현철 옮김 | 488면

184 **테스** 토머스 하디 장편소설 | 김문숙 옮김 | 전2권 | 각 392, 336면

186 **투명 인간** 허버트 조지 웰스 장편소설 | 김석희 옮김 | 288면

187 **93년** 빅토르 위고 장편소설 | 이형식 옮김 | 전2권 | 각 288, 360면

189 **젊은 예술가의 초상** 제임스 조이스 장편소설 | 성은애 옮김 | 384면

190 **소네트집** 윌리엄 셰익스피어 연작시집 | 박우수 옮김 | 200면

191 **메뚜기의 날** 너새니얼 웨스트 장편소설 | 김진준 옮김 | 280면

192 **나사의 회전** 헨리 제임스 중편소설 | 이승은 옮김 | 256면

193 **오셀로** 윌리엄 셰익스피어 희곡 | 권오숙 옮김 | 216면

194 **소송** 프란츠 카프카 장편소설 | 김재혁 옮김 | 376면

195 **나의 안토니아** 윌라 캐더 장편소설 | 전경자 옮김 | 368면

196 **자성록** 마르쿠스 아우렐리우스 명상록 | 박민수 옮김 | 240면

197 **오레스테이아** 아이스킬로스 비극 | 두행숙 옮김 | 336면
198 **노인과 바다** 어니스트 헤밍웨이 소설선집 | 이종인 옮김 | 320면
199 **무기여 잘 있거라** 어니스트 헤밍웨이 장편소설 | 이종인 옮김 | 464면
200 **서푼짜리 오페라** 베르톨트 브레히트 희곡선집 | 이은희 옮김 | 320면
201 **리어 왕** 윌리엄 셰익스피어 희곡 | 박우수 옮김 | 224면
202 **주홍 글자** 너새니얼 호손 장편소설 | 곽영미 옮김 | 360면
203 **모히칸족의 최후** 제임스 페니모어 쿠퍼 장편소설 | 이나경 옮김 | 512면
204 **곤충 극장** 카렐 차페크 희곡선집 | 김선형 옮김 | 360면
205 **누구를 위하여 종은 울리나** 어니스트 헤밍웨이 장편소설 | 이종인 옮김 | 전2권 | 각 416, 400면
207 **타르튀프** 몰리에르 희곡선집 | 신은영 옮김 | 416면
208 **유토피아** 토머스 모어 소설 | 전경자 옮김 | 288면
209 **인간과 초인** 조지 버나드 쇼 희곡 | 이후지 옮김 | 320면
210 **페드르와 이폴리트** 장 라신 희곡 | 신정아 옮김 | 200면
211 **말테의 수기** 라이너 마리아 릴케 장편소설 | 안문영 옮김 | 320면
212 **등대로** 버지니아 울프 장편소설 | 최애리 옮김 | 328면
213 **개의 심장** 미하일 불가꼬프 중편소설집 | 정연호 옮김 | 352면
214 **모비 딕** 허먼 멜빌 장편소설 | 강수정 옮김 | 전2권 | 각 464, 488면
216 **더블린 사람들** 제임스 조이스 단편소설집 | 이강훈 옮김 | 336면
217 **마의 산** 토마스 만 장편소설 | 윤순식 옮김 | 전3권 | 각 496, 488, 512면
220 **비극의 탄생** 프리드리히 니체 | 김남우 옮김 | 320면
221 **위대한 유산** 찰스 디킨스 장편소설 | 류경희 옮김 | 전2권 | 각 432, 448면
223 **사람은 무엇으로 사는가** 레프 똘스또이 소설선집 | 윤새라 옮김 | 464면
224 **자살 클럽** 로버트 루이스 스티븐슨 소설선집 | 임종기 옮김 | 272면
225 **채털리 부인의 연인** 데이비드 허버트 로런스 장편소설 | 이미선 옮김 | 전2권 | 각 336, 328면
227 **데미안** 헤르만 헤세 장편소설 | 김인순 옮김 | 264면
228 **두이노의 비가** 라이너 마리아 릴케 시선집 | 손재준 옮김 | 504면
229 **페스트** 알베르 카뮈 장편소설 | 최윤주 옮김 | 432면
230 **여인의 초상** 헨리 제임스 장편소설 | 정상준 옮김 | 전2권 | 각 520, 544면
232 **성** 프란츠 카프카 장편소설 | 이재황 옮김 | 560면
233 **차라투스트라는 이렇게 말했다** 프리드리히 니체 산문시 | 김인순 옮김 | 464면
234 **노래의 책** 하인리히 하이네 시집 | 이재영 옮김 | 384면

235 **변신 이야기** 오비디우스 서사시 | 이종인 옮김 | 632면

236 **안나 까레니나** 레프 똘스또이 장편소설 | 이명현 옮김 | 전2권 | 각 800, 736면

238 **이반 일리치의 죽음 · 광인의 수기** 레프 똘스또이 중단편집 | 석영중 · 정지원 옮김 | 232면

239 **수레바퀴 아래서** 헤르만 헤세 장편소설 | 강명순 옮김 | 272면

240 **피터 팬** J. M. 배리 장편소설 | 최용준 옮김 | 272면

241 **정글 북** 러디어드 키플링 중단편집 | 오숙은 옮김 | 272면

242 **한여름 밤의 꿈** 윌리엄 셰익스피어 희곡 | 박우수 옮김 | 160면

243 **좁은 문** 앙드레 지드 장편소설 | 김화영 옮김 | 264면

244 **모리스** E. M. 포스터 장편소설 | 고정아 옮김 | 408면

245 **브라운 신부의 순진** 길버트 키스 체스터턴 단편집 | 이상원 옮김 | 336면

246 **각성** 케이트 쇼팽 장편소설 | 한애경 옮김 | 272면

247 **뷔히너 전집** 게오르크 뷔히너 지음 | 박종대 옮김 | 400면

248 **디미트리오스의 가면** 에릭 앰블러 장편소설 | 최용준 옮김 | 424면

249 **베르가모의 페스트 외** 옌스 페테르 야콥센 중단편 전집 | 박종대 옮김 | 208면

250 **폭풍우** 윌리엄 셰익스피어 희곡 | 박우수 옮김 | 176면

251 **어센든, 영국 정보부 요원** 서머싯 몸 연작 소설집 | 이민아 옮김 | 416면

252 **기나긴 이별** 레이먼드 챈들러 장편소설 | 김진준 옮김 | 600면

253 **인도로 가는 길** E. M. 포스터 장편소설 | 민승남 옮김 | 552면

254 **올랜도** 버지니아 울프 장편소설 | 이미애 옮김 | 376면

255 **시지프 신화** 알베르 카뮈 지음 | 박언주 옮김 | 264면

256 **조지 오웰 산문선** 조지 오웰 지음 | 허진 옮김 | 424면

257 **로미오와 줄리엣** 윌리엄 셰익스피어 희곡 | 도해자 옮김 | 200면

258 **수용소군도** 알렉산드르 솔제니찐 기록문학 | 김학수 옮김 | 전6권 | 각 460면 내외

264 **스웨덴 기사** 레오 페루츠 장편소설 | 강명순 옮김 | 336면

265 **유리 열쇠** 대실 해밋 장편소설 | 홍성영 옮김 | 328면

266 **로드 짐** 조지프 콘래드 장편소설 | 최용준 옮김 | 608면

267 **푸코의 진자** 움베르토 에코 장편소설 | 이윤기 옮김 | 전3권 | 각 392, 384, 416면

270 **공포로의 여행** 에릭 앰블러 장편소설 | 최용준 옮김 | 376면

271 **심판의 날의 거장** 레오 페루츠 장편소설 | 신동화 옮김 | 264면

272 **에드거 앨런 포 단편선** 에드거 앨런 포 지음 | 김석희 옮김 | 392면

273 **수전노 외** 몰리에르 희곡선집 | 신정아 옮김 | 424면

274 **모파상 단편선** 기 드 모파상 지음 | 임미경 옮김 | 400면
275 **평범한 인생** 카렐 차페크 장편소설 | 송순섭 옮김 | 280면
276 **마음** 나쓰메 소세키 장편소설 | 양윤옥 옮김 | 344면
277 **인간 실격·사양** 다자이 오사무 소설집 | 김난주 옮김 | 336면
278 **작은 아씨들** 루이자 메이 올컷 장편소설 | 허진 옮김 | 전2권 | 각 408, 464면
280 **고함과 분노** 윌리엄 포크너 장편소설 | 윤교찬 옮김 | 520면
281 **신화의 시대** 토머스 불핀치 신화집 | 박중서 옮김 | 664면
282 **셜록 홈스의 모험** 아서 코넌 도일 단편집 | 오숙은 옮김 | 456면
283 **자기만의 방** 버지니아 울프 지음 | 공경희 옮김 | 216면
284 **지상의 양식·새 양식** 앙드레 지드 지음 | 최애영 옮김 | 360면